Kathrin Lange

Die Fabelmacht-Chroniken

Flammende Zeichen

Weitere Bücher von Kathrin Lange im Arena Verlag:

*Herz aus Glas*
*Herz in Scherben*
*Herz zu Asche*
*Schattenflügel*
*Septembermädchen*
*In den Schatten siehst du mich*

Kathrin Lange

# DIE FABELMACHT-CHRONIKEN

## Flammende Zeichen

Arena

FSC
www.fsc.org
MIX
Papier aus verantwortungsvollen Quellen
FSC® C110508

1. Auflage 2017

Covergestaltung: Carolin Liepins unter Verwendung von Motiven von Shutterstock (© Gunnar Assmy, Lukas Gojda, Claudio Divizia, SH-Vector, paulrommer)
Gesamtherstellung: Westermann Druck Zwickau GmbH
ISBN 978-3-401-60339-1

# 1

Glauben Sie an Liebe auf den ersten Blick?«

Mila sah von ihrem abgegriffenen Notizbuch hoch. Sie hatte versucht zu schreiben, aber sie hatte noch nicht viel zustande gebracht.

Draußen vor dem Zugfenster waren die ersten Ausläufer von Paris zu sehen, schäbige, düster wirkende Hochhaussiedlungen, in denen der Beton alles Leben zu erdrücken schien.

Der Mann, der Mila diese sonderbare Frage gestellt hatte, war in Straßburg zugestiegen und hatte sich ihr gegenübergesetzt. Bis eben hatte er geschwiegen, sie nur ab und an neugierig betrachtet.

»Wie bitte?«, fragte Mila.

»Glauben Sie an Liebe auf den ersten Blick?«, wiederholte er. Er schien alt zu sein. Er war auf diese besondere Art geschrumpft, wie das nur bei sehr betagten Menschen manchmal vorkam. Mila schätzte ihn auf über achtzig. Sein Gesicht war faltig, die Augen lagen tief in den Höhlen, die von hervorstehenden Wangen- und Stirnknochen gebildet wurden.

»Keine Ahnung«, antwortete Mila. »Ich habe noch nie darüber nachgedacht.«

Was gelogen war. Natürlich hatte sie schon ab und zu darüber nachgedacht, ob es Liebe auf den ersten Blick gab, und wenn ja, ob sie ihr irgendwann einmal begegnen würde. Sie war siebzehn. Welches siebzehnjährige Mädchen dachte nicht über solche Sachen nach?

Aber sie hatte keine Lust, sich mit dem Mann darüber zu unterhalten. Sie hatte überhaupt keine Lust, sich zu unterhalten.

Sie richtete den Blick wieder auf ihr Notizbuch. Ihr Handy, das sie neben sich auf den leeren Nachbarsitz gelegt hatte, summte zum vierten Mal, seit der Zug Straßburg verlassen hatte. Mila warf einen Blick auf die Textnachricht, die sie erhalten hatte.

»Wo bist du??????«

Mittlerweile war ihre Mutter bei sechs Fragezeichen angekommen. Nicht mehr lange und sie würde auch anfangen zu fluchen.

*Du mich auch!,* dachte Mila und drehte das Telefon um, sodass sie die Nachrichten nicht mehr sehen musste.

»Sie sollten ihm antworten«, sagte der alte Mann. Jetzt fiel Mila auf, wie altmodisch sein Französisch klang. Trotzdem konnte sie ihn gut verstehen. Sie war in Paris geboren, aber gleich nach ihrer Geburt hatte ihre Mutter Frankreich verlassen und war mit ihr nach Berlin gezogen. Aus diesem Grund war Mila mehr oder weniger zweisprachig aufgewachsen. Sie sprach Französisch fast genauso gut wie Deutsch.

Mila sah dem Mann ins Gesicht, und das schien ihm ein wenig unangenehm zu sein. Nervös kratzte er sich mit dem kleinen Finger den Nasenflügel. Seine Nägel waren ein bisschen zu lang für einen Mann und sorgfältig gefeilt. Auch an seinen Händen erkannte man sein Alter: dürr, knotig waren sie, mit faltiger Haut. Mila musste bei ihrem Anblick an den Geruch von Pergament und altem Leder denken.

Der Mantel, den der Alte trotz der stickigen Luft im Zug nicht ausgezogen hatte, war von einem unauffälligen Grau, was insgesamt zu ihm zu passen schien. Irgendwie wirkte er, als sei er nicht richtig existent.

»Woher wissen Sie, dass es ein *Er* ist?«, fragte Mila.

»Ich habe nur geraten. Seit Straßburg haben Sie vier Nachrichten erhalten und keine davon beantwortet. Dafür haben Sie mindestens zwanzigmal geseufzt.« Er schürzte die Lippen zu einer Art Kussmund, dann zog er sie ein, als müsse er seine Zähne davon abhalten, ihm aus dem Mund zu fallen. »Das lässt mich auf Liebeskummer tippen.«

»Kein Liebeskummer, nein.« Sie drehte ihren Bleistift zwischen den Fingern.

»Nicht?« Der alte Mann schien überrascht. »Ich finde, Sie sehen aus, als hätten Sie Liebeskummer.«

*Wenn du selbst mal Liebeskummer gehabt hast,* dachte Mila, *dann ist das vermutlich schon ziemlich lange her.*

Obwohl, was wusste sie schon? Plötzlich hatte sie ein schlechtes Gewissen. Er war so alt und vermutlich wollte er einfach nur nett sein. Sie legte den Bleistift auf das Notizbuch. »Wie sieht denn jemand aus, der Liebeskummer hat?«

»Na, wie eine hübsche, junge Dame, die allein im TGV nach Paris sitzt, stundenlang grübelnd aus dem Fenster starrt und dabei ab und zu seufzt.«

Das Kompliment freute Mila. Aber ihr war es auch unheimlich, dass er sie die ganze Zeit so genau beobachtet hatte.

»Sie sind von Ihrem Freund kürzlich erst verlassen worden.« Er formulierte das nicht als Frage, sondern wie eine Feststellung.

Mila hatte keine Ahnung, wie er darauf kam, aber er lag richtig. »Und wenn?«, murmelte sie.

Da lächelte er. »Wie hieß er?«

Sie überlegte kurz, ob sie es ihm sagen sollte, doch dann entschied sie sich dagegen. In dieser Geschichte hier, das hatte sie sich geschworen, würde ihr Ex keine Rolle spielen. Sie zuckte mit den Schultern.

Das Lächeln des alten Mannes vertiefte sich. »Ah. Er braucht keinen Namen in dieser neuen Geschichte, nicht wahr?«

Das lag so dicht an dem, was sie gerade gedacht hatte, dass sie ihn erstaunt musterte. »Können Sie Gedanken lesen?«

»So was Ähnliches.«

Mila bemerkte, dass ihre Fingerspitzen nervös auf das dicke Notizbuch trommelten. Irgendwann war es einmal rot gewesen, aber die Farbe war schon lange verblasst. Kinokarten, Prospekte und allerlei Zettel steckten zwischen den Seiten und damit sie nicht herausfielen, hatte Mila ein regenbogenfarbenes Haarband um den Umschlag geschlungen.

»Aber er hat Ihnen wehgetan.« Wieder eine Feststellung.

Und sie ging Mila zu weit. Small Talk im Zug war in Ordnung, aber mit dem Mann über ihren Exfreund zu reden, da hörte es auf. Denn ja, es tat noch immer weh, wobei der Schmerz weniger in ihrem Herzen saß, sondern eher ein Stück höher, in ihrer Kehle, wie ein bitterer Geschmack, den sie nicht loswurde. Ein klarer Fall von gekränkter Eitelkeit, hatte ihre Freundin Isabelle neulich am Telefon gut erkannt.

Milas Handy kündigte eine weitere Nachricht an. Diesmal schaute sie gar nicht erst nach. Ob ihre Mutter diesmal zu ihren Fragezeichen einen Fluch hinzugefügt hatte?

*Wo zum Teufel bist du???????*

Mila war gestern Abend im Streit von zu Hause abgehauen. Sie hatte ihrer Mutter nur gesagt, dass sie bei einer Schulfreundin übernachten würde, und das hatte sie auch getan. Davon, dass sie heute Morgen ziemlich kurz entschlossen in einen Zug gestiegen war, um zu Isabelle nach Paris zu fahren, hatte ihre Mutter nicht die geringste Ahnung.

Isabelle war eine Freundin, die Mila schon kannte, seit sie sich auf einem internationalen Jugendfreizeitcamp für junge Künstler in Riga getroffen hatten. Damals war Mila vierzehn gewesen, Isabelle schon achtzehn. Und obwohl Mila schrieb und Isabelle malte, hatten sie sich auf Anhieb gut verstanden und waren in Kontakt geblieben.

Gestern nach dem Streit mit ihrer Mutter hatte Mila Isabelle eine SMS geschrieben und sich bei ihr ausgekotzt. »Helena ist mal wieder unmöglich«, hatte sie geschrieben. Sie nannte ihre Mutter oft beim Vornamen, besonders, wenn sie sauer auf sie war. Isabelles Antwort hatte aus genau zwei Sätzen bestanden: »Komm her! Bleib, so lange du willst.«

Also hatte Mila die Nacht bei ihrer Schulfreundin verbracht, deren Mutter glaubte, dass Helena Bescheid wusste, wo sie war. Heute Morgen dann hatte sie sich ganz früh über das Internet eine Fahrkarte nach Paris besorgt und weil sie einfach nur wegwollte, hatte sie sich für die erste, längere Verbindung über Karlsruhe entschieden.

Der alte Mann schaute sie immer noch erwartungsvoll an. Offenbar erwartete er irgendeine Antwort. Betont demonstrativ wechselte sie das Thema. »Ich besuche jemanden in Paris.«

Wie, um sie für ihre Unhöflichkeit zu tadeln, begann ihr Handy jetzt auch noch zu klingeln. Mila drehte es wieder um.

Auf dem Display war ein Bild zu sehen, das sie zusammen mit ihrer Mutter zeigte. Es war das einzige Foto, das sie hatte, auf dem ihre Mutter lächelte.

Mila starrte die beiden Gesichter an, ihr eigenes, das von einer leichten Urlaubsbräune überzogen war, die gut zu dem sonnigen Blond ihrer Locken und zu ihren hellblauen Augen passte.

Die paar Sommersprossen, die sie immer im Sommer bekam, wirkten wie mit einem feinen Haarpinsel auf ihre Nase getupft.

Und daneben das Gesicht ihrer Mutter, ihrem eigenen ähnlich, aber ausgezehrter. Schon immer hatte Milas Mutter gewirkt, als koste es sie zu viel Kraft, Gefühle zuzulassen. Was kein Wunder war, wenn man bedachte, dass Milas Vater und ihr älterer Bruder kurz vor ihrer Geburt gestorben waren. Helena, die Schriftstellerin war, hatte mehrere Bücher über das Thema Tod und Verlust verfasst, die allesamt nicht besonders erfolgreich gewesen waren. Und gleichzeitig war der Tod der beiden natürlich auch der Grund, warum Helena so sehr an Mila klammerte, dass sie manchmal kaum Luft bekam.

Seufzend drückte Mila den Anruf weg, dann zog sie ihr Notizbuch ein wenig dichter zu sich heran. »Seien Sie nicht böse, aber ich würde jetzt gern weiterschreiben.«

Der Mann nickte. »Natürlich. Bitte entschuldigen Sie! Ich bin wieder einmal viel zu aufdringlich.«

Mila lächelte ihn schwach an. Dann nahm sie ihren Bleistift und setzte ihn auf das fast leere Blatt.

*Liebe auf den ersten Blick,* dachte sie und las den einzigen Satz, den sie von ihrer neuen Geschichte bisher zustande gebracht hatte.

»Nicholas kniete auf dem Rasen vor dem Eiffelturm«, lautete er.

Nicholas kniete auf dem Rasen vor dem Eiffelturm und blickte das kleine Mädchen an, das vor ihm stand und ihn anstarrte. Die Kleine weinte. In der einen Hand hielt sie den Körper einer bunten Flickenpuppe, in der anderen deren abgerissenen Kopf. Die Haare dieser Puppe waren aus gelben Wollfäden geflochten. Schaumgummi quoll aus dem Hals und der Stoff, aus dem der

Körper genäht war, wirkte ausgefranst und zerschlissen. Nicholas war auf das Mädchen aufmerksam geworden, weil er ihr verzweifeltes Schluchzen gehört hatte. Jetzt strich er sich die halblangen schwarzen Haare aus den Augen. »Zeig mal!«

Als er ihr behutsam den Puppenkörper und den Kopf wegnahm, schluchzte sie noch einmal und zog die Nase hoch. »Emmy war schon ganz doll kaputt. Aber jetzt ist der Kopf ganz ab ...« In ihren Augen schimmerte kindliche Verzweiflung.

»Schon gut«, sagte er. Er sah sich um. »Wo ist denn deine Mama?«

»Eis kaufen«, antwortete sie mit einem tiefen, schmerzvollen Seufzen. »Ich wollte Emmy doch nur die Tauben da zeigen ...« Mit ihrer Kinderhand wies sie auf einen Schwarm der grauen Vögel, die hier überall herumhüpften. »Und dann war der Kopf einfach ab«, schniefte sie.

Nicholas schaute hinüber zum Kiosk. Die Mutter der Kleinen stand in der Schlange und unterhielt sich mit einem älteren Mann. Gleich dahinter wartete Nicholas' Freund Luc, der für sie beide Kaffee holen wollte.

Nicholas blickte wieder auf die beiden kaputten Puppenhälften. Sollte er? Noch während er sich das fragte, tastete seine Hand schon in der Tasche seines schwarzen Mantels herum. Ihm war klar, dass er gegen die Regeln verstieß, die sein Vater aufgestellt hatte, aber was machte es für einen Unterschied? Er wusste, welche Gefahren damit einhergingen. Gerade er wusste das. Trotzdem erlaubte er sich manchmal, bei solch kleineren Ereignissen die Fabelmacht zu benutzen. Es war, als versuchte er damit etwas wiedergutzumachen.

Er zog einen silbernen Kugelschreiber und ein kleines schwarzes Notizbuch hervor.

»Gleich geht es Emmy wieder gut«, versprach er der Kleinen.

»Aber du darfst niemandem verraten, was ich jetzt tue. Einverstanden?«

Mit ernsthaftem Blick nickte das Mädchen.

»Wie heißt du?«, fragte Nicholas.

»Marie-Claire.« Ihr ging auf, dass sie mit einem Fremden redete, und plötzlich verschloss sich ihr Gesicht.

»Ein schöner Name.« Nicholas lächelte sie an. Es wirkte.

Marie-Claire kicherte.

Er schaute sich noch einmal rasch um. Mit Puppe und Notizbuch in der Hand drehte er Marie-Claire den Rücken zu und schlug dann das Notizbuch auf. Seine Bewegungen waren beiläufig. Er konnte es sich nicht leisten, dass jemand auf ihn aufmerksam wurde.

»Was tust du denn da?«, fragte Marie-Claire. Sie kam um ihn herum. Neugierig starrte sie auf das schwarze Buch in seiner Hand, in das er rasch ein paar Sätze gekritzelt hatte. Aber er klappte es hastig zu, bevor die Kleine sah, dass die Buchstaben in einem schwachen Blau aufleuchteten.

»Schau«, sagte er und gab Marie-Claire Emmy zurück.

Marie-Claires Augen wurden riesengroß. »Er ist wieder dran!«, hauchte sie. Ungläubig starrte sie die Puppe an, schlenkerte sie. Der Kopf saß auf dem Körper und nichts wies mehr darauf hin, dass er kurz zuvor abgerissen gewesen war. Prüfend betrachtete sie den ehemals ausgefransten Hals. »Da sind keine Nähte«, bemerkte sie ziemlich altklug. »Wie hast du das gemacht?«

Nicholas lächelte sie erneut an. »Ich bin ein Zauberer.«

»Ich will das auch können!«

»Ich fürchte, das geht nicht«, sagte Nicholas.

»Warum nicht?«

»Schau mal, da kommt deine Mama!« Er stand auf, klopfte

sich den Schmutz von den Knien, als die Frau mit einem Eis in der Hand den Kiosk verließ. »Du hast mir versprochen, ihr nichts zu verraten, weißt du noch?«

Marie-Claire nickte ernsthaft, aber sie war höchstens fünf Jahre alt. Sie würde ihrer Mutter erzählen, dass ein großer, schwarz gekleideter Junge gekommen war und ihre kaputte Puppe wieder heilgezaubert hatte. Und es würde als kindliche Fantasie abgetan werden. Nicholas kramte ein zusammengefaltetes Stofftaschentuch aus der Tasche und wischte dem Kind damit die tränenverschmierten Wangen sauber. »So«, sagte er. »Jetzt ist alles wieder gut.«

Die Mutter war in vielleicht zwanzig Metern Entfernung stehen geblieben und sah sich suchend nach Marie-Claire um. Dann entdeckte sie ihre Tochter auf dem Rasen und kam direkt auf sie und Nicholas zu. Dabei kam sie an einem Mann in einem Clownkostüm vorbei, der eine riesige Traube bunter Luftballons in der Hand hatte. Nicholas zuckte unwillkürlich zusammen, aber der Mann stand einfach da, ohne dass etwas geschah. Nur ein harmloser Luftballonverkäufer, wie es sie zu Hunderten in Paris gab. Kein Grund, in Panik zu geraten.

Marie-Claire strahlte Nicholas an. »Danke!«, zwitscherte sie. Dann rannte sie ihrer Mutter in die Arme.

Nicholas machte, dass er davonkam. Mit gesenktem Kopf ging er quer über den Rasen davon. Ein Blick über die Schulter zeigte ihm, dass Marie-Claire ihrer Mutter eine aufregende Geschichte erzählte. Er lächelte.

Der Clown war bei einer Familie stehen geblieben und verhandelte mit dem Vater über den Preis für einen schreiend pinkfarbenen Ballon. Der Wind wehte eine schwache Melodie über den Rasen. *Ballade pour Adeline.*

Nicholas fühlte seinen Pulschlag überdeutlich.

Er drehte sich um, suchte den überfüllten Platz ab. Ein Straßenmusikant stand direkt neben den Eisenstreben des Turms und hatte ein Keyboard aufgebaut, auf dem er das Stück spielte. Und dann, als Nicholas sich wieder umwandte und zu dem Clown und der Familie zurückblickte, kam ein Skateboardfahrer vorbeigeschossen. Er blieb an einer Rasenkante hängen und stolperte dem Clown direkt in die Hacken. Der verlor das Gleichgewicht, ließ die Ballons los, die sich in einer riesigen, bunt schillernden Schar in den Himmel von Paris erhoben.

Der Keyboardspieler hatte *Ballade pour Adeline* beendet. Für ein, zwei Sekunden war es merkwürdig still auf dem Platz, dann begann der Musiker ein neues Lied.

*Greensleeves.*

Und Nicholas wusste, dass das nie hätte passieren dürfen.

»Hey, Nicholas, was ist los? Du bist kalkweiß!« Luc stand plötzlich neben ihm, sein bester Freund. Er war mehr als einen Kopf kleiner als Nicholas und kräftig gebaut. Seine Haare hatte er ganz kurz geschnitten, sodass sie wie ein dunkler Schatten auf seinem Schädel wirkten. Er hatte zwei Becher Kaffee dabei und mit einem davon deutete er auf Nicholas' Gesicht.

Nicholas' Blick hing an der Luftballontraube, die mittlerweile nur noch ein kleiner bunter Punkt zwischen den Wolken war. Der Keyboardspieler hatte mittlerweile auch *Greensleeves* beendet und packte seine Sachen zusammen.

»Nicholas?« Luc berührte ihn an der Schulter. »Was ist?«

Da endlich riss sich Nicholas aus seiner Erstarrung. Er versuchte, Luft zu holen, aber es gelang ihm nur mit Mühe. »Es geht los«, keuchte er.

Eine Frau schlenderte vorbei und als sie seine Erschütterung bemerkte, stockte ihr Schritt kurz. Luc stellte die beiden Kaffeebecher auf einer nahe liegenden Bank ab und nahm Nicholas' Arm. »Komm. Setz dich erst mal.«

Die Frau ging mit einem Ausdruck von Erleichterung weiter.

Nicholas ließ sich von seinem Freund auf die Bank niederdrücken.

»Was geht los?«, fragte Luc.

Nicholas blinzelte. Ihm war plötzlich schwindelig, doch er riss sich zusammen. »Sie ist auf dem Weg hierher«, sagte er. Seine Stimme klang rau.

»Wer?« Einen Moment lang war Luc irritiert, dann erschien ein Ausdruck von Begreifen auf seiner Miene. »Mila?«, stieß er hervor.

Nicholas schloss die Augen.

»Schwachsinn!«, sagte Luc.

Nicholas deutete in die Richtung, in der die Luftballons verschwunden waren. Dann dorthin, wo eben noch der Keyboardspieler gestanden hatte und sich in diesem Moment zwei junge Männer auf einen Steinsockel setzten und Händchen haltend die Leute beobachteten. »Der Clown, die Luftballons, die Musik. Es stimmt alles, Luc.«

Luc schüttelte den Kopf. »Unmöglich!«, wiederholte er. »Ein Zufall! Nicholas, das ist nur ein bescheuerter Zufall!« Er packte Nicholas an den Schultern, schüttelte ihn. »Ich meine: Du warst damals wie alt? Dreizehn? Du bist nie im Leben so mächtig, dass du ...« Er stockte. »Verdammt!«, fluchte er.

Nicholas bohrte die Fingernägel in das Holz der Bank. »Tja«, sagte er. »Sieht ganz so aus, als sei mein Leben soeben ein bisschen interessanter geworden.«

Luc starrte ihn an. »So kann man es natürlich auch formulieren.«

Nicholas zuckte mit den Schultern.

Eine Weile schwiegen sie beide.

»Was wirst du jetzt tun?«, fragte Luc.

»Ich muss zum Gare de l'Est. Ich muss wissen, ob ich recht habe.«

Luc fuhr hoch. »Es ist nur eine Geschichte, Nicholas! Nichts weiter!«

»Wir werden sehen«, murmelte Nicholas. Er stand auf und zog fröstelnd seinen Mantel um sich zusammen.

*Wenn ich wirklich recht habe,* dachte er, *dann ist es jetzt Zeit zu sterben.*

»Sind Sie zufrieden?«

Wieder riss der alte Mann Mila aus ihren Gedanken. Leicht verwirrt schaute sie zu ihm auf, weil es sie beim Schreiben immer Anstrengung kostete, in die Realität zurückzukehren. »Wie bitte?«

Der TGV war langsamer geworden und schlängelte sich durch das Schienengeflecht in Richtung Gare de l'Est, einem der großen Bahnhöfe von Paris.

Der alte Mann deutete auf ihr Notizbuch. »Das, was Sie eben geschrieben haben: Sind Sie zufrieden damit? Besonders viel haben Sie ja nicht geschafft.«

*Ja,* dachte Mila verdrossen. *Weil ich andauernd unterbrochen werde!*

Sie ließ ihren Blick über das Geschriebene huschen. Viel hatte sie tatsächlich nicht geschrieben, dabei war die Geschichte zuerst ganz gut in Gang gekommen. Ohne viel darüber nachzudenken, hatte sie eine kurze Szene verfasst, in der der Eiffelturm vorkam und ein kleines Mädchen mit Namen Marie-Claire, das mit einer viel geliebten und zerschlissenen Stoffpuppe spielte und ihr aus Versehen den Kopf abriss. Ein Junge kniete sich zu ihr und tröstete sie. Es war derselbe Junge, über den Mila schon oft geschrieben hatte, eigentlich seit sie ihre ersten Schreibversuche gemacht hatte.

Früher hatte sie in ihrer Fantasie mit ihm zusammen Abenteuer erlebt – sie waren gemeinsam auf die höchsten Bäume geklettert und hatten dort die Beine baumeln lassen. Sie hatten alte Abrisshäuser und verlassene Fabriken durchstreift und dort gegen imaginäre Gegner gekämpft. Später dann, als Mila kein Kind mehr gewesen war, sondern schon ein Teenager, war auch Nicholas in ihren Geschichten älter geworden. In ihrer Vorstellung war er ungefähr so alt wie sie. Er sah auf unaufdringliche Art gut aus – groß, breite Schultern, schwarze Haare. Und er strahlte diese Lässigkeit aus, die sie auch in echt faszinierte. Sie mochte es, wenn jemand sich nicht so leicht durchschauen ließ.

Der alte Mann wartete noch immer auf eine Antwort auf seine Frage.

Mila ließ den Blick über ihren letzten Satz schweifen.

*Sollte er?*, hatte sie geschrieben. Und: *Noch während er sich das fragte, tastete seine Hand schon ...*

Jetzt fügte sie rasch noch ein *in die Tasche seines schwarzen Mantels* hinzu und nickte dem alten Mann zu.

»Darf ich es lesen?«, fragte der.

*Wie kommt er auf diese absurde Idee?*, durchzuckte es sie. Sie wollte ihn schon anfahren, was ihm einfiele, aber dann sah sie in seine hellen, von unzähligen Falten umrahmten Augen.

Plötzlich kam es ihr gar nicht mehr so blöd vor, ihm ihre Texte zu zeigen.

Der alte Mann schien wirklich begierig darauf zu sein, etwas von ihr zu lesen. Und es gab nicht allzu viele Menschen, die sich für ihre Texte interessierten.

»Ich weiß nicht«, erwiderte sie trotzdem. Das gerade Geschriebene schien ihr zu intim, immerhin schrieb sie über Nicholas, als würde er tatsächlich existieren. Und der Stil hatte etwas Schwärmerisches, das ihr plötzlich fast ein bisschen peinlich war. Dieser Mantel zum Beispiel, den Nicholas trug. Mehr Klischee ging ja wohl eigentlich nicht. Aber sie mochte die Vorstellung, dass er mit einem langen schwarzen Mantel herumlief, dessen Kragen er im richtigen Moment aufstellte oder dessen Schöße hinter ihm herwehten, wenn er mit energischen Schritten durch die Straßen von Paris ging.

Mila blätterte zurück zu einer Szene, die sie vor einigen Wochen geschrieben hatte.

Ein namenloser Mann kam darin vor. Er war alt. Sehr alt, vermutlich noch älter als ihr Gesprächspartner. In der Szene lag dieser Mann auf dem Sterbebett, eine ebenfalls namenlose junge Frau saß neben ihm und empfand einen so tiefen, grauenvollen Schmerz, dass Mila davon beim Schreiben die Tränen gekommen waren.

Sie zögerte kurz, aber dann gab sie sich einen Ruck und schob dem Alten das Notizbuch zu. Er drehte es um.

Las.

Seine Miene blieb völlig ausdruckslos dabei, aber als er fertig war, seufzte er tief. »Sie haben großes Talent, wissen Sie das?«

Das Kompliment freute sie mehr, als sie zugeben wollte. Sie spürte förmlich, wie sich ein Lächeln auf ihrem Gesicht ausbreitete.

»Das hier«, der Alte tippte auf ihren Text, »erinnert mich an eine alte Liebesgeschichte, von der ich einmal gehört habe«, erklärte er. »Eine sehr traurige Liebesgeschichte.«

Jetzt fing er schon wieder damit an. Mila bemühte sich, nicht allzu genervt auszusehen. Er schien wie besessen von der Liebe.

Aber dann meldete sich ihr schlechtes Gewissen. Was, wenn

seine Frau vor nicht allzu langer Zeit verstorben war? Bei seinem Alter wäre das nur naheliegend. Und sie zeigte ihm ausgerechnet eine Geschichte über ein Paar am Sterbebett.

Für einen Moment war sein Blick nach innen gerichtet, dann besann er sich. Mit einem Blinzeln schaute er wieder hoch und schob Mila das Notizbuch zurück über den kleinen Tisch. »Genug geredet«, verkündete er überraschend energisch. »Wir sind da.«

Im selben Moment knackte der Lautsprecher über Mila.

»Meine Damen und Herren«, verkündete die Ansage, »in Kürze erreichen wir den Gare de l'Est.«

Mila machte sich daran, ihre Sachen zusammenzupacken. Sie schob Notizbuch und Handy in ihre Umhängetasche und griff nach der Jacke, die sie an den Haken neben dem Zugfenster gehängt hatte.

Der alte Mann sah ihr dabei zu.

»Soll ich Ihnen mit Ihren Sachen helfen?«, fragte sie.

»Nicht nötig.« Er lächelte jetzt wieder. »Ich habe kein Gepäck.«

Sie nickte nur. Sie fühlte sich leicht schwindelig. Vermutlich hatte sie zu lange gesessen.

»Also dann, auf Wiedersehen«, sagte sie und erhob sich.

Draußen vor den Fenstern tauchte das Bahnhofsgebäude auf und der Zug bremste ab. Mila stand schon im Gang, da beugte sich der alte Mann noch einmal zu ihr. »Worte, junges Fräulein«, raunte er. »Worte können sehr mächtig sein. Wenn die richtigen Menschen sie benutzen, sogar mächtig genug, die Welt zu verändern.«

# 2

Als Mila den Bahnsteig betrat, klopfte ihr Herz unerwartet stark. Sie lebte in Berlin, war also die Großstadt gewöhnt, dennoch fühlte es sich gleichzeitig aufregend und beängstigend an, ganz allein hier zu sein. Zum Teil lag das bestimmt daran, dass die letzten Tage ihr so zugesetzt hatten. Und daran, dass ihre Mutter keine Ahnung davon hatte, wo sie steckte.

Sie schüttelte sich. Die letzte Stunde im Zug mit dem alten Mann hatte sie ziemlich durcheinandergebracht und seine merkwürdige Verabschiedung noch viel mehr.

Als sie zusammen mit den anderen Reisenden in Richtung Zugtür gegangen war, hatte ein junger Mann mit Pferdeschwanz den Alten vorgelassen. Jetzt sah Mila den jungen Mann aus dem Zug steigen, doch der Alte war nirgends zu sehen. Vielleicht hatte er noch einen kleinen Abstecher auf die Zugtoilette gemacht.

Der Bahnhof war bei Weitem nicht so groß, wie sie ihn sich vorgestellt hatte, und mit seinen vielen schmiedeeisernen Pfeilern und den marmornen Säulen wirkte er viel altmodischer als der moderne Hauptbahnhof von Berlin. Auf dem Bahnsteig herrschte ein unfassbares Gedränge. Eine Großfamilie mit hoch aufgetürmtem Gepäckwagen drängelte sich ganz in der Nähe durch die genervte Menge. Die Frau, eine dicke Blondine, schnatterte dabei auf ihren Mann ein, der jeden ihrer Sätze mit einem resignierten Nicken beantwortete. Geschäftsleute eilten mit ihren Laptoptaschen an Mila vorbei und ein paar Polizisten mit Maschinengewehren musterten prüfend jeden, der ankam. Der Jingle, mit dem die Lautsprecheransagen angekündigt wurden, ertönte, aber das, was durchgesagt wurde, ging in dem Getöse unter, mit dem ein Schnellzug aus der Schweiz auf dem Gleis nebenan einfuhr.

Milas Blick fiel auf ein eisernes Gitter, das direkt an der Bahnsteigkante in den Boden eingelassen war. Aus dem Reiseführer, den sie im Zug zwischen Berlin und Karlsruhe gelesen hatte, wusste sie, dass sich unter einigen Bahnsteigen alte Bunker befanden, die im Zweiten Weltkrieg zum Schutz vor Bomben gedient hatten. Der Gedanke, in einem winzigen, unterirdischen Keller zu hocken, während ringsherum Feuer und Verderben wüteten, bereitete ihr Beklemmungen. Gleichzeitig aber fiel ihr eine Szene ein, in der sie und Nicholas sich gemeinsam in einem solchen Keller befanden.

Sie schob den Gedanken von sich, griff nach ihrem Rucksack und hob ihn auf den Rücken. Zeit, dass sie loskam. Ihre Freundin Isabelle würde sie nicht abholen, weil sie noch arbeitete, aber es war einfach, zu Isabelles Wohnung zu kommen. Mila musste nur vom Gare de l'Est die Metro Richtung Porte de Clignancourt nehmen und an der Station Château Rouge aussteigen. Isabelles Wohnung lag dank ihrer reichen Eltern mitten im Künstlerviertel Montmartre. Um sie zu erreichen, musste Mila zwar zu Fuß den gesamten Hügel erklimmen, aber das war ihr egal. So konnte sie sich gleich ein bisschen in den vielen bunten und interessanten Geschäften dort umsehen – und vielleicht sogar schon einen Abstecher zur berühmten Kirche Sacré-Cœur machen.

Eine Gruppe von halbwüchsigen Jugendlichen kam kreischend und lärmend auf sie zu. Zwei von ihnen, die damit beschäftigt waren, sich gegenseitig in den Schwitzkasten zu nehmen, rempelten sie aus Versehen an und Mila taumelte auf eine der orangefarbenen Bänke zu.

»Hoppla«, sagte jemand. Ein schlanker Junge, ungefähr in ihrem Alter und mit dunklem Haar, grinste sie an. Er saß auf der unbequemen Bank und sie wäre fast über seine ausgestreckten Beine gestolpert. Inmitten des Chaos auf dem Bahnhof strahlte er eine so seltsame Ruhe aus, als hätte er alle Zeit der Welt. Hatte er vielleicht auch. Er hatte jedenfalls kein Gepäck dabei.

»Tut mir leid«, sagte Mila. Sie sah ihm in die Augen, die milchkaffeebraun waren und in denen etwas lag, das sie nicht recht einordnen konnte.

»Kein Problem«, sagte der Junge.

Der Zug auf dem Nachbargleis löste seine hydraulischen Bremsen mit einem hässlichen Zischen und hüllte sie in einen Schwall stinkende Luft. Irgendwo begann ein kleines Kind zu weinen.

»Na, hab ich dir die Sprache verschlagen?« Der Junge zwinkerte Mila zu und sie riss sich zusammen. Den Spruch hatte sie sich verdient. Was stand sie auch herum und starrte fremde Jungs an?

Die Großfamilie hatte offenbar nicht gefunden, wonach sie suchte. Jedenfalls kam sie denselben Weg zurück. Die dicke blonde Frau redete noch immer auf ihren Mann ein.

Mila wollte die Worte des Jungen nicht auf sich sitzen lassen.

»Ja, hast du«, erwiderte sie und grinste. »Deswegen kann ich dir auch meine schlagfertige Antwort auf deine blöde Frage leider nicht verraten.« Sie packte ihre Umhängetasche fester und lief in Richtung Haupthalle. Es wurde Zeit, dass sie zu Isabelle kam und sich diese Reise mit einer kalten Dusche von der Haut spülte.

Liebevoll rückte Maréchal seine Bücher zurecht. Er war Buchhändler, einer der sogenannten Bouquinisten, und betreute wie jeden Tag seinen Stand am Ufer der Seine, wo er den Großteil seines Tages verbrachte. Er war nicht mehr jung, an die sechzig. Er trug Cordhosen und eine ausgebeulte Strickjacke und er hatte Falten um die Augen, die aussahen, als kämen sie vom vielen Lächeln. Sein Bart war weiß und dicht, ebenso wie der schmale Haarkranz, der ihm geblieben war.

Die Bouquinistenstände mit den grünen Dächern bildeten einen der berühmtesten und romantischsten Büchermärkte der Welt unter freiem Himmel und Maréchal war stolz darauf dazuzugehören. Noch viel stolzer allerdings war er darauf, dass es an seinem Stand, im Gegensatz zu denen vieler Kollegen, ausschließlich Bücher gab. Während Maréchals Standnachbar Jean und auch viele der anderen Bouquinisten sich ganz auf ihre Haupteinnahmequelle, die Touristen, eingestellt hatten und ihnen Posterdrucke, Kataloge und sogar Kühlschrankmagneten verkauften, gab es bei Maréchal wie in den guten, alten Zeiten nur Bücher. Und die meisten davon waren sehr alt. Rücken an Rücken standen sie unter dem hochgeklappten Holzdach, sorgfältig nach Größe und Einbänden sortiert. Ganz rechts die kleineren im Quartformat und nach links hin immer größer werdend, bis ganz an der Seite schließlich die dicken und schweren Folianten standen. Es gab Bücher über Schlachten, die vor vielen Jahrhunderten geschlagen worden waren, Bücher über Paris, Bücher über Schriftsteller und Künstler. Gedichtbände von berühmten französischen Autoren wie Baudelaire genauso wie moderne Taschenbuchbändchen völlig unbekannter Schriftsteller, die im Selbstverlag herausgegeben und Maréchal überlassen worden waren.

Mit einem Lächeln zog er eines dieser dünnen Bändchen heraus, schlug es auf und sog den Geruch von Papier und frischer Druckerschwärze ein. Wenn er seinen Stand aufklappte, roch es normalerweise eher nach Leder und Staub, trotzdem mochte er es genauso gern, an den frisch gedruckten Worten junger Dichter zu riechen.

Es war ein sonniger, für den Frühsommer angenehm warmer Tag und die Stadt war voller Touristen, die die Sonne ausnutzten und den Tag am breiten Strom genossen, der sich majestätisch durch Paris zog.

Maréchal setzte sich auf die Ufermauer und beobachtete die Leute. Ab und an kam jemand zu ihm an den Stand geschlendert, stöberte durch sein Angebot, kaufte aber nichts. Maréchal störte sich nicht daran.

Er zog ein kleines Notizbuch aus der Tasche seiner alten Strickjacke, schlug es auf und begann zu schreiben. Gleich darauf ließ er das Büchlein jedoch wieder sinken, denn ein junges Paar Mitte zwanzig trat an seinen Stand. Die Frau hatte einen verrückten Turban aus pink- und lilafarbenen Stoffbahnen auf dem Kopf. Sie und ihr Freund, der in Maréchals Augen ein bisschen aussah wie Aramis von den *Drei Musketieren,* hielten Händchen. Maréchal lächelte die beiden an und steckte sein Notizbuch fort. Die Frau ließ ihren Blick an den Buchrücken entlanggleiten. Der Reihe nach zog sie ein Buch nach dem anderen hervor, bis sie bei einem ganz besonderen angekommen war. Es war eine kostbare Ausgabe aus den 20er-Jahren des letzten Jahrhunderts: *Die Blumen des Bösen* von Charles Baudelaire.

»Mögen Sie Baudelaire?«, fragte Maréchal.

Sie schaute von ihrer Lektüre auf. Sie hatte ihre Augen tiefschwarz umrandet, was ihr ein etwas eulenhaftes Aussehen gab. Statt auf seine Frage zu antworten, zitierte sie: *»Er ist ein literarisches Schreckgespenst, das immer aussieht, als wäre es einer unterirdischen Höhle entstiegen.«*

Maréchals Mundwinkel hoben sich zu einem Lächeln. »Le Figaro«, sagte er und vollendete das Zitat: *»Irgendwo im Dunkeln hält er – als Drohung – Bücher versteckt, die gar nicht existieren.«*

Die junge Frau lachte. »Ich *liebe* diesen Mann!« Sie drehte das Buch um und warf einen Blick auf den mit dünnem Bleistift in die hintere Klappe geschriebenen Preis. Ihre Miene verdüsterte sich. »Aber ich fürchte, ich kann mir das nicht leisten.« Sie stellte die Ausgabe wieder an ihren Platz.

Maréchal unterdrückte sein Bedauern. Das Buch hätte gut zu dieser jungen Frau gepasst. »Warten Sie!«, sagte er, als die Frau und ihr Begleiter schon Anstalten machten weiterzugehen. Er zog sein Notizbuch wieder hervor, schrieb ein paar Gedichtzeilen auf eine leere Seite, riss sie heraus und reichte sie der Frau.

Die warf einen Blick darauf. »Das ist aber nicht Baudelaire.«

Maréchal schüttelte den Kopf. »Es stammt von einem ganz und gar unbekannten Dichter.«

Die Frau las seine Verse aufmerksam durch, dann sah sie ihm direkt in die Augen. »Unbekannt vielleicht«, sagte sie. »Aber keinesfalls ohne Talent. Ich danke Ihnen.« Sie steckte den Zettel sorgsam ein, dann nahm sie wieder die Hand ihres Begleiters, der die ganze Zeit geduldig gewartet hatte.

»Was hast du da bloß wieder geschrieben?« Maréchals Standnachbar Jean, Buchhändler und knapp an die sechzig wie er selbst, stellte die Frage, kaum dass die beiden jungen Leute außer Hörweite waren.

»Nichts«, sagte Maréchal. Jean hielt ihn schon seit Jahren

für einen komischen Kauz. Und er hatte ganz recht damit. »Ich wünsche den beiden einfach alles Glück der Welt.«

Er streckte sich und blickte sich lächelnd um. Doch im nächsten Moment durchfuhr es ihn, als habe eine ganze Horde Geister mit kalten Händen in sein Genick gefasst. Ihn fröstelte. Er starrte auf einen alten Mann in einem farblos grauen Mantel, der gegenüber auf der anderen Straßenseite zwischen den Häusern aufgetaucht war und direkt auf ihn zuhielt.

»Maréchal?« Jean sah ihn beunruhigt an. »Was ist los? Du bist plötzlich ganz blass geworden.«

Maréchal schüttelte rasch den Kopf. »Ich habe nur gedacht, ich hätte jemanden gesehen. Passt du einen Augenblick auf meinen Stand auf, bitte?«

Jean nickte und da überquerte Maréchal auch schon die breite Straße, die den Fluss säumte, für dessen Schönheit er jetzt keinen Blick mehr hatte.

Der alte Mann mit dem grauen Mantel war im Schatten eines Cafés stehen geblieben und sah ihm entgegen. Das Gefühl, dass Geister ihn mit kalten Fingern berührten, verstärkte sich noch einmal, als Maréchal vor ihn hintrat.

Der Alte rieb sich die Schläfen mit den Fingerspitzen beider Hände, als habe er starke Kopfschmerzen. Dann seufzte er und obwohl Maréchal ihn noch nie zuvor gesehen hatte, wusste er plötzlich, was kommen würde.

»Es geht los, nicht wahr?«, flüsterte er.

Der alte Mann nickte. »Das Mädchen. Sie kommt gerade auf dem Gare de l'Est an.« Er machte eine Pause.

»Wer sind Sie?«, fragte Maréchal. Er hatte am ganzen Körper Gänsehaut.

Der Alte antwortete ihm nicht. Stattdessen sagte er: »Nicholas' Geschichte. Sie beginnt.«

Mila verließ den Bahnsteig und blieb mitten in der Haupthalle stehen. Hier war es nicht weniger laut als bei den Zügen. Das Dach bestand aus einem Gewirr von Metallstreben, die ein Glasgewölbe stützten und für einen starken Hall sorgten. An jeder zweiten Querstrebe über ihrem Kopf hingen große Plakate, die den neuesten Liebesfilm eines berühmten amerikanischen Schnulzenautors ankündigten. Ein Mann war darauf zu sehen, der eine Frau auf den Armen durch eine ziemlich dramatische Nebelwolke trug.

Milas Blick wanderte weiter zu den Sonnenstrahlen, die schräg durch das Glasdach hereinfielen und dessen Stahlgerippe weichzeichneten. Die achteckige Jugendstiluhr an einem der Marmorbögen zeigte kurz vor halb drei. Auf dem großformatigen Gemälde war eine Zugszene abgebildet, die auf den ersten Blick heiter wirkte. Bis Mila erkannte, dass es eine Abschiedsszene war. Sie wandte den Blick davon ab. Aus einem der kleinen Geschäfte ganz in der Nähe wehte der Geruch von Crêpes zu ihr herüber. Von irgendwoher kam Gesang. Jemand gab ein altes Edith-Piaf-Lied zum Besten. Es klang ziemlich schief, aber irgendwie sympathisch.

Mila wandte sich wieder dem lichtdurchfluteten Glasdach zu. Sie kniff die Augen zusammen. Wenn sie den geschäftigen Lärm des Bahnhofs, die ständigen Lautsprecherdurchsagen mit ihren nervigen Jingles, das Stimmengewirr und auch das Kreischen von Zugbremsen ausblendete, wirkte der Ort fast magisch. Plötzlich hatte sie das Bedürfnis, darüber zu schreiben, und sie wunderte sich, wie stark es war. Sie griff nach dem Schultergurt ihrer Umhängetasche und zog ihr Notizbuch hervor.

»Haben Sie einen Euro für mich?«

Mila blickte auf. Eine Frau von unbestimmbarem Alter hatte sich vor ihr aufgebaut. Sie trug ein buntes Tuch über grauen

Locken, die aussahen wie Stahlwolle. Sie roch auch nach Stahlwolle, jedoch seltsamerweise vermischt mit dem Geruch von edlem Körperpuder. Gehüllt war die Frau in mehrere lange und ziemlich schmutzige Röcke. Darüber trug sie eine Wolljacke, die mehr aus Löchern als aus Garn bestand. Die Farbe konnte man nicht mehr erkennen, so verblasst war das Teil. Hellblau, tippte Mila. Vielleicht auch lila.

»Haben Sie einen Euro für mich?«, wiederholte die Frau mit einem freundlichen Lächeln. Ihre Fingernägel waren so schmutzig, dass es aussah, als seien die Trauerränder Teil ihres Körpers, genau wie ihre schlanke Nase oder die hellblauen, forschenden Augen.

Mila nickte. Da war etwas an dieser Frau, ein unbewusst wahrnehmbarer Widerspruch, der sie faszinierte. »Natürlich.« Sie klemmte ihr Notizbuch unter den Arm, kramte ihr Portemonnaie aus der Tasche und suchte ein Zwei-Euro-Stück heraus. »Reicht das?«

Die Frau hielt die Hand auf. Quer über ihre Finger liefen alte, wulstig aussehende Narben. Es sah aus, als habe die Frau sich vor langer Zeit einmal beinahe die obersten Fingerglieder abgeschnitten. »Vielen Dank für Ihre Großzügigkeit«, sagte die Frau und ließ die Münze in den Falten ihres Rockes verschwinden. Und dann tat sie etwas sehr Unheimliches.

Sie beugte sich über Mila, als müsse sie an ihr schnuppern. »Armes Ding!«, murmelte sie.

Mila fühlte sich schlagartig unwohl. Was, wenn die Alte auf ihr Portemonnaie aus war?

»Was meinen Sie damit?« Ihre Sorge schien in ihrer Stimme mitzuschwingen, denn die Alte lächelte sie beruhigend an.

»Von mir droht Ihnen keine Gefahr.«

Mila konnte nicht anders. Sie musste fragen: »Sondern?«

Da schüttelte die Frau traurig den Kopf. »Diese Geschichte hier ist längst zu Ende erzählt, meine Liebe. Nicholas befindet sich schon in Ihrer Nähe.«

*Nicholas?*

Mila dachte an die Zeilen, die sie auf der Fahrt hierher geschrieben hatte. Nicholas, der sich im Schatten des Eiffelturms vor das kleine Mädchen kniete. Nicholas, der sie in ihrer Fantasie schon seit Jahren begleitete. Ihr Unbehagen wandelte sich in eine Gänsehaut, die ihr bis zum Haaransatz im Genick hochkroch. Ihr gesamter Körper kribbelte plötzlich.

*Diese Geschichte hier ist längst zu Ende erzählt …*

Bevor Mila fragen konnte, was genau die Obdachlose gemeint hatte, wandte diese sich ab. Als sie davonging, glaubte Mila, sie Gedichtverse rezitieren zu hören.

*»Nichts süsser für ihn dem alles erfüllt ist mit trauer*
*Und der seit langem in eurem reife gefriert*
*Ihr bleichen himmel die ihr unsre Länder regiert.«*

Sie blieb noch einmal stehen. »Passen Sie auf sich auf«, rief sie Mila über die Schulter zu. »Das Gesindel hat Sie längst im Visier. Und es hat Seelen mit Rabenfittichen.«

# 3

Baudelaire«, sagte eine Stimme direkt hinter Mila.

Ihr Herz verstolperte einen Schlag. Erschrocken fuhr sie herum. Hinter ihr stand der Junge von der Bank auf dem Bahnsteig, den sie fast angerempelt hatte. Offenbar war er ihr gefolgt. Er grinste sie ebenso entwaffnend an wie zuvor, aber als habe sich ein zweites Bild über das erste geschoben, kam seine Miene Mila plötzlich irgendwie weniger freundlich vor.

»Nervös?« Sein Blick folgte der Obdachlosen. »Ja, Odette hat diese Wirkung auf die meisten Menschen.«

»Odette.« Mila sah der Alten ebenfalls nach, schaute zu, wie sie mit bedächtigen Schritten in Richtung Ausgang schlurfte. »Was meintest du eben mit Baudelaire?«, fragte sie den Jungen.

Er zuckte mit den Schultern. »Die Alte ist hier am Bahnhof bekannt dafür, dass sie ständig dieses eine Gedicht von Baudelaire rezitiert. Die Rabenfittiche kommen darin auch vor.«

»Baudelaire«, sagte Mila und legte so viel Ungläubigkeit in ihre Stimme, wie sie nur konnte.

Der Junge vergrub die Hände in den hinteren Hosentaschen. Er war schmal, aber ihr fiel auf, dass er einen ziemlich sehnigen Körper hatte. Die Muskeln seiner Oberarme zeichneten sich unter seinem T-Shirt ab, die Unterarme schienen kräftig zu sein. Er wirkte aufsässig, irgendwie kompromisslos herausfordernd.

»Baudelaire, ja.« Er warf einen Blick über ihre Schulter. Seine dunklen Haare fielen ihm dabei ins Gesicht.

Milas Hände umklammerten das rote Notizbuch. Mit den Fingerspitzen spielte sie an dem Haarband, spürte die dünnen Gummifäden, die daraus hervorstaken. Das, was diese Odette eben gesagt hatte, ging ihr durch den Kopf.

*Diese Geschichte hier ist längst zu Ende erzählt.* Und: *Nicholas befindet sich schon in Ihrer Nähe.*

Wieder erfasste ein Kribbeln Milas Körper.

»Wie heißt du?«, fragte sie den Typen.

Er zog überrascht das Kinn zurück. »Ich? Warum interessiert dich das?«

»Bist du Nicholas?« Sie kam sich albern vor. Diese Obdachlose hatte offensichtlich ihren Verstand nicht mehr ganz beieinander. Doch dann dachte Mila wieder an ihr Notizbuch und die Szenen von Nicholas darin. An seine dunklen Haare, die ihm so leicht in die Augen fielen. An seinen durchtrainierten Körper. Vielleicht war ja sie selbst es, die gerade den Verstand verlor.

»Nicholas?« Der Typ schüttelte den Kopf. Seine Haare gerieten ihm wieder in die Augen und er strich sie weg. »Nie gehört. Wer soll das sein?«

Verwirrt atmete Mila aus. *Nicht den Verstand verlieren!* Nicholas war eine Figur aus einer Geschichte. Eine Fiktion, die sie sich selbst ausgedacht hatte. Abgesehen davon hatte der Junge vor ihr milchkaffeebraune Augen und nicht dunkelblaue wie ihr Nicholas. Und auch sein Haar war bei näherer Betrachtung braun und nicht schwarz. Seine Jeans hätte eine Wäsche gut vertragen können.

»Schon gut«, murmelte sie. »War nur so eine Idee.«

Der Typ zögerte, dann zog er eine Hand aus der Tasche und streckte sie ihr hin. »Ich bin Eric.« Seine Hände waren sauberer, als sie vermutet hatte. Seine Fingernägel kurz geschnitten, die Knöchel kräftig und aufgeschürft.

Mila nahm seine Hand und schüttelte sie. »Mila.«

»Komischer Name«, sagte Eric.

»Nur für französische Ohren. Mit vollem Namen heiße ich Émilie Antoinette.«

Warum erzählte sie ihm das? Sie hatte diesen Namen schon immer gehasst. Er passte überhaupt nicht zu ihr, klang viel zu groß für sie. Zu sehr nach langen Röcken, hohen Absätzen und steifen Miedern dafür, dass sie am liebsten Jeans und flache Ballerinas trug.

Diesmal grinste Eric nicht, sondern lächelte schwach. Es ließ seine Züge weicher erscheinen. »Du bist keine Französin«, sagte er ihr auf den Kopf zu.

»Hört man das?«

»Ein bisschen. Aber dein Französisch ist gut. Fehlerfrei.«

»Ich *bin* Französin«, sagte sie. »Aber ich lebe mit meiner Mutter in Deutschland. Schon seit meiner Geburt.«

Er nickte. »Das erklärt es. Warum bist du hier?«

»Ich bin zu Hause abgehauen.«

Er lachte auf. »Glaube ich nicht!«

Sie verdrängte den Gedanken daran, dass sie mittlerweile vermutlich die zehnte oder zwölfte Nachricht von ihrer Mutter auf dem Handy hatte. Und ihr schlechtes Gewissen deswegen verdrängte sie ebenso. Schließlich hatte sich ihre Mutter das selbst zuzuschreiben.

»Und ich glaube dir nicht, dass du Baudelaire zitieren kannst«, sagte sie zu Eric.

Er nahm die Herausforderung an. Großspurig warf er sich in Positur, spreizte die Beine leicht. Mila musste ein Grinsen unterdrücken. Sosehr Eric sich auch bemühte, cool zu wirken, es schimmerte etwas Verletzliches durch seine Fassade, das sie unerwartet anziehend fand. Er suchte ihren Blick, legte eine Hand an sein Herz und fing an zu deklamieren:

»*Herbstende! winter! frühling mit schlammigem eise!*
*Ihr schläfernden zeiten des jahrs – ich liebe und preise*
*Was mein gemüt und meine gedanken umgab*
*Mit dunstigem leintuch und mit verschwommenem grab.*
Das ist die erste Strophe.«

Mila starrte ihn an. Sie kannte das Gedicht nicht, aber es hörte sich nicht so an, als ob er bluffte.

*Seelen mit Rabenfittichen,* flüsterte Odettes Stimme in ihrem Hinterkopf.

Nicholas stand im Schatten eines Marktstandes, der Obst und Süßigkeiten verkaufte, und sah zu, wie dieser Kerl mit Mila sprach. *Gesindel,* hallten Odettes Worte von eben noch in ihm nach. *Seelen mit Rabenfittichen.* Er biss die Zähne zusammen.

»Das ist sie also wirklich?«, fragte Luc.

Nicholas hob das Kinn, senkte es wieder. Ein äußerst knappes Nicken.

»Was wirst du jetzt tun?«

Nicholas wandte den Kopf. Sein Freund stand dicht bei ihm und fuhr fort: »Ich meine: Warum sind wir hier? Wir könnten versuchen, einfach von hier zu verschwinden. Dann wäre die Geschichte zu Ende, bevor sie richtig angefangen hat. Warum ...«

Bilder flackerten in Nicholas' Geist auf und ließen Lucs Worte in den Hintergrund treten. Bilder, die sich anfühlten, als wären sie mit einer Nadel auf die Innenseite seines Schädels graviert. *Ein schwarzes Notizbuch, nicht das, das sich in seiner Manteltasche befand, aber eines, das genauso aussah. Die Schrift mit dem blauen Leuchten. Der Füllfederhalter, der durch seine Finger rutschte und auf den steinernen Fliesen aufprallte. Seine Beine, die unter ihm nachgaben. Das Kreischen völliger Erschöpfung in seinen Ohren ...*

»Nicholas?« Lucs Stimme holte ihn zurück auf den Bahnhof.

Er blinzelte, presste Daumen und Ringfinger in die inneren Augenwinkel.

Luc hielt ihn an den Oberarmen gepackt. »Alles okay, Mann? Du warst mindestens eine Minute lang richtig weggetreten.«

Nicholas machte sich los. »Ja. Klar, alles in Ordnung.« Er konnte seinen Blick nicht von Mila lösen, die in der riesigen Bahnhofshalle stand, eingehüllt in das überirdische Leuchten der Sonnenstrahlen.

»Der Kerl da«, sagte Luc. »Er kommt in der Geschichte aber nicht vor, oder?«

Nicholas schüttelte den Kopf, ohne den Typen aus den Augen zu lassen. Er löste sich aus dem Schatten des Obststandes.

Luc ächzte leise. »So viel zum Thema einfach von hier abhauen«, murmelte er.

Nicholas marschierte auf Mila zu und er war nur noch wenige Meter von ihr entfernt, als sie den Kopf wandte und ihn ansah. Mit einem Ruck blieb er stehen. Völlig bewegungsunfähig.

Milas Augen weiteten sich.

Eine Hand legte sich auf Nicholas' Schulter. Luc. In Milas Augen schimmerte erst Schrecken auf, dann tiefe Verwirrung. Ihre Lippen teilten sich.

»Du?«, wisperte sie.

Nicholas krallte sich an Lucs Arm fest.

»Wer ist der Kerl?« Die Stimme des anderen Jungen. »Sieht aus, als würde er gleich an seiner eigenen Zunge ersticken.«

Mila achtete nicht auf ihn. »Nicholas?« Ihre Stimme war nur ein Hauch.

Nicholas' Knie begannen zu zittern.

Und dann keuchte er auf, als ein brennender Schmerz sein Handgelenk erfasste. Er riss den Arm hoch. Starrte auf die Stelle direkt über seiner Pulsader. Ein schwaches blaues Leuchten fraß sich von innen an die Oberfläche seiner Haut.

Beim Anblick des Jungen im schwarzen Mantel dachte Mila, sie würde ihren Verstand verlieren. Sie vergaß, dass sie gerade Eric etwas hatte fragen wollen. Vergaß, dass sie eigentlich auf dem Weg zu Isabelle war. Verschwunden waren sämtliche Menschen ringsherum. Verschwunden war auch der Bahnhof, ganz Paris.

Die gesamte Welt.

Es gab nur noch sie und den Jungen im schwarzen Mantel. Groß war er und schlank, genau wie in ihrem Notizbuch. Seine Haare hingen ihm wirr in die Stirn, verdeckten seine Augen. Trotzdem wusste sie, dass er sie anstarrte. Sein Mantel klaffte auf, enthüllte eine teure Jeans und ein schlichtes, aber ebenfalls teuer aussehendes weißes Hemd.

»Nicholas?« Milas Lippen formten den Namen, aber sie spürte nicht, ob sie ihn laut sagte. Sie hörte nichts. Wie in einem riesigen, kalten Vakuum schwebte sie. Ihr Herz zog sich zu einem winzigen Punkt zusammen, sodass sie nicht mehr atmen konnte.

Sein Blick begegnete ihrem und in diesem Moment entstand etwas Namenloses zwischen ihnen, etwas, das ihr enges Herz weitete, mehr, als es sich jemals zuvor geweitet hatte. Plötzlich fühlte sie sich unendlich leicht und gleichzeitig tonnenschwer, alt und doch jung wie nie zuvor.

Sie sah, wie Nicholas sich krümmte, wie er Halt suchte bei seinem Freund, einem breitschultrigen Kerl mit kurzen Beinen und einem Brustkorb wie ein Gewichtheber.

Der Ansturm der starken Gefühle zwang sie fast in die Knie und gerade, als sie wieder ausatmete, wurde Nicholas von seinem Begleiter in Richtung Ausgang weggezerrt.

Weg von ihr.

*Glauben Sie an Liebe auf den ersten Blick?*, hallten die Worte des alten Mannes aus dem Zug in ihr nach.

Eric neben ihr schien etwas zu fragen, doch sie hörte ihn nur undeutlich, als sei sie plötzlich unter Wasser geraten.

Mit klopfendem Herzen starrte sie Nicholas hinterher.

Draußen vor dem Bahnhofsgebäude zwang Luc Nicholas, stehen zu bleiben. »Alter«, stieß er hervor. »Was war das denn?«

Nicholas umklammerte sein Handgelenk. Dann nahm er die Hand fort, blickte auf die schmerzende Stelle. Blaues Leuchten brannte sich durch seine Haut, feine Linien, die Bögen bildeten und Schleifen. Ein Wort.

*Mila.*

Er schluckte.

»Ach, du Scheiße!« Luc packte Nicholas' Hand, drehte sie so, dass er einen besseren Blick auf das Phänomen hatte. »Das ist ...«

Nicholas entzog sich ihm. Er wusste, was es war. Er hatte es schon einmal erlebt, dass sich blaue Schriftzeichen durch seine Haut gebrannt hatten. Vor ein paar Jahren war es gewesen und seit damals hatte er inständig gehofft, dass er es nie wieder erdulden musste.

Er knirschte mit den Zähnen, um den Schmerz auszuhalten. »Das Mädchen«, sagte er. »Sie ist Mila …«

Luc ließ die Schrift für einen Augenblick Schrift sein. »Quatsch! Das bildest du dir ein.«

»Du möchtest, dass ich mir das einbilde. In Wirklichkeit weißt du ebenso wie ich, dass sie es ist.«

»Es ist nur eine blöde Geschichte, Nicholas! Etwas, das du als Teenager geschrieben hast, weil du deinem Vater eins auswischen …« Luc verstummte, weil sich hinter ihm die schwere Bahnhofstür öffnete.

Heraus trat Mila.

Und etwas in Nicholas kam zum Stillstand.

Mila war dem Jungen im schwarzen Mantel nachgeeilt, ohne auch nur eine Sekunde lang darüber nachzudenken, was sie tat. Als sie die Hand nach dem Griff der schweren Bahnhofstür ausgestreckt hatte, hatte sie danebengefasst, so verwirrt war sie. Und als sie jetzt dem Jungen gegenüberstand, wusste sie weder, was sie sagen, noch, was sie denken oder fühlen sollte.

»Nicholas, nicht wahr?« Die Worte kratzten in ihrer Kehle wie Sandpapier.

Hinter seinen widerspenstigen Haarsträhnen weiteten sich seine Augen. Sie war ihm jetzt nah genug, um zu erkennen, dass seine Iris blau war. Ein Blau so dunkel wie eine mondhelle Nacht. Winzige silbrige Splitter schwammen darin wie Sterne an einem Mitternachtshimmel. Sein Gesicht war schmal und ebenmäßig, die wirren Haare fielen ihm über Stirn und Lider. Es sah aus, als sperre er seinen Blick absichtlich dahinter ein.

Sie legte ihre Fingerspitzen in die Vertiefung ihres Schlüsselbeins und konnte dort ihren Herzschlag trommeln spüren. »Was passiert hier gerade?«, fragte sie.

Er schüttelte den Kopf. Es war eine verwirrte Geste, keine Ablehnung. Eine Haarsträhne geriet ihm in den Augenwinkel, aber er schien es nicht einmal zu bemerken. Wie ferngesteuert streckte Mila die Hand aus, um sie fortzustreichen. Sein Blick fühlte sich an wie Fingerspitzen, die sanft ihre Wange streichelten. »Wieso siehst du genauso aus wie jemand, über den ich ...?« Sie unterbrach sich, weil sie wusste, wie dämlich es geklungen hätte, ihn das zu fragen.

*Warum siehst du aus wie jemand, über den ich geschrieben habe?*

Seine Augen weiteten sich noch ein wenig mehr, so, als erschreckte ihn ihre Frage, obwohl sie sie gar nicht zu Ende gebracht hatte. Kurz bevor sie ihn berührte, zuckte er zurück, und plötzlich fühlte sich sein Blick an wie eine Ohrfeige.

»Du kennst mich nicht.« Seine Stimme war tief und dunkel und ihr Klang verursachte Mila eine Gänsehaut. Mit einem Mal sah er so aus, als wäre er am liebsten vor ihr fortgelaufen.

Sie blinzelte irritiert. Sie hatte gemerkt, dass auch er von ihrer Begegnung elektrisiert gewesen war. Sie war sich sicher gewesen, dass er bei ihrem Anblick ähnlich empfunden hatte wie sie. Aber genau wie sie schien auch er von der Situation völlig überfordert zu sein. Er atmete viel zu schnell.

»Ich ...« Sie wusste nicht, was sie sagen sollte. Mehrere Sekunden lang standen sie sich gegenüber, eine halbe Armeslänge voneinander entfernt, und die Luft zwischen ihnen verdichtete sich, bis sie zu knistern schien.

»He! Warum bist du einfach weg...« Eric war plötzlich neben ihr. »Was geht hier vor?«

Nicholas' Blick ruhte noch einige Sekunden länger auf ihrem Gesicht. Dann senkte er ihn auf sein Handgelenk, über das er den Mantelärmel tief nach unten gezogen hatte. Schließlich trat er von Mila zurück und sah Eric an. »Ihr Portemonnaie«, sagte er. Er klang ganz ruhig und freundlich, aber sie konnte zusehen, wie etwas in seinen Augen aufschimmerte. Eine Härte, die sie frösteln ließ.

Mila drehte sich zur Seite. In Erics Augen blitzte es.

»Und ihr Handy«, fügte Nicholas hinzu.

Als Eric nicht reagierte, trat er einen Schritt vor.

Eric wich zurück, aber nur mit dem Oberkörper.

»Her damit!«, befahl Nicholas und streckte die Hand aus.

Eric kämpfte noch einen Augenblick mit sich, doch dann seufzte er tief. Er fasste in die Tasche seines Hoodys, zog Milas Portemonnaie daraus hervor und gleich darauf auch ihr Handy aus der hinteren Tasche seiner Jeans.

Mila wusste nicht, ob sie verblüfft oder erschrocken sein sollte. Darum also hatte Eric sich zu ihr gesellt? Weil er sie bestehlen wollte? Und sie hatte geglaubt, er habe sich wirklich für sie interessiert. Sie hatte ihn sogar nett und irgendwie anziehend gefunden. Kurz kam sie sich unendlich dämlich vor, doch das Gefühl trat sofort in den Hintergrund, als sich Nicholas' Blick wieder auf sie richtete.

In seinen Augen erschien ein spöttischer Ausdruck. »Ja«, sagte er mit dieser tiefen Stimme. »Typen wie er suchen sich gern naive, kleine Mädchen aus.«

»Ich bin nicht naiv!«, rutschte es Mila heraus.

Nicholas' rechter Mundwinkel zuckte schwach, was den Spott in seinen Augen noch verstärkte. »So?« Wortlos nahm er Eric ihr Portemonnaie und das Handy ab. Dann stieß er herausfordernd das Kinn vor. »Verpiss dich!« Er machte eine bedeutungsvolle Pause und fügte hinzu: »Und halt dich in Zukunft von ihr fern!«

Eric schien sich mittlerweile gefangen zu haben. »Sonst?«,

fragte er. Wieder schien die Luft zu knistern, diesmal jedoch zwischen Eric und Nicholas und aus einem ganz anderen Grund.

Eric ballte die Rechte zur Faust. Er sah so aus, als ob er das nicht zum ersten Mal tat.

In Milas Ohren summte es.

»Nicholas!« Die Stimme von Nicholas' Freund klang warnend. »Komm, lass. Mit dem Typen ist nicht zu spaßen.«

Nicholas winkte ab. Und machte sich ebenfalls kampfbereit. »Was ist?«, forderte er Eric heraus. »Traust du dich nicht, oder was?«

Eric trat drohend einen Schritt vor.

»Leute!«, sagte Mila. »Nicholas! Eric!«

Niemand achtete auf sie. Und dann geschah alles sehr schnell. Erics Faust stieß vor. Nicholas fing den Hieb mit gespannten Bauchmuskeln ab. Dann packte er Erics Hand, tauchte darunter hindurch und stand im nächsten Augenblick hinter seinem Rücken, seinen Arm in einem Haltegriff.

Eric schrie auf und ging in die Knie. Er wehrte sich, aber Nicholas zwang ihn zu Boden, indem er den Druck langsam, aber sicher erhöhte. »Verdammt! Du Drecksack, du brichst mir den Arm!«, zischte Eric und gab schließlich nach.

Über ihn hinweg schaute Nicholas Mila an.

Ihr Herz jagte von diesem kurzen Ausbruch von Gewalt und offenbar sah er den Schrecken, den sie empfand. Für eine Sekunde lang lockerte er den Griff um Erics Handgelenk.

Der wollte die Gelegenheit nutzen und sich aus der Umklammerung winden, aber sofort erhöhte Nicholas den Druck wieder, ganz selbstverständlich und lässig und ohne dabei den Blick von Mila zu nehmen. Langsam, Stück für Stück zwang er Eric tiefer. Bis dessen Gesicht fast den schmutzigen Asphalt berührte.

Erneut schrie Eric.

»Hör auf!« Schrill klang Milas Stimme. »Du brichst ihm den Arm!«

Nicholas sah ihr in die Augen, als dächte er über etwas sehr intensiv nach. Und dann zog er durch.

Erics Handgelenk brach wie ein trockener Zweig. Mila konnte es knacken hören.

Eric schrie auf. »Du Bastard!«, brüllte er.

Mila spürte, wie ihre Knie weich wurden.

Nicholas ließ Eric los, der vornüberfiel und sich gerade noch mit der unverletzten Hand abstützen konnte. Mühsam rappelte er sich auf, hielt die verletzte Hand vor dem Bauch. »Du mieses Arschloch! Du bist ja irre!« Mit dem Kinn deutete er erst auf Nicholas, dann auf Mila und als müsse er sicher sein, dass sie verstanden hatte, wiederholte er: »Der ist irre!« Dann machte er auf dem Absatz kehrt und suchte das Weite.

Mila starrte ihm nach, aber er war noch nicht weit weg, als ihre Fassungslosigkeit sich in Zorn wandelte. »Was sollte das?!«, fauchte sie Nicholas an. »Das war völlig unnötig!«

Er zuckte nur mit den Schultern. Scharf zog er Luft durch die Zähne, als habe er selbst Schmerzen. Seine Hand umklammerte sein eigenes Handgelenk, dabei waren Erics Knochen gebrochen, nicht seine.

Mila spürte Tränen in sich aufsteigen. Tränen der Enttäuschung. Der Junge, über den sie geschrieben hatte, hätte nie im Leben so etwas getan.

Nicholas rührte sich nicht. Und dann sagte er etwas sehr Sonderbares.

»Wenn es irgendwie in meiner Macht steht, Mila, dann werde ich es verhindern.«

»*Was* verhindern?« Sie schrie jetzt fast.

Aber er drehte sich einfach um. Und ging weg.

# 4

Die Wüste war blau, der Himmel rot, die Palmen lila. Und die beiden Kamele grasgrün.

Milas Blick wanderte über das großflächige Gemälde, das die Backsteinmauer in der Rue Cortot zierte, in der Isabelle wohnte. Dann warf sie einen Blick auf ihr Smartphone, auf dem sie ein Foto eben dieses Gemäldes geöffnet hatte. Auf dem Foto prangte an einer Stelle direkt unter einem Palmwedel ein dickes schwarzes Kreuz.

»Schlüssel«, hatte ihre Freundin Isabelle an dieses Kreuz geschrieben.

Mila ließ das Handy sinken und suchte die entsprechende Stelle auf der Mauer. Wenn sie sich reckte, kam sie gerade so daran. Sie stellte sich auf die Zehenspitzen und tastete die bezeichnete Stelle ab. Der Ziegelstein darunter war lose. Er ließ sich herausziehen und als Mila es tat, fiel ihr auch schon ein einzelner Sicherheitsschlüssel in die Hände. Ein Schnürsenkel in Neongrün war durch das Loch gezogen und mit sieben nebeneinanderliegenden Knoten verknotet.

Mila steckte den Backstein wieder in das Loch. Dann wandte sie sich der Haustür links neben der Backsteinmauer zu und schloss auf.

Sie betrat die winzige Wohnung im Erdgeschoss und atmete

erleichtert auf. Nach den Ereignissen auf dem Bahnhof hatte sie sich nichts sehnlicher gewünscht, als endlich hier anzukommen und eine Tür hinter all den sonderbaren und schrecklichen Dingen zu schließen, die passiert waren, seit sie aus dem Zug gestiegen war.

Nachdem dieser brutale Kerl verschwunden war, hatte Mila Eric gesucht, weil sie ihm helfen wollte. Aber sie hatte ihn nicht wiedergefunden. Eine ganze Weile war sie durch den Bahnhof gelaufen. Vergeblich. Und auch von der Obdachlosen mit ihren merkwürdigen Sprüchen hatte sie nichts mehr gesehen.

Also hatte sie beschlossen, all diesen Irrsinn hinter sich zu lassen und zu Isabelle zu fahren. Ihre Freundin war nicht nur vier Jahre älter als sie, sondern stand auch mit beiden Beinen fest auf dem Boden. Schon im Camp damals war sie jemand gewesen, der immer eine Lösung fand – und wenn nicht, der dann wenigstens den ganzen Mist, der manchmal passierte, fröhlich weglachen konnte. Isabelle würde Mila den Kopf zurechtrücken und ihr die Sicherheit zurückgeben, die sie mit ihrer Ankunft in Paris verloren hatte.

Ihr Blick schweifte über eine bunt zusammengewürfelte und ganz offenbar aus dem Sperrmüll stammende Couchgarnitur, ein aus Ziegelsteinen und Brettern gebautes Regal mit alten, zerlesenen Taschenbüchern und einen uralten und ziemlich wackelig aussehenden Esstisch mit unterschiedlich bunt angemalten Stühlen. An jeder Wand hingen Dutzende von abstrakten Bildern und auch auf dem Fußboden standen sie in mehreren Reihen übereinander gegen die Wände gelehnt.

Isabelle lebte von der Unterstützung durch ihre reiche Familie und davon, dass sie Touristen quietschbunte Ansichten von Paris in schrillen Farben verkaufte. Ihr Herz jedoch schlug für ihre eigene Kunst. Sie malte abstrakte Gemälde in düsteren Tönen und mit unheimlich verzerrten Gestalten. Verkauft hatte sie davon bisher nicht ein einziges. Was vermutlich ein Grund dafür war, dass die Bilder jeden Quadratzentimeter ihrer Wände bedeckten.

Der Geruch von frischer Ölfarbe und Firnis hing in der Luft.

Mila zog die Tür hinter sich zu und atmete das erste Mal, seit sie den Bahnhof verlassen hatte, tief durch.

Auf dem Tisch in der Mitte des Raums standen eine Flasche mit Wasser und eine mit Saft bereit. »Mach es dir gemütlich, bin um kurz nach sechs zu Hause«, hatte Isabelle in ihrer unverwechselbaren, kaum leserlichen Handschrift auf einen Zettel gekritzelt. Mila musste lächeln.

Sie streifte sich ihre Schuhe ab, stellte ihr Gepäck neben die Küchenzeile, ließ sich auf die Couch fallen und schloss die Augen.

Sie war erledigt. Und brauchte wirklich eine Pause.

Doch sofort waren die Bilder wieder da. Und mit ihnen auch die Geräusche.

Vor allem das Knacken, mit dem Erics Handgelenk gebrochen war.

Hatte sie das wirklich erlebt? Jetzt, in der Abgeschiedenheit von Isabelles Wohnung, kamen ihr die Szenen auf dem Bahnhof vollkommen unwirklich vor. Eric, der ihr Portemonnaie und Handy geklaut hatte. Und Nicholas ...

Nicholas mit den schwarzen Haaren und den blauen Augen. Dem schwarzen Mantel mit dem unverwechselbaren Kragen.

»Absurd!«, murmelte sie. »Völlig absurd.« Vermutlich hatte sie zu wenig geschlafen und zu viel geschrieben in letzter Zeit. Ja, dieser Kerl hieß Nicholas, und ja, er hatte schwarze Haare und blaue Augen – aber das konnte auch einfach ein merkwürdiger Zufall sein.

Plötzlich hatte sie das dringende Bedürfnis, noch einmal die Sätze zu lesen, die sie im Zug geschrieben hatte. Sie holte ihr Notizbuch aus der Umhängetasche und blätterte auf die letzte beschriebene Seite.

Es fühlte sich seltsam an, ihre eigenen Worte noch einmal zu überfliegen. Diese Fürsorglichkeit, die Nicholas dem kleinen Mädchen gegenüber an den Tag legte, passte so überhaupt nicht zu der Brutalität, mit der er Eric das Handgelenk gebrochen hatte. Klar. Weil Realität und Fiktion nicht das Geringste miteinander zu tun hatten!

Sie seufzte auf, weil ihre Fantasie mal wieder mit ihr durchgegangen war. Es war ja nicht das erste Mal, dass das passierte. Sie griff nach ihrem Bleistift und begann, ein paar Sätze in ihr Buch zu kritzeln, so wie sie es immer tat, wenn sie etwas verstörte. Bisher hatte es ihr noch jedes Mal geholfen und ganz bestimmt konnte sie die Ereignisse so besser aus dem Kopf bekommen.

Sie fing mit Eric an und beschrieb ihn, so genau es ging. Seine schmutzigen Klamotten, seine braunen Haare, die Augen, in denen etwas geschimmert hatte, was sie nicht richtig zuordnen konnte. Leere war es, das begriff sie jetzt beim Schreiben. Eine Müdigkeit, die eigentlich nicht zu seinem Alter passte.

Sie beschrieb Erics gebrochenes Handgelenk und dann, aus einer Laune heraus, schrieb sie, dass der Bruch wie durch Zauberhand heilte. Sie hielt kurz inne, aber weil sie schon mal dabei war, schrieb sie weiter. Wie Eric sich neben eine Reihe Schließfächer stellte und sein Blick auf eine Frau mit langen roten Haaren fiel. Automatisch checkte er, ob sie als Opfer infrage käme.

Doch dann bekam er ein schlechtes Gewissen wegen dem, was er mit Mila gemacht hatte.

Mila beschrieb, wie er an sie dachte und ihm dabei klar wurde, dass es erbärmlich war, davon zu leben, am Bahnhof Frauen auszunehmen.

Inzwischen flog Milas Stift wie von selbst über das Papier, produzierte Wörter, Sätze, Absätze. Zeile um Zeile, Seite um Seite schrieb sie und dann – urplötzlich – leuchtete die Mine des Bleistifts auf. Wie Tinte aus Licht floss es aus ihr heraus. Das Leuchten erfasste die letzten Buchstaben, die Mila geschrieben hatte. Ihre Wörter und Sätze füllten sich nach und nach mit blauem Licht, so wie ein trockener Kanal sich mit Wasser füllte, wenn die Schleuse geöffnet wurde.

Erschrocken ließ Mila den Bleistift fallen. Sah noch einmal hin. Blinzelte.

Verschwunden war das blaue Leuchten. Das Geschriebene sah völlig normal aus: bleistiftgrau und matt.

Verwirrt blätterte Mila vor und zurück. Dann schaute sie zu Isabelles funzeliger Lampe hoch. War sie einer optischen Täuschung aufgesessen? Vermutlich. Wie lange war sie schließlich unterwegs gewesen? Acht, neun Stunden, in denen sie kaum etwas gegessen und viel zu wenig getrunken hatte.

Kein Wunder, dass sie Halluzinationen bekam.

Sie verstaute ihr Buch und den Stift in ihrer Umhängetasche, streifte die Schuhe ab und schenkte sich ein großes Glas Wasser ein, das sie in einem Zug leer trank. Sie schaute auf die Uhr. Es würde noch gut zwei Stunden dauern, bis Isabelle nach Hause kam. Sie sollte die Zeit nutzen, um sich auszuruhen. Wie sie ihre Freundin kannte, würde das heute ein langer Abend werden.

Sie legte sich der Länge nach aufs Sofa.

Einige Minuten lang starrte sie an die Decke. Ein staubiger Spinnfaden hing an der Lampe und bewegte sich sachte in irgendeinem Luftzug, den Mila nicht wahrnehmen konnte. Tatsächlich schien das Schreiben geholfen zu haben. Sie fühlte sich leichter als vorher und die Bilder vor ihrem inneren Auge wurden blasser, um anderen Platz zu machen: von ihrer Mutter und dem Streit, den sie gehabt hatten. Vom ICE am Berliner Hauptbahnhof, in den sie früh am Morgen gestiegen war. Dann das eintönige Rattern der Zugräder …

Zum ersten Mal, seit sie in Paris angekommen war, verlangsamte sich ihr Herzschlag. Ihre Glieder wurden schwer. Als ihr die Augen zufielen, seufzte sie auf und drehte sich auf die Seite. Und kurz darauf war sie eingeschlafen.

In der großen Halle des Gare de l'Est stand Eric an die Seitenwand einer Reihe Schließfächer gelehnt und hielt sich fluchend das Handgelenk. Der Schmerz war fies, auch wenn er daran gewöhnt war. Er hatte sich schon öfter den ein oder anderen Knochen gebrochen. Das brachte das, was er am liebsten tat, so mit sich. Aber dass dieser beschissene Drecksack wirklich durchgezogen hatte, ging ihm nicht in den Kopf. Dazu hatte nicht die geringste Veranlassung bestanden.

Er hob den Blick, als eine zierliche Frau mit roten Haaren und teuer aussehender Kleidung an ihm vorbei zu den Schließfächern ging. Automatisch scannte er sie. Sie wirkte gebildet. Bei ihr würde er mit seiner Baudelaire-Masche und seinem Tausend-Watt-Lächeln leicht landen können. Außerdem sah sie wohlhabend aus. Vermutlich befanden sich in ihrer Geldbörse hundert Euro oder sogar mehr.

Ein leichtes Spiel also. Lukrativ.

Er sah auf seine Hand hinunter, die plötzlich überhaupt nicht mehr wehtat. Verwundert bewegte er das Gelenk. Es ging ohne Probleme.

Die Schmerzen waren verschwunden.

Sollte ihm recht sein. Er konzentrierte sich wieder auf die Frau mit den roten Haaren. Er war schon drauf und dran, sich von den Schließfächern abzustoßen und zu ihr zu gehen, als Milas Gesicht vor seinem geistigen Auge aufflammte. Die Art, wie sie geschaut hatte, als ihr klar geworden war, dass er sie bestohlen hatte. Der Schrecken, vor allem aber die Scham, die sie empfunden hatte, waren ihm wie ein Messer in den Leib gefahren. Hübsch hatte sie ausgesehen, dachte er. Selbstbewusst und klug wirkte sie. Das gefiel ihm.

Er beobachtete, wie die Rothaarige ihren Koffer in eines der Schließfächer einschloss und danach in einen der kleinen Blumenläden ging. Dabei zog sie ihre Geldbörse aus der Tasche. Das Ding war von Louis Vuitton. Was für eine Gelegenheit!

Wieder dachte er an Mila, an die Art, wie sich ihre blonden Locken rechts und links ihrer Wangen kringelten.

Sie hatte kein Wort zu ihm gesagt, als sie begriffen hatte, dass er sie bestohlen hatte. Aber sie hatte ihn angesehen wie ein Insekt, das man besser zertrat.

Er knirschte mit den Zähnen. Es war schon erbärmlich, wie er seinen Lebensunterhalt verdiente.

Eric stieß sich von den Schließfächern ab.

Und ging davon.

Die verfallene Krypta unter dem alten Friedhof Père-Lachaise wirkte wie in friedliches Licht getaucht. Die uralten Malereien an den Wänden und über Nicholas' Kopf waren verblasst; Geschichten, die seit Jahrhunderten von niemanden mehr weitererzählt wurden. Wurzeln wuchsen durch das alte Gewölbe. Die Sonne schien durch Spalten und Risse, malte schimmernd helle Vorhänge in die staubige Luft. Moos überzog Pfeiler und Säulen, sodass alles einen sanftgrünen Schimmer hatte. Es roch nach Pilzen und nach Erde.

Nicholas saß auf einer der alten Kirchenbänke, stützte die Ellenbogen auf den Knien ab, ließ den Kopf hängen und dachte nach. Ab und an strich er über das blaue Leuchten an seinem Handgelenk.

Das hier war der totale Albtraum. Und er war leider darin gefangen.

Am besten, er schrieb schon mal auf, wie er sich seine Beerdigung vorstellte. Nicht, dass sie noch auf die Idee kamen, *Candle in the Wind* zu spielen.

Irgendwann kam Leben in ihn. Er griff in die Manteltasche und zog sein Notizbuch und einen silbernen Stift heraus, aber natürlich nicht, um seine eigene Trauerfeier zu planen. Statt in beschissenem Selbstmitleid zu versinken, musste er sich um etwas anderes kümmern.

Und zwar um Erics Handgelenk.

Ihm war klar, dass er wiedergutmachen musste, was er angerichtet hatte. Ihm ging nicht aus dem Kopf, wie es sich angehört hatte, als das Handgelenk des Jungen gebrochen war. Scheiße. Noch nie hatte er einen Menschen absichtlich körperlich so schwer verletzt und doch war es ihm in diesem Moment als das einzig Richtige erschienen. Er hatte die Verwirrung in Milas Blick gesehen. Und da war dieses Bedürfnis in ihm gewesen, die Katastrophe zu stoppen, die mit ihrem Auftauchen hier in Paris ins Rollen gekommen war.

Das war der Grund gewesen, warum er sich wie ein brutaler Scheißkerl verhalten hatte. Darum hatte er durchgezogen.

Ein sarkastisches Lachen stieg in seiner Kehle auf.

Was für ein Idiot er war!

*Deine Geschichte ist zu Ende erzählt, Nicholas.* Das hatte Odette in den letzten Jahren mehr als einmal zu ihm gesagt. Sie hatte all das hier kommen sehen, während sich alle anderen, ihn selbst eingeschlossen, geweigert hatten, der Realität ins Auge zu blicken.

Odette war die Einzige gewesen, die sich nichts vorgemacht hatte, und er würde es ab jetzt auch nicht mehr tun.

Er würde wiedergutmachen, was er Eric angetan hatte, und dann konnte er sich immer noch seinem eigenen Abgesang widmen.

Er griff den Stift fester. Es waren nur ein paar Zeilen, für ihn eine leichte Fingerübung. Er begann zu schreiben, doch egal, welche Worte er wählte, um Erics Handgelenk zu heilen, etwas war anders als sonst. Das blaue Leuchten wollte sich einfach nicht einstellen.

Was zum Teufel war nur los? Es hatte doch bisher immer funktioniert! Es funktionierte bei Spielzeug, wie der Puppe der Kleinen am Eiffelturm, ebenso wie bei gebrochenen Knochen oder Wunden.

Nur, dass ausgerechnet jetzt nichts geschah.

Er legte das Notizbuch und den Stift neben sich auf die Kirchenbank. Dann drehte er seine Hand so, dass er die brennenden Schriftzeichen darauf sehen konnte. *Mila* stand dort noch immer.

»Hier bist du!« Über die geborstenen Fliesen der Krypta kam Luc auf ihn zu. Er deutete in Richtung Gewölbe, über dem der Friedhof lag. »Was zum Henker tust du?«

Nicholas hob den Kopf. »Den Schauplatz nutzen«, sagte er. »Ich mach mich schon mal mit dem Thema Tod vertraut.«

Wütend funkelte Luc ihn an und Nicholas ärgerte sich über seinen eigenen Spruch. Eigentlich war er sonst nicht der melodramatische Typ. Aber bei dem, was gerade geschah ... »Schon gut«, murmelte er.

»Nichts ist gut!« Luc fegte sein Notizbuch beiseite und setzte sich zu ihm. »Dieser Typ, dieser Eric kommt in der Geschichte überhaupt nicht vor. Und viele Details sind bis jetzt ganz anders verlaufen, als du es geschrieben hast!« Er räusperte sich. »Ich meine: Das ist doch der Grund gewesen, warum du diesem Kerl die Hand gebrochen hast, nicht wahr? Weil du dir beweisen wolltest, dass es auch anders laufen kann. Dass deine Mutter Erfolg hatte mit ...«

»Lass meine Mutter aus dem Spiel!«, warnte ihn Nicholas.

Luc zuckte mit den Schultern. »Dann eben, weil du dir beweisen wolltest, dass du nicht die Rolle des tragischen Helden einnehmen musst«, sagte er stattdessen.

Nicholas schnaubte. Luc hatte es auf den Punkt gebracht. Er hatte die Geschichte tatsächlich in eine neue Richtung treiben wollen, als er Eric das Handgelenk gebrochen hatte. Sein Freund kannte ihn ziemlich gut.

»Was ich sagen will ...« Luc ließ nicht locker. »Es muss nicht so enden, wie du es dir ausgedacht hast.«

Nicholas biss die Zähne zusammen. Plötzlich waren da Erinnerungen in seinem Kopf. Erinnerungen an das, was er vor Jahren selbst geschrieben hatte. *Blut. Schmerz. Eine Kugel, die sein Herz durchschlug ...*

Gott, was für theatralisches Zeug! Die Laune eines Teenagers. Er war einfach ein dummer Junge gewesen, der keine Ahnung davon gehabt hatte, dass sein Schreiben echte Konsequenzen nach sich zog.

»Übrigens ...« Luc wartete, bis Nicholas ihn erneut ansah. »Dein Vater ist auf dem Weg hierher.«

Nicholas überraschte das nicht sonderlich, er hatte damit gerechnet. Sein Vater wusste, dass er sich gern hierher zurückzog, wenn er allein sein und nachdenken wollte. Und Nicholas war sich sicher, dass sein Vater auch längst von Mila wusste.

Er schaute zu dem schmalen Gang, der seitlich vom Altarraum abging und der einen Zugang schuf vom eleganten Stadthaus seiner Familie zu dem unterirdischen Gängelabyrinth, das ganz Paris durchzog.

Schritte von zwei Menschen drangen aus diesem Gang. Die einen waren eher leise, wie von teuren Ledersohlen. Die anderen klangen nach Stiefelabsätzen. Sein Vater kam als Erster in Nicholas' Blickfeld. Er trug einen eleganten Designeranzug in Schwarz, maßgeschneidert, sodass er perfekt an seinem schlanken Körper saß. Seine italienischen Schuhe waren handgenäht. Villain Caruel war ein ebenso reicher wie mächtiger Mann. Sein Gesicht – das Nicholas' so ähnlich sah – wirkte nicht wie sonst souverän und offen, sondern maskenhaft und verkniffen.

Ein zweiter Mann kam direkt hinter ihm. Er war groß, muskulös und wirkte grimmig, aber das tat er oft. Serge Lefevre war der persönliche Assistent von Nicholas' Vater, eine Mischung aus Leibwächter und Mädchen für alles, der seinen Arbeitgeber wie ein Schatten begleitete.

Nicholas mochte ihn nicht besonders, was durchaus auf Gegenseitigkeit beruhte.

Serge wusste, zu welchen Dingen Nicholas – und auch Villain Caruel – fähig waren. In seinen Augen lag oft ein versteckter angewiderter Ausdruck deswegen. Nicholas fragte sich manchmal, warum er für die Caruels arbeitete und was sein Vater ihm dafür bezahlte, dass er über die Dinge schwieg, die er sah. Aber sie hatten nie mehr als belanglose Worte gewechselt und Nicholas hatte nicht vor, daran in der nächsten Zeit etwas zu ändern.

Caruel blieb abrupt stehen. »Nicholas«, sagte er nur.

Langsam stemmte Nicholas sich in die Höhe. »Du weißt es schon«, sagte er. Es war keine Frage. Das Schriftmal an seinem

Handgelenk tat höllisch weh, aber er zwang sich, es nicht zu umklammern. Er wollte nicht, dass sein Vater es bemerkte.

Endlose Sekunden vergingen. Schließlich nickte Caruel. »Ich habe es nicht glauben können.« In seinem Blick stand der verzweifelte und völlig vergebliche Versuch, gefasst zu wirken.

»Tja«, sagte Nicholas nur.

Caruel schloss die Augen. Als er sie wieder öffnete, hob er seine Hand in die Höhe und zog den Hemdärmel zurück.

Auf seinem Arm leuchteten die gleichen Schriftzeichen wie bei seinem Sohn.

Nicholas fluchte. »Bei dir auch?« Er hatte befürchtet, dass das geschehen würde. Es war bereits mehrmals geschehen, aber Nicholas hatte gehofft, dass wenigstens sein Vater dieses Mal von dem Phänomen verschont bleiben würde.

Caruels Blick war nicht auf die Schrift, sondern in Nicholas' Gesicht gerichtet. »Wie kann das sein?« Seine Stimme war rau und Nicholas wusste, was jetzt kommen würde. Sie hatten es in den letzten Jahren oft genug durchgekaut und doch hatte sein Vater offenbar das Bedürfnis, es immer und immer wieder zu wiederholen. Und genau das tat er auch jetzt.

»Das, was hier geschieht, Nicholas, ist noch nie zuvor geschehen«, sagte er. »Kein Fabelmächtiger hat je zuvor seine eigene Zukunft zu Ende geschrieben.«

»Genau!« Luc, der die ganze Zeit auf seinem Platz auf der Kirchenbank sitzen geblieben war, sprang ebenfalls auf. »Und es ist auch nicht so, wie wir alle angenommen haben. Es läuft anders ab!«

Gleichzeitig wandten Nicholas und Caruel ihm den Kopf zu.

»Die Realität«, stieß Luc hervor. »Sie stimmt nicht hundertprozentig mit dem überein, was Nicholas geschrieben hat. Es muss also vielleicht nicht ... böse enden.«

Serge stand regungslos wie eine Statue im Hintergrund und machte ein ausdruckloses Gesicht.

Caruel sah seinen Sohn sinnierend an. »Nein«, sagte er. »Vielleicht nicht.« Er wandte sich ab, ging zu dem Altar hinüber und auf dem Weg dorthin zog er ein kleines Oktavheftchen aus seiner Anzugtasche.

»Was hast du vor?« Nicholas klang alarmiert.

Caruel antwortete nicht. Er schaute über den Altar hinweg, dann zog er einen Kugelschreiber aus seiner Hemdtasche, der dem, den Nicholas benutzte, sehr ähnlich sah.

»Ähm, Monsieur Caruel?« Plötzlich schien Serge nervös zu sein. Unruhig trat er von einem Bein aufs andere.

Caruel achtete nicht auf ihn. Sein Gesicht strahlte jetzt Entschlossenheit aus und er klickte die Kugelschreibermine heraus. »Ich habe keine andere Wahl.«

Nicholas trat einen Schritt vor, blieb wieder stehen. Er sah Serge an. »Halten Sie ihn auf«, presste er zwischen zusammengebissenen Zähnen hervor.

Serge reagierte nicht. Er wirkte unsicher, was er tun sollte.

»Halten Sie ihn auf«, wiederholte Nicholas. »Er will versuchen, meine Geschichte umzuschreiben, aber das darf er nicht. Auf mich hört er nicht.«

»Bleiben Sie, wo Sie sind, Serge!«, befahl Caruel.

Spannung lag in der Luft.

Serge dachte nach. Einige Sekunden verstrichen. Caruel setzte den Kugelschreiber auf die Seiten des Oktavheftchens.

»Bitte, Serge!«, Nicholas trat einen Schritt auf den Leibwächter seines Vaters zu.

Da endlich reagierte Serge. »Monsieur Caruel«, sagte er. »Vielleicht sollten Sie das wirklich lieber lassen.« In seiner Miene lag noch immer Verunsicherung.

»Denk an das, was *Maman* passiert ist.« Nicholas brachte die Worte nur als heiseres Flüstern heraus, aber sie hatten endlich die erhoffte Wirkung.

Caruel erstarrte. Dann setzte er den Kugelschreiber wieder ab. Er drehte sich um. Falten lagen um seine Augen. Die Linien zwischen Nasenflügeln und Mundwinkeln waren so tief, als hätte er sie sich mit einem Messer ins Fleisch geschnitten. Sekundenlang stand er einfach nur da.

Dann schleuderte er den Kugelschreiber mit einem frustrierten Aufschrei gegen die Wand der Krypta.

Mila stand an einem altmodischen Himmelbett mit Vorhängen aus schwerem dunkelrotem Samt. Im ersten Moment war sie verwirrt, aber dann begriff sie, dass sie träumte.

Sie träumte, wie sie die Hand ausstreckte und den Vorhang des Bettes zur Seite schob. Ein uralter Mann lag vor ihr – lang ausgestreckt, die Hände auf der Brust gefaltet. Sie wollte sein Gesicht betrachten, aber es ging nicht. Es war verschwommen, als schaue sie durch eine Milchglasscheibe. Nur seine Augen konnte sie erkennen. Sie waren offen. Er sah sie an und blickte doch durch sie hindurch.

»Du darfst nicht um mich trauern«, sagte er. Mila wusste, dass er nicht mit ihr sprach, sondern mit jemandem, der hinter ihr stand. Sie wollte sich umdrehen, aber sie konnte sich nicht rühren.

Der alte Mann machte einen Versuch, sich aufzusetzen, doch er war zu schwach dazu. Er hustete qualvoll. Dann wisperte er etwas, das Mila nicht verstehen konnte.

Sie beugte sich zu ihm hinab, brachte ihr Ohr an seinen Mund. Ein unangenehmer Geruch ging von ihm aus, er roch nach Alter und Krankheit und nach tiefer, unendlicher Verzweiflung.

»Verzeih mir!«, wisperte er, dann folgte ein weiteres Wort. Ein Name. Vor Anstrengung, ihn zu verstehen, kniff Mila die Augen zusammen. Die andere Person war noch immer da, das spürte sie, und sie spürte auch die Trauer, die diese Person ausstrahlte.

»Verzeih mir«, wiederholte der alte Mann und endlich verstand Mila den Namen. »Héloise ...«

Mit einem Keuchen wachte sie auf. Sie zitterte, obwohl es warm im Raum war.

»Na, ausgeschlafen?«

Mila blinzelte. Jetzt erst wurde ihr klar, dass die winzige Wohnung mit dem leckeren Geruch von Tomatensoße und Knoblauch gefüllt war. Und vor allem mit der Gegenwart von Isabelle.

Ihre Freundin, die in der kleinen Küche gestanden und in einem Topf gerührt hatte, stürmte heran, zog Mila in eine aufrechte Position und umarmte sie.

»Du hast den Schlüssel gefunden, fein. Wie war deine Reise? Geht es dir gut? Hast du gut geschlafen? Wie schön, dass du da bist!« Die Sätze prasselten wie Maschinengewehrsalven auf Mila nieder, aber bevor sie auch nur einen Ton rausbringen konnte, stand Isabelle schon wieder an ihrem Kochtopf, rührte darin herum und trank gleichzeitig aus einem großen Glas Wein, das auf der Küchenzeile bereitstand. »Gott, ich dachte, du wachst nie auf. Das Essen ist gleich fertig.«

Von ihrer Position auf dem Sofa aus konnte Mila durch die offen stehende Küchentür sehen und ihr wurde von Isabelles Lebendigkeit ganz schwindelig. »Ganz okay. Ja. Geht so.«

Als Isabelle sich umdrehte und verständnislos die Augenbrauen hob, lachte Mila. »Das waren, wenn ich richtig mitgekommen bin, die Antworten auf deine Fragen. Meine Reise war ganz okay. Ja, es geht mir gut. Und geschlafen hab ich geht so.« Sie wies auf die düsteren Bilder an den Wänden. »Die sind offenbar nicht gut für meinen Schönheitsschlaf.«

Isabelle stemmte die Hände in die Hüften und fing an zu lachen. »Ach, Süße, du bist wirklich einmalig!«

Mila musste mitlachen und ihr wurde bewusst, dass es das erste Mal war, seit sie in Paris war. Sie schwang ihre Beine über die Sofakante. Trotz des Traumes fühlte sie sich erholt und viel besser als vorhin. »Wie spät ist es eigentlich?«, fragte sie.

Sie schaute aus dem niedrigen Fenster. Die Sonne war bereits hinter den Dächern der Nachbarhäuser verschwunden.

»Kurz vor halb neun«, sagte Isabelle. »Essen ist gleich fertig.«

Halb neun! Das hieß, Mila hatte mehrere Stunden geschlafen! Sie trat zum Tisch und nahm sich ein Glas Wasser, das sie durstig austrank.

Isabelle sah es und rümpfte die Nase. Dann goss sie ein zweites Glas von ihrem Rotwein ein und reichte es Mila. »Hier.«

Der Wein war dunkelrot und verströmte einen intensiven Geruch nach Brombeeren und Schokolade. Vorsichtig nahm Mila einen Schluck. Er schmeckte schwer und ziemlich lecker und es fühlte sich verblüffend gut an, ihn zu trinken. Wie ein Akt der Rebellion. So, als sei ihre Flucht von zu Hause jetzt erst Wirklichkeit geworden.

Isabelle, die sie beobachtet hatte, schien zu spüren, über was sie nachdachte. »Was macht deine Mutter?«, fragte sie vorsichtig.

Mila stellte das Weinglas ab, drehte es auf dem Tisch im Kreis. »Keine Ahnung.« Sie klang aufsässig, das hörte sie selbst. Und es lag an ihrer Unlust, sich mit dem Thema zu beschäftigen. Trotzdem zog sie das Handy aus der Hosentasche und warf einen Blick darauf.

Helena hatte es offenbar aufgegeben, ihr weitere Nachrichten zu schicken. In den letzten Stunden war keine weitere mehr gekommen. Seltsamerweise ärgerte Mila das fast genauso sehr wie das vorherige Bombardement. Wollte Helena sie jetzt durch Missachtung bestrafen?

Sie schaltete das Handy aus und legte es auf den Tisch neben das Weinglas. Sie würde nicht mehr an ihre Mutter denken. Sie war in Paris und bei Isabelle. Und das wollte sie verdammt noch mal genießen.

»Soll ich dir beim Kochen helfen?«, fragte sie.

Isabelle lächelte sie an. »Du kannst schon mal das Baguette schneiden.« Sie zog sie in die Küche, zeigte ihr das Schneidebrett und wenig später waren beide in eine eingehende Unterhaltung über ein paar Leute vertieft, die sie aus dem Künstlercamp kannten.

So war es immer mit Isabelle: Auch wenn sie sich länger nicht sahen, konnten sie dort anknüpfen, wo sie stehen geblieben waren. Isabelle war vor über einem Jahr in Berlin gewesen und hatte ein paar Tage bei Mila gewohnt. Jetzt fühlte es sich so an, als hätten sie sich gerade erst verabschiedet. Mila erfuhr, dass ihre Freundin, genau wie sie selbst, gerade eine gescheiterte Beziehung hinter sich hatte. Als sie nachfragte, tat Isabelle es mit einem schnöden Achselzucken ab. »Victor war ein Freak«, behauptete sie und nahm noch einen Schluck aus ihrem Glas.

Mila dagegen hatte ihr Weinglas auf dem Tisch stehen lassen. Noch immer kreiste ihr der Kopf von der Reise und sie trank selten Alkohol.

Als das Essen schließlich fertig war, deckten sie den Tisch und während sie aßen, schien Milas Welt sich endlich wieder in vertrauten Bahnen zu bewegen.

Nur einmal, als Isabelle fragte, wie ihre Fahrt hierher gewesen war, dachte Mila an all die schrägen Dinge, die ihr seit ihrer

Ankunft in Paris passiert waren. Sie zögerte, überlegte, was sie ihrer Freundin erzählen sollte. »Im Zug saß mir ein ziemlich sonderbarer Kauz gegenüber«, sagte sie schließlich.

Isabelle, die ihren leer gegessenen Teller mit einem Stück Baguette abwischte, schaute interessiert auf. Sie stand auf sonderbare Käuze, das wusste Mila.

»So ein alter Mann«, führte sie darum aus. »Ziemlich aufdringlicher Typ. Er wollte sehen, was ich schreibe.«

Isabelle schob sich das Brot in den Mund. »Und? Hast du es ihm gezeigt?«

Mila nickte.

Isabelle kaute und wartete.

»Seltsam, oder?«, meinte Mila. »Ich habe keine Ahnung, wieso ich das getan habe. Ich zeige meine Sachen sonst fast nie jemandem, aber diesmal fühlte es sich irgendwie richtig an. Meine Szene hat ihn an eine alte Liebesgeschichte erinnert. Wir haben allerdings nicht näher darüber gesprochen.«

»Paris und die Liebe ...« Isabelle schob ihren Teller beiseite. »So, Herzensfreundin«, sagte sie. »Du hast gegessen, ich hab getrunken«, sie deutete auf ihr Glas Wein, »wir haben alle unsere Bekannten durchgehechelt. Zeit also, zu den wirklich wichtigen Themen zu kommen. Jetzt erzählst du Tante Isabelle mal, was genau bei dir zu Hause los ist.« Als Mila zusammenzuckte, lachte sie. »Und nichts auslassen, ja? Ich kenne dich schließlich.«

# 5

Das alte, umgebaute Fahrrad mit den drei Rädern sah aus, als wäre schon seit Jahren niemand mehr damit gefahren. Der Rahmen, der wohl einmal rot gewesen sein musste, war verrostet, die Reifen platt, die Schutzbleche verbeult. Und irgendjemand hatte das Lenkrad abmontiert und mitgenommen. *Chocolaterie* stand auf dem Metallkasten, der zwischen die beiden Hinterräder montiert worden war. Und: *Livraison rapide – Schnelle Lieferung.*

Mila lief das Wasser im Mund zusammen, nicht wegen dieses alten Liefergefährts, sondern wegen des Geruchs, der aus der offenen Ladentür dahinter auf den Gehweg hinausdrang. Es roch nach warmer Schokolade, nach Vanille und Zimt. Die Holzregale des kleinen Ladens waren vollgestellt mit Leckereien aller Arten. Es gab Schokoladentafeln in verschiedenen Formen und Größen, manche mit Nüssen und edlen Gewürzen und sogar einige mit Bildern von Paris darauf. In alten Weidenkörben lagen kandierte Früchte und kleine Eiffeltürme aus rosafarbenem Zuckerschaum. Die rückwärtige Wand des Geschäftes war Gläsern und Flaschen vorbehalten. Dort gab es Senf und Öle, Wein und hochprozentige Schnäpse in allen Regenbogenfarben.

Weil Isabelle den Tag über arbeiten musste – sie traf sich mit ihrem Galeristen, um eine neue Bilderserie zu besprechen –, hatte Mila beschlossen, sich Paris allein anzusehen. Nach dem Frühstück, das typisch französisch nur aus Milchkaffee und Croissant bestanden hatte, war sie aufgebrochen und hatte sich einfach treiben lassen. Sie hatte auf gut Glück die Metro genommen, war ausgestiegen, wo es ihr interessant erschien, und dann ein bisschen durch die Straßen und Gassen geschlendert, die von Menschen nur so wimmelten. Paris erschien ihr voller und lauter als Berlin, aber auch sprühender, bunter. Allein der Verkehr war der helle Wahnsinn.

Auf einem Markt hatte Mila den intensiven Duft von frischer Minze, Früchten und Fisch in sich aufgesogen und sich bei einem der Händler ein klebriges Stück Baklava gekauft, nach dessen Genuss sie sich in einem öffentlichen Brunnen die Hände waschen musste. In einer Gasse im Quartier Marais am nördlichen Ufer der Seine hatte sie einem Pianisten gelauscht, der sein bunt angemaltes Klavier einfach auf die Straße gestellt hatte und dort seine Etüden spielte.

Und jetzt stand sie hier, ganz in der Nähe des Kulturzentrums Centre Pompidou vor dieser kleinen Chocolaterie, betrachtete dieses alte Lieferdreirad und verspürte dabei zum ersten Mal an diesem Tag den Drang zu schreiben.

Sie ignorierte ihn jedoch.

Stattdessen ging sie in die öffentliche Bibliothek im Centre Pompidou, aber all die Bücher faszinierten sie aus irgendeinem Grund heute nicht so sehr wie sonst, sondern jagten ihr eher ein unbestimmtes Unbehagen ein. Also verließ sie die Bibliothek wieder, setzte sich in eine Eisdiele und genoss die Sonne auf ihrem Gesicht.

Die Ereignisse von gestern kamen ihr an diesem Ort fern vor. Hier war es leicht, sich die Erinnerungen vom Hals zu halten, einfach nicht mehr daran zu denken und alles als absurden Zufall abzutun.

Sie beobachtete eine Frau in einem eleganten Kostüm, die einen winzigen Hund hinter sich herführte. Das Tier sah aus wie eine fuchsrote Pelzkugel in Miniaturformat. Nur die Ohrspitzen, eine feuchte schwarze Nase und winzige Pfoten schauten aus dem flauschigen Fell hervor.

Eine Kellnerin brachte Mila einen Milchkaffee und ein kleines Eis, das sie bestellt hatte. Mila dankte der jungen Frau und beobachtete den Hund dabei, wie er mitten auf den Bürgersteig pinkelte.

Ein Lächeln breitete sich auf ihrem Gesicht aus.

Paris fühlte sich warm und sonnig an. Und sonderbar vertraut. Sie war hier geboren, wurde ihr plötzlich bewusst. Und es kam ihr mit einem Mal so vor, als würde sie hierhergehören.

Sie trank einen Schluck von dem Kaffee. Das Eis schmeckte intensiv nach Brombeeren, ein Geschmack, der auf ihrer Zunge prickelte.

Was für ein merkwürdiges Gefühl zu wissen, in ihrer Geburtsstadt zu sein und doch als Fremde zu kommen. Sie fragte sich, wie ihr Leben verlaufen wäre, wenn Helena damals in Paris geblieben wäre.

Ihre Mutter hatte die Stadt und Frankreich gleich nach Milas Geburt verlassen. Grund dafür waren die Ereignisse um ihren Vater und ihren Bruder gewesen, die kurz vorher ums Leben gekommen waren.

Das waren die nackten Fakten, die wenigen, von denen Mila wusste und die sich tatsächlich in diesen zwei Sätzen zusammenfassen ließen. Mehr hatte Helena ihr nie darüber erzählt. Mila kannte die genaueren Umstände des Todes nicht, sie hatte keine Fotos, sie wusste nicht mal, wie ihr eigener Vater und Bruder vom Wesen her gewesen waren. Und auch über Paris konnte ihre Mutter nach all den Jahren nicht sprechen.

Eine Weile lang hatte Mila Helenas Bücher gelesen, um dem Grund dafür auf die Spur zu kommen, aber die Geschichten darin waren so rätselhaft und unergründlich, dass sie das keinen einzigen Schritt weitergebracht hatte. Egal, was auch immer sie versucht hatte, dieses eine Rätsel hatte sie nie lösen können: Was war damals so Furchtbares passiert, dass Helena noch heute, siebzehn Jahre später, förmlich hysterisch wurde, wenn auch nur der Name Paris fiel?

Mila dachte daran, was sie Isabelle gestern anvertraut hatte. Der Streit mit ihrer Mutter saß ihr tief in den Knochen. Es kam ihr vor, als wäre er Wochen her, dabei waren es erst zwei Tage.

Sie war mit ein paar Freundinnen vom Shoppen nach Hause gekommen, voller guter Laune und in ausgelassener Stimmung, weil die Sommerferien angefangen hatten und ganze sechs Wochen freie Zeit vor ihr lagen. Aber dann, als sie die Tür zu ihrem Zimmer aufgemacht hatte, das schon immer ihr ganz eigenes Reich gewesen war, hatte sie ihre Mutter auf ihrem Bett sitzend vorgefunden. Und schlimmer noch. Helena hielt eines von Milas vollgeschriebenen Notizbüchern in der Hand. Schuldbewusst sah sie aus, doch da war auch ein Ausdruck in ihren Augen, den Mila nicht richtig deuten konnte. Irgendwie irre sah er aus. Wahnsinnig. Durchgeknallt. Was gab es noch für Wörter dafür?

»Dein Vater«, stieß ihre Mutter hervor. »Seit wann schreibst du über ihn?«

Der Vertrauensbruch fühlte sich so unfassbar fies an, dass Mila ihre Umhängetasche von ihrer Schulter rutschen und einfach auf den Boden fallen ließ. Mit langen Schritten marschierte sie zu ihrer Mutter hinüber. Riss ihr das Buch aus der Hand.

»Das geht dich gar nichts an!«, schrie sie.

Helena legte die Stirn in Falten. Allein diese Geste machte Mila rasend, weil sie so beherrscht wirkte.

»Wieso liest du mein Tagebuch?« Das letzte Wort überschlug sich schmerzhaft in Milas Kehle.

Immerhin hatte ihre Mutter genug Anstand, betroffen auszusehen. »Ich wusste nicht, dass es dein Tagebuch ist«, verteidigte sie sich. »Ich dachte, es ist nur ein gewöhnliches Notizbuch.«

Mila glaubte, ihren Ohren nicht zu trauen. Selbst wenn das stimmen sollte, hatte ihre Mutter trotzdem kein Recht, einfach so ihre Sachen zu lesen. Sie entriss ihr das Buch und pfefferte es in eine ihrer abschließbaren Schreibtischschubladen. »Schwachsinn!«

Helena stand auf. »Was soll das denn heißen?«

Mila ballte die Hände zu Fäusten. Irgendetwas in ihr wollte ihrer Mutter wehtun. Auch wenn sie gleichzeitig wusste, wie falsch das war. »Das soll heißen«, zischte sie, »dass dein ewiger Kontrollzwang mir so was von auf den Geist geht! Du klebst an mir wie eine Klette, nein, schlimmer noch, als wäre ich dein Eigentum.«

»Ich mache mir doch nur Sorgen um dich!«, sagte ihre Mutter.

»Und deswegen wühlst du in meinen Sachen? Ich bin siebzehn Jahre und alt genug, auf eigenen Beinen zu stehen. Ich kann auf mich selbst aufpassen.« Mila hielt inne, aber dann entschied sie sich, ihre schärfste Waffe zu benutzen. Die Worte, die ihre Mutter am meisten verletzten. »Ich bin nicht Papa«, sagte sie kalt. »Und ich bin auch nicht Antoine!«

Ihre Mutter erstarrte, als hätte sie ihr eine Ohrfeige gegeben.

»Das ist ... nicht fair, Mila!«

Mila wusste, dass sie recht hatte. Ihrer Mutter in einem solchen Streit den Namen ihres toten Bruders an den Kopf zu knallen, war wirklich fies und sie hatte auch ein schlechtes Gewissen deswegen. Aber in ihrer Wut fegte sie es einfach beiseite. »Nicht fair?«, schrie sie. »Nicht fair ist, dass du mir nie erzählst, wie Papa und Antoine gestorben sind! Nicht fair ist, dass ich nicht mal weiß, wo ihr Grab ist! Hast du dir schon mal Gedanken darüber gemacht, dass das vielleicht der Grund ist, warum ich über die beiden schreibe? Weil ich nichts, rein gar nichts über sie weiß?«

Ihre Mutter hob ihr beide Hände entgegen. »Ich möchte mit dir nicht streiten. Schon gar nicht über dieses Thema, Émilie!«

»Nenn mich nicht so!«, fauchte Mila. Mittlerweile stand sie ihrer Mutter gegenüber wie eine tollwütige Straßenkatze.

»Hör zu ...« Helena ließ die Hände sinken. »Lass mich ausreden! Diese Geschichten, die du schreibst, über Papa und ... über diesen Jungen ...«

*... sind meine Geschichten,* hatte Mila an dieser Stelle gedacht. *Und sie haben mit dir nicht das Geringste zu tun.* Sie hatte begonnen, ein paar Klamotten in einen Rucksack zu werfen, aber da hatte sie noch nicht gewusst, dass sie am nächsten Abend in Paris bei Isabelle sein würde.

Die Frau mit dem Minihund, die kurz zuvor in einer Parfümerie verschwunden war, kam wieder heraus. Der kleine Hund hüpfte an ihrem Bein in die Höhe wie ein Flummi. Sie beugte sich zu ihm hinunter, kraulte ihn hinter einem seiner Ohren. Das winzige Tier verschwand dabei fast in ihrer Hand.

Mila beschloss weiterzugehen. Sie bezahlte ihren Milchkaffee und das Eis. Auf ihrer Zunge lag noch der Geschmack von Brombeeren, als sie aufstand und ihren Streifzug durch die Stadt fortsetzte.

Irgendwann, mittlerweile war es Nachmittag, kam sie im Pariser Studentenviertel nahe dem Platz St. Michel an. Hier kaufte sie bei einem der afrikanischen Straßenhändler eine Postkarte, auf der die berühmte Abbildung des Nachtclubs Le Chat Noir abgebildet war. Sie hatte noch keine Ahnung, wem sie sie schicken würde.

Vielleicht sogar ihrer Mutter.

Was die wohl sagen würde, wenn sie wüsste, wo ihre ach so wohlbehütete Tochter genau in diesem Moment war?

Vermutlich würde sie ausflippen.

In Gedanken versunken, steckte Mila die Karte in ihre große Umhängetasche. Dann ging sie quer über die Straße zur berühmten Fontaine Saint-Michel, die sich an der Giebelwand eines Hauses befand, und betrachtete eine Weile lang die gehörnten und geflügelten Löwen rechts und links des Brunnens. Sie hatte nicht gedacht, dass das Bauwerk so monumental war.

Noch immer ließ sie der Gedanke an ihren Vater und ihren Bruder nicht los. Isabelle hatte gestern Abend, nachdem ihr Mila vom Grund des Streits erzählt hatte, vorgeschlagen, ihre Gräber ausfindig zu machen. Schließlich mussten die beiden ja in Paris begraben sein. Erst war Mila davor zurückgeschreckt, aber inzwischen fand sie Gefallen an dem Gedanken. Vielleicht würde das Gleiche passieren wie heute in der Stadt – vielleicht würde sie sich ihrem Vater und Bruder an deren Grab nahe fühlen? Zugehörig?

Sie wendete in Richtung der Rue Danton, als ihr Handy klingelte.

Es war Helena.

Das lachende Gesicht ihrer Mutter auf dem Display verursachte Mila ein schlechtes Gewissen. Vermutlich war ihre Mutter mittlerweile halb besinnungslos vor Sorge. Mit einem Seufzen wollte Mila den Anruf annehmen, doch genau in diesem Augenblick ging ihre Mailbox ran.

Und nur zwei Sekunden später kam eine Nachricht. Mila war

versucht, sie nicht zu lesen, aber als sie es doch tat, verspürte sie Erleichterung. Denn die Nachricht war nicht von Helena, sondern von Isabelle.

Und die schrieb: »Unten bei Saint-Vincent gibt es einen neuen Club. Lust, tanzen zu gehen?«

Ein Lächeln breitete sich auf Milas Gesicht aus. Isabelle hatte ein Timing wie keine andere. Es war, als hätte sie geahnt, in welcher nachdenklichen Stimmung Mila zu versinken drohte. Mila rief ihren Browser auf, um die nächste Metrostation ausfindig zu machen, die sie zurück nach Montmartre bringen würde.

Nicholas stand mit dem Rücken gegen die Bar gelehnt da, trank einen Schluck von dem Whisky, den sie hier allen Ernstes mit bunten Schlieren aus Lebensmittelfarbe ausschenkten. Die Musik – eine Mischung aus Rock und Grunge – war laut und anstößig. Eine Menge Gestöhne. Pseudoerotische Texte. Die DJane sah mit ihrem eng anliegenden blutroten Kleid und den geflochtenen Zöpfen aus wie eine Mischung aus Morticia Addams und Alice im Wunderland. Und die Dekoration erinnerte an die Grabmale auf Père-Lachaise, wirkte aber trotz einer Menge Disconebel billig. Immerhin: Die Tanzfläche war gut gefüllt mit zuckenden, schwitzenden Leibern, die sich zu dem pulsierenden Beat bewegten, als hätte jemand sie unter Strom gesetzt. In der Luft lag der Geruch von verschüttetem Alkohol, Schweiß und überfordertem Deodorant.

*Le Cimetière*. Der Friedhof. Nicholas hatte diesen Club wegen des Namens ausgesucht. Es erschien ihm passend für das, was geschah. Und auch passend für das, was er vorhatte. Sich zu betrinken und einfach zu vergessen.

Die gestrige Nacht hatte er kaum geschlafen. Den Tag hatte

er dann damit verbracht, die Schrift anzustarren, die sich quer über sein Handgelenk zog, und in den Büchern seines Vaters nach einer Rettung zu suchen. Natürlich vergeblich. Obwohl Caruels Sammlung von Werken über die Fabelmacht einen beträchtlichen Umfang hatte, fand sich in keinem der zumeist alten Werke auch nur der geringste Hinweis. Nicholas wusste das, denn er und sein Vater suchten seit Jahren fieberhaft danach.

Schließlich hatte er dem Drängen seines besten Freundes nachgegeben und sich einverstanden erklärt, etwas trinken zu gehen. Er hatte darauf bestanden, die Bar aussuchen zu dürfen, so waren sie hier in Saint-Vincent gelandet. Und wenn alles so lief, wie Nicholas sich das vorstellte, würde er heute den Beweis antreten, ob die Geschichte sich verändern ließ oder nicht.

Mit einer knappen Bewegung leerte er seinen Whisky und bestellte einen neuen, den vierten innerhalb der letzten Stunde. Der Barkeeper, ein lang aufgeschossener, dürrer Kerl, dem die Haut wie Pergamentpapier über den Schädel gespannt war, warf ihm einen gleichgültigen Blick zu. Er füllte ein Glas zu zwei Dritteln mit dem goldfarbenen Drink, aber als er zu den kleinen Fläschchen mit Farbe griff, wehrte Nicholas ab. »Lass das Zeug weg!«

Der Barkeeper nickte, dann lächelte er, offenbar sehr einverstanden mit dieser Entscheidung. Nicholas nahm dem Mann das Glas ab, trank es zur Hälfte aus. Das Zeug schmeckte auch ohne Farbe nicht besser. Aber immerhin betäubte es den Schmerz an seinem Handgelenk. Er starrte auf die blaue Schrift, die gerade kaum zu erkennen war.

»Meinst du nicht, dass du inzwischen genug hast?« Luc, der die ganze Zeit neben ihm gestanden und die Menge beobachtet hatte, musste seinen Mund dicht an sein Ohr bringen, damit er ihn verstand.

Nicholas schüttelte den Kopf.

Luc deutete auf den Tresen mit dem Whiskyglas. »Du willst dir beweisen, dass du die Geschichte im Griff hast und nicht sie dich.«

Nicholas zuckte mit den Schultern.

Luc verdrehte die Augen. »Komm mir nicht so! Ich kenne dich! Und ich kaufe dir deine gespielte Gleichgültigkeit nicht ab!« Er sah aus, als hätte er Nicholas am liebsten geschüttelt. Im flackernden Discolicht wirkte die Bewegung, mit der er sich die Stirn rieb, wie die eines Roboters.

Er tat Nicholas leid. Schließlich meinte er es ja nur gut. Es musste Luc quälen, dass er seinem besten Freund nicht helfen konnte. Nicholas beobachtete ihn dabei, wie er mit den Fingerspitzen einen nervösen Rhythmus auf dem Bartresen trommelte, dann von seinem Whisky trank, sich mit der Zunge über die Lippen fuhr und noch einen Schluck nahm. Luc war noch nie gut darin gewesen, seine Emotionen zu verbergen, jedenfalls nicht vor Nicholas.

Ein Mädchen in kurzem schwarzem Kleid lehnte an der anderen Seite des Tresens. Zum wiederholten Mal schaute sie nun schon in Nicholas' Richtung. Er ließ ein paar Haarsträhnen in seine Augen fallen und das Mädchen lächelte, als sie es sah. Ihre Zähne leuchteten in dem flackernden Schwarzlicht.

Mehr oder weniger mechanisch erwiderte er ihr Lächeln.

Das Mädchen bewegte ihr Kinn einen Zentimeter nach oben und dann von ihm weg. Ein eindeutiges, wenn auch unbewusstes Signal an ihn.

*Komm doch rüber!*

Er rührte sich nicht. Er war nicht der Typ, der Frauen abschleppte, egal, wie mies drauf er sein mochte. Alkohol – ja. Aber Verzweiflungssex? Er musste an Mila denken. Verdammt, sein Drink war schon wieder leer. Als die Kleine ihn das nächste Mal anlächelte – fragend diesmal –, lächelte er nicht zurück.

»Ich geh mal kurz pinkeln.« Luc deutete in Richtung Toiletten und als er weg war, wurde die Lücke, die er hinterließ, augenblicklich von einem Typen besetzt, in dessen Augen Koks und Irrsinn um die Vorherrschaft stritten.

Er schien den Barkeeper gut zu kennen. »Hey, François«, schrie er gegen den Lärm an. »Seit ihr den Schuppen umbenannt habt, ist die Musik Dreck.« Er deutete auf das leere Glas in Nicholas' Hand. »Und der Alk auch.«

Nicholas horchte auf. »Umbenannt?«, mischte er sich ein.

Der Kokser musterte ihn von Kopf bis Fuß, dann grinste er ihn ziemlich anzüglich an.

Nicholas ignorierte es. »Umbenannt?«, wiederholte er. In seinem Hinterkopf läutete eine Alarmglocke. »Wie hieß der Laden denn früher?«

Der Kokser schien seine plötzliche Anspannung zu spüren. »Hey, mach dich locker! Du bist hetero, das habe ich schon kapiert.«

Nicholas ignorierte auch das. Er wandte sich fragend an den Barkeeper. Der griff wortlos nach einem silbernen Spender, der hinter ihm auf der Arbeitsfläche stand, zog eine der dünnen dunkelroten Servietten heraus und schob sie Nicholas herüber. Dann widmete er sich wieder seiner Arbeit.

Nicholas nahm das billige Stück Papier, drehte es um. Er wurde blass, als er den alten Namen des Clubs las.

*Luna.*

Die Serviette rutschte beinahe durch seine Finger und in diesem Moment kam Luc von der Toilette zurück. Er wirkte erschrocken. Er brachte seinen Mund dicht an Nicholas' Ohr. »Ich glaube, ich habe eben Mila an der Garderobe gesehen.«

Nicholas kam nicht dazu, die Information zu verarbeiten, denn in diesem Augenblick fühlte er eine Hand auf seinem Arm. Sicher, dass es Mila war, die hinter ihm stand, fuhr er herum.

Aber es war das Mädchen in Schwarz, mit dem er eben Blickkontakt gehabt hatte. »Hallo!«, sagte sie mit einer Stimme, in der alles Mögliche mitschwang.

Nicholas starrte auf die Serviette in seiner Hand.

*Luna.*

So hieß die Bar in seiner Geschichte. Und Mila war hier. Genau wie er es geschrieben hatte.

Er spürte, wie Mutlosigkeit sich in ihm breitmachte. Als er gestern diesen Typen in Milas Nähe gesehen hatte, diesen Eric, der in der Geschichte nicht vorkam, hatte er Lucs Hoffnung geteilt, dass auch andere Dinge anders laufen konnten. Darum war er hier in diesen Club gekommen, von dem er glaubte, dass es ein völlig anderer war. Um sich selbst zu beweisen, dass alles vielleicht doch nicht so schlimm kommen würde.

Bedächtig legte er die Serviette auf den Tresen.

Noch hatte er die Chance, ein Zusammentreffen mit Mila in einer Bar namens Luna abzuwenden.

Er zwang sich, dem Mädchen ein eindeutiges Lächeln zu schenken. »Hallo«, sagte er. »Ziemlich heiß hier drinnen.«

Er kannte die Wirkung seiner tiefen Stimme und tatsächlich, sie verfehlte ihr Ziel auch diesmal nicht. »Willst du etwas trinken?«, fragte das Mädchen.

»Ich glaube, ich würde lieber von hier verschwinden.« Nicholas' Blick huschte durch den Raum auf der Suche nach Mila. Noch schien sie an der Garderobe zu sein.

Luc riss ihn am Ärmel. »Was soll das werden? Was ist mit Mila?«

»Hör auf, ihren Namen zu sagen!«, zischte Nicholas.

»Wer ist Mila?«, erkundigte sich das Mädchen in Schwarz.

»Ich versuche nur, dir zu helfen«, beschwerte sich Luc.

Da schwankte Nicholas, weil das blaue Mal an seiner Hand aufglühte. Etwas ergriff Besitz von ihm. Er langte über die Bar und packte das Messer, mit dem der Barkeeper Limetten zerteilte. Kurz hielt er inne, lauschte auf das Finstere in seinem Inneren, doch dann, mit einer fließenden Bewegung, drehte er das Messer so, dass sein Griff auf Luc wies.

Der fasste instinktiv danach und umklammerte ihn. »Spinnst du?«, murmelte er, aber Nicholas hatte bereits das Messer losgelassen. Er drängte sich an Luc heran, so dicht, dass die Klinge seine Bauchmuskeln berührte.

Luc wollte zurückweichen, doch es war zu voll. Er rempelte den Kokser an und erntete einen bösen Blick von ihm. »Nicholas«, ächzte er und ließ das Messer sinken. »Ich ... was soll das, verdammt?!«

»Du kannst mir nicht helfen«, sagte Nicholas. »Und Mila auch nicht.« Er machte eine Pause, weil ihm bewusst wurde, dass er gerade genau das tat, was die Geschichte von ihm verlangte. Ihm wurde schlecht. »Obwohl?«, fügte er hinzu. »Mila doch. Wenn du hier und jetzt zustößt.« Er klang völlig ruhig dabei, auch wenn ihm vor Grauen die Haare im Genick zu Berge standen.

Das Mädchen in Schwarz stieß einen Schrei aus.

Er knirschte mit den Zähnen.

»Schluss jetzt!« Der Barkeeper war plötzlich da und entwand Luc mit einem geübten Griff das Messer. »Noch so ein Ding und ich lass euch rauswerfen!«

Mehrere Sekunden verstrichen, bis Nicholas sich wieder bewegen konnte. »Schon gut«, murmelte er.

Und in diesem Augenblick erschien Mila in der Tür des Clubs.

Sie trug wie das Mädchen am Tresen ein Minikleid, aber ihres war nicht schwarz, sondern flammend rot. Ihre widerspenstigen blonden Locken hatte sie mit mehreren Kämmen am Hinterkopf gebändigt. Einige hatten sich befreit und kringelten sich in ihrem Nacken und rechts und links ihrer Ohren.

Nicholas sah zu, wie sie ihren Blick über die Menge schweifen ließ. Und kurz bevor sie ihn entdeckte, wandte er sich in seiner Not mit einem Ruck zu dem Mädchen in Schwarz um, packte ihr Gesicht und küsste sie.

Mila war völlig unfähig, sich zu bewegen. Sie hatte Nicholas erkannt, obwohl er sich alle Mühe gab, sein Gesicht vor ihr zu verbergen. Die Art und Weise, wie er dieses Mädchen küsste, fühlte sich an wie eine kalte Hand, die sich um ihre Kehle legte und zudrückte. Sein Blick war ihrem nur einen Sekundenbruchteil lang begegnet, aber er hatte ausgereicht, um Mila komplett den Boden unter den Füßen wegzuziehen.

Ihr Herzschlag beschleunigte sich. Und verlangsamte sich dann so sehr, dass sie glaubte, keine Luft mehr zu bekommen.

Isabelle wedelte vor ihrer Nase herum. »He! Hast du ein Gespenst gesehen?«, schrie sie gegen die laute Musik an.

Mila riss sich von Nicholas und dem Mädchen los. »Was? Nein. Natürlich nicht.«

Aber Isabelle hatte längst bemerkt, wohin sie gestarrt hatte. Ihre Miene verfinsterte sich, als sie Nicholas beim Knutschen zusah. »Kennst du den Typen?«

*Nein!*

Fast hätte Mila das laut gesagt. Doch stimmte es auch? Die Wahrheit war, dass sie Nicholas gestern zum ersten Mal in ihrem Leben begegnet war. Aber trotzdem kannte sie ihn irgendwie schon seit vielen Jahren.

Weil sie über ihn geschrieben hatte.

Sie biss sich auf die Lippe, um das nicht laut auszusprechen. Isabelle hätte sie für völlig bekloppt erklärt. »Nicht wirklich«, schrie sie. Die Musik setzte kurz aus und die Menge auf der Tanzfläche kam zum Stillstand. »Ich glaube, ich bin ihm gestern am Bahnhof begegnet«, fügte sie etwas leiser hinzu. Sie dachte an Eric und ihr gestohlenes Portemonnaie. »Er hat einem Taschendieb die Sachen wieder abgenommen, die der mir gestohlen hatte.«

»Hat er das? Wie ritterlich.« Isabelle betrachtete Nicholas mit neuem Interesse, aber dann rümpfte sie abfällig die Nase. Die Musik setzte wieder ein, in unverminderter Lautstärke. »Na ja«, brüllte sie. »Aber so, wie er die Tusse abknutscht, kommt er für weitere Betrachtungen wohl nicht infrage.«

*Stimmt,* dachte Mila. *Aber weniger, weil er das andere Mädchen so heftig küsst, als vielmehr deswegen, weil er Eric das Handgelenk gebrochen hat.*

Mit einem kalten Gefühl im Magen sah sie zu, wie Nicholas seine Hand auf die Schulter des Mädchens in Schwarz legte und ihr irgendwas ins Ohr sagte. Das Mädchen schaute erst verdutzt, dann freudig überrascht. Nicholas griff nach ihrer Hand und gemeinsam drängten sie sich in Richtung Ausgang durch die Menge.

Mila verdrehte die Augen.

Nicholas gab sich alle Mühe, ihr so weit wie möglich auszuweichen, aber so groß war der Club nicht und sie stand noch immer bei der Tür. Als die beiden in ihre Nähe kamen, blieb das Mädchen in Schwarz stehen. Nicholas wollte sie mit sich fortziehen, aber sie wehrte ihn ab. »Was glotzt du so?«, zischte sie Mila an.

Mila versuchte, Nicholas' Blick zu erhaschen. Vergeblich.

»Er hat überhaupt kein Interesse an dir«, entfuhr es ihr.

Ihre Worte ließen Nicholas zusammenzucken und sie selbst auch.

Warum hatte sie das gesagt? Sie war sich irgendwie sicher, dass dem so war, auch wenn Nicholas sich alle Mühe gab, einen anderen Eindruck zu erwecken. Er hob seinen Blick, sah sie an, und das steigerte noch die Irritation, die sie empfand. Warum nur wusste sie so genau, dass er nichts von dem Mädchen wollte?

Die Antwort auf diese Frage kam ihr augenblicklich in den Sinn.

Weil der Nicholas in ihrem Notizbuch so gehandelt hätte.

Doch von dem Notizbuch wusste er nichts. Er zog das Mädchen wieder an sich. »Ignorier sie«, rief er gegen die Musik an. »Sie ist nur irgendein Mädel und glaubt, es hätte was zu bedeuten, dass ich ihr gestern Nachmittag den Arsch gerettet habe.«

Mila zuckte zurück. Die kalten Worte fühlten sich an wie Schläge. Und sie klangen alles andere als gespielt. *Das hier ist die Wirklichkeit,* dachte sie. *So ist er in echt.* Hier war er wieder, der Beweis, dass dieser Junge nichts mit ihren schwärmerischen Träumereien zu tun hatte. Bis auf sein Aussehen.

Und seinen Namen.

Das Mädchen an Nicholas' Hals lachte. Es klang gehässig. »Wie es aussieht, hat er kein Interesse an *dir!*« Sie nahm sein Gesicht in beide Hände und küsste ihn auf den Mund. Kurz versteifte sich Nicholas, aber dann erwiderte er den Kuss. Mehrere Sekunden lang starrte Mila ihn und das Mädchen an, bis Nicholas sich endlich von ihr losmachte.

»Komm!« Isabelle hakte sich bei ihr ein und wollte sie davonzerren. »Der ist es echt nicht wert!«

Natürlich hatte sie recht damit. Aber dennoch konnte Mila das hier nicht einfach so auf sich beruhen lassen. Bevor sie wusste, was sie tat, fasste sie nach Nicholas' Unterarm und hielt ihn fest.

Für eine Sekunde war sie sicher, dass er schroff und abwehrend reagieren würde. Stattdessen stand er da, mit gesenktem Kopf, leicht schwankend, als versuche er zu ergründen, was nun geschehen würde.

»Du spürst es auch, nicht wahr?« Mila flüsterte nur. Mit der lauten Musik im Hintergrund konnte er sie nicht hören, aber sie hatte das Gefühl, dass er sie sehr genau verstand. Er wusste um die Verbindung, die sie beide hatten. Irgendwie wusste er es. Da war sie sich ganz sicher.

Nach einer gefühlten Ewigkeit hob er den Blick und suchte ihre Augen. Und dann packte er sie, beugte sich vor und presste seine Lippen auf ihre. Sein Kuss hatte etwas Atemloses, Verzweifeltes und er überrumpelte Mila komplett.

Als sie sich wieder gefangen hatte, stieß sie ihn, so fest sie konnte, von sich. »Hast du sie noch alle?«

Er schüttelte den Kopf. »Du wirst dich in mich verlieben, wenn du dich nicht von mir fernhältst.« Seine Worte klangen so atemlos, wie der Kuss es gewesen war. »Es tut mir so leid!« Kurz straffte er sich, dann nahm er erneut das Mädchen im schwarzen Minikleid an der Hand und zog sie mit sich.

Das irritierte Grinsen seiner Begleiterin drehte Mila den Magen um. Sie sah zu, wie Nicholas ihr den Arm um die Schultern legte, und sie starrte den beiden auch noch nach, als sie zur Garderobe gingen.

Isabelle an ihrer Seite stieß ein übertriebenes Würgen aus. »Was ist das denn für ein Scheißkerl?«, schrie sie ihr ins Ohr.

Mila verstand nicht, was gerade passiert war. Sie war erschrocken und wütend über Nicholas' übergriffiges Verhalten. Aber gleichzeitig keimte ein Gefühl in ihr auf, das sie überhaupt nicht zu deuten wusste. *Du wirst dich in mich verlieben,* hatte er gesagt.

Schwachsinn!

Sie hatte gesehen, dass alles an ihm, seine gesamte Haltung, die Spannung in seinen Schultern, seine Wahrnehmung direkt auf sie ausgerichtet gewesen waren. Wie eine Kompassnadel auf den Nordpol. Sie ballte die Fäuste. Vermutlich machte es ihm einfach Spaß mitzuerleben, was für eine Wirkung er auf Mädchen hatte.

Sie schaute noch einmal zur Garderobe, wo sich Nicholas seinen Mantel überzog. Das Mädchen in Schwarz sagte etwas zu ihm und er lachte auf. Er sah sehr gut aus, wenn er lachte. Tja, Fassaden konnten täuschen.

Gerade, als Mila sich das fast eingeredet hatte, zeigte das Mädchen auf seinen Arm. Mila war zu weit weg, um zu hören, was sie sagte. Dafür aber beobachtete sie Nicholas' Reaktion. Er zog in einer erschrockenen, hastigen Bewegung den Hemdärmel bis über die Fingerspitzen nach unten. Zu spät.

Mila hatte gesehen, was er zu verbergen versuchte. Auf einmal fühlte sie sich, als hätte ihr jemand einen Eimer Wasser über den Kopf gegossen.

Unter Nicholas' Hemdmanschette hatte etwas hervorgeschimmert.

Blau war es gewesen.

So blau wie das Leuchten ihrer Schrift, als sie die Geschichte über Eric geschrieben hatte.

»Oh, Mann!«, ächzte Isabelle. »Diese Dinger bringen mich noch um!« Sie hielt an, zerrte ihren linken High Heel vom Fuß und rieb sich die schmerzenden Zehen.

Mila blieb ebenfalls stehen. Die von unzähligen Scheinwerfern angestrahlte weiße Basilika Sacré-Cœur ragte vor ihr auf. Rechts ging es zu der großen Freitreppe vor dem Kirchenportal, die an sonnigen Tagen bei Touristen als Fotomotiv so beliebt war. Die Nacht war lau und sternenklar und dementsprechend viele Pärchen schlenderten durch die engen und romantischen Gassen von Montmartre.

Nachdem Nicholas mit dem Mädchen in Schwarz abgezogen war, hatten Mila und Isabelle es nur kurz in dem Club ausgehalten. Bald darauf hatten sie ihn ebenfalls verlassen und waren eine Weile lang umhergelaufen. Mila musste dringend den Kopf freikriegen. Die unerwartete Begegnung mit Nicholas und sein sonderbares Verhalten hatten sie tief erschüttert. Und viel mehr noch die Erkenntnis, dass sie sich das blaue Leuchten ihrer Schrift in Isabelles Wohnung offenbar nicht eingebildet hatte und dass Nicholas irgendwie damit zusammenhing.

Im ersten Moment hatte sie den Impuls verspürt, ihm nachzulaufen und eine Erklärung von ihm zu verlangen. Aber Isabelle hatte sie zurückgehalten. »Spinnst du?«, hatte sie Mila angefaucht und als Mila ihm dennoch auf die Straße hinterhergeeilt war, war von Nicholas natürlich keine Spur mehr zu sehen gewesen.

Klar. Wenn sie die Autorin dieser Geschichte hier gewesen wäre, hätte sie es ganz genau so geschrieben.

Jetzt richtete Mila den Blick auf die angestrahlte Kirche. Die fast weiße Fassade sah in der dunklen Nacht regelrecht unwirklich aus. Erschöpft blies Mila die Wangen auf.

Isabelle streifte sich ihren Schuh wieder über. »Also!«, sagte sie. »Jetzt erzähl schon: Was war das eben da drinnen? Du hast dich benommen, als wolltest du ihm sofort an die Wäsche.«

Mila presste die Lippen aufeinander. Seite an Seite mit Isabelle trat sie an die oberste Stufe der Freitreppe. Der Ausblick war überwältigend. Paris lag zu ihren Füßen und funkelte in der

Dunkelheit genauso wie der klare Sternenhimmel über ihnen. Das Licht von Tausenden Straßenlaternen ließ die typischen metallgrauen Dächer schimmern.

»Mila!«, mahnte Isabelle. »Ich will wissen, was das für ein Kerl war! Was ging da ab zwischen euch? Du hast ihn angestarrt, als würdest du gleich anfangen zu sabbern!«

»Ich habe ihn nicht angestarrt!«, protestierte sie lahm.

Isabelle schien das nicht mal einer Antwort würdig zu sein. Sie schaute sie nur an.

»Okay. Schon okay. Keine Ahnung«, murmelte Mila darum. »Aber ich habe nicht gesabbert.« Sie wollte etwas hinzufügen, irgendeine Erklärung, zuckte dann jedoch mit den Schultern, weil sie nicht wusste, was sie Isabelle erzählen sollte.

*Er ist aus meinen Geschichten einfach so rausspaziert?*

*Meine Schrift hat in demselben Blau aufgeleuchtet wie etwas auf seinem Arm?*

*Ich fühle ihn wie einen Splitter in meinem Herzen?*

Sie spürte ein irres Lachen in ihrer Kehle aufsteigen. Was passierte hier nur?

Isabelle zog die Unterlippe zwischen die Zähne und kaute darauf herum. »Ich kenne solche Typen! Wetten, der lässt das Mädel eiskalt fallen, wenn er seinen Spaß mit ihr gehabt hat?«

Mila richtete den Blick in die Ferne, wo das Centre Pompidou lag und so bunt leuchtete wie die Gebäude auf Isabelles Bildern. Den Eiffelturm konnte man von hier aus nicht erkennen. Er befand sich weiter rechts, verdeckt durch den Hügel und die Bäume. Was eigentlich auch egal war, Mila hätte in diesem Moment sowieso keinen Blick für ihn gehabt. Die Welt verschwamm, weil ihr völlig grundlos Tränen in die Augen schossen. Wütend auf sich selbst wischte sie sich über die Lider.

Verdammt, was war das denn nun schon wieder?

Isabelle legte ihr eine Hand an die Wange und zwang sie so, sie anzuschauen. »Warum hat dich dieser Kerl so beeindruckt, Mila?«

Mila lauschte in sich hinein, bevor sie antwortete. »Ehrlich? Ich weiß es nicht. Ich ...«

*»Du wirst dich in mich verlieben, wenn du dich nicht von mir fernhältst?«* Isabelle imitierte Nicholas' dunkle Stimme. »Also echt, Mila! Der hat doch zu viel Twilight geguckt! Vermutlich denkt er, dass so was die Mädchen anmacht. Bei dem Mädel in Schwarz scheint es ja funktioniert zu haben.« Sie machte eine abfällige Handbewegung. »Tja, so etwas nennt man Liebe auf den ersten Blick. Vergiss ihn, Mila!«

Mila schwieg. Sie wollte Isabelle sagen, dass sie Nicholas nicht vergessen konnte, aus dem einfachen Grund, weil sie seit Jahren über ihn schrieb und es sich so anfühlte, als würden sie sich ewig kennen. Und dann wiederum war ihr bewusst, dass der Junge in ihren Notizbüchern völlig anders war als der echte Nicholas. Wieder hörte sie Erics Handgelenk brechen. Wieder spürte sie Nicholas' Lippen auf ihren, hart und fordernd, ohne jede Rücksicht.

»Das geht nicht«, hörte sie sich sagen.

»Warum nicht?« Die Lichter der Stadt strahlten Isabelles Haare von hinten an und ließen sie schimmern.

Mila zuckte mit den Schultern. »Keine Ahnung. Irgendwie ist da eine Verbindung zwischen uns ...«

»Der schweigsame, düstere Unbekannte.« Isabelle stieß ein Lachen aus, dann hakte sie sich bei ihr unter. »Süße, ich bin vier Jahre älter als du. Glaub einer alten Freundin, wenn sie dir sagt, dass jedes Mädel die Finger von diesem Kerl lassen sollte.« Sie machte eine Pause. »Liebe auf den ersten Blick gibt es nicht«, erklärte sie dann kategorisch.

Nicholas stand in den Schatten einiger Bäume und starrte Mila an.

Das Mädchen im schwarzen Minikleid war zur Furie geworden, als er ihr auf die Frage, wer Mila war, keine befriedigende Antwort geben konnte. »Wer bin ich?«, hatte sie ihn angegiftet. »Die Idiotin, die dir hilft, die Kleine im roten Kleid eifersüchtig zu machen?« Sie hatte ihm sogar eine Ohrfeige gegeben, bevor sie davongerauscht war. Der Abdruck ihrer Finger war noch auf seiner Wange zu spüren und er wusste, er hatte ihn sich verdient.

Vorsichtig schob er seinen Hemdsärmel hoch. Die Schrift schien in der Dunkelheit doppelt grell. Eilig wandte er sich ab und zog die Manschette nach unten, damit Mila nicht auf das Licht aufmerksam wurde. Der Schriftzug war jetzt ganz eindeutig zu erkennen.

*Mila und Nicholas,* zog es sich auf der Innenseite seines Handgelenks entlang. In seiner eigenen Handschrift.

Er schluckte gegen ein Würgen an und wandte sich wieder um.

Milas Freundin sprach gerade. Isabelle hieß sie, wenn er das richtig verstanden hatte. »Vergiss ihn, Mila!«, sagte sie und als Mila antwortete, klang ihre Stimme ganz deutlich durch die Nacht.

»Das geht nicht.«

»Warum nicht?«

»Keine Ahnung. Irgendwie ist da eine Verbindung zwischen uns ...«

Plötzlich fiel Nicholas das Atmen schwer. Hinter ihm befand sich ein schmiedeeisernes Geländer, dessen Metallstreben nicht mehr ganz in Ordnung waren. Eine war geborsten und verbogen. Wie eine schartige Klinge ragte sie in die Höhe.

In seiner Geschichte stand er ebenfalls hier in den Schatten, aber da war kein scharfes Eisenteil.

Jetzt schaute er auf seine Handfläche, zögerte. Dann schloss er die Hand um das schartige Stück Metall und drückte zu, bis das Blut an seinem Handgelenk hinablief. Bis das blaue Feuer an seinem Arm aufflackerte und ein weiteres Wort entstand.

*Tod.*

»Hier bist du!« Luc war da, er hatte ihn nicht kommen hören. »Ich habe die ganze Zeit nach dir ges...« Er unterbrach sich, als er das Blut bemerkte. »He, was machst du denn?« Er packte Nicholas' Hand, zog sie von dem Eisenteil weg.

Nicholas ächzte unter Schmerzen und es war die Flammenschrift, die ihn quälte, nicht die Verletzung.

»In der Geschichte verletze ich mich nicht«, sagte er.

Luc verstand, worum es ging. Er legte ihm eine Hand unter den Ellenbogen. »Du bist leichenblass.«

Nicholas schob den Hemdsärmel erneut hoch, sodass sein Freund die Schrift lesen konnte. »Sie wächst.«

Luc starrte erschrocken darauf. »Das wird ...«

»Meine Geschichte.« Milas Name. Seiner. Und das Wort *Tod.* Der einzige Text, den er jemals geschrieben hatte, in dem alle drei Worte vorkamen, war diese eine, elende *Geschichte.*

»Tut das weh?«, fragte Luc, während Mila und ihre Freundin Seite an Seite davongingen.

Nicholas keuchte auf.

»Es *tut* weh, oder?«, fragte Luc. Sein Blick wanderte forschend von Nicholas' Arm zu seinem Gesicht und wieder zurück zu seinem Arm.

Nicholas schaute den beiden Mädchen hinterher, dann senkte er resigniert den Kopf.

»Wie die Hölle«, murmelte er.

# 6

Am nächsten Morgen schien die Sonne hell in Milas kleine Kammer, die Isabelle für die Dauer von Milas Besuch für sie freigeräumt hatte. Mila erwachte aus einem Traum, an den sie sich nur schlecht erinnern konnte. Alles, was sie noch wusste, war, dass in diesem Traum eine dunkle Stimme gefleht hatte: »Lass mich gehen!«

Sie setzte sich im Bett auf, rieb sich den Schlaf aus den Augen und lauschte auf die Geräusche, die aus der Wohnung kamen. Der schwache Duft von Kaffee drang unter der Tür hindurch.

»Guten Morgen!«, begrüßte Isabelle sie gut gelaunt, als sie sich aus dem Bett geschwungen hatte und auf bloßen Füßen und im Schlaf-T-Shirt aus ihrem Zimmer getappt war. Der buttrige Duft frischer Croissants gesellte sich zu dem des Kaffees und ließ Mila das Wasser im Mund zusammenlaufen.

Kurzerhand setzte sie sich auf einen der Stühle an den Tisch und zog ein Bein unter ihren Po. »Lecker!«

Isabelle grinste. »Na? Von einem sexy Mistkerl mit Schlafzimmeraugen und unmöglicher Frisur geträumt?«

Es störte Mila, wie sie über Nicholas redete. Aber sie konnte es natürlich verstehen. »Ja, sicher«, konterte sie. Und streckte Isabelle die Zunge raus.

Ihre Freundin lachte. Dann jedoch machte sie ein schuldbewusstes Gesicht und schob Mila ihr Handy über den Tisch zu. »Es hat heute Morgen schon dreimal geklingelt. Und da du noch geschlafen hast, habe ich gedacht, ich gucke mal nach, ob es etwas Wichtiges ist.«

Mila drehte das Telefon zu sich herum. Ein Blick in die Anruferliste ließ sie aufstöhnen. Nach Isabelles Frage gestern, ob sie tanzen gehen wolle, hatte Mila an Helena denken müssen und ein schlechtes Gewissen gehabt. Also hatte sie Helena wenigstens eine Nachricht geschickt. Sie hatte ihr geschrieben, dass sie eine weitere Nacht bei ihrer Freundin verbringen würde, was ja, genau genommen, nicht gelogen war. Und daraufhin hatte Helena mit einem für sie völlig untypischen »Okay. Pass auf dich auf!« geantwortet, über das Mila sich fast gefreut hatte.

Vielleicht, so hatte sie gedacht, lernte ihre Mutter endlich, dass sie kein kleines Kind mehr war.

Allerdings hatte Helena während der Nacht offenbar beschlossen, ihren Kontrollzwang nicht länger zu unterdrücken. Alle drei Anrufe waren von ihr gekommen.

Mila seufzte.

»Na«, sagte Isabelle. »Willst du meine Meinung hören?«

Mila nahm missmutig ein Croissant und riss es in der Mitte durch.

Isabelle verstand das als Zustimmung. »Ich denke, du hast allen Grund, sauer auf sie zu sein, aber findest du nicht, du hast sie genug gestraft?« Sie hatte ihre Haare noch nicht gekämmt und wirkte zerzaust. *Eine Windsbraut. Eine moderne rothaarige Hexe,* dachte Mila und betrachtete eines der Bilder, die neben dem Esstisch an die Wand gelehnt standen. Es war eine von Isabelles Auftragsarbeiten, eine Ansicht der Kathedrale Notre-Dame in schreiend bunten Farben und leicht zerflossen wirkender Optik.

»Meinst du, ich soll ihr sagen, wo ich bin?«, fragte Mila.

»Keine Ahnung.« Isabelle stellte einen Fuß auf die Kante ihres Stuhles und umschlang ihr Knie mit den Armen. »Du hast mir erzählt, dass deine Mutter Schreikrämpfe kriegt, wenn jemand Paris auch nur erwähnt.«

Mila seufzte erneut. Das Croissant in ihrer Hand war noch ein bisschen warm und sehr fettig. Sie legte es auf ihren Teller und rieb sich die Finger. »Vielleicht sollte ich rausfinden, was mit meinem Vater und meinem Bruder passiert ist, bevor ich mit ihr spreche.«

»Vielleicht.« Es war deutlich, dass Isabelle das nicht wirklich meinte.

»Wenn ich sie jetzt anrufe und ihr sage, wo ich bin, flippt sie doch total aus! Aber wenn ich weiß, was mit den beiden passiert ist, kann ich vielleicht ...« Mila zuckte mit den Schultern. Sie hatte keine Ahnung, was sie dann tun konnte. Aber in ihr meldete sich wieder dieser unbändige Wunsch, etwas über ihren Vater und ihren Bruder zu erfahren.

»Ihr beide redet nicht viel über eure Gefühle, oder?«, murmelte Isabelle.

Mila schüttelte den Kopf. »Ja und nein. Einerseits klammert sie extrem, ist so überbesorgt, dass man es kaum aushalten kann. Ständig will sie wissen, wie es mir geht, fragt, was ich fühle und so.«

»Irgendwie verständlich, oder?«

Ja, das war es. Immerhin hatte Helena schon ein Kind verloren.

»Klar«, antwortete Mila. »Aber auf der anderen Seite spricht sie eigentlich nie über sich selbst. Sie packt alles, was sie empfindet, immer nur in ihre Bücher.«

*Rätselhafte Bücher,* dachte sie. *Völlig unverständliches, literarisches Zeug.*

Sie spürte selbst, wie traurig ihr Lächeln war. »Ich erinnere mich daran, dass wir mal gestritten haben und ich ihr vorgeworfen habe, wie sehr sie mich an eine lebende Statue erinnert. Völlig versteinert. Das war, nachdem eine Nachbarin von uns gestorben ist, eine alte Frau, die sich ein bisschen um mich gekümmert hat. Ich war untröstlich damals und ich habe meiner Mutter vorgeworfen, dass sie gar nichts zu empfinden schien. Weißt du, was sie mir geantwortet hat?«

Isabelle schüttelte den Kopf. Sie saß jetzt ganz still. Ihr Ellenbogen lag auf ihrem Knie, ihre Pupillen waren weit und dunkel.

»Sie hat gesagt, dass sie sehr wohl traurig ist. Und als ich sie gefragt habe, warum man das dann gar nicht merkt, hat sie gesagt, es käme ihr verschwendet vor, ihre Traurigkeit zu fühlen, statt Literatur daraus zu machen.« Mila schossen Tränen in die Augen. »Kannst du dir das vorstellen? Sie ist allen Ernstes der Meinung, sie verschwendet ihre Gefühle, wenn sie sie *empfindet,* statt über sie zu *schreiben.«*

Isabelle schüttelte sachte den Kopf. »Also für mich klingt das eher, als würde sie nach einer Ausrede suchen, um keine Emotionen zuzulassen. Wer weiß, was es mit ihr gemacht hat, ihren Mann und ihr Kind zu verlieren. An so was sind schon viele zerbrochen.«

Mila seufzte tief. »Ja. Wahrscheinlich hast du recht.« Sie schob den Teller mit dem Croissant von sich, griff nach ihrem Handy, ließ es aber sofort wieder los. »Habe ich eigentlich schon Danke dafür gesagt, dass ich hier bei dir sein darf?«

»He! Wer weicht jetzt den schmerzhaften Themen aus?« Isabelle erhob sich. Sie umrundete den Tisch und zog Mila in ihre Arme. »Du kannst bleiben, so lange du willst, Süße. Das weißt du. Und wenn du möchtest, helfe ich dir rauszufinden, was mit deinem Vater und deinem Bruder passiert ist.«

Die Umarmung und das unverhoffte Hilfsangebot verursachten Mila einen Kloß im Hals. »Wie willst du das anstellen?«

»Pass auf.« Isabelle ließ sie los und schnappte sich ihr eigenes Handy, das neben ihrer Tasse lag. Sie wählte eine Nummer und als sich am anderen Ende jemand meldete, rief sie: »Victor! Ich bin's! – Ja. Wirklich.« Sie lauschte, wie gesprochen wurde, und Mila brauchte einen Moment, bis sie zusammenbekam, mit wem ihre Freundin da redete. Victor war der Name des Typen, von dem Isabelle sich gerade erst getrennt hatte.

»Ich weiß«, sagte sie. »Ja. Aber darüber sprechen wir ein andermal.« Sie warf Mila einen ziemlich komisch aussehenden, verzweifelten Blick zu und machte eine Geste, als wolle sie sich mit einem Strick um den Hals aufhängen. Dann wurde ihre Stimme merklich heller und ungeheuer schmeichelnd.

»Hör mal, kannst du mir einen Gefallen tun? Ich sitze hier gerade mit einer Freundin zusammen, die nach Paris gekommen ist, um ein bisschen was über ihre Familie nachzuforschen. – Ich weiß, Victor, und das ist auch wirklich ein Riesengefallen, das ist mir ja klar. Aber wir kommen hier wirklich nicht weiter, wenn du uns nicht hilfst. – Ja. – Ob ich mit dir ausgehe, wenn du mir hilfst?« Sie wiederholte die Geste mit dem Strick. Diesmal ließ sie auch noch die Zunge heraushängen.

Mila war gleichzeitig belustigt und unangenehm berührt, weil sie Victor so schamlos belog und ausnutzte.

»Korrigier mich, wenn ich mich irre, aber hatten wir nicht ... schon gut«, sagte Isabelle. »Also, ja. Aber du bezahlst!«

Victor ließ einen längeren Wortschwall folgen, den Isabelle irgendwann einfach unterbrach.

»Okay: Wir brauchen eine Information darüber, wo zwei Menschen gewohnt haben, die ... warte ...« Sie sah Mila an. »Wann sind sie genau gestorben?«

»Ganz genau weiß ich es nicht. Aber meine Mutter muss hochschwanger mit mir gewesen sein. Kurz nach meiner Geburt ist sie dann aus Paris weg.« Mila nannte Isabelle ihr genaues Geburtsdatum und Isabelle gab es an Victor weiter.

»Irgendwann um diese Zeit müssen die beiden gestorben sein. Ihre Namen lauten Jacques und Antoine Corbeil. Die Ehepartnerin war Helena Corbeil. Kannst du uns sagen, wo die Familie gewohnt hat?«

Es folgte eine Pause am anderen Ende der Leitung. Isabelle nahm das Telefon vom Ohr und hielt es mit der flachen Hand zu. »Victor ist ein Ass am Computer. Der kommt in jedes Netzwerk, ich glaube, er hat sich sogar schon einmal in eine Behörde gehackt. Vielleicht findet er raus, wo die beiden gelebt haben.«

Mila nahm sich wieder ihr Croissant und biss hinein, obwohl sie gar keinen Appetit verspürte. Anspannung ergriff sie, eine Art Kribbeln, wie Strom, der an ihre Wirbelsäule gelegt wurde. Was würde sie mit der Information anfangen, wo ihre Familie früher gelebt hatte? Sollte sie dorthin fahren und Nachbarn befragen? Die Vorstellung hatte etwas Aufregendes an sich und gleichzeitig war sie auch beängstigend. Sie dachte daran, wie hysterisch die sonst so beherrschte Helena immer reagiert hatte, wenn Mila sie nach ihrer Zeit in Paris gefragt hatte. Vielleicht gab es da etwas, das sie lieber gar nicht wissen wollte.

Sie hatte das Croissant halb aufgegessen, als Victor an den Hörer zurückkehrte und Isabelle ihr zuzwinkerte. »Ja? – Gut. Warte einen Moment, ich hole mir nur was zum Schreiben.« Sie rannte in die Küche, holte einen Notizblock aus einer Schublade und knallte ihn auf die Arbeitsplatte. Schließlich schrieb sie eine Adresse auf und riss den Zettel vom Block. »Danke, Schatz!«, flötete sie anschließend. »Melde dich, ja? Dann machen wir etwas aus.« Sie legte auf, bevor Victor noch etwas sagen konnte. »Tadaa!« Triumphierend präsentierte sie Mila den Zettel. »Wir wissen jetzt, wo sie damals gewohnt haben.«

Mila war sich noch immer nicht sicher, was sie mit dieser Information anfangen sollte. Sie stand auf, nahm Isabelle den Zettel aus der Hand und starrte auf die Adresse, die Isabelle mit ihrer kaum leserlichen Handschrift geschrieben hatte.

*41 Rue Madame.*

»Wo ist das?«, fragte sie.

Isabelle hatte schon auf ihrem Handy nachgeschaut. »In Notre-Dame-des-Champs, ganz in der Nähe des Jardin du Luxembourg.« Sie blies sich gegen die Stirn. »Deine Eltern scheinen ziemlich betucht gewesen zu sein. Das ist eine sauteure Wohngegend.«

Betucht? Mila dachte an ihre Dreizimmerwohnung in Berlin, die nicht wirklich nach Reichtum aussah.

Isabelle wartete, was sie nun sagen würde, und während die Sekunden verstrichen, keimte in Mila tatsächlich der Wunsch auf, sich das Haus anzusehen, in dem ihre Eltern damals gelebt hatten. Sie wusste nicht, ob sie wirklich für das gewappnet war, was da auf sie zukam, aber wenigstens würde es sie von dem ablenken, was gestern Abend in dem Club passiert war.

Isabelle grinste breit. »Also?«

Mila blickte an ihrem Schlafshirt hinab. »Ich gehe duschen. Und dann fahren wir in die Rue Madame.«

Isabelles Grinsen verwandelte sich in ein fröhliches Lachen. »Das ist mein Mädchen!«, rief sie aus.

41 Rue Madame erwies sich als eines dieser typischen dreistöckigen Pariser Stadthäuser aus hellem Sandstein und mit schmiedeeisernen Balkons vor jedem Fenster. In seinem Erdgeschoss befand sich ein kleiner Friseurladen. Die Werbeplakate im Fens-

ter zeigten magersüchtige Frauen mit Haaren in Bordeauxrot und knalligem Violett. Direkt gegenüber lag eine Grundschule, deren Hof von einer hohen Mauer aus gelbem Backstein umgeben war. Es war gerade Pause und da in Frankreich die Sommerferien erst Anfang August begannen, war der Schulhof voll mit lärmenden Kindern. Als Mila das Gesicht der Sonne zuwandte und die Augen schloss, hörte es sich an, als sei sie in einem Freibad. Sie stellte es sich einen Moment lang vor.

Dann jedoch konnte sie es nicht mehr länger hinauszögern. Sie öffnete die Augen wieder, richtete sie auf die doppelflüglige Eingangstür aus dunklem Holz. Hinter dieser Tür hatten ihre Eltern gelebt. Und durch sie war ihr Vater vermutlich auch an jenem Tag gegangen, an dem er gestorben war. Und ihr Bruder. Sie wusste nicht einmal, wie viel älter als sie er gewesen war.

Ihre Kehle zog sich zusammen.

Sie ließ den Blick an der dreistöckigen Fassade nach oben wandern. Hinter welchem dieser Fenster hatte wohl ihre Wohnung gelegen? Vielleicht im ersten Stock, wo jetzt mehrere Blumentöpfe auf den Fensterbänken standen, oder vielleicht auch ganz oben. Mila stellte sich vor, wie ihre Mutter dort an einem Schreibtisch gesessen hatte, von dem aus man hinunter in den Schulhof schauen konnte. Ihr wurde noch elender zumute. Es fühlte sich an, als könne sie den Geist ihres Vaters hier herumschleichen spüren und er würde ihr seinen kalten Atem in den Nacken blasen. Sie umklammerte sich selbst mit beiden Armen und fröstelte.

Isabelle stand neben ihr und wartete, bis ihre Beklommenheit sich legte. Als Mila sie unsicher anschaute, lächelte sie aufmunternd.

Rechts neben der Tür war ein Klingelbrett angebracht. Eine Reihe Namen. Natürlich lautete keiner davon Corbeil.

Mila zog die Unterlippe zwischen die Zähne. Und dann, ohne weiter nachzudenken, drückte sie einfach auf eine der unteren Klingeln.

Isabelle trat ein Stück näher an sie heran. Es dauerte einige Augenblicke, dann ertönte der Türsummer. Mila stieß den rechten Türflügel auf und fand sich in einem dunklen, kühlen Flur wieder, in dem drei Stufen zu den ersten beiden Wohnungen hinaufführten. Der Boden war in schwarz-weißem Schachbettmuster ausgelegt, die Briefkästen auf der rechten Seite schienen noch aus der Zeit zu stammen, in der das Haus gebaut worden war. Sie waren dunkelgrün lackiert und reich verziert. Aus einem ragten ein ganzer Wust Prospekte und ein großer brauner Umschlag hervor.

Zögernd ging Mila die drei Stufen hoch. In der Wohnungstür rechts stand eine sehr alte, dickliche Frau und blickte ihr neugierig entgegen. »Ich dachte, Sie sind der Postbote«, sagte sie statt einer Begrüßung. Sie hatte eine Stimme, die wie Blätterrascheln klang.

»Nein.« Mila trat näher und räusperte sich unbehaglich. »Nein, tut mir leid. Mein Name ist Émilie Corbeil. Ich bin ...«

»Corbeil!« Das rundliche Gesicht der Frau verdüsterte sich. »Sind Sie etwa mit Helena und Jacques Corbeil verwandt, die früher hier gelebt haben?«

Mila nickte, gleichzeitig überwältigt davon, dass es so einfach war, und erschrocken, weil die Frau plötzlich abweisend wirkte. Isabelle legte ihr eine Hand unter den Ellenbogen, als könne sie spüren, dass Milas Knie angefangen hatten zu zittern.

»Dann kannten Sie meine Eltern?« Mila versuchte, sich an den Namen auf ihrem Klingelschild zu erinnern. *E. Fourier* hatte dort gestanden.

Die alte Frau musterte sie von Kopf bis Fuß. »Sie müssen das

Mädchen sein, das Helena zur Welt gebracht hat, kurz bevor sie Paris verlassen hat.«

Mila nickte. Noch immer wirkte Madame Fouriers Gesicht misstrauisch und verschlossen. Wenn sie Milas Eltern tatsächlich gekannt hatte, dann hatte sie definitiv keine guten Erinnerungen an sie. »Bitte!«, rief Mila. »Sie müssen mir …«

»Gar nichts muss ich! Helena und Jacques waren sonderbare Zeitgenossen. Keine Ahnung, wie sie sich eine Wohnung in diesem Stadtviertel leisten konnten. Gearbeitet haben sie zumindest beide nicht – wenn man mal davon absieht, dass *sie* immerzu an irgendwelchen *Büchern* schrieb und ständig die sonderbarsten Leute mit hierherbrachte.« Madame Fourier wies gen Decke. Sie war einen halben Kopf kleiner als Mila und in einen grauen Rock und einen rosafarbenen Strickpullover gekleidet, der ihr lose über die rundlichen Hüften fiel. Aus ihrer Wohnung drang ein atemberaubender Geruch nach Lavendel und Kampfer, der ganz hinten in der Kehle kratzte. Irgendein Vogel zwitscherte in einem der Räume mit den hohen, stuckverzierten Decken.

»Wissen Sie jemanden, der die beiden besser gekannt hat?«, fragte Mila. »Wissen Sie, wie mein Vater gestorben ist?«

Jetzt endlich wurde Madame Fouriers Miene ein bisschen weicher. Mila konnte nicht entscheiden, ob das daran lag, dass sie Mitleid mit ihr hatte, oder aber, ob sie einfach nur Gefallen an dem morbiden Thema fand. »Das hat nie jemand erfahren, Kind. Aber es war sehr seltsam, das können Sie mir glauben.« Sie zog ihren Pullover vor dem Bauch nach unten, sodass sich die rosarfarbenen Maschen dehnten. »Also, wenn Sie mich fragen, dann hat diese Frau, Ihre Mutter, nicht mehr alle Tassen im Schrank gehabt. Ich meine: Wer schreibt denn Buch um Buch über diesen schrecklichen Friedhof? Mein Maurice hat mal versucht, eines davon zu lesen. Seiner Meinung nach ist der arme

Mann von seiner Frau in den Tod …« Ihr schien schlagartig bewusst zu werden, mit wem sie hier sprach, denn sie unterbrach sich mitten im Satz. Ihr Gesicht wurde vor Verlegenheit puterrot, dann wich sie in ihre Wohnung zurück. »Gehen Sie lieber!«, verlangte sie.

Mila klingelten die Ohren.

Hatte diese alte Schachtel tatsächlich behaupten wollen, Helena habe ihren Vater in den Tod getrieben?

Mila legte die flachen Hände an ihre Wangen. »Mein Bruder …« Sie konnte jetzt nur noch flüstern, aber Madame Fourier schien genug geredet zu haben.

»Gehen Sie!«, wiederholte sie. Dann schlug sie ihr die Tür vor der Nase zu und Mila stand da wie mit eiskaltem Wasser übergossen.

»So viel dazu«, murmelte Isabelle. Ihre Hand wanderte erneut unter Milas Ellenbogen.

Die Kinder auf dem Schulhof lärmten noch immer, als Mila begleitet von ihrer Freundin wieder hinaus in den Sonnenschein trat. Jetzt jedoch hörte sich das Lachen und Kreischen fern und dumpf an. Jemand schien Watte in Milas Ohren gestopft zu haben.

»Alles in Ordnung?«, hörte sie Isabelle fragen.

Mechanisch nickte sie. Und nun? Was hatte sie mit ihrer Idee hierherzukommen erreicht? Nichts, außer dass sich zu den Rätseln, die Helena ihr sowieso schon aufgegeben hatte, noch ein weiteres gesellt hatte. Ob etwas dran war, dass ihre Mutter ihren Vater in den Tod …? Nein! Das war doch nur das boshafte Gequatsche einer missgünstigen, alten Frau! Mila verbannte es aus ihren Gedanken und ließ ihren Blick über die Klingeln schweifen. Vielleicht hatten neben Madame Fourier noch andere Bewohner dieses Hauses ihre Eltern gekannt. Aber selbst wenn das der Fall war, Mila wusste, dass sie nach der Begegnung mit der ehemaligen Nachbarin weitere Gespräche über das Thema erst einmal nicht ertragen würde. Ihr sehnlichster Wunsch war, sich in irgendein kleines Lokal zu setzen, einen Milchkaffee zu trinken und ihre wirbelnden Gedanken zu beruhigen.

Und genau das taten sie auch. Sie suchten sich eine Crêperie in der Rue de Médicis mit Blick auf den Jardin du Luxembourg und ließen sich so erschöpft auf die schmiedeeisernen Stühle fallen, als hätten sie die gesamte Stadt im Laufschritt durchquert.

Milas Herz jagte noch von den Worten der alten Frau, aber nachdem sie etwas getrunken und ihre flatternden Nerven mit einem großen Stück Nusskuchen beruhigt hatte, ging es ihr langsam besser.

»Glaubst du wirklich, dass deine Mutter ...«

Mila hob die Hand und brachte Isabelle damit zum Schweigen, bevor sie ihre Frage ganz ausgesprochen hatte. »Nimm es mir nicht übel«, sagte sie. »Aber ich brauch erst einmal eine Pause. Am liebsten würde ich eine Weile an etwas ganz anderes denken.«

Isabelle nickte verständnisvoll.

Milas Bilck fiel auf einen Souvenirladen gegenüber, der außer blinkenden Eiffeltürmen, Postkarten und Regenschirmen auch Poster mit den Sehenswürdigkeiten der Stadt verkaufte. »Weißt du, was?«, sagte sie. »Für den Rest des Tages werde ich einfach eine ganz normale Touristin sein.«

Maréchal stand an diesem Vormittag mit Kopfschmerzen an seinem Bücherstand. Er hatte schlecht geschlafen, und das lag vermutlich nicht nur an der Flasche Rotwein, die er gestern Abend getrunken hatte, sondern auch am Auftauchen dieses geheimnisvollen Alten im grauen Mantel.

Während er ein paar Bücher wegsortierte, die eine junge Studentin sich angesehen hatte, dachte Maréchal daran, wie er vorgestern versucht hatte, nähere Informationen aus dem Alten herauszubekommen. Warum hatte er bei dessen Anblick sofort gewusst, dass es um Nicholas und seine Geschichte ging? Was wusste der Alte selbst über alles? Und nicht zuletzt: Wer war er? Doch der alte Mann hatte keine von Maréchals Fragen beantwortet. Er war einfach davongegangen und Maréchal hatte nichts weiter tun können, als ihm verblüfft nachzuschauen.

Sein nächster Kunde heute Morgen war ein etwa vierzigjähriger Mann. Er blätterte eine Weile lang durch die Taschenbuchausgaben alter Kriminalromane von Georges Simenon, entschied sich dann allerdings für einen zerlesenen Bildband über die Katakomben. Maréchal gab ihm eines seiner Zettelchen und mit einem Lächeln im Gesicht sah er zu, wie der Mann im Weitergehen das Gedicht las, das Blatt dann zusammenfaltete und in sein Buch steckte.

Die Welt drehte sich weiter. Egal, was mit Nicholas passierte.

Als Maréchal sich nach dem Gespräch mit dem Kunden in die andere Richtung wandte, sah er ein junges Mädchen aus einer kleinen Seitengasse kommen, den Quai Saint-Michel überqueren und dann in direkt in seine Richtung steuern.

Sie war hübsch auf diese besondere Weise, die nicht von teurer Kleidung oder Schminke kam, sondern völlig natürlich wirkte. Sie hatte wirre blonde Locken und einen blassen, ebenmäßigen Teint. Die Art, wie sie daherging in ihren flachen Schuhen und mit den über den Knöcheln hochgekrempelten Beinen ihrer Jeans, hatte etwas Beschwingtes, Lebendiges.

Eine junge Frau mit roten Haaren war bei ihr und die beiden

unterhielten sich angeregt, aber irgendwie ernsthaft. Maréchals Blick konnte sich nicht von dem Mädchen lösen, das ein paar Stände weiter stehen blieb und die Bücher anschaute. In seinem Kopf entstand ein Summen.

*Das Mädchen,* hörte er wieder den geheimnisvollen Alten sagen. *Sie kommt gerade auf dem Gare de l'Est an.* Und: *Nicholas' Geschichte. Sie beginnt.*

Konnte es sein ...?

Er sah zu, wie das Mädchen mit seinem Buchhändlerkollegen über den Preis für ein altes Buch verhandelte. Der Kollege war sichtlich angetan von ihr, das war deutlich zu erkennen. Er scherzte und flirtete, wie er das mit anderen Kundinnen sonst nur selten tat.

Trotz allen Flirtens wurden er und das Mädchen sich aber über den Preis nicht einig. Das Mädchen stellte das Buch zurück, dann machte ihre Freundin einen Scherz, über den sie alle drei lachten. Und nur wenige Sekunden später traten die beiden an Maréchals Stand.

Sein Blick und der des Mädchens begegneten sich und Maréchals Herz wurde schwer.

Sie hatte Helenas Augen.

Hellblau, mit langen, seidigen Wimpern. Fünf der Sommersprossen auf ihrer Wange bildeten die Form eines unregelmäßigen Ws, ganz ähnlich dem Sternbild der Kassiopeia.

»Guten Tag, Monsieur«, sagte sie ganz unbefangen und dann ging ihr auf, dass er sie anstarrte. »Ist irgendwas nicht in Ordnung?«, fragte sie und wischte sich reflexartig über die Wange.

Er schüttelte den Kopf. Auch ihre Stimme ähnelte der von Helena. *Du liebe Zeit!* »Nein«, beeilte er sich zu sagen und legte seine Hand auf sein Herz. »Nein. Tut mir leid. Ich wollte dich nicht anstarren. Du erinnerst mich nur an eine alte Freundin.«

Sie nickte lächelnd und wandte sie sich seinen Auslagen zu. Eine ganze Weile lang ließ sie den Blick einfach über die zahllosen Rücken schweifen und als sie sich dazu entschied, eines der Bücher in die Hand zu nehmen, tat sie es mit einem Ausdruck von Ehrfurcht, der sie Maréchal auf Anhieb sympathisch machte.

Der Band, für den sie sich entschieden hatte, war jener von Baudelaire, den die junge Frau mit dem Turban und den stark geschminkten Augen vorgestern wieder weggelegt hatte.

Das Mädchen schlug ihn beim Inhaltsverzeichnis auf und überflog es kurz. Dann blätterte sie bis zu einer bestimmten Stelle.

Ihre rothaarige Freundin schaute ihr über die Schulter. »Herbstende! Winter! Frühling mit schlammigem Eise?«, fragte sie.

Das Mädchen nickte. »Das war das Gedicht, mit dem dieser Eric mich vorgestern eingewickelt hat. Kurz bevor er mich beklaut hat und Nicholas gekommen ist.« Ein schmerzlicher Ausdruck huschte über ihr Gesicht und plötzlich kam sie Maréchal schutzbedürftig und zerbrechlich vor.

*Nicholas.*

Hatte er eine Gewissheit gebraucht? Seit dem Besuch des alten Mannes hätte ihm klar sein müssen, was passieren würde. Aber er hatte es vor sich selbst geleugnet, hatte mit seiner ganzen Kraft gehofft, dass dieser Kelch an ihm vorbeigehen würde. Unaufhörlich hatte er seitdem an Nicholas denken müssen. Und an Zoë. Vor allem aber an seine eigenen Albträume, die er seit Langem überwunden geglaubt hatte.

Er kratzte sich den Bart und sah dabei zu, wie das Mädchen den Preis des Baudelaire-Bandes las. Welchen Namen trug sie in Nicholas' Geschichte? Mila. Er blinzelte, als sie mit einem bedauernden Ausdruck das Buch wieder wegstellte.

»Zu teuer?«, wollte er wissen. Er musste sich räuspern, bevor er sprechen konnte.

Sie nickte. Dann lächelte sie schüchtern, so, als sei es ihre Schuld. »Wollen wir weiter?«, wandte sie sich an ihre Freundin.

Die nickte. »Notre-Dame ist gleich dahinten. Nur noch über die Brücke und dann sind wir da.«

Das Mädchen wischte sich eine Locke aus dem Gesicht. »Gott sei Dank. Mir tun ganz schön die Füße weh.« Sie hakte sich bei ihrer Freundin ein, wünschte Maréchal einen schönen Tag und setzte ihren Weg fort.

Maréchal sah den beiden nach. Als das Mädchen auch beim nächsten Bücherstand stehen bleiben wollte, hörte er ihre Freundin rufen: »Himmel, Mila! Wie viele Bücher kann man denn noch betrachten?«

Und als die beiden scherzend die Petit Pont überquerten und den großen, von sauber gestutzten Rasenflächen und blühenden Blumenbeeten umgebenen Platz vor der Kathedrale betraten, stand Maréchal immer noch wie vom Donner gerührt an seinem Platz.

Mila.

Der Alte im grauen Mantel hatte also recht gehabt.

Es begann.

Zitternd griff Maréchal nach dem Baudelaire-Band und schrieb etwas auf die erste Seite. Mit einem eisigen Gefühl im Magen klemmte er das Buch unter den Arm, schloss seinen Stand ab und folgte Mila und ihrer Freundin.

Notre-Dame war der absolute Hammer. Schon in dem Augenblick, als Mila das hoch aufragende Kirchenschiff betrat, war sie von der Atmosphäre völlig verzaubert. Das Licht, das durch die oberen Fenster der Lichtgaden fiel, hatte einen überirdischen

Schimmer, der die gesamte Atmosphäre in der Kirche geheimnisvoll wirken ließ.

Vorne im Chor sang eine kleine Gruppe ein altes Kirchenlied und die Stimmen der Sänger unterstrichen noch das Magische dieses Ortes.

Eine Weile lang wanderte Mila einfach umher, nahm die Stimmung in sich auf und genoss das Prickeln, das sie ihr verursachte.

Sie hatte es schon immer geliebt, in Kirchen zu sein. Warum das so war, wusste sie nicht genau, denn im Grunde war sie nicht besonders gläubig. Aber viele Kirchen hatten etwas an sich, das sie tief in ihrem Herzen berührte. Und Notre-Dame war da keine Ausnahme. Eher das Gegenteil. Nach der Aufregung über ihren Vater und Bruder und nach dem, was gestern mit Nicholas passiert war, tat es einfach gut, hier zu sein.

Vor einer Tür vorn rechts vom Chor, ganz in der Nähe der Sakristei, blieb sie stehen. Ihr Blick war davon angezogen worden, sie wusste nicht, warum. An der Tür war nichts ungewöhnlich, sah man mal davon ab, dass sie relativ niedrig war – und nicht so ganz zum Rest der Kirche zu passen schien. Sie war nicht aus Holz, sondern aus Metall gefertigt. Und kreuz und quer darüber liefen dünne Messingbänder, die einen angelaufenen Goldton hatten.

Alles in allem nur eine Tür.

Während Mila sie betrachtete, veränderte sich plötzlich das Licht in der Kirche. Die Sonne musste ein Stück weitergewandert sein, sodass ihre Strahlen jetzt durch ein anderes Fenster fielen. Plötzlich war die Kirchenkuppel erfüllt von einem intensiven blauen Schimmern.

Erschrocken sah Mila sich um. Isabelle stand in einiger Entfernung und unterhielt sich mit einem weißhaarigen Mann, in dem Mila den Buchhändler erkannte, bei dem sie eben beinahe das Baudelaire-Buch gekauft hatte. Was wollte er hier?

Sie wandte sich wieder der Metalltür zu. In ihrer Fantasie flackerte ein Bild auf. Das Bild einer unendlich langen Treppe, die sich hinter dieser Tür in die Tiefe wand, vorbei an den Schächten der Metro und tiefer noch als die uralten Gänge der berühmten Katakomben. Weit, weit hinab in das Gestein unter dieser Stadt ...

Sie schüttelte den Kopf über sich selbst. Sie musste sich aus dieser merkwürdigen Stimmung befreien. So wie diese Tür aussah, befand sich dahinter wahrscheinlich eine Abstellkammer, in der Putzzeug aufbewahrt wurde.

»Marie-Claire!«, hörte sie eine Frau rufen und der Zauber verflog. Auf einmal war die Tür nur eine Tür und die Sonnenstrahlen, die durch die Fenstergaden fielen, nur Licht, dessen blaue Farbe der ihrer Schrift nicht im Geringsten ähnlich sah. »Komm sofort hierher, Marie-Claire!«

Mila drehte sich langsam um. Sie musste an ihre Geschichte über das kleine Mädchen mit den großen Augen denken, dem die Puppe am Eiffelturm kaputtgegangen war. Das Mädchen hatte auch Marie-Claire geheißen.

Ein Zufall? Andererseits, nach dem, was sie im Club erlebt hatte ...

»Marie-Claire! Jetzt nimmst du dich zusammen!«, keifte die Stimme quer durchs Kirchenschiff.

Mit klopfenden Herzen folgte Mila dem Ruf und im selben Moment atmete sie erleichtert auf. Die Marie-Claire, mit der die Frau schimpfte, war mindestens zwölf oder dreizehn. Sie hatte das mürrische Gesicht eines Teenagers, der von seinen Eltern zum Besichtigen dieser Kirche genötigt worden war, und sie hielt ein Eis in der Hand, von dessen Waffel es auf die Fliesen tropfte.

Mila ließ sich auf eine der Kirchenbänke sinken. Sie kam sich dumm vor. Natürlich war das nicht die Marie-Claire aus ihrer Geschichte. Das Mädchen gab es schließlich in Wirklichkeit nicht.

»Herrgott noch mal!«, schimpfte die Frau. »Pass doch auf! Du kleckerst ja alles voll!«

Marie-Claire zuckte gleichgültig mit den Schultern.

Ärgerlich packte ihre Mutter sie am Arm und zerrte sie mit sich, dabei begegnete der Blick des Mädchens kurz dem von Mila. Sie wirkte zufrieden. Mila war sich ganz sicher, dass sie die Fliesen absichtlich vollgekleckert hatte, um endlich von hier wegzukönnen.

»Immer diese Touristen!« Isabelle trat zu ihr. Sie hatte ein Buch in der Hand, das der Buchhändler ihr offenbar gegeben hatte.

Mila deutete darauf. »Was ist das?«

Isabelle drehte es so, dass sie den Titel lesen konnte. Es war die teure Baudelaire-Ausgabe. »Er ist uns nachgekommen, weil er das Gefühl hatte, dass du es haben solltest.«

Sie reichte Mila das Buch, die nahm es, strich über den Einband. »Was wollte er dafür haben?«

»Nichts.« Isabelle wirkte verwundert, aber nicht allzu sehr. Sie gehörte zu der Sorte Mensch, der sich über eine gute Gelegenheit freute, statt sich Gedanken über den Grund dafür zu machen.

Mila schlug die erste Seite des Buches auf. Jemand hatte mit Bleistift etwas hineingeschrieben, das war ihr vorhin am Stand gar nicht aufgefallen. Mit gerunzelter Stirn las sie die paar Worte.

*Weißt du, dass du die Fabelmacht besitzt?*, stand dort.

Etwas streifte Mila eisig kalt. Ihr Kopf ruckte hoch. Sie hatte keine Ahnung, was die Fabelmacht war. Aber das Wort hatte einen unheimlichen Klang.

Hastig sah sie sich nach dem Buchhändler um, doch von ihm war keine Spur mehr zu sehen. Dafür hatten Marie-Claire und ihre Mutter nun den Ausgang erreicht.

»Lass mich los!«, fauchte Marie-Claire und riss ihrer Mutter ihren Arm weg.

»Jetzt reicht es!«, schnauzte die Mutter sie an.

Mila hatte Mühe, in die Realität zurückzukehren. *Weißt du, dass du die Fabelmacht besitzt?* Das klang wie ein Geheimcode. Eine Anspielung, die nur Eingeweihte verstanden. Warum, fragte Mila sich, war sie eigentlich so entsetzt darüber? Vielleicht hatte jemand schon vor vielen Jahren diesen merkwürdigen Ausdruck hineingeschrieben und es hatte nicht das Geringste mit ihr zu tun.

Es war die einzige logische Erklärung. Mit einem Kopfschütteln steckte sie das Buch in ihre Umhängetasche.

Isabelle starrte noch immer der Mutter und dem Teenager hinterher. »Touristen!«, wiederholte sie abfällig. Eine Schulklasse betrat die Kirche und füllte die bis eben gedämpfte Stille mit ihren hellen Stimmen.

»Genau«, stimmte Mila ihr zu. »Wie gut, dass ich nicht dazugehöre.«

Da stutzte Isabelle. Dann lachten sie beide.

»Also, ich könnte jetzt auch ein Eis vertragen«, verkündete Isabelle.

Mila grinste sie an. »Aber pass auf, dass du den Fußboden nicht vollkleckerst!«, riet sie.

Am Morgen nach dem Clubbesuch stand Nicholas in der Bibliothek seines Vaters, im Stadthaus der Familie Caruel in der Rue des Rondeaux. Die Morgensonne schien durch das Fenster auf den alten Orientteppich und den wuchtigen Schreibtisch, hinter dem sein Vater saß, ihn musterte und dabei mit dem Füllfederhalter einen Rhythmus auf die Tischplatte trommelte.

Die kleinen Putten an der Stuckdecke blickten aus ihren Akanthusranken spöttisch auf Nicholas herab, so kam es ihm zumindest vor.

Er trug ein frisches Hemd und eine saubere Jeans und der Verband, den er sich um die verletzte Hand gewickelt hatte, wies winzige rote Flecken auf.

Draußen vor dem Fenster rauschte der Pariser Berufsverkehr vorbei. Hunderte Menschen in ihren Autos und in öffentlichen Verkehrsmitteln, die keine Ahnung davon hatten, dass sich tief unter ihnen ein geheimer Tunnel befand, der das Haus der Caruels mit der Krypta unter dem Friedhof Père-Lachaise verband. Durch diesen Tunnel hatte Nicholas kurz zuvor das Haus betreten. Nachdem er gestern Abend von Sacré-Cœur aus in die Rue des Rondeaux zurückgekehrt war, war er in sein Zimmer gegangen, ohne mit seinem Vater zu sprechen. Er hatte versucht, ein bisschen Ruhe zu finden, aber als er es kurz vor dem Morgengrauen in der Enge seines Zimmers nicht mehr ausgehalten hatte, war er in die Krypta gegangen, um nachzudenken. Dort hatte Serge ihn vorhin gefunden, der Leibwächter seines Vaters. Und er hatte ihm ausgerichtet, dass Caruel ihn zu sehen wünschte.

Umgehend.

Jetzt deutete Caruel mit der Spitze seines Füllers auf Nicholas' weiße Binde. »Was hat das zu bedeuten?«

Nicholas blickte auf seine Hände nieder. »Das stammt von gestern Nacht.«

»Und du hast einfach mal eben vergessen, wie man so was wegerzählt?«, fragte Caruel.

Nicholas schüttelte den Kopf.

»Warum hast du die Wunde dann noch? Du nutzt deine Gabe schließlich doch sonst auch für jede Banalität, obwohl ich dir schon tausendmal gesagt habe, dass sie dafür nicht da ist.«

Nicholas ballte die Faust um den Verband. Wusste sein Vater von der kleinen Marie-Claire und ihrer kaputten Puppe? Nein. Wie sollte er? Villain Caruel war fabelmächtig, doch er konnte keine Gedanken lesen. Er konnte unmöglich von dem kleinen Mädchen wissen. Was er aber sehr wohl wusste, war die Tatsache, dass Nicholas sich immer wieder über die Regeln hinwegsetzte, und zwar sowohl über jene, die Caruel aufgestellt hatte, als auch über jene, die allgemeingültig waren. Dass die Gabe nicht für Banalitäten genutzt werden sollte, war Caruels Regel. Dass die Macht nicht benutzt werden durfte, wenn ein Außenstehender es mitbekam, war hingegen ehernes Gesetz. Nur durch strengste Geheimhaltung war es über die Jahrhunderte hinweg gelungen, die Existenz der Fabelmächtigen vor dem Rest der Welt verborgen zu halten.

Mit seiner Hilfe für die kleine Marie-Claire hatte Nicholas beide Regeln gebrochen.

»Warum hast du dir die Wunde nicht selbst wegerzählt?«, fragte Caruel erneut.

Nicholas biss die Zähne zusammen. »Vielleicht vergesse ich ab und zu, dass ich dazu in der Lage bin«, gab er so gleichmütig wie möglich zurück. Aber innerlich fühlte er sich wie abgestorben. Wie würde er das jemals vergessen können? Nein. Er hatte die Wunde noch, weil sie ihn daran erinnerte, dass seine Geschichte verändert werden konnte, zumindest in den Details. Von einem Schnitt an seiner Hand hatte er niemals geschrieben.

Er verscheuchte den Anflug von Hoffnung, der ihn bei diesem Gedanken ergriff, und sah zu, wie sein Vater den Füller aufschraubte und dann mit rascher Hand etwas auf einen der teuren Briefpapierbogen der Familie kritzelte. Leuchtend blau floss die Schrift aus der Spitze der Feder auf das Blatt.

Nicholas schloss die Faust fester um den Verband. »Ich dachte, du hast verboten, unsere Gabe für Banalitäten einzusetzen«, murmelte er. Er wusste, dass er aufsässig klang, und musste wieder an die kleine Marie-Claire denken. Hätte sein Vater von ihr gewusst, hätte er Nicholas dafür bestraft. Nicholas überlegte ernsthaft, ob er ihm davon erzählen sollte. Dann hätte Caruel wenigstens etwas gehabt, das ihm half, wütend auf seinen Sohn zu sein.

Caruel setzte einen Punkt hinter das Geschriebene und schaute auf. »Ich denke, du kannst den Verband jetzt abnehmen.« Die Linie seines Unterkiefers war ein scharfer Bogen.

Nicholas wickelte langsam die Binden ab. »Du verlangst von mir, mich an deine Regeln zu halten, und tust es selbst nicht«, sagte er.

Sehr behutsam legte Caruel den Füller fort.

Nicholas trat vor und legte die blutige Binde auf die Kante von Caruels Schreibtisch. Dann betrachtete er seine Handfläche.

Die Wunde war fort.

Er atmete tief ein. »Ich hätte es vorgezogen, sie zu behalten, aber dich hat ja noch nie interessiert, was ich will.«

Er wartete darauf, dass sein Vater explodierte, wie er es gewöhnlich tat, wenn er ihn auf diese Weise provozierte. Aber die Situation war nicht gewöhnlich. Ganz im Gegenteil.

Caruel blieb ruhig. Wortlos krempelte er seinen Hemdärmel hoch. Während sich die blaue Flammenschrift bei Nicholas nur millimeterweise in Richtung Ellenbogen vorgearbeitet hatte, bedeckte sie bei seinem Vater bereits den halben Unterarm.

Nicholas schluckte. »Was hast du getan?«

Er wusste aus schmerzlicher Erfahrung, dass das Flammenmal

aufleuchtete, wenn man versuchte, sich gegen die Geschichte zu wehren. Gestern Abend im Club zum Beispiel hatten die Schmerzen immer dann zugeschlagen, wenn er sich mit dem Mädchen in Schwarz befasst hatte statt mit Mila.

Offenbar hatte sein Vater bereits sehr viel größere Anstrengungen unternommen, das, was geschehen würde, zu verhindern. »Was, Vater?«, musste Nicholas die Frage ein zweites Mal stellen, weil Caruel nicht antwortete.

»Ich habe versucht, die Stadt zu verlassen.«

Nicholas senkte das Kinn. »Und es hat immer noch nicht funktioniert.« Er selbst hatte bisher viermal versucht, aus Paris fortzugehen, weil nur an diesem Ort die Fabelmacht Einfluss hatte. Jedes Mal hatte sich die blaue Flammenschrift auf seinem Arm gebildet und je weiter er fortgefahren war, umso größere Flächen seines Körpers hatte sie bedeckt und ihn mit ihrem Feuer fast in den Wahnsinn getrieben. Aber es waren nicht die Schmerzen, die ihm Angst machten. Sondern das, wozu sie ihn werden ließen. Zu einer Gefahr nicht nur für sich, sondern auch für andere. Gestern in der Bar zum Beispiel hätte er um ein Haar das Messer auf Luc gerichtet. Auf seinen besten Freund! Und wenn das wirklich passiert wäre, er hätte nicht garantieren können, dass er nicht zugestochen hätte.

»Nein«, murmelte Caruel nun. »Es geht immer noch nicht.«

Die Mutlosigkeit, die Nicholas gestern im Club schon verspürt hatte, kehrte zurück und diesmal war sie so stark, dass er sich nicht anders dagegen wehren konnte als mit schwarzem Humor. »Tja«, sagte er trocken. »Fang schon mal an, dir zu überlegen, was an mir Gutes war, damit du auf meiner Beerdigung die Grabrede halten kannst.«

»Himmel noch mal!«, schrie Caruel. In einer Geste voller Verzweiflung warf er die Arme in die Luft. »Hör auf, so verdammt lässig zu sein! Alles, was ich will, ist, dass du ...« Der Atem stockte ihm. »Leben kannst.«

Nicholas schwieg.

»Du bist doch mein Sohn, mein Gott!«

Caruel fuhr wie unter einem Peitschenhieb zusammen. Wenn es überhaupt möglich war, wurde er noch ein bisschen bleicher als zuvor.

Nicholas sah, wie sich die Schrift auf dem Arm seines Vaters bis hinauf zum Ellenbogen schob. Er hatte eine ziemlich klare Vorstellung davon, wie qualvoll das sein musste. So fest, wie er konnte, biss er die Zähne zusammen und verbarg seinen Arm hinter seinem Rücken.

Aus glasigen, flackernden Augen sah Caruel ihn an. »Serge!«, rief er dann. »Serge, ich brauche Ihre Hilfe!«

Augenblicklich öffnete sich die Tür. »Ja, Monsieur Caruel?« Eifrig beflissen baute sich Serge neben Nicholas auf. Er hatte wie immer, wenn er im Dienst war, ganz in der Nähe gewartet, bis er gebraucht wurde.

Caruel atmete einmal tief durch. »Du kannst jetzt gehen«, sagte er zu Nicholas. Er ging zu seinem Schreibtisch, nahm sich ein Blatt. Als er den Füller aufschraubte und zu schreiben anfing, konnte Nicholas einen Blick darauf erhaschen.

Er las einen Namen. Serge. Und er wusste, was nun geschehen würde. »Nein, Vater!« In seiner Stimme lag Grauen. »Du musst das nicht tun! Du kannst ...«

»Sei still!« Caruel schrie jetzt. »Du selbst hast dafür gesorgt, dass ich das hier tun muss. Jetzt beklag dich nicht!« Er wedelte durch die Luft, als sei Nicholas ein lästiges Insekt. »Geh und lass mich erledigen, was nötig ist. Geh!«

Fieberhaft überlegte Nicholas, was er tun konnte, um das Kommende zu verhindern. Aber als er sah, wie mit jedem Wort, das sein Vater schrieb, die Flammenschrift auf dessen Arm sich zurückzog, da war ihm klar, dass es keinen Ausweg gab.

Und die Schuldgefühle, die er die ganze Zeit schon empfand, wuchsen ins Unermessliche.

# 7

Es war kurz nach ein Uhr mittags, als Mila und Isabelle aus der Kathedrale Notre-Dame ins Freie traten. Mila spielte mit dem Gedanken, zum Flussufer zurückzugehen und den Buchhändler zu fragen, warum er ihr das Buch geschenkt und was es mit den Worten auf der ersten Seite auf sich hatte. Doch Isabelle ließ sie nicht, sondern zog sie mit sich in ein kleines Lokal ganz in der Nähe der Kirche, das allen Ernstes Quasimodo hieß.

»Ein bisschen tourimäßig, aber die Croques hier sind ganz okay«, sagte sie gönnerhaft, als sie sich auf eine der Bänke fallen ließ, die ringsum an den Wänden standen. Noch bevor Mila es sich selbst bequem gemacht hatte, hatte Isabelle schon den Kellner herbeigewinkt und zwei Cola und je ein Croque Monsieur und ein Croque Madame bestellt.

Mila warf ihr einen strafenden Blick zu. »Man könnte meinen, du leidest an einer Schilddrüsenüberfunktion, so hektisch, wie du immer bist.«

Isabelle lachte nur.

Der Kellner, der aussah, als wäre er gerade zwölf geworden, brachte ihre Cola und zwei Gläser mit je einem Eiswürfel. Isabelle zwinkerte ihm zu und sie lachte, als er rot wurde.

Mila verpasste ihr unter dem Tisch einen Tritt gegen das Schienbein. »Du bist unmöglich!«

Isabelle lachte nur noch lauter und als ein Pärchen am Nachbartisch genervt zu ihr herübersah, grinste sie die Leute fröhlich an. »Genießt eure Zweisamkeit, solange sie dauert!«, riet sie ihnen.

Mila verdrehte die Augen. Dann nahm sie den Gedichtband aus ihrer Umhängetasche, die sie zwischen den Füßen stehen hatte, und betrachtete das Bild auf dem Umschlag. »Was meinst du, warum hat er es mir geschenkt?«

Isabelle zuckte mit den Schultern. »Er hat nur gesagt, er hätte das Gefühl, du solltest es haben. Vielleicht gehört er zu dieser Fraktion von Spinnern, die glauben, dass sich Bücher ihre Besitzer aussuchen.«

»Möglich.«

*Vielleicht aber wollte er mir mit der Frage auf der ersten Seite auch irgendwas sagen.*

Mila kratzte sich die Stirn. Was für ein Unsinn! Hatte sie nicht entschieden zu glauben, dass die Schrift schon alt war?

»Wenn du willst, gehen wir später noch zu ihm runter und fragen ihn«, sagte Isabelle.

Mila überlegte. Wollte sie das noch? Inzwischen war sie sich nicht mehr so sicher. Sie kam sich immer noch paranoid vor. Was, wenn der Buchhändler sie bei der Frage auslachte? Andererseits: Er musste doch einen Grund gehabt haben, ihr das Buch zu geben.

Auf gut Glück blätterte sie die Seiten um und landete bei einem Gedicht, das ausgerechnet »Grabstätte« hieß. *»Zur Stunde, da die keuschen Sterne schläfrig die Augen schließen«,* las sie vor.

Isabelle stöhnte. »Verschon mich! Ich habe Baudelaire gelesen, als ich Teenager war, aber inzwischen ...«

Mila klappte das Buch wieder zu und betrachtete erneut den Einband. *Grabstätte,* dachte sie. Plötzlich kamen ihr die Worte der unfreundlichen Madame Fourier in den Sinn, der ehemaligen Nachbarin ihrer Eltern.

*Wer schreibt denn Buch um Buch über diesen schrecklichen Friedhof?,* hatte sie gesagt.

*Dieser schreckliche Friedhof ...*

Mila erinnerte sich daran, wie sie selbst in den Büchern ihrer Mutter darüber gelesen hatte. Wie heiß er nur? Mit dem Daumennagel klopfte sie sich nachdenklich gegen die Zähne und während der Kellner kam und ihnen ihre überbackenen Toasts brachte, kramte sie ihr Notizbuch hervor. Irgendwo darin hatte sie es aufgeschrieben.

»Willst du lieber Monsieur oder Madame?«, fragte Isabelle und schob hinterher: »Sag mal, was suchst du eigentlich?«

Mila blätterte in ihrem Notizbuch herum und ignorierte sie, sodass Isabelle ihr einfach das Croque Madame hinschob. Während ihre Freundin anfing zu essen, hatte Mila gefunden, was sie suchte. »Hier!« Sie tippte auf das Geschriebene. »Dieser Friedhof, von dem die Nachbarin meiner Eltern gesprochen hat.« Sie las den Namen laut vor: »Père-Lachaise.«

Isabelle nickte und schluckte einen Bissen hinunter. »Das ist ein historischer Friedhof, auf dem viele Berühmtheiten liegen. Was ist damit?«

»Meine Mutter hat immer wieder darüber geschrieben. Was, wenn dort mein Vater und mein Bruder begraben sind?«

Isabelle verzog das Gesicht. »Unwahrscheinlich. Zwar werden auf Père-Lachaise wirklich noch Leute beerdigt, aber selten. Außerdem passt es vom Stadtviertel nicht. Vermutlich liegen dein Vater und dein Bruder eher auf dem Friedhof von Montparnasse.«

»Und wenn nicht?« Mila klappte das Notizbuch zu. »Ich meine: Warum sollte meine Mutter wie besessen von Père-Lachaise sein, wenn dort nicht die Gräber der beiden sind?«

Isabelle zuckte mit den Schultern. »Père-Lachaise gehörte zum Touristenprogramm wie Sacré-Cœur oder die Bouquinisten. Wenn du willst, können wir gern morgen hinfahren und uns dort ein bisschen umschauen. Sehenswert ist er auf jeden Fall.«

Isabelle hatte recht. Sehenswert war der Friedhof tatsächlich. Mit seinen unzähligen halb verfallenen Grabmälern und den uralten Bäumen, deren Kronen alles in ein grünliches Halbdämmer tauchten, wirkte Père-Lachaise wie aus der Zeit gefallen. Wunderschön. Es war einer der ältesten Friedhöfe der Welt, das hatte Isabelle Mila gestern erzählt, als sie ihre überbackenen Toasts aufgegessen und sich danach auf den Weg zu dem Buchhändler gemacht und festgestellt hatten, dass der Stand abgeschlossen und verlassen war. Den Rest des Tages hatte Mila dann versucht, ihre toten Verwandten zu vergessen und sich zusammen mit Isabelle mit ein paar von deren Freunden getroffen. Sie hatte sich aber nicht richtig auf die Gespräche konzentrieren können und sich damit entschuldigt, dass sie müde war. In Wirklichkeit wirbelten die Gedanken in ihrem Kopf nur so herum. Nicht nur ihr Vater und ihr Bruder kamen darin vor, sondern auch immer noch Nicholas und die Ereignisse im Club.

Heute Morgen dann hatte plötzlich Victor, Isabelles Exfreund, vor der Tür gestanden. Und obwohl Isabelle es geleugnet hatte, hatte Mila ihr angesehen, dass sie sich darüber freute.

»Ich kann sehr gut allein auf diesen Friedhof fahren«, hatte sie behauptet.

Aber dann, auf dem Weg, waren ihr Zweifel gekommen, ob

sie sich das wirklich antun wollte. Was, wenn sie recht hatte und ihr Vater tatsächlich dort begraben lag? Würde sie damit klarkommen, vor dem Grab zu stehen und darauf die vertrauten Namen zu lesen? Allein die Vorstellung hatte ihr ein solch mulmiges Gefühl verursacht, dass sie nach dem Frühstück zuerst zum Fluss gefahren war, um den Buchhändler nach dem Satz in dem Baudelaire-Band zu fragen. Zu ihrer Enttäuschung jedoch war der Stand des Mannes immer noch abgeschlossen gewesen. Also war Mila eine Weile lang unschlüssig in der Stadt herumgewandert.

Jetzt, wo sie endlich hier war, fühlte es sich aber irgendwie richtig an, allein hergekommen zu sein.

Der ewige Verkehrslärm der Stadt schien wie abgeschnitten worden zu sein in dem Moment, als sie durch das Friedhofstor gekommen war. Und selbst das Lachen und Schreien einer Gruppe Jugendlicher, die offenbar auf Klassenreise waren, konnte die friedliche und getragene Atmosphäre dieses Ortes kaum stören.

Mila betrachtete die riesige Anzeigetafel. Hier konnte man erfahren, welche Berühmtheiten hier begraben lagen und vor allem in welchem Bereich des Friedhofs. Sie las eine ganze Menge bekannte Namen, unter ihnen Schriftsteller wie Oscar Wilde, Honoré de Balzac, Molière und Marcel Proust, aber auch Leute wie Jean-François Champollion, der Ägyptologe, der dadurch berühmt geworden war, dass er die Hieroglyphen entschlüsselt hatte, oder die Opernsängerin Maria Callas und der Rockstar Jim Morrison hatten hier ihre letzte Ruhestätte gefunden.

Es dauerte gar nicht lange und Mila fand, was sie gesucht hatte. Die Gräber aus der Zeit von vor knapp zwanzig Jahren lagen in einem Bereich ganz in der Nähe der östlichen Friedhofsmauer.

Mila wandte sich um und holte tief Luft. Sie wusste nicht, was genau sie erwartete und was es mit ihr machen würde, aber sie wollte sich ihm stellen.

Die üppige Natur um sie herum tat ihr gut. Und die Stille auch. Die uralten und teilweise verfallenen Grabmäler waren schon so lange hier, dass sie etwas Beruhigendes an sich hatten. Egal, was auch immer draußen in der Welt passieren mochte, hier verging die Zeit in einem anderen Rhythmus. Milas Herzschlag verlangsamte sich, sie glaubte, tiefer und freier atmen zu können. Die Luft zwischen den uralten Mauern und Mausoleen roch frischer als in den Straßen der Stadt. Grüner. Lebendiger.

Eigentlich absurd, dachte sie, wenn man in Betracht zog, dass der Tod hier allgegenwärtig war.

Auf dem Weg über den Friedhof wurde Mila ruhiger. Zwischendurch vibrierte ihr Handy und zeigte an, dass sie eine Nachricht erhalten hatte. Sie war von Isabelle.

»Victor ist so süß!!!«, hatte sie geschrieben, mehrere Kusssmileys dahintergesetzt und dann in schneller Folge nacheinander zwei weitere Nachrichten geschickt.

»Der bereut echt, dass wir nicht mehr zusammen sind!!!!«

»Wir sitzen im Chez Jacques, kannst du dir das vorstellen??«

Mila hatte keine Ahnung, was das Chez Jacques war, aber dem Champagnerglas-Emoji nach zu urteilen, das ihre Freundin hinter die beiden Fragezeichen getippt hatte, musste es ein teures Lokal sein.

Bevor sie antworten konnte, schickte Isabelle noch eine weitere Nachricht. »Ich muss jetzt zurück. Der denkt sonst noch, ich bin durch das Klofenster abgehauen.«

Schmunzelnd tippte Mila: »Amüsier dich!«, und Isabelles Antwort kam nur Sekunden später.

»Worauf du Gift nehmen kannst. Apropos: Was wollen wir heute Abend essen?«

Mila musste lachen. So viel und so oft, wie Isabelle aß, war es ein Wunder, dass sie so schlank war.

»Keine Ahnung«, tippte sie im Gehen. »Entscheide du.« Sie schickte die Nachricht ab. Als sie aufsah, fiel ihr Blick auf eine der Nummern, mit denen die Bereiche gekennzeichnet waren. Sie war am Ziel.

Mit klopfendem Herzen steckte sie das Handy weg und suchte dann systematisch die Grabmäler ab. Es dauerte eine Weile, aber bei einem kleineren, halb mit Efeu zugewachsenen wurde sie schließlich fündig.

*Von uns genommen durch großes Unglück*, stand in messingfarbenen Buchstaben darauf.

Und darunter zwei Namen.

Jacques Corbeil.

Und Antoine Corbeil.

Ihr Vater. Und ihr Bruder.

Obwohl Helena in den vergangenen Tagen so oft versucht hatte, Mila zu erreichen, dauerte es jetzt verblüffend lange, bis sie ans Telefon ging. Mila ließ es bestimmt zwanzig Mal klingeln und sie wollte gerade auflegen, als am anderen Ende doch noch abgehoben wurde. »Mila?« Ihre Mutter klang atemlos.

»Ja«, sagte Mila und dann wusste sie nicht mehr weiter. Mit ziemlich zitterigen Knien ließ sie sich auf eine der ganz alten Grabplatten fallen, von denen aus sie die beiden Namen auf dem Grabstein lesen konnte. Und als sie hörte, wie ihre Mutter in unendlicher Erleichterung »Gott sei Dank!« ausstieß, kam sie sich gemein und egoistisch vor.

»Mama«, murmelte sie.

»Ja, Schatz. Ist alles in Ordnung?«

Mila starrte den Spruch auf dem Grabstein an.

*Von uns genommen durch großes Unglück.*

Die Schrift tanzte vor ihren Augen.

»Ja«, beeilte sie sich zu versichern. »Ja. Natürlich.«

»Du klingst so komisch. Ist was passiert, Schatz?«

»Nein. Was soll passiert sein? Ich wollte mich nur kurz melden, um dir zu sagen, dass alles in Ordnung ist.«

*Warum lüge ich?,* schoss es Mila durch den Kopf. Als sie Helenas Nummer gewählt hatte, hatte sie das Bedürfnis gehabt, ihr zu sagen, wo sie war. Sie hatte Helena alles anvertrauen wollen, was in den letzten Tagen geschehen war, und sie um Rat fragen. Aber als sie die atemlose Stimme ihrer Mutter hörte, hielt etwas sie davon ab.

In ihrem Magen saß ein kleiner, fester Knoten, der richtig wehtat, und als Helena hervorstieß: »Himmel, Mila, ich bin fast umgekommen vor Sorge!«, da war da auch wieder dieser alte Widerwille, bemuttert zu werden.

Sie ärgerte sich über sich selbst, weil sie Helena angerufen hatte. Wie sollte sie sich je wie eine richtige Erwachsene fühlen, wenn sie beim ersten Anzeichen von Problemen flennend zu ihrer Mutter rannte?

»Sag mir, wo du bist, Mila!«, beschwor Helena sie. »Ich komme dich abholen.«

Genau das hatte sie früher oft gesagt, wenn Mila bei irgendwelchen Schulfreunden zum Spielen gewesen war. Mila hatte es gehasst, wenn die anderen sie damit aufzogen, dass sie wie eine Prinzessin herumkutschiert wurde. Gedankenverloren wanderte ihre Hand in ihre Tasche und tastete nach dem Band mit Baudelaire-Gedichten. »Was ist die Fabelmacht?«, stieß sie hervor.

Ein ganz leises Keuchen war die einzige Antwort, die sie erhielt. Dann Schweigen. Unendlich lang. Eine Stille, in der Mila den Atem ihrer Mutter hören konnte und ihren eigenen Herzschlag, der klang wie der Hufschlag eines Pferdes, das in vollem Galopp dahinjagte.

»Wo bist du, Mila?«, fragte ihre Mutter erneut. »Sag nicht, du bist in Paris!«

Milas Hände hatten angefangen zu zittern.

»Bist du in Paris, Mila?« Etwas vibrierte in Helenas Stimme, das Mila eine Heidenangst einjagte.

Sie wusste sich nicht anders zu helfen. Sie legte einfach auf. Dann starrte sie auf das Display ihres Handys und als das Foto von ihr selbst und ihrer Mutter anzeigte, dass Helena versuchte, sie zurückzurufen, schaltete sie das Telefon ab.

Eine Weile lang wanderte sie ziellos über den Friedhof und ließ ihre Blicke über all die Gräber schweifen. So viele Tote aus so vielen Jahrhunderten. Sie las Inschriften, die ganze Lebensgeschichten erzählten, und Inschriften, die aus nichts weiter bestanden als dem Namen und dem Todesdatum. Die meisten Gräber waren verwahrlost und verfallen, so, als seien auch die Hinterbliebenen der Toten seit Langem verstorben. Aber manchmal sah Mila auch frische Blumen und kleine Figuren oder gerahmte Bilder, die Szenen aus glücklicheren Zeiten zeigten. Auf einen schlichten Grabstein aus grauem Marmor, über dem ein moosbewachsener Engel wachte, hatte der Steinmetz nur zwei Worte geschrieben: *Geliebtes Eheweib.* Kein Name hier und auch kein Datum.

Der Anblick schnürte Mila die Kehle zu und sie fröstelte unter den uralten Bäumen, die alles überschatteten. Sie streckte die Hand nach dem Engel aus und berührte ihn an der Schulter.

Fast war es, als übertrage sich die Trauer aus dem ebenmäßigen Gesicht der Statue auf sie. Plötzlich erfasste sie eine tiefe und unbändige Traurigkeit und ihr schossen Tränen in die Augen, denen sie freien Lauf ließ.

»Es ist verständlich, dass du durcheinander bist.« Die Stimme erklang so unvermittelt hinter ihr, dass sie vor Schreck einen leisen Schrei ausstieß und herumwirbelte.

Vor ihr stand der weißhaarige Buchhändler.

Als er sah, wie erschrocken sie war, hob er beide Hände. Ein beruhigendes Lächeln glitt über sein bärtiges Gesicht. »Ich wollte dir keinen Schrecken einjagen!«

»Haben Sie aber.« Sie war drauf und dran, sich die Tränen fortzuwischen, doch ihre Hände rochen nach Moos von der Engelsfigur. Also nahm sie den Ärmel ihrer Strickjacke und wischte mit ihm über ihre Augen.

»Entschuldige.« Der Buchhändler stand da, als habe er einem spontanen Impuls nachgegeben und sie angesprochen und wüsste jetzt nicht, wie es weitergehen sollte.

»Verfolgen Sie mich?«, fragte Mila.

Er schüttelte den Kopf. Dann jedoch lächelte er verlegen. »Nun. Vermutlich doch.«

Milas Herz begann zu klopfen. Das Wetter war schön und der Friedhof wimmelte von Leuten, aber das Gelände war auch sehr weitläufig, sodass die Menschen sich in den unzähligen schmalen Gängen verliefen. Außerdem schienen sich in diesen Bereich nur wenige Touristen zu verirren und darum fühlte es sich an, als sei Mila mit dem Buchhändler völlig allein.

Was, wenn er ihr etwas antun wollte?

Sie musterte ihn, seine ausgebeulte Cordhose, die alte Strickjacke, die schneeweißen Haare, den Bart. Er wirkte eigentlich ganz harmlos, oder?

Trotzdem wich sie einen Schritt zurück. »Sie haben mir dieses Buch geschenkt. Warum? Und der Satz auf der ersten ...«

»Lass uns ein Stück gehen, Kind«, sagte er behutsam. »Wärst du so freundlich?«

Sie dachte daran zu protestieren, aber er wandte sich einfach um und ging voraus. Zögernd folgte Mila ihm, immer noch nicht sicher, ob sie das für eine gute Idee halten sollte.

Er ging mit ihr eine Allee entlang und bog dann ab. Kurz darauf blieb er vor einem größeren Grabmal stehen, einer richtigen Gedenkstätte, die allerdings in einem schlechten Zustand war. Ein brusthoher, schmiedeeiserner Zaun umgab sie, wohl um Vandalen fernzuhalten. Allerdings machte das Ding seinen Job nicht besonders gut. Bierdosen, Chipstüten und Zigarettenkippen lagen innerhalb der Umzäunung. An einer Stelle des schmalen Rasenstreifens, der das Grab an allen vier Seiten umgab, war eine alte Feuerstelle errichtet. In der Asche lag eine geborstene Wodkaflasche.

Das Grabmal selbst bestand aus einer Art doppelgiebligem Tempel, unter dessen Dach zwei Steinfiguren lang ausgestreckt dalagen. Eine dieser Figuren zeigte eine Nonne, die andere einen Mönch mit Tonsur. Beide Figuren hatten die Hände vor der Brust zum Gebet gefaltet.

»Was sollen wir hier?«, stieß Mila hervor.

Jemand hatte mit dunkelroter Farbe ein unleserliches Graffito unter die Füße der Nonne gesprüht. Und zwischen den beiden Steinfiguren lag eine einzelne langstielige rote Rose.

»Du hast viele Fragen. Lass uns sehen, welche davon ich dir beantworten kann«, sagte der Buchhändler bedächtig.

Er umrundete die Umzäunung und blieb vor einer Pforte stehen. Eine rostige Eisenkette hätte eigentlich den Eingang zum Grabmal sichern sollen, aber sie hing nutzlos an dem Pfosten neben der kleinen Tür. Das Vorhängeschloss daran war uralt und so rostig, dass es aussah wie angenagt.

Der Buchhändler öffnete die Pforte, betrat den Rasen dahinter.

Mila zögerte. »Ist das erlaubt?«

Er schüttelte lächelnd den Kopf. »Nein. Aber im Sitzen redet es sich besser, finde ich. Und die beiden werden nichts dagegen haben.« Er setzte sich auf den Sockel, auf dem der Sarkophag stand.

Mila zögerte noch immer. Beiläufig überflog sie die Inschrift auf dem Sockel. Der Mönch, der hier begraben lag, hieß Abélard, die Nonne, die offenbar seine Geliebte gewesen war, Héloise. Mila erinnerte sich daran, dass sie beide Namen vorhin auf der Übersichtstafel gelesen hatte. Sie waren ihr aufgefallen, weil sie keine Nachnamen hatten.

»Hör zu, Mila, ...«, begann der Buchhändler und da erschrak sie.

»Woher kennen Sie meinen Namen?« Obwohl sie noch kurz zuvor nichts lieber gehabt hätte als ein paar Antworten, wollte sie jetzt nur noch weg von hier. Dieser Mann war ihr unheimlich. Aber sie lief nicht weg. Stattdessen tastete sie nach der Eisenkette neben der Pforte.

Der Buchhändler sah es.

Er seufzte. »Das ist eine sehr lange Geschichte«, antwortete er. Er klopfte neben sich auf den Steinsockel. »Setz dich zu mir, dann will ich versuchen, dir wenigstens den Teil davon zu erzählen, den ich selbst kenne.«

Mila sah ihrer Mutter so unfassbar ähnlich, dass es Maréchal beinahe den Boden unter den Füßen wegzog. Die gleichen Augen. Und doch war da etwas in ihnen, etwas, das ihn an Jacques denken ließ, an ihren Vater, der sein bester Freund gewesen war. Im Gegensatz zu Helena, die kaum einmal lächelte, hatte Jacques immer dieses leicht spöttische Funkeln im Blick gehabt. Er hatte die Welt nie so ernst genommen, wie es vielleicht nötig gewesen wäre.

Am Ende hatte ihn das auch das Leben gekostet.

Maréchal verscheuchte die aufflackernden Erinnerungen. Jetzt galt es, sich auf dieses Mädchen zu konzentrieren, das Teil von Nicholas' Geschichte war und gleichzeitig Helenas Tochter.

*Gute Güte!*

Mila stand noch immer unschlüssig an der Pforte zum Grabmal, aber immerhin hatte sie die Kette wieder losgelassen. Maréchal räusperte sich. »Du musst keine Angst vor mir haben. Ich meine: Ich bin über sechzig und nicht besonders gut in Form. Was könnte ich dir schon antun?«

Er schluckte, weil er an den Kugelschreiber in seiner Jackentasche denken musste. Er brauchte weder eine Waffe noch große Körperkraft, um Dinge zu tun, von denen Mila vermutlich bisher nicht einmal geträumt hatte. Aber er würde sich lieber die Zunge abbeißen, als ihr das jetzt schon zu sagen.

Wie er allerdings dieses Gespräch hier durchstehen sollte, war ihm völlig schleierhaft. Als er Milas Freundin gestern den Baudelaire-Band gegeben und sie gebeten hatte, ihn an Mila weiterzureichen, hatte er beobachtet, was passierte. Wie er es erwartet hatte, hatte Mila das Buch aufgeschlagen und dabei die Frage auf der ersten Seite entdeckt.

*Weißt du, dass du die Fabelmacht besitzt?*

Sie war verwirrt gewesen, das hatte er ihr ansehen können. Und da war es ihm klar gewesen: Sie hatte nicht die geringste Ahnung, welche Fähigkeiten sie besaß. Und vor allem hatte sie keine Ahnung von dem, was vor sich ging. In diesem Augenblick hatte er das spontane Bedürfnis verspürt, sie zu beschützen vor dem, was auf sie zukam. Auch wenn er selbst nur zum Teil verstand, wie das alles zusammenhing: Er empfand es einfach als seine Pflicht, Mila zur Seite zu stehen.

Das war er Helena vermutlich schuldig.

Und Jacques.

Darum war er Mila gefolgt, als sie und ihre Freundin gestern von Notre-Dame aus in das Quasimodo gegangen waren. Und er war ihnen auch gefolgt, als sie mit der Metro zurück nach Montmartre gefahren waren. Heute Morgen dann hatte er sich früh genug wieder dorthin begeben, um mitzubekommen, wie Mila allein das Haus verlassen hatte. Als er gemerkt hatte, dass sie auf dem Weg zu seinem Bücherstand am Seine-Ufer war, hätte er sich ihr beinahe zu erkennen gegeben, aber er hatte zu diesem Zeitpunkt noch nicht genug Mut dafür gesammelt. Erst eben hier auf dem Friedhof hatte er sich endlich ein Herz gefasst und sie angesprochen.

Geduldig wartete er nun, bis sie genug Vertrauen fasste, um durch die Pforte zu treten und sich zu ihm zu setzen. »Ich kenne nicht mal Ihren Namen«, murmelte sie.

Er kam sich vor wie ein Idiot.

Natürlich! Sie konnte nicht wissen, wer er war. »Mein Name ist Maréchal«, sagte er ein wenig peinlich berührt.

»Hören Sie, Monsieur Maréchal ...«

»Nur Maréchal«, unterbrach er sie.

Sie schaute irritiert.

»Nicht Monsieur. Wir haben mehr gemeinsam, als du dir vorstellen kannst. Du kannst, denke ich, also einfach Maréchal zu mir sagen.«

»Also gut. Maréchal. Sie ... ich meine du ...« Sie zog die Hände in die Ärmel ihrer Jacke und das machte sie in seinen Augen sehr zerbrechlich. »Woher kennst du meinen Namen?«, fragte sie.

All die Dinge, die er wusste, die Dinge über ihre Mutter und ihren Vater, die Dinge, die er seit Jahren tief in seinem Innersten vergraben hatte, drängten nun an die Oberfläche. Er schob sie beiseite und dachte stattdessen an Nicholas.

Mit der Zungenspitze fuhr er sich über die Lippen. »Dein Name kommt in einer Geschichte vor.« Es war ein unbeholfener Einstieg, aber er wusste es nicht besser. Zwar war er ein Mann der Worte, aber er hatte schon immer besser geschrieben als geredet. Und das hier würde für keinen von ihnen einfach werden.

»In einer Geschichte?« In Milas Augen kämpfte Skepsis mit einer aufkeimenden Ahnung. Plötzlich wirkte sie noch aufmerksamer und vorsichtiger als zuvor. Und dann verblüffte sie ihn, so wie ihre Mutter ihn früher auch immer verblüfft hatte. Blitzschnell zog sie ihre Schlüsse. »Diese Frage in dem Buch. Sie stammt von Ihn… von dir, oder?«

Seufzend zog er seine Hosenbeine über den Knien zurecht. »Ja.«

»Das habe ich mir schon gedacht.« Mila schwieg einige Sekunden. Ihr Blick wanderte zu einem Grab, das direkt nebenan lag. Jemand hatte mit roter Ölkreide ein umgekehrtes Kreuz auf dessen Platte gemalt und einen toten Vogel und einen kleinen Säugetierschädel danebengelegt.

Satanische Rituale.

Kinderkram.

»Was ist die Fabelmacht?«, fragte Mila schließlich.

Er wappnete sich. »Eine sehr, sehr alte Gabe, die wir besitzen, allerdings nur, solange wir uns hier in Paris aufhalten.«

»Wir.«

»Ja. Du. Und ich. Und noch einige andere Menschen in dieser

Stadt.« Kurz hielt er die Luft an. »Lass mich versuchen, es dir mit einem Bild zu erklären. Hast du das Buch dabei?«

Sie bejahte und gab ihm den Gedichtband aus ihrer Tasche.

Er nahm ihn, schlug ihn auf. »Es verhält sich ungefähr so.« Er umfasste eine der Seiten. »Stell dir vor, das wäre unser Universum.« Er wartete, bis Mila genickt hatte. »Gut. Neben unserem Universum existieren unendlich viele weitere. Ein jedes unterscheidet sich von dem daneben nur durch Kleinigkeiten. Zum Beispiel dadurch, dass du heute Morgen keine Jeans angezogen hast, sondern ein Kleid. Verstanden?«

»Klar.« Mila öffnete den Mund, um etwas zu fragen, aber ein paar Jugendliche kamen aus einem Gang zwischen den Gräbern und sie unterbrach sich. Die Teenager blieben stehen, berieten sich kurz und trugen etwas in Blätter ein, die sie auf dunkelroten Klemmbrettern bei sich hatten.

»Wir müssen dann noch nach Oscar Wilde suchen«, hörte er einen schlaksigen hellblonden Jungen sagen, offenbar der Wortführer der Gruppe. »Wer immer das ist.«

Die anderen lachten und auch über Maréchals Gesicht zuckte ein Lächeln. Er wünschte ihnen, dass sie Wilde lasen. Sie würden es nicht bereuen.

Lärmend und kichernd vervollständigten die Jungen ihren Eintrag auf dem Klemmbrett.

Mila starrte sie an dabei, aber es war ihr deutlich anzusehen, dass sie mit ihren Gedanken ganz woanders war. »Was hat meine Jeans mit dieser ... dieser Fabelmacht zu tun?«, fragte sie mit leicht gesenkter Stimme, weil die Teenager noch in Hörweite waren. Sie deutete auf das Buch. »Und was meinst du mit dieser Universumsgeschichte?«

Maréchal seufzte. »Die Fabelmacht befähigt uns, die Welten zu wechseln. Ich könnte zum Beispiel dafür sorgen, dass du jetzt eben keine Jeans anhast, sondern ein Kleid.« Er blätterte die Seite um. »Du musst dir das so vorstellen …«

»Hey, passen Sie doch auf, Mann!«, scholl der Ruf von einem der Teenager zu ihnen herüber. Die Jungs mit dem Klemmbrett hatten mittlerweile ihren Weg fortgesetzt und waren schon fast zwischen den Gräbern verschwunden. »Sie hätten mich beinahe umgerannt.«

Doch der hochgewachsene Mann, der sich jetzt zwischen den Jungen hindurchdrängte, ließ sich von der allgemeinen Empörung nicht abhalten. Ohne jede Rücksicht bahnte er sich seinen Weg.

Und in Maréchals Genick richteten sich die Haare auf.

Mila entdeckte den Mann in derselben Sekunde wie Maréchal. Und sie spürte augenblicklich, wie der alte Buchhändler sich innerlich anspannte. Der Fremde kam ziemlich zielstrebig auf sie zu marschiert. Er trug Jeans und eine abgewetzte braune Lederjacke und bei seinem Anblick sprang Maréchal auf die Füße.

Mila stand gleichfalls auf. Die Art, wie der Mann sie ansah, verursachte ihr Magenschmerzen. Umso mehr, als Maréchal sich nun schützend vor sie stellte.

»Wer ist das?«, fragte sie.

Maréchal ließ den Mann nicht aus den Augen. »Einer von Villain Caruels Schießhunden«, murmelte er, während der Lederjackentyp auf die offen stehende Pforte im Zaun zuging. Als er die Hand danach ausstreckte, klaffte seine Jacke ein kleines bisschen auf, und Milas Magenschmerzen verzehnfachten sich schlagartig.

War das etwa eine Pistole, die sie unter seiner Achsel sah?

Sie wich ein Stück zurück, stieß dabei aber mit der Ferse gegen den Grabmalssockel. Ein dumpfer Schmerz fuhr ihre halbe Wade hinauf. Sie achtete kaum darauf.

»Was will er?« Plötzlich konnte sie nur noch flüstern. Und eine ganz andere Frage leuchtete in ihrem Kopf auf.

*Wer ist Villain Caruel?*

Maréchal antwortete diesmal nicht. Es war auch nicht nötig, denn der Lederjackentyp gab die Antwort auf die Frage selbst. Er deutete auf Mila.

»Weg von ihr, alter Mann!«, befahl er.

Er war ihretwegen hier? Unmöglich, oder? Sie kannte in Paris niemanden außer Isabelle.

»Vergiss es!« Maréchal schüttelte den Kopf. Er hatte die Hände zu Fäusten geballt und Milas Herz klopfte plötzlich irgendwo ganz oben in der Kehle.

»Warum sollte ich?« Der Mann hatte militärisch kurz geschnittene Haare, durch die Mila seine Kopfhaut schimmern sehen konnte.

Ihr wurde noch schlechter, als sie sah, wie er den Reißverschluss seiner Jacke ganz nach unten zog.

Maréchal schob sie zwei Schritte in Richtung Zaun. »Ich lenke ihn ab«, presste er durch die Lippen. »Wenn ich sage *Lauf!*, dann kletterst du über den Zaun und rennst weg, so schnell du kannst.«

Der Kerl war also wirklich hinter ihr her. Die Erkenntnis ließ Adrenalin durch Milas Adern rauschen, ließ ihre Knie zittern, ihre Hände.

»Wohin soll ich?«, flüsterte sie.

Leicht geduckt trat Maréchal auf den Mann zu und deckte sie dabei mit seinem Körper. »Eric!«, raunte er. »Der Junge vom Bahnhof. Ihm kannst du vertrauen.«

Ein überaus irritierender Gedanke streifte Milas Bewusstsein nur ganz kurz, dann wurde er von ihrem Entsetzen überlagert, als der Mann tatsächlich eine Waffe zog.

»Lauf!«, brüllte Maréchal.

Mila reagierte augenblicklich. Das Adrenalin gab ihr Kräfte, die sie nie für möglich gehalten hätte. Sie flog um das Grabmal herum, kletterte dann über den Zaun.

Jemand kam zwischen den Gräbern hervor. Ein weiterer Mann. Eine weitere Lederjacke. Der Mann sah Mila grimmig entgegen.

Wohin jetzt?

Sie bog in scharfem Winkel ab, tauchte in das Dämmerlicht zwischen den Gräbern. Der zweite Mann schrie frustriert auf.

Sie jedoch rannte, so schnell ihre Füße sie trugen.

Sie jagte die zugewachsenen Wege zwischen den Grabsteinen entlang.

Prallte gegen jemanden. Mit einem erschrockenen Aufschrei stolperte sie zurück, wurde festgehalten von Händen, die kalt waren, so kalt. Sie keuchte auf, wehrte sich verzweifelt. »Lass mich«, stieß sie hervor.

»Mila!« Eine dunkle Stimme, die ihr durch und durch ging.

Nicholas' Gesicht.

Ganz dicht vor ihr seine Mitternachtsaugen. Sein Blick fühlte sich an wie eine Ohrfeige. Sie wollte sich losreißen, aber er ließ es nicht zu. Fest gruben sich seine Fingernägel in ihre Schultern, taten ihr weh.

»Ich tue dir nichts!«, beschwor er sie.

Ihr Blick zuckte zu dem Grabmal, in dessen Schatten er gestanden hatte.

Der Name darauf war nicht mehr zu lesen.

Wo waren ihre Verfolger? Sie mussten doch direkt hinter ihr sein, oder?

»Lass mich los!« In Nicholas' Griff warf sie sich herum, schaffte es, sich loszureißen. Er jedoch fasste nach, packte sie erneut.

»Mila ...!«

Da riss sie den Arm nach oben. Ihr Ellenbogen traf etwas Hartes. Sie hörte ein hässliches Knirschen.

Nicholas schrie auf. Sein Griff lockerte sich endgültig.

Und voller Erleichterung rannte sie weiter.

Nicholas starrte Mila nach, während er gleichzeitig versuchte, das Blut zu stoppen, das ihm aus beiden Nasenlöchern und aus einer Platzwunde an der Unterlippe schoss.

Luc trat hinter ihn. »Serge hat also tatsächlich seine Männer hierhergeschickt, um Mila zu jagen. Genau wie du gesagt hast.«

Nicholas legte den Kopf in den Nacken und nahm das Taschentuch, das sein Freund ihm reichte, damit er sich das Blut abwischen konnte. Seine Stimme klang dumpf, als er sagte: »Noch etwas, das wirklich anders läuft.« Er ließ das Taschentuch sinken und grinste. »In meiner Geschichte küssen wir uns hier, statt uns zu schlagen.«

Luc verdrehte die Augen. »Du wirst noch im Grab einen blöden Scherz machen. Das geht mir langsam auf die Nerven, weißt du das? Gib endlich zu, dass dir der Arsch auf Grundeis geht!«

Nicholas schüttelte den Kopf. Wenn er das tat, dann konnte er sich gleich eine Schaufel nehmen und sich eingraben. Nein. Wenn er auch nur die geringste Chance haben wollte, dass das Ganze hier noch gut ausging, dann musste er sich verdammt noch mal zusammenreißen.

»Was jetzt?«, fragte Luc und schaute in die Richtung, in der Mila verschwunden war.

Nicholas sog prüfend Luft ein. Es ging nicht. Mila hatte ihm die Nase gebrochen.

»Jetzt muss ich mich erst mal um mein Gesicht kümmern«, sagte er.

An seinem Handgelenk hatte sich ein neuer blau flammender Buchstabe gebildet.

Eine weitere Gruppe Teenager mit Klemmbrettern tauchte am Grabmal auf, und das sorgte dafür, dass Milas Angreifer die Waffe in die Jacke schob.

Maréchal entspannte sich ein wenig.

»Wohin hast du sie geschickt?«, fragte der Kerl.

Maréchal schüttelte den Kopf. »Keine Ahnung.« Er sah dem Mann geradewegs in die Augen bei dieser Lüge.

Der überlegte. »Dir ist schon klar, dass wir das Mädchen finden werden?«

Maréchal verschränkte die Arme vor der Brust. »So? Das glaube ich eher nicht.«

Der Lederjackenkerl lächelte. »Was meinst du, wo sollen wir zuerst nachsehen? In diesem Abbruchhaus in der Rue Bellot? Oder am Gare de l'Est?« Sein Lächeln wurde breiter, als er bemerkte, wie Maréchal ein Stück in sich zusammensackte.

»Woher weißt du das?«, fragte Maréchal.

»Was glaubst du?«

»Caruel!« Maréchal versuchte, sich seine Verunsicherung nicht anmerken lassen. Natürlich! Milas Verfolger kannten die ganze Geschichte.

Und er Idiot hatte das nicht einkalkuliert.

# 8

Auf dem Gare de l'Est war es genauso laut und so chaotisch wie vor ein paar Tagen, als Mila in Paris angekommen war. Die Züge fuhren mit kreischenden Bremsen ein, die Lautsprecherdurchsagen plärrten ihre Informationen heraus, Menschen redeten, lachten und stritten miteinander.

An einem der feuerwehrrot lackierten Snackautomaten stand ein Geiger und spielte mit seligem Lächeln im Gesicht gegen den Lärm an. Mila kannte das Stück nicht, aber es klang schön.

Friedlich.

Etwas abseits blieb sie stehen und versuchte, sich an der Musik festzuhalten, die ein Gegengewicht bildete zu all den Dingen, die in ihrem Kopf kreisten.

Das Grab von ihrem Vater und Bruder. *Von uns genommen durch großes Unglück*. Dieser Maréchal und die Typen, die mit einer Waffe unter dem Arm hinter ihr her waren. Ob die Männer in den Lederjacken Maréchal etwas angetan hatten? Dann Nicholas ... Warum war er auf dem Friedhof gewesen? Und nicht zuletzt: Was zum Teufel hatte es mit dieser geheimnisvollen Fabelmacht auf sich, von der der Buchhändler geredet hatte?

*Eine sehr, sehr alte Gabe,* hatte er sie genannt.

Erschöpft rieb sie sich die Augen.

Am liebsten wäre sie zu Isabelle nach Hause gefahren und hätte sich bei ihr verkrochen. Aber immerhin hatten die beiden Verfolger sie auf dem Friedhof gefunden. Es bestand also durchaus die Möglichkeit, dass sie sie auch bei Isabelle finden würden. Und da Mila nicht wusste, ob sie ihre Freundin in Gefahr bringen würde, hatte sie keine andere Lösung gewusst, als hierherzukommen in der Hoffnung, Eric zu treffen.

*Ihm kannst du vertrauen,* hatte Maréchal gesagt.

Ihr Blick wanderte hinauf zu den kitschigen Kinoplakaten über ihrem Kopf und sie musste an ihren ersten Tag in Paris denken. Dort drüben, vor dem Obststand, hatte sie Nicholas das erste Mal auf sich zukommen sehen.

Nicholas. Ob sie ihm mit ihrem Schlag ins Gesicht sehr wehgetan hatte? Es hatte sich angefühlt, als hätte sie ihm die Nase gebrochen.

Maréchal hatte gesagt, der Kerl mit der Waffe gehörte zu einem Villain Caruel. Gehörte Nicholas auch zu ihnen?

So viele Fragen und sie hatte keine Ahnung, wo sie Antworten herbekommen sollte.

Bevor sie darüber weiter nachdenken konnte, erhielt sie einen schmerzhaften Stoß gegen die Beine und stolperte erschrocken ein Stück zur Seite. Aber es war nur ein Kinderwagen, der sie gerammt hatte. Eine Frau, die mindestens hundertzwanzig Kilo wog, schob ihn vor sich her wie einen Rammbock, mit dem sie die Menschenmenge zerteilte. »Pass doch auf!«, zischte sie.

»Du mich auch«, erwiderte Mila. Urplötzlich überkam sie Mutlosigkeit. Wie sollte sie in diesem Gewimmel Eric finden? Es war eine idiotische Idee gewesen hierherzukommen.

Der Geigenspieler setzte sein Instrument ab, bückte sich zu der Sporttasche, die er neben seinen Füßen stehen hatte, und trank einen Schluck aus einer Wasserflasche. Als er sich wieder aufrichtete, zwinkerte er Mila zu und begann, ein neues Lied zu spielen. Er hatte lange blonde Haare, die er offen trug, und einen D'Artagnan-Bart.

»Ich liebe dich«, sagte plötzlich eine vertraute Stimme hinter Mila.

»Eric!« Sie fuhr herum und dabei erst wurde ihr bewusst, was er gesagt hatte. »Hä?«, fragte sie.

Er grinste breit. Dann deutete er auf den Geigenspieler. »*Ich liebe dich*. So heißt das Lied. Von Beethoven.«

»Ah«, machte sie und kam sich dämlich vor. Sie wusste nicht, ob sie erleichtert sein sollte, dass sie ihn gefunden hatte, oder erschrocken, weil er viel zu dicht bei ihr stand. *Sag irgendwas!*, ermahnte sie sich. Sie suchte nach einem Gips an seiner Hand, aber da war keiner. »Ich dachte, er hätte dir den Arm gebrochen«, murmelte sie.

Eric drehte das Handgelenk im Kreis, als könne er selbst es nicht glauben, dass es nicht der Fall war. »Ja. Das war sonderbar.«

»Was?« Etwas spannte sich in Mila an.

»Zuerst hat es sich wirklich so angefühlt, als wäre es gebrochen. Aber dann ist der Schmerz plötzlich weggegangen. Wahrscheinlich hat dieser Mistkerl ganz genau gewusst, wie weit er gehen kann, um nichts ernsthaft kaputt zu machen.«

*Dieser Mistkerl …*

Mila verspürte ein ganz leichtes Schwindelgefühl bei dem, was Eric ihr eben gesagt hatte. »Wieso kennst du dich mit klassischer Musik aus?«, fragte sie, um etwas Zeit zu gewinnen und ihre Gedanken zu sortieren.

Er grinste. »Du meinst, Schmalspurganoven ist so was verboten?«

Mila war peinlich berührt, weil er ihre Meinung über ihn so schonungslos ausgesprochen hatte, und das ärgerte sie. Immerhin war er derjenige gewesen, der sie neulich bestohlen hatte. Warum fühlte sie sich dann so zerknirscht dabei, wie er sie ansah?

Er zuckte mit den Schultern. »Ist natürlich nur eine weitere Masche von mir, um naive, kleine Touristinnen auszunehmen.« Er wirkte heute irgendwie anders als gestern. Entspannter. Und er hatte seine Jeans gewechselt.

Mila schluckte.

Der Geigenspieler spielte.

»Wegen neulich.« Eric zögerte. »Es tut mir leid, dass ich dich beklaut habe.«

Sie sah in seine hellbraunen Augen und absurderweise verwandelte sich ihre Zerknirschtheit nun auch noch in Schuldgefühl. »Ich ...«

Er reckte den Zeigefinger vor ihrer Nase in die Höhe. »Nein! Bitte lass mich ausreden.« Mit der flachen Hand strich er sich die Haare aus der Stirn. Erneut dachte Mila daran, wie sein Knochen geknackt hatte. Dann erinnerte sie sich, was sie geschrieben hatte.

Dass der Bruch wie durch Zauberhand heilte ...

*Eine sehr, sehr alte Gabe,* flüsterte Maréchals Stimme in ihrem Hinterkopf. Und: *Ich könnte zum Beispiel dafür sorgen, dass du jetzt eben keine Jeans anhast ...*

War es möglich, dass sie dafür gesorgt hatte, dass Erics Hand wieder gesund war?

Das war doch völliger Schwachsinn!

Sie sah, wie er sich vorbeugte. »Offenbar scheinst du einen positiven Einfluss auf mich zu haben. Jedenfalls hab ich eine echte Gelegenheit ziehen lassen.«

Milas Magen verknotete sich. »Was meinst du damit?«

»Kurz nachdem ihr weg wart, du und dieser unheimliche Irre ... Ich habe bei den Schließfächern dahinten gestanden und hatte schon ein neues Opfer ausgesucht. Eine Frau mit roten Haaren, sie ...«

»Wie bitte?« Mila schrie fast.

Eric schien erstaunt über ihre Verblüffung. »Eine Frau«, wiederholte er. »Lange feuerrote Haare, Louis-Vuitton-Tasche. Und ich habe sie laufen lassen. Blöd, oder? Sie hätte sich so was von gelohnt.«

Eine Frau mit roten Haaren. Die Schließfächer.

*Eine sehr, sehr alte Gabe, die wir besitzen, solange wir uns hier in Paris aufhalten.*

Milas Knie begannen zu zittern.

»Was hast du? Du bist plötzlich ganz blass.« Eric machte Anstalten, nach ihrem Ellenbogen zu greifen, aber sie hätte seine Berührung nur schwer ertragen.

Sie riss ihren Arm weg. »Fass mich nicht an!«

Beschwichtigend hob er beide Hände und als das nichts nützte, wich er auch noch ein Stück rückwärts. »Schon gut! Ich habe nicht vor, dich noch mal zu beklauen.« Sein Blick ließ sie nicht los. »Du glaubst mir nicht. Klar. Warum solltest du auch? Aber das hier ist keine neue Masche, ehrlich. Ich ...«

Mila hörte ihm kaum zu. Wie sollte sie ihm erklären, was der Grund für ihre Bestürzung war? Wie sollte sie in Worte fassen, was gerade in ihrem Kopf herumging? Dass sie ihn möglicherweise *mit ihrer Geschichte* dazu gebracht hatte, die Frau gestern ziehen zu lassen?

Plötzlich war ihr schwindelig.

Ihr Blick fiel auf zwei Männer, die durch die Menschenmenge gingen und sich dabei suchend umsahen. Einer von ihnen war groß, breitschultrig und trug einen schwarzen Anzug; der andere Jeans und ein Sakko. Trotzdem erinnerte die Art, wie die beiden sich näherten, Mila an die Kerle auf dem Friedhof. Und mit einem Schlag war alles wieder da, was sie eben dort erlebt hatte. Sie hatte keine Ahnung, ob diese beiden hier es auch auf sie abgesehen hatten oder vollkommen harmlos waren, aber sie würde es auf keinen Fall drauf ankommen lassen.

Eric war herumgefahren, als er gesehen hatte, wie sie zusammengezuckt war. Und als auch er die beiden Kerle auf sich zukommen sah, fackelte er nicht lange. Bevor Mila sich räuspern konnte, packte er schon ihre Hand. »Komm!« Er zog sie mit sich, quer durch die Menschenmenge hindurch. Geschickt wich er den Leuten aus, schlängelte sich an einem Pärchen vorbei, das vor einem Blumenladen stand und diskutierte. Ein Mann mit einem Gepäcktrolley fuhr ihm beinahe in die Seite und er stützte sich auf den hoch aufgestapelten Koffern ab.

Mila warf einen Blick zurück.

Sie hatte sich nicht getäuscht! Die beiden Typen beschleunigten ganz eindeutig ihre Schritte. Der Schwarzgekleidete schubste eine Frau aus dem Weg und schenkte ihr nicht einmal einen Blick, als sie mit einem empörten Aufschrei zu Boden ging.

Sein Blick war vollkommen auf Mila konzentriert.

Eric zerrte sie weiter und in vollem Lauf steuerten sie auf die Durchgänge zu, hinter denen es zu den Gleisen ging.

»Wohin wollen wir?«, keuchte Mila. Sie hatte sich von ihm losgemacht und rannte nun neben ihm her.

Statt eine Antwort zu geben, bog er auf einen der Bahnsteige ein. Als Mila erneut einen Blick zurückwarf, musste sie feststellen, dass die Typen schon ein ganzes Stück näher gekommen waren. Ob sie auch Waffen hatten?

»Scheiße!«, wisperte sie, weil der Typ mit dem Sakko wie als Antwort auf ihre Frage im Laufen unter seine Achsel griff.

Eric warf ihr einen kurzen Seitenblick zu. »Die kriegen uns nicht, versprochen!«

Mittlerweile waren sie aus dem überdachten Teil des Bahnsteigs hinaus ins Freie gelangt. Ein Regendach, das auf geschwungenen und reich verzierten Metallstützen ruhte, überspannte den Bahnsteig. Zwei Polizisten standen herum und beobachteten die Passanten.

Eric steuerte direkt auf sie zu. »Entschuldigung!« Seine Stimme klang plötzlich sehr viel höher als noch eben. *Kindlicher,* erkannte Mila, und gleich darauf dachte sie: *Schauspieler!*

In ziemlich echt wirkender Panik deutete Eric auf ihre beiden Verfolger. »Die da wollen uns ...« Er brach ab, überließ es den Beamten, sich auszudenken, was die beiden wollten.

Die Blicke der Polizisten zuckten zu den Männern, die augenblicklich stehen blieben. »Was haben sie gemacht?«

Mila rang um Atem, sie musste dafür nicht im Geringsten schauspielern. »Der eine«, japste sie, »er hat mich begrapscht, und jetzt ...« Ihre Stimme kippte weg. Ihr Herz jagte.

Eric warf ihr einen anerkennenden Blick zu.

Keine Zeit, ihm zu erklären, dass ihre Angst nicht gespielt war.

»In Ordnung«, sagte der eine Polizist. »Beruhige dich. Wir kümmern uns darum.« Und zusammen mit seinem Kollegen steuerte er auf die beiden Verfolger zu, die sich nicht ganz sicher waren, ob sie bleiben oder abhauen sollten.

»Und jetzt?«, wisperte Mila Eric zu.

Ohne Umschweife schnappte er sich wieder ihre Hand, zog sie mit sich. Eine mehr als mannshohe Bretterwand begrenzte den Bahnsteig am Ende. Eine Baustelle. Mila konnte das obere Ende eines Krans über den Zaun hinwegragen sehen. Das hier war eine Sackgasse! Sie wollte stehen bleiben, aber Eric zerrte sie einfach weiter. »Vertrau mir!«

Kurz bevor sie den Bretterzaun erreicht hatten, ließ er Milas Hand los. Dann sprang er. Sein rechter Fuß landete auf einem Mülleimer, sein linker stieß sich von der Bretterwand ab. In der Luft vollführte er eine völlig unmöglich aussehende Drehung.

Und in der nächsten Sekunde hockte er über Milas Kopf auf dem Regendach. Flach warf er sich auf den Bauch, reichte Mila die Hand herunter. »Komm! Schnell!«

Sie fasste zu und bevor sie protestieren und ihm sagen konnte, dass sie viel zu schwer für ihn war, hatte er sie schon zu sich hochgezogen.

Einfach so.

Sie fiel ebenfalls auf den Bauch. Ganz dicht neben ihm blieb sie liegen. Ihr Herz drohte zu zerspringen. »Wie hast du das ...«

»Still!«, zischte er und drückte sie noch flacher auf das Dach. Mit dem Kinn deutete er auf eine Lücke zwischen den Brettern des Zauns. »Die werden denken, dass wir da durch sind.«

Mila hielt den Atem an.

Nach einem kurzen Gespräch, in dem der Mann in Schwarz die Polizisten offenbar überzeugte, dass sie nichts Böses im Schilde führten, ließen die Polizisten ihre Verfolger laufen. Keine drei Meter von Mila und Eric entfernt blieben die beiden Männer stehen.

»Glaubst du, sie sind da durch?«, fragte der Jeanstyp.

Der Kerl in Schwarz stieß ein Brummen aus, das sehr dunkel klang. »Wohin sollten sie sonst sein? Los, hinterher! Caruel will sie tot sehen.«

*Tot sehen* ... Die Worte dröhnten in Milas Ohren. Und sie waren einfach viel zu ungeheuerlich, als dass sie sie wirklich fassen konnte.

Sie biss sich in die Faust, damit ihr kein Laut entfuhr. Erics Gesicht war ganz dicht vor ihr, sie sah seine hellbraunen Augen, den fragenden Ausdruck darin. Warm strich ihr sein Atem über die Wange und sie konnte den schwachen Geruch wahrnehmen, der darin lag. Pfefferminz und Kaffee.

Unter ihnen quälten sich ihre Verfolger durch das Loch im Zaun, einer von ihnen fluchte dabei leise vor sich hin. Dann waren Schritte auf der anderen Seite zu hören. *Kies,* dachte Mila wie betäubt. *Sie laufen über Kies.*

Gleich darauf war es still.

Die Erleichterung fühlte sich an wie eine Umarmung.

»Okay.« Eric wartete noch einen Augenblick, dann stützte er sich auf beide Hände und sprang in die Hocke. Noch immer war er ganz dicht bei Mila. Sie fühlte sich von dem fragenden Blick in seinen Augen wie festgehalten. »Offenbar hab ich mich in nicht nur einer Sache in dir getäuscht«, sagte er.

Mila war zu zittrig, um zu antworten.

»Meinte der ernsthaft dich? Was zum Teufel hast du getan, dass solche Typen hinter dir her sind?«

Das Adrenalin jagte durch ihren Körper, machte sie fahrig und euphorisch zugleich. Sie fühlte sich so lebendig wie noch nie zuvor in ihrem Leben und gleichzeitig war sie sich ihrer eigenen Sterblichkeit noch nie so bewusst gewesen.

»Ich habe nicht die geringste Ahnung.«

Er reichte ihr die Hand, um ihr aufzuhelfen, aber sie ignorierte sie. Sie rappelte sich aus eigener Kraft auf, weitaus weniger elegant als er.

Er runzelte die Stirn. Eine ganze Weile lang stand er einfach nur da, betrachtete Mila und versuchte, aus ihr schlau zu werden. Doch dann fing er sich. »Dann finden wir es raus«, sagte er und verschwand vom Dach.

Einfach so.

Mila starrte zu ihm in die Tiefe. Für einen Moment hatte sie gefürchtet, er wäre brutal gestürzt, aber er war katzengleich auf den Beinen gelandet.

Er lachte, dann wies er auf den Mülleimer. »Du kannst entweder auf demselben Weg runterkommen, wie ich hoch bin. Oder du lässt dich von der Kante hängen und ich fange dich auf.«

Mila schüttelte den Kopf. Noch immer stand sie unter Schock. Sie ging zum Rand des Daches und dort in die Hocke. Die Mülltonne war aus dieser Perspektive mindestens einen halben Kilometer entfernt, aber ums Verrecken hätte Mila nicht zugegeben, dass ihr mulmig war. Es reichte schon, dass Eric sie auf das Dach gezogen hatte wie eine Puppe.

Kurz taxierte sie den Abstand zur Tonne, dann vergewisserte sie sich, dass ihre Verfolger nicht zurückkamen, und sprang. Für ihre Begriffe war der Aufprall ziemlich hart und vermutlich auch nicht besonders elegant. Sie musste sich an der Bretterwand abstützen und dabei schürfte sie sich die Handfläche ein wenig auf. Aber als sie von der Mülltonne auf die Erde hüpfte, nickte Eric anerkennend. »Talentiert.«

Sie biss sich auf die Innenseite ihrer Wange. Dann wies sie zur Dachkante. »Du hast mich da einfach so hochgezogen!«

Er grinste.

Wie schon neulich fiel ihr auf, wie sehnig seine Unterarme aussahen. »Wieso bist du so stark?«

»Wenn du öfter mal nur an einem oder zwei Fingern über einem Abgrund hängst, dann kommt das von ganz allein.«

Mila sah ihn plötzlich mit ganz neuen Augen. »Du bist Parkourläufer!« Einer ihrer Klassenkameraden in Berlin gehörte zu einer Gruppe Jugendlicher, die regelmäßig auf einer verlassenen Baustelle das Parkourlaufen trainierte. Mila war ein paarmal mit den Jungs dort gewesen und hatte ihnen zugesehen, wie sie über Hindernisse rannten und sprangen, aber noch nie hatte sie jemanden getroffen, der sich so wendig und scheinbar mühelos bewegen konnte wie Eric.

Sein Grinsen erlosch. »Parkourläufer sind Weicheier.« Es schien, als wollte er noch etwas hinzufügen, aber stattdessen fragte er: »Was jetzt?«

Darüber hatte Mila noch gar nicht nachgedacht. Sie starrte auf die Schürfwunde an ihrer Hand. Verunsichert grub sie die Fingernägel aller fünf Finger in ihre Stirn.

Eric schien zu ahnen, was in ihr vorging. »Wenn du nicht weißt, wo du hinsollst, gehen wir erst mal zu mir. Da bist du vor diesen Typen sicher.«

Mila ließ die Hand sinken. Das Adrenalin ebbte langsam ab und hinterließ ein Gefühl von Taubheit in ihrem gesamten Körper.

*Eric kannst du vertrauen …*

Auf einmal fiel ihr ein, was sie vorhin, als Maréchal das zu ihr gesagt hatte, so irritiert hatte. Sie hatte dem alten Buchhändler gegenüber kein Wort von Eric gesagt.

Plötzlich war sie nur noch müde.

Wann war der Moment gewesen, in dem sich ihr Leben in einen Spionageroman verwandelt hatte?

»Wo wohnst du?«, fragte sie, weil ihr nicht einfiel, was sie sonst tun sollte.

Er verzog angewidert das Gesicht. »Wohnen tue ich in einem vierzig Quadratmeter großen Schuhkarton in einem Vorort von Paris. Aber zu Hause bin ich in einem alten Abbruchhaus gar nicht so weit von hier.«

Der Hinterhof war klein. Die Häuser standen so eng, dass es zwischen ihnen dämmerig wirkte. Milas Blick schweifte über mit Graffiti besprühte Wände, zugenagelte Fenster, Türen, die ursprünglich einmal grün gewesen sein mussten. Unrat und zertrümmerte Möbel lagen auf einem großen Haufen in einer Ecke. Es roch vergammelt. Eine Ratte hockte auf einer aufgeplatzten Mülltüte und starrte Mila an, als wollte sie sagen: *Was hat dich denn hierher verschlagen?* Dann sprang sie zu Boden und huschte an der Mauer des gegenüberliegenden Hauses davon.

Mila hatte eine Gänsehaut.

Eric, der das Tier auch gesehen hatte, grinste sie an. »Die tun nichts, solange sie genügend zu fressen finden.«

Mila verzog das Gesicht. »Wie beruhigend.« Sie fühlte sich wie auf Droge, unruhig. Zappelig. Und gleichzeitig so müde, als sei sie seit Tagen wach.

*Kein Wunder,* dachte sie. In den letzten Stunden war mehr passiert, als gewöhnlich in ein ganzes Leben passte. Und offenbar auch sehr viel mehr, als ihrer bisherigen Meinung nach zwischen Himmel und Erde gepasst hätte.

Nachdem sie den Gare de l'Est verlassen hatten, hatte Eric sie in der Rue Bellot in eine schmale Seitengasse und durch einen noch schmaleren Durchlass in diesen Hinterhof geführt. Mila fühlte sich wie in eine andere Welt geraten. Plötzlich war das Paris, das sie bisher kennengelernt hatte, das Paris der Kirchen und Sehenswürdigkeiten und der gut gelaunten Touristen und der geschäftigen Franzosen, weit weg.

»Hey!« Eric sah ihr ins Gesicht. »Versuch, dich zu entspannen. Wir haben diese Typen abgehängt, okay? Die tun dir nichts mehr.«

Mila hielt dem Blick seiner hellbraunen Augen einige Sekunden lang stand. Dann nickte sie. »Okay.« Sie holte tief Luft. »Okay«, wiederholte sie.

Eric wies zu einem der Fenster im ersten Stock hinauf. Es war das einzige, das nicht mit Brettern vernagelt war. »Da geht es rein.« Er trat zurück, um einen kurzen Anlauf zu nehmen. Dann lief er los – auf die Mauer zu, die im rechten Winkel zu dem Fenster stand. Ganz ähnlich wie vorhin auf dem Bahnsteig lief er zwei Schritte die Mauer hoch, wirbelte in der Luft herum und stand im nächsten Moment in der Fensteröffnung.

»Und du bist doch Parkourläufer!«, sagte Mila.

Von seinem erhöhten Posten blickte Eric auf sie herab. »Ich sag doch: Parkourläufer sind Weicheier. Warte hier.« Er verschwand und gleich darauf wurde im Erdgeschoss die Haustür geöffnet. »Willkommen in meinem bescheidenen Heim!«

Sie trat an ihm vorbei und blieb staunend stehen.

Obwohl das Haus von außen aussah wie eine Ruine, war es noch vollständig eingerichtet. Sie stand in einer Art herrschaftlicher Empfangshalle mit Fliesen in blau-weißem Schachbrettmuster, einer geschwungenen Freitreppe, die ins Obergeschoss führte, einem großen Kamin samt Ölgemälde einer traurig aussehenden Frau in weißem Kleid darüber und einer Sitzgruppe aus antiken Möbeln, deren Polster von einer grünen Moosschicht überzogen war. Ein alter Flügel befand sich rechts vom Kamin, sein Deckel war aufgeklappt und Noten standen auf ihm, als sei derjenige, der hier früher gespielt hatte, nur für ein paar Minuten aus dem Raum gegangen. Die Tasten des Flügels waren nicht mehr vollständig. Es fehlten ungefähr die Hälfte und auch die Saiten im Inneren des Instruments schienen teilweise gerissen zu sein.

Der Anblick wirkte trostlos und Mila überlief eine Gänsehaut.

»Beeindruckend, nicht wahr?« Eric war von hinten dicht an sie herangetreten und hatte ihr die Worte ins Ohr geflüstert.

Mila zuckte zusammen. »Gott!«, entschlüpfte es ihr.

»Tut mir leid.« Plötzlich wirkte er verlegen. Oder nein: Gehemmt traf es eher. »Komm«, sagte er. »Oben ist es ein bisschen gemütlicher als hier.« Er wartete nicht darauf, ob sie ihm folgte, sondern lief die Freitreppe hinauf in den vierten Stock.

Eilig rannte Mila hinter ihm her.

Oben war die Atmosphäre nicht viel anders als unten. Der Fußboden war von einem verblichenen Läufer bedeckt, auf dem Staub und Mäusekot lagen. Auch hier hingen Gemälde an den Wänden, die meisten waren so nachgedunkelt, dass die Gesichter darauf fast wie die von Geistern wirkten, die einen aus einer unheimlichen Finsternis heraus anstarrten. Auf einem kleinen Tischchen stand eine Vase. Die Blumen darin waren vermutlich schon vor Jahren zu Staub zerfallen.

»Warum steht dieses Haus leer?«, fragte Mila. »Ich dachte, in Paris ist Wohnraum knapp und teuer?«

»Die letzte Besitzerin ist vor Jahren gestorben und seitdem streiten sich die Erben darum, was damit passieren soll.« Eric folgte einer Gangbiegung. »Mir soll's recht sein.« Schwungvoll stieß er eine Tür auf, die in eine weiträumige und mit verstaubten, antiken Möbeln versehene Zimmerflucht führte. »Immer herein«, sagte er.

Während sich Mila in der Suite umsah, machte sich Eric daran, einen Tee zu kochen. Mila betrachtete das riesige Bett, das den Raum dominierte und das mit seinen gedrechselten Pfosten und der zerschlissenen Tagesdecke aussah wie aus einem Märchen. In einer Ecke des Zimmers lag eine silberne Isomatte und darauf ein blauer Schlafsack, offenbar Erics Nachtlager.

Mila ging durch eine Tür neben dem Bett und stand in einem Badezimmer aus den 40er-Jahren des letzten Jahrhunderts. Der Fußboden war aus hellem Marmor. Er wies zahllose Sprünge auf. Die Badewanne stand frei und hatte eiserne Löwenklauen.

Auf einer kleinen Ablage befanden sich unleserliche Schachteln, die vermutlich früher einmal Seife und Kosmetika enthalten hatten. Jetzt sahen sie aus wie beigefarbene Zähne in einem fauligen Mund.

Der Spiegel über dem Waschbecken war zur Hälfte blind, aber Mila konnte sich trotzdem darin sehen. Ihr Blick hatte etwas Wildes, fand sie. Irgendwie irre. Ihre Haare waren wirr, ihre Wangen viel zu blass, sodass die Sommersprossen darauf wirkten wie blutige kleine Nadelstiche. Probehalber drehte sie den messingfarbenen Wasserhahn auf. In der Wand ertönte ein lautes, stöhnendes Geräusch, ein rötlicher Wasserstrahl ergoss sich in das Becken, wurde aber gleich darauf klar.

Mila schöpfte sich zwei Hände voll Wasser ins Gesicht.

Danach sah sie ein bisschen weniger blass aus. Weil die Handtücher auf der Stange wenig vertrauenerweckend wirkten, wischte sie sich mit dem Ärmel trocken. Die Schürfwunde an ihrer Hand brannte, aber sie blutete nicht.

»Warum gibt es hier noch Wasser und Strom?«, rief Mila durch die offen stehende Tür.

Eric, der mit einem Billigwasserkocher hantierte und gerade Wasser in eine bauchige Teekanne goss, zuckte mit den Schultern. »Keine Ahnung. Vermutlich haben sie einfach vergessen, es abzustellen. Ich bin auch noch nicht lange hier.« Er trug die Kanne und zwei dazu passende Tassen aus hauchfeinem Porzellan zu einem kleinen Tischchen neben dem Bett. »So. Und jetzt will ich alles ganz genau wissen. Was waren das für Typen? Und warum waren die hinter dir her?«

Mila verließ das Badezimmer. Vorsichtig ließ sie sich auf die Kante des Bettes fallen und krampfte die Hände in die alte Tagesdecke. Eine kleine Staubwolke stieg in die Luft, kitzelte sie an den Handrücken. »Ich sag doch, ich hab keine Ahnung.«

Eric runzelte die Stirn. »Der Mann hat davon gesprochen, dass jemand dich tot sehen will.«

Die Vorstellung war noch immer zu überwältigend für Mila. »Ja. Ein Villain Caruel.«

»Caruel? Wer ist das? Klingt wie aus einem Film.« Eric goss Tee in die beiden Tassen. Der aromatische Geruch von Gewürzen erfüllte die Luft. *Zimt und Nelken,* dachte Mila.

Sie schüttelte den Kopf, dass ihre Locken ihr in die Augen flogen. »Kein Film. Und kein schlechter Scherz, fürchte ich.«

Obwohl es ihr so vorkam. Konnte es nicht einfach sein, dass all das hier ein unglaublich aufwendiger Dreh mit versteckter Kamera war? Wohl kaum, schließlich dauerte so was nicht tagelang.

*Eine sehr, sehr alte Gabe, die wir beide besitzen,* wisperte eine Stimme in ihrem Hinterkopf. Diesmal war es nicht die von Maréchal, sondern die von Nicholas.

Die Fabelmacht.

Das blaue Leuchten an Nicholas' Arm. Und das ihrer Schrift, als sie über Eric geschrieben hatte.

Allein an all das zu denken, fühlte sich so surreal an, dass sie sich fragte, wann sie in eine ihrer eigenen Geschichten geraten war. Sie erinnerte sich an Maréchals Bild von den verschiedenen Universen, die wie die Seiten eines Buches eng nebeneinanderlagen. Er hatte es kaum ausgeführt, weil ihnen die Angreifer dazwischengekommen waren, aber jetzt konnte sie sich selbst eine Vorstellung machen. Hatte er damit gemeint, dass sie vor Kurzem das eine Universum verlassen hatte, nur um in ein Nachbaruniversum zu wechseln? Sozusagen von einer Seite auf die andere gehüpft wie Alice im Wunderland in das Kaninchenloch? Und konnte wirklich so etwas Harmloses wie das ... Schreiben dafür sorgen?

Mit leicht zitternden Händen nahm sie die Tasse, die Eric ihr reichte. Da sie nicht weitersprach, zog er sich einen Stuhl heran und setzte sich so, dass er ihr direkt ins Gesicht sehen konnte. »Okay, was immer es ist: Nichts ist so schlimm, wie es im ersten Augenblick scheint. Wir kommen mit der Sache klar, egal, was es ist!«

*Wir,* hatte er gesagt.

Diese schlichte Tatsache trieb Mila Tränen in die Augen. Hastig wischte sie sie fort.

»Herrje!« Eric nahm ihr rasch die Tasse ab und stellte sie weg. Dabei fiel sein Blick auf die Schürfwunde an ihrem Daumenballen. »Du hast dich verletzt.«

Sie rieb sich die Stelle. »Nur ein bisschen aufgeschürft. Vorhin, als ich von dem Dach runter bin.« Plötzlich hatte sie das starke Bedürfnis, sich Eric anzuvertrauen. Sie musste einfach mit irgendjemandem über alles reden, was passiert war, sonst würde der Druck, der sich in ihrem Innersten aufzustauen begann, sie über kurz oder lang explodieren lassen. Aber wie sollte sie es in Worte fassen? Sie begriff es ja selbst nicht, was gerade geschah.

*Vertrau Eric!,* hörte sie Maréchal sagen. Der Eric doch nicht kennen konnte, oder?

»Kann ich dir etwas zeigen?«, fragte sie.

Eric nickte.

Sie stand auf und nahm ihr Notizbuch und einen Bleistift aus ihrer Umhängetasche. Mit beidem kehrte sie zum Bett zurück, ließ sich wieder darauf nieder. Dann jedoch zögerte sie. Was genau hatte sie eigentlich vor? Sie war nicht sicher. Aber sie musste es jetzt einfach ausprobieren. Sie musste herausfinden, ob sie sich in Isabelles Wohnung das blaue Leuchten nur eingebildet hatte. Ob all die Dinge, die in den letzten Tagen passiert waren, nur aus Zufall geschahen oder ob ein geheimnisvoller

Plan dahintersteckte. Vielleicht musste sie auch einfach herausfinden, ob sie verrückt war oder nicht.

Eric beugte sich gespannt vor und das gab ihr den nötigen Mut. Sie rief sich ins Gedächtnis, was Maréchal zu ihr gesagt hatte.

*Neben unserem Universum existieren unendlich viele weitere. Ein jedes unterscheidet sich von dem daneben nur durch Kleinigkeiten. Zum Beispiel dadurch, dass du heute Morgen keine Jeans angezogen hast, sondern ein Kleid.*

Langsam begann sie zu schreiben.

Sie begann mit ihren eigenen Klamotten, beschrieb die ausgeblichene Jeans, die hellgrauen Ballerinas, ihre Lieblingsschuhe. Das schlichte weiße Shirt, für das sie sich heute Morgen entschieden hatte. Und dann schrieb sie, dass dieses Shirt seine Farbe wechselte. Auf dem Papier machte sie aus Weiß Schwarz.

Eine Sekunde verstrich.

Dann eine weitere.

Ihr Bleistift huschte über das Papier, aber nichts geschah. Logisch! Sie war vermutlich verrückt geworden, als sie das Gerede des Buchhändlers angehört hat. *Die Wirklichkeit ist das, was unser Verstand daraus macht.* Und gerade als sie das dachte, flammte erst die Bleistiftspitze und dann das Geschriebene auf. Wort um Wort, Satz um Satz wurde von blauem Feuer erfasst. Eric ächzte leise, sagte aber keinen Ton, bis das Leuchten auf dem Papier verblasste.

Mila saß ganz still da. Dann blinzelte sie einmal.

Und ihr Shirt war tiefschwarz.

Eric keuchte. »Wie geht das?«, stieß er hervor.

# 9

Mila stand am Fenster und spielte mit dem Ausschnitt ihres Shirts. Schwarzer Stoff. Auf ihren Ohren lag ein Druck, der alle Geräusche dumpf wirken ließ. Um sich an irgendetwas festzuhalten, das nicht schwankte, richtete sie den Blick auf das gegenüberliegende Haus. Es war zwei Stockwerke niedriger, sodass sie auf sein Dach schauen konnte, das, wie fast alle Häuser im Zentrum von Paris, mit Metall beschlagen war. Rechts von dem Dach befand sich eine kleine Terrasse, auf der abgedeckte Stühle standen, eine vergammelte Palme in einem billigen Plastiktopf und ein verblasstes Bobbycar.

Mila starrte es so lange an, bis es vor ihren Augen verschwamm.

Eric saß noch immer auf dem Bett und starrte ebenfalls vor sich hin. Als sie ihm eben gezeigt hatte, zu was sie fähig war, war der Ausdruck von Verblüffung auf seinem Gesicht einem so tief greifenden Unbehagen gewichen, dass sie sich schämte. Sie hatte ihre Erlebnisse mit jemandem teilen wollen, um sich nicht mehr so allein zu fühlen. Aber alles, was sie erreicht hatte, war, dass Eric sie jetzt für einen Freak hielt.

Nachdenklich berührte sie die Schürfwunde an ihrem Daumen.

Eric räusperte sich. »Kannst …« Seine Stimme versagte und er räusperte noch einmal. »Könntest du das auch bei mir?«

Sie ließ von ihrem Daumen ab. Dann drehte sie sich um. Der Abdruck war noch zu sehen, den ihr Körper auf der Tagesdecke des Bettes hinterlassen hatte. Für den Bruchteil einer Sekunde fühlte sie sich wie ein Geist. Durchscheinend. Sie versuchte, in Erics Miene zu lesen, aber es fiel ihr schwer. Sie wollte nicht riskieren, seine Unterstützung zu verlieren, aber sie konnte ihn auch nicht anlügen.

Auf keinen Fall jedoch konnte sie ihm sagen, dass sie das, was er fürchtete, längst getan hatte.

»Ich weiß es nicht«, murmelte sie. Es war nicht direkt eine Lüge, oder? Immerhin hatte sie keine Ahnung, ob sie ihn mit der Geschichte in ihrem Notizbuch tatsächlich *umgeschrieben* hatte. Vielleicht, nein, bestimmt war es nur ein Zufall, dass er sein Gewissen ausgerechnet zu dem Zeitpunkt entdeckt hatte, als sie sich begegnet waren. Sicher hatte er sie einfach nur sympathisch gefunden und war deswegen ins Nachdenken geraten. Das musste schließlich nicht mit ihrer Geschichte zusammenhängen. Die Sache mit seinem gebrochenen Handgelenk allerdings …

Sie musste würgen.

Er nickte. »Okay«, sagte er irgendwann. »Okay.« Er stand auf, kam auf Mila zu. Ein Muskel unter seinem Auge zuckte. »Versuch einfach nicht, es rauszufinden, ja?«

Sie schluckte schwer. »Natürlich nicht.«

*Lügnerin!*, kreischte eine Stimme in ihr und sie musste so elend aussehen, dass Eric ganz dicht vor sie hintrat.

»Hey!«, sagte er. »Alles wird wieder gut.« Es war ein so absurder Satz, dass Mila lachen musste.

Das schien irgendein Signal für Eric zu sein.

Er schlang behutsam die Arme um ihre Schultern und zog sie fest an sich. »Es wird wieder gut«, wiederholte er.

Sie verkrampfte sich kurz, aber dann übertrugen sich Wärme und Zuversicht von Erics Körper auf ihren. Sie lehnte die Wange an seine Brust und versuchte, ruhiger zu atmen. Sein Herz schlug regelmäßig, aber ziemlich schnell.

Irgendwann zog Eric sie zum Bett und drückte sie auf dessen Kante nieder. Dann nahm er den Stuhl, stellte ihn schwungvoll direkt vor Mila hin, setzte sich und ergriff ihre Hände. Und da erzählte sie ihm das Meiste von dem, was sie wusste. Sie fing mit dem Überfall auf dem Friedhof an, merkte aber, dass es besser war, der Reihe nach zu berichten, weil sonst alles noch viel weniger Sinn ergab. Also kehrte sie zu dem Tag zurück, an dem sie in Paris angekommen war und die Obdachlose getroffen hatte.

»Odette«, fiel er ihr ins Wort. »Ich war dabei, ja.«

Sie sah ihn strafend an und er lächelte. »Bin schon still.«

Den Abend im Club übersprang sie und erzählte Eric stattdessen, wie sie Maréchal an seinem Bücherstand getroffen hatte, wie er ihr in die Kathedrale Notre-Dame gefolgt war und ihr das Buch zukommen lassen hatte. »Vorhin ist er mir dann offenbar auch auf den Friedhof Père-Lachaise gefolgt.«

Eric hob bei dem Namen die Augenbrauen und zog daraus seine eigenen Schlüsse. »Das war kein Touristenbesuch, oder?«

Sie schüttelte den Kopf.

Er wartete. Als sie nicht weitererzählte, hakte er nach: »Was wolltest du auf dem Friedhof, Mila?«

Das Grab ihres Vaters und ihres Bruders besuchen.

*Von uns genommen durch großes Unglück.*

Schon wieder begannen ihre Augen zu brennen. Diesmal blinzelte sie gegen die Tränen an. »Mein Vater und mein Bruder sind da beerdigt.«

Das entlockte Eric einen betroffenen Laut. »Das tut mir leid«, murmelte er.

Sie wiegelte ab. »Sie sind vor meiner Geburt gestorben. Ich habe sie nie kennengelernt.«

»Dann bist du nach Paris gekommen, weil du sie besuchen wolltest?«

Sie antwortete nicht darauf.

»Mila?« Eric sah sie sanft an.

»Ja«, sagte sie und hatte das Bedürfnis, es zu wiederholen. »Ja. Ich wollte rausfinden, wie sie gestorben sind.«

»Und? Hast du?«

Sie schüttelte den Kopf und fuhr mit ihrem Bericht fort. So genau wie möglich erzählte sie ihm, was Maréchal über die Fabelmacht gesagt hatte.

»Eine sehr, sehr alte Gabe«, wiederholte Eric. Er streichelte schon eine ganze Weile mit beiden Daumen ihre Hände, sie spürte die Wärme seiner Haut und es tat ihr gut, dass er bei ihr war. »Tja. So wie es aussieht, scheint er recht damit zu haben.« Nachdenklich legte er den Kopf schief und kniff die Augen leicht zusammen. »Das alles ist verdammt schräg, weißt du das?«

Was sollte sie darauf antworten? »Findest du?«, murmelte sie dumpf und die Ironie in ihren Worten ließ ihn trocken auflachen.

»Ach, ich treffe fast jeden Tag hübsche Mädchen, die von Auftragskillern gejagt werden und innerhalb eines Wimpernschlags aus einem weißen Shirt ein schwarzes machen.«

Mila zog ihm eine ihrer Hände weg, griff sich an den Kragen und betrachtete ihn. Der Stoff war immer noch schwarz. Und ihr war immer noch schwindelig. »Warum glaubst du mir?«, fragte sie leise.

»Weil ich es mit eigenen Augen gesehen habe?« Er klang verwundert, aber er schien ihre Verwirrung nachempfinden zu können. Kurzerhand setzte er sich neben ihr auf die Bettkante.

»Warum denkst du nicht, dass es ein billiger Zaubertrick war?« Sie sah zu ihm auf.

Einige Sekunden lang schien er zu überlegen, was er antworten sollte. Dann ließ er Mila los, stand auf und reichte ihr die Hand. »Komm mit mir. Ich will dir was zeigen.«

Sie vermisste seine Nähe, aber das behielt sie lieber für sich. Stattdessen folgte sie ihm. Er führte sie aus der Suite hinaus auf den Flur und von dort aus zu einer unauffälligen Holztür, die ganz am Ende des Ganges lag. Dahinter befand sich eine Treppe. Über sie kamen sie auf den Dachboden des Hauses, der vollgestellt war mit alten Möbeln, mäusezerfressenen Kartons voller Bett- und Tischwäsche und allerlei Krimskrams, der sich in einem Haus wie diesem im Laufe der Jahre eben ansammelte. Im Vorbeigehen sah Mila eine alte Stehlampe mit goldenen Troddeln, einen Schaukelstuhl, in dessen Lederbezug offenbar Mäuse hausten, und einen dreibeinigen Kleiderständer, an dem mehrere schwarze Mäntel hingen.

Der Anblick erinnerte sie an Nicholas und ihr wurde bewusst, dass sie Eric gegenüber eben kein Wort von ihm erzählt hatte. Sie schob den Gedanken fort. Für eine Weile wollte sie einfach nur bei Eric sein. Nicht nachdenken müssen.

Der Dachboden war nicht das Ziel ihres Ausflugs, das merkte sie, als Eric an der Giebelseite ein kleines Fenster öffnete und hinauskletterte.

Mila zögerte, ihm zu folgen. »Wohin willst du?«

Er streckte den Kopf wieder zum Fenster herein und grinste.

»Wirst du sehen.« Erneut reichte er ihr die Hand und diesmal folgte sie ihm vorsichtig hinaus auf einen Tritt, der offenbar für den Schornsteinfeger gedacht war. Zu ihren Füßen fiel das silbrige Metalldach schräg ab. Hinter ihr ragte es noch ein paar Meter höher. Sie kam sich vor wie auf einem schmalen Gebirgspfad am Rande einer Schlucht. Ein leichter Wind spielte mit ihren Haaren. Der Lärm der Stadt drang nur gedämpft zu ihr herauf.

Ihr wurde für einen kurzen Moment kalt, obwohl es hier draußen viel wärmer als drinnen war.

»Komm«, sagte Eric. Vorsichtig führte er sie den Tritt entlang bis zu einer Terrasse, die der am Nachbarhaus ziemlich ähnlich sah. Allerdings gab es hier weder Stühle noch Palme oder Bobbycar. Die grauen Bodenfliesen waren von einem feinen Netz aus Sprüngen überzogen. In einer Ecke lagen ein paar Blätter und rotteten vor sich hin.

Mila sprang von dem Tritt und war froh, wieder festen Boden unter den Füßen zu haben. Das Häusermeer von Paris lag im schwächer werdenden Abendlicht vor ihr. Das Graublau der Dächer und das warme, samtige Schimmern der sinkenden Dämmerung schufen eine eigenartig melancholische Stimmung. Ein Schwarm Tauben erhob sich in die Luft und flog eine Runde über ihren Köpfen. Rechter Hand konnte Mila gerade noch den Eiffelturm erkennen, an dem genau in diesem Augenblick die Beleuchtung angeschaltet wurde. Das berühmte Bauwerk erstrahlte wie ein riesiger Weihnachtsbaum.

»Wow«, entschlüpfte es ihr.

»Von da sieht man ihn noch besser.« Eric deutete auf das Nachbargebäude. Zwischen ihm und dem, auf dessen Dach sie sich befanden, klaffte eine Lücke, die mindestens vier Meter breit war. Drüben gab es eine ganz ähnliche Dachterrasse wie die, auf der sie standen, aber sie lag ein Stockwerk unter ihrer.

»Da kommen wir unmöglich rüber«, sagte Mila.

»So?« Erics Augen funkelten. »Dann pass mal auf!« Er nahm drei Schritte Anlauf und rannte los, bevor Mila auch nur Luft holen konnte. Sein linker Fuß traf die Terrassenumrandung und von dort aus katapultierte er sich in die Höhe. Flog über den Abgrund hinweg. Auf der gegenüberliegenden Terrasse landete er, fing seinen Schwung mit einer Rolle ab und stand gleich darauf wieder auf den Füßen.

Mila war der Atem weggeblieben. »Du spinnst!«, rief sie zu ihm hinüber.

Die Tauben landeten auf dem Dach hinter Mila. Irgendwo unten in den Straßen ertönte ein Martinshorn.

Eric warf den Kopf in den Nacken und lachte. »Du kannst aus Weiß Schwarz machen. Ich kann fliegen.«

»Du bist nicht geflogen. Du bist gesprungen.« Mila schüttelte den Kopf. »Ich dachte, du bist kein Parkourläufer.«

»Bin ich auch nicht. Ich bin Roofer.« Während er das sagte, wandte Eric sich um. Neben ihm befand sich eine hüfthohe Mauer, die sein Stockwerk und das darüberliegende des Nachbarhauses in schrägem Winkel miteinander verband. Er sprang hinauf und lief darauf entlang bis zu einer Reihe kleiner Kamine. Oben angekommen, trat er bis dicht an die Kante. Unter ihm war jetzt nichts als Luft. Zwanzig Meter oder mehr bis hinunter auf den harten Asphalt.

Mila stockte schon wieder der Atem, besonders, als Eric erneut Anlauf nahm und zum zweiten Mal über die Lücke zwischen den beiden Häuser setzte. Diesmal verschwand er aus ihrem Blickfeld und gleich darauf betrat er die Terrasse auf demselben Weg wieder, auf dem sie beide eben hier angekommen waren.

»Die meisten Parkourläufer sind Feiglinge«, behauptete er so gelassen, als wäre all das überhaupt nichts Besonderes gewesen. »Sie haben Angst vor der Höhe.« Seine Wangen glühten und er wirkte unfassbar lebendig und energiegeladen. Bevor Mila es sich versah, sprang er auf die kaum handbreite Terrassenbrüstung, breitete die Arme aus und drehte sich einmal um seine eigene Achse. Dabei lachte er voller Freude und Begeisterung. Die Tatsache, dass es nur Millimeter vor seinen Füßen mehrere Stockwerke in die Tiefe ging, schien ihn nicht im Mindesten zu beeindrucken.

»Komm da runter!« Milas Stimme war flach vor Sorge.

»Keine Angst, ich mache das jeden Tag.« Er hielt an und sah mit schief gelegtem Kopf auf sie herunter. Dann beugte er sich nach vorn und steckte die Hand aus. »Los!«

Sie sollte zu ihm da hochklettern? Auf keinen Fall!

»Du spinnst doch!«, keuchte sie. Vorsichtig beugte sie sich über die Brüstung. Wenn sie hier abstürzte, blieb von ihr nur ein großer Fleck auf dem Pflaster übrig.

Eric jedoch gab nicht so schnell auf. Er hatte die Hand noch immer ausgestreckt. In einer ungeduldig wirkenden Geste streckte er die Finger, schloss sie kurz zur Faust und öffnete sie wieder. »Mach schon! Es passiert dir nichts! Versprochen!«

*Du kannst ihm trauen!,* hörte Mila Maréchal sagen.

Und ohne weiter darüber nachzugrübeln, griff sie nach Erics Hand. Vorsichtig stellte sie einen Fuß erst auf einen kleinen Absatz vor der Balustrade.

Und im nächsten Moment stand sie in schwindelnder Höhe auf dem schmalen Sims.

»Breite die Arme aus!«, sagte Eric.

»Was wird das hier? *Titanic* für Arme?«, fragte sie.

Er lächelte. »Nun mach schon!«

Und Mila tat, was er sagte.

Es fühlte sich berauschend an. Dass sie jeden Moment abstürzen könnte, war gleichzeitig beängstigend und auf schreckliche Weise verlockend. Wie vorhin nach der Flucht vor den Verfolgern fühlte sie sich lebendig und verletzlich zugleich. Sie schwankte bedrohlich.

Mit einer eleganten Bewegung sprang Eric von der Balustrade, trat hinter sie und legte ihr die Hände auf beide Hüften. »Keine Angst, ich halte dich.«

Und das tat er tatsächlich.

Sein Griff gab ihr das Gefühl, sicher zu sein. Langsam hob sie die Arme, bis sie parallel zum Boden ausgestreckt waren. An ihren Fußspitzen vorbei schielte sie in die Tiefe und musste schlucken. Das Straßenpflaster lag meterweit unter ihr. Menschen gingen dort unten vorbei und hatten nicht die geringste Ahnung davon, dass sie hier oben stand. Mila sah einen Mann im Anzug und eine Frau mit einem Kinderwagen. Ein Fahrradkurier kurvte über den Bürgersteig und umrundete die beiden mit einem waghalsigen Manöver. Die Frau schimpfte ihm nach.

All das war so unendlich weit weg, dass Mila auf einmal ganz ruhig wurde.

Egal, was auch immer dort unten geschah, hier oben war es nicht wichtig.

»Wenn man hier oben steht und auf diese Stadt hinunterblickt«, sagte Eric leise, »dann erscheint einem alles möglich, findest du nicht? In meinen Augen ist Paris voller Magie. Kitschig, ich weiß, aber es ist die Antwort auf deine Frage.«

Sie ließ die Arme sinken und schaute zu ihm hinunter.

»Die Antwort auf deine Frage, warum ich dir glaube.« Er ließ ihre Hüften los, reichte ihr die Hand und half ihr, zurück auf die Terrasse zu springen.

»Danke«, sagte sie leise.

Er grinste. »Gern. Aber jetzt zurück zum Wesentlichen: Diese Kerle, die dich verfolgen. Was machen wir mit ihnen?« Er lehnte sich an die Brüstung und verschränkte die Arme. »Ich glaube nicht, dass die einfach so aufgeben. Sie haben dich schon zweimal gefunden. Wir sollten dafür sorgen, dass das nicht noch mal passiert.«

Wieder dieses *Wir.* Warum nur machte er sich mit solcher Selbstverständlichkeit ihre Probleme zu eigen?

»Hast du ihn gegoogelt?«, fragte er. »Villain Caruel, meine ich.«

Nein, hatte sie nicht. Dazu war bisher keine Zeit gewesen, auch wenn das eine naheliegende Idee war.

Mila tastete nach ihrem Handy in der Hosentasche. *Villain Caruel* ergab über viertausend Treffer, aber keines der Ergebnisse der ersten Seiten schien auf den genauen Namen zu passen. Sie probierte es mit einer exakten Suche – und fand nichts. Nur eine Frage erschien: ob sie vielleicht *Villain Carusel* gemeint habe.

»Das gibt es doch gar nicht«, murmelte sie. »Jeder ist heute irgendwo im Netz zu finden.«

»Er mit Sicherheit auch«, sagte Eric düster. »Vielleicht ist das einfach nicht sein richtiger Name.«

Mila richtete den Blick über die Dächer der Stadt und überlegte. Und da sie nun schon mal dabei war, gab sie jetzt auch das Wort *Fabelmacht* in das Suchfeld ein.

Alles, was sie erhielt, waren ein paar Treffer über einen Fußballtrainer, der Fabel mit Nachnamen hieß. Sie kombinierte *Fabelmacht* und *blau* und stieß auf eine Märchensammlung, in der das Märchen »Das blaue Licht« vorkam.

»Oh«, machte Eric. »Davon habe ich früher mal ein Hörspiel gehabt. Immer wenn der Geist darin erschienen ist, habe ich mir vor Angst in die Hose gemacht.«

Mila hätte ihn gern gefragt, ob er sich jetzt gerade ähnlich stark gruselte. Ihr ging es so. Sie ließ das Handy sinken.

»Was?«, fragte Eric.

Sie schüttelte den Kopf. »Nichts. Es ist nur alles gerade ein bisschen viel.«

»Kann ich mir vorstellen.« Er blickte sie aufmerksam von der Seite an. »Eines hast du übrigens ausgelassen bei allem, was du mir erzählt hast.«

»Wovon sprichst du?«

Er lächelte. »Von meinem brutalen Freund. Wie hast du ihn genannt? Nicholas?«

Mila verspürte Beklemmung. Sämtliche Begegnungen mit Nicholas zogen an ihrem geistigen Auge vorbei. Die am Bahnhof. Das Zusammentreffen in dem Club. Das blaue Leuchten unter seinem Hemdärmel.

*Glauben Sie an Liebe auf den ersten Blick?,* flüsterte eine Stimme in ihrem Hinterkopf. Und sie selbst fügte hinzu: *Ja. Tust du.* Und es stimmte. In den Geschichten, die sie in den letzten Jahren über Nicholas geschrieben hatte, liebte sie ihn. In der Realität hingegen hatte sie eher Angst vor ihm.

Sie senkte den Kopf, starrte auf die geborstenen Terrassenfliesen.

»Er hängt da mit drin, oder?«, fragte Eric.

Sie antwortete nicht.

»Du glaubst das auch«, sagte Eric ihr auf den Kopf zu. »Du hast ihn absichtlich ausgelassen. Warum?«

Seine Hartnäckigkeit und vor allem die Anklage, die sie in seiner Stimme zu hören glaubte, trieben einen Stachel aus Wut tief in Milas Brust. Ihr Kopf ruckte hoch. »Was weißt du schon?«, fauchte sie ihn an. »Du hast keine Ahnung! Du ...« Ihr blieb die Luft weg und ihre Stimme kippte.

Eric stand ganz ruhig da. In seinen Augen flackerte es schwach. »Nein«, sagte er. »Du hast recht. Ich habe keine Ahnung davon, was du gerade durchmachst. Aber ich vermute mal, dass du um dich schlägst, weil du verzweifelt bist, und das ist okay für mich, wenn es dir danach besser geht.« Er sagte das so schlicht und selbstverständlich, dass sie wusste, er meinte es tatsächlich so.

Seine Worte nahmen ihrer Wut die Kraft. Betreten schloss sie die Augen. »Tut mir leid, ich wollte nicht ... Ich weiß einfach nicht, was ich jetzt machen soll.«

Vielleicht sollte sie zusehen, dass sie diese Stadt verließ und zurück nach Hause fahren. Der Gedanke war kurz da und genauso schnell wieder verschwunden, weil Eric nun wieder ihre Hand nahm.

»Hey«, sagte er in ihre Überlegungen hinein. »Du musst dich nicht entschuldigen.«

Sie hielt seinem Blick stand, aber diesmal entzog sie ihm ihre Hand. »Danke«, sagte sie. Und hoffte, dass er wusste, wie dankbar sie wirklich war. Sie hatte keine Ahnung, warum, aber sie spürte, dass Flucht keine Lösung sein würde. Sie hatte erfahren, dass sie eine Gabe besaß, die alles andere als normal war. Und sie würde einen Teufel tun, davor einfach davonzulaufen.

Was sie vermutlich sowieso nicht können würde.

»Was jetzt?«, fragte Eric und hielt sie damit davon ab, länger über diese Gabe nachzudenken.

»Keine Ahnung«, sagte sie. Sie merkte, dass sie am Ende ihrer Kräfte war, aber dann fiel ihr etwas ein. An eine Person hatte sie bisher kaum einen Gedanken verschwendet. »Odette. Sie war die Erste, die mir begegnet ist, als ich aus dem Zug gestiegen bin. Und sie hat mich gewarnt. Sie hat etwas gesagt wie: Diese Geschichte hier ist schon längst zu Ende erzählt.«

*Und nicht nur das,* fügte Mila in Gedanken hinzu. Odette hatte ihr gegenüber auch Nicholas' Namen erwähnt. Vielleicht würde die Obdachlose tatsächlich etwas Licht in das Dunkel all dieser Rätsel bringen können.

Eric sah das ähnlich. »Gute Idee! Wenn du willst, helfe ich dir, sie zu finden«, sagte er.

*»Wenn du willst, helfe ich dir, sie zu finden.«* Eine dunkle Stimme wiederholte seine Worte wie ein spöttisches Echo.

Mila fuhr zusammen und drehte sich um.

Aus den Schatten trat Nicholas. »Für einen Versager aus den Vororten bist du ganz schön fürsorglich«, sagte er zu Eric und lächelte.

Mila konnte nicht glauben, dass er tatsächlich hier war. Woher wusste er, wo sie sich befand? Und was wollte er von ihr? Verfolgte er sie etwa? So viele Fragen und so wenig Antworten, und das machte sie ganz kribbelig. »Was soll das?«, fuhr sie ihn an. »Was hast du hier zu suchen? Lauerst uns auf und ...«

»Schscht!«, sagte er und hob einen Zeigefinger in die Höhe. »Ich bin deinetwegen hier. Ich weiß nicht, wie viel Zeit wir haben, aber du musst mir jetzt zuhören.« Er trug seinen Mantel offen und Mila konnte die Jeans und das Hemd darunter sehen. Es war weiß.

»Hast du keine Angst mehr, dass ich mich in dich schockverliebe?«, fragte sie, so herablassend sie konnte. »Immerhin warst du es, der mir geraten hat, dir aus dem Weg zu gehen. Ich hätte mich dran gehalten.«

Er hielt einige Sekunden lang inne, als überlege er, ob er ihren Hohn verdient hatte. Und als er kurz die Augen schloss und es so aussah, als laute die Antwort für ihn Ja, da war da sofort wieder dieses andere Gefühl in Mila. Sympathie. Nein, mehr:

Verbundenheit, genau wie sie es Isabelle gegenüber auf den Stufen vor Sacré-Cœur erwähnt hatte. Ein Band, das von ihrem Herzen direkt zu seinem zu führen schien, das sich im Moment allerdings mehr anfühlte wie Stacheldraht.

»Du hast leider keine Chance, mir aus dem Weg zu gehen«, sagte er. Seine Stimme hatte plötzlich eine andere Klangfarbe angenommen. Fast als bedauere er das wirklich.

»Ja, sieht ganz so aus!« Sie verbarrikadierte sich hinter ihrer Wut. »Weil du mich stalkst!«

Eric machte Anstalten, sich einzumischen, aber sie hielt ihn mit einem warnenden Blick davon ab.

Nicholas trat an die Brüstung der Terrasse und ließ seinen Blick über die umliegenden Dächer schweifen. Täuschte sie sich oder wirkte er besorgt? Mila ertappte sich dabei, dass sie versuchte, einen Blick unter seinen Mantel zu erhaschen.

Ob er eine Waffe bei sich trug wie der Typ auf dem Friedhof?

Er beendete seine Überprüfung der Umgebung und wandte sich zu ihr um. »Mila, du hast nicht die geringste Ahnung, was hier vor sich geht«, sagte er.

»Stimmt.« Sie spürte, dass ihr Blick ärgerlich flackerte. »Ich habe keine Ahnung, was hier vor sich geht. Aber ich vermute mal, du bist hier, um mir in deiner überaus großmütigen und herzensguten Art alles zu erklären.«

Der Mond spiegelte sich in seiner Iris, ließ seine Augen aussehen wie winzige Sternenhimmel.

»Ich bin hier, weil ich dich vor den … weil ich dich beschützen will. Jemand namens Villain Caruel macht Jagd auf dich.« Er wischte sich eine Haarsträhne aus den Augen. Dabei fiel ihr wieder ein, wie seine Nase unter ihrem Ellenbogen geknackt hatte. Bis auf einen frischen Cut an seiner Unterlippe wirkte sein Gesicht jedoch völlig unverletzt.

Sie strich über die Schürfwunde an ihrem eigenen Daumen. »So?«, sagte sie. »Na, dann bin ich ja froh, dass du da bist. Ich komme ohne dich nämlich nicht im Geringsten klar. Und weil ich so klein und dumm bin, hilfst du mir mal am besten auf die Sprünge und gibst mir ein paar Antworten. Fangen wir doch mit besagtem Villain Caruel an. Wer ist er?«

Bevor Nicholas darauf antworten konnte, schob Eric sich ein Stück vor. »Du wirst ihm doch wohl nicht trauen? Was, wenn das hier eine Falle ist? Er kann genauso gut zu denjenigen gehören, die dich verfolgen.«

Sie verzichtete darauf, ihn daran zu erinnern, dass sie ja auch ihm traute. Und das, obwohl er noch vorgestern versucht hatte, sie zu beklauen. »Ich traue ihm nicht.«

Aber war das wirklich so?

Nicholas' Blick streifte sie und sie musste sich zusammennehmen. Er war dem Nicholas aus ihren Geschichten so ähnlich. Auch dort versuchte er ständig, sie zu beschützen, und auch dort fiel es ihm irgendwie schwer zu akzeptieren, dass sie nicht wie eine Prinzessin behandelt werden wollte. Einmal hatte sie ihm das an den Kopf geschleudert und er hatte sie lange schweigend angesehen, bevor er schlicht gesagt hatte: »Nur wie eine Prinzessin? Ich würde dich wie eine Königin behandeln, wenn du mich lassen würdest.«

»Doch, du traust mir«, sagte er nun leise. Sein Blick fühlte sich ganz genauso schwer und lebendig an wie der in ihren Geschichten. »Und irgendwo in deinem Inneren weißt du das auch.«

»Echt jetzt?«, stöhnte Eric und Mila wusste nicht, ob er mit ihr oder mit Nicholas sprach.

Sie ließ Nicholas nicht aus den Augen. Er erwiderte ihren Blick. Schließlich riss er sich los, um den Kopf zu wenden und zu lauschen. »Wir sollten besser von hier verschwinden. Es wird bald –«

Unten auf der Straße fuhr ein Polizeiwagen mit eingeschalteter Sirene vorbei.

»Nein!«, entfuhr es Nicholas. Und nur einen Sekundenbruchteil später hechtete er vorwärts. Prallte gegen Mila. Gemeinsam gingen sie zu Boden. Ein dumpfer Knall ertönte. Etwas schien glühend heiß Milas Wange zu streifen, dann gab es ein sirrendes Geräusch.

Eric schrie auf, aber es war ein Laut der Überraschung, nicht des Schmerzes.

Der harte Aufprall und Nicholas' Gewicht, das auf ihr landete, trieben Mila die Luft aus den Lungen. Nicholas jedoch kümmerte das nicht. Er zerrte sie wieder auf die Beine. »Los! Weg von hier!« Er packte sie unsanft, stieß sie herum und in die Deckung eines Mauervorsprungs. Ein zweiter Knall ertönte, wieder sirrte es und diesmal kapierte Mila, dass es Querschläger waren, die sie hörte.

Jemand schoss auf sie!

»Deckung!« Nicholas packte Mila im Genick und drückte sie nach unten. Sie wollte protestieren, aber ein dritter Schuss bewies ihr, dass es klüger wäre, die Klappe zu halten. Ihr Herz schien nicht ganz bei dem mitzukommen, was gerade geschah. Aus irgendeinem Grund schlug es nicht heftig und schnell, sondern ganz und gar langsam. Wie betäubt. Und genauso fühlte sie sich auch. Als würde das alles hier jemand anderem passieren, einer Figur aus einer ihrer Geschichten, und nicht ihr.

»Hoch!«, kommandierte Nicholas. »Schnell!« Er wies den Tritt entlang, über den Mila und Eric auf die Dachterrasse gelangt waren. »Beeilt euch!«

Halb geduckt rannten sie den schmalen Steg entlang bis zur Dachluke.

»Weiter!«, befahl Nicholas, als Mila schon hineinsteigen wollte. »Nicht ins Haus. Da warten sie schon. Auf der anderen Seite vom Dach gibt es eine alte Feuerleiter.«

»Woher weißt du das alles?« Eric klang gehetzt, ungläubig und extrem misstrauisch.

Nicholas beachtete ihn nicht. Er hatte jetzt Milas Oberarm gepackt und dirigierte sie zu der Feuertreppe. Als sie unter ihren Füßen die Metallstufen spürte, entwand sie Nicholas ihren Arm. »Du tust mir weh! Außerdem kann ich allein laufen.«

Er nickte knapp, warf einen Blick zurück. »Los! Schneller! Bis ganz nach unten und dann nach rechts.«

Die Treppe war alt und nicht besonders vertrauenerweckend. Sie ächzte in ihren Verankerungen, sodass Mila übel wurde.

Eric jedoch schien das nicht das Geringste auszumachen. Er griff nach dem Handlauf, schwang sich darüber und stand im nächsten Moment eine Etage unter Mila. Prüfend rüttelte er an den Verstrebungen. »Keine Angst, das hält«, versicherte er.

Mila spreizte die Beine ein wenig, um die Schwankungen der Treppe auszugleichen. Als sie hinter Eric her nach unten eilte, spürte sie die Erleichterung fast körperlich.

»Wer sind diese Typen?«, rief er im Laufen.

Nicholas, der den Abschluss machte, verzichtete zum ersten Mal, seit er sich auf der Terrasse zu erkennen gegeben hatte, darauf, ihn zu ignorieren. »Villain Caruels Leute«, antwortete er knapp.

*Ja,* dachte Mila. Das wusste sie schon.

Eric nahm drei Stufen auf einmal. »Was wollen sie von Mila?«

»Sie töten.«

Auch das wusste Mila schon, aber der Schock darüber, wie ruhig Nicholas es aussprach, war fast noch größer als auf dem Bahnhof, wo sie es zum ersten Mal gehört hatte. Unwillkürlich fasste sie sich ins Gesicht, an ihre Wange, die seit dem ersten Schuss fies brannte. Aber da war kein Blut. Der Schuss hatte sie nicht gestreift, doch er musste ihren Kopf nur um wenige Millimeter verfehlt haben. Vor Schreck über diese Erkenntnis kam sie ins Stolpern. Nicholas und Eric wollten beide zugreifen, aber bevor einer von ihnen sie festhalten musste, hatte sie sich schon selbst wieder gefangen.

»Weiter!«, befahl Nicholas. Er warf einen Blick durch die metallenen Stufen nach oben, um zu sehen, ob sie verfolgt wurden. »Serge kann gar nicht genug davon bekommen, dir quer durch die Stadt hinterherzujagen.«

Mittlerweile hatten sie den Fuß der Feuertreppe erreicht.

Mila spürte ein unangenehmes Stechen in der Seite. Sie atmete unregelmäßig. Wie Nicholas gesagt hatte, wandten sie sich nach rechts und rannten in eine schmale Gasse. Es war extrem dunkel hier, das Mondlicht zu schwach, um den mit Unrat übersäten Boden zu erreichen. Es roch unangenehm nach Pisse und Schimmel.

Bei einer Kellertür blieb Nicholas stehen und mit jagendem Atem tat Mila es ihm gleich. »Du kennst ihn?«, keuchte sie. »Diesen Typen, der mich verfolgt?«

»Ja«, sagte er.

Eric schwieg. Sein Atem ging völlig normal.

Hinter ihnen wurden Schritte laut und jetzt endlich hatte Milas Herz begriffen, was vor sich ging. Es schlug nun so schnell, dass sie kaum noch Luft bekam. Jemand hatte gerade auf sie geschossen!

Nicholas schaute sichernd die Gasse entlang. In einer fließenden, kraftvollen Bewegung ließ er den Fuß gegen die Tür krachen. Sie flog auf. »Da rein. Schnell!« Er wollte Eric hindurchstoßen, aber der wehrte sich.

»Das ist eine Mausefalle, Mann!«, stieß er hervor. »Diese Keller haben nur einen einzigen Ausgang.«

Nicholas sah ihn spöttisch an, dann zuckte er mit den Schultern. »Von mir aus. Lass dich eben schnappen.« Er schob Mila durch die Tür. Sie wehrte sich nicht, denn sie war mittlerweile viel zu panisch dazu. Aber als Nicholas Anstalten machte, die Tür hinter sich und ihr zuzumachen, protestierte sie.

»Eric kann nicht …«

»Schon gut! Ich lasse dich nicht mit ihm allein.« Gerade noch rechtzeitig schlüpfte Eric durch den Spalt, dann schlug Nicholas die Tür auch schon ins Schloss. Er fasste in die Innentasche seines Mantels und förderte einen schmalen silbernen Kugelschreiber zutage. Hastig kritzelte er damit etwas auf die verputzte Wand neben der Tür. Es dauerte nur zwei Sekunden, dann flammten seine Buchstaben blau auf.

Eric japste.

Mila sah zu, wie die Schrift sich blau färbte. Nur einen Lidschlag später war das zertretene Türschloss wieder intakt und verriegelt. Nicholas setzte den Stift ab, steckte ihn zurück in seine Manteltasche.

Mit geweiteten Augen sah Mila ihn an. Sie hatte längst geahnt, dass er genau wie sie die Fabelmacht besaß, aber nun das erste Mal zuzusehen, wie sie funktionierte, fühlte sich an, als habe sie einen Stromstoß erhalten. Ein Kribbeln wanderte von ihrem Genick aus nach unten und über ihren gesamten Körper. Für Nicholas hingegen schien es völlig normal zu sein. Er wirkte so gelassen, als wäre das für ihn alltäglich. Rettete er auch jeden Tag Mädchen vor irgendwelchen Auftragskillern?

Eric schien mit dem Verfolgtwerden sehr viel weniger Probleme zu haben als mit dem wiederhergestellten Schloss. Er tastete in dem Schlüsselloch herum, betrachtete es aus mehreren

Blickwinkeln. »Krass!«, kommentierte er. Dann richtete er sich auf. »Warum bist du so sicher, dass sie uns hier nicht finden?«

Nicholas zuckte mit den Schultern. »Ich weiß es nicht ganz sicher. Ich hab einfach etwas ausprobiert.«

»Na, toll«, sagte Eric und ballte die Fäuste. Mehrere Sekunden lang starrten er und Nicholas sich in die Augen und schließlich war Nicholas der Erste, der den Blickkontakt abbrach. Offenbar allerdings nicht freiwillig. Er biss plötzlich die Zähne so fest zusammen, dass die Muskeln an seinem Kiefer hervortraten. Ein leises Ächzen entfuhr ihm und seine Augen wurden schmal, so als habe ihn ein plötzlicher Schmerz überfallen. Das Ganze dauerte allerdings nur ein paar Sekunden, dann hatte er sich wieder im Griff.

»Okay, jetzt weiß ich es doch sicher«, sagte er und ein sichtliches Aufatmen ging durch seinen Körper. »Wir müssen für ein paar Stunden hier unten bleiben, dann werden sie die Suche nach uns wohl aufgeben.«

»Woher. Weißt. Du. Das. Alles?« Eric betonte jedes einzelne Wort wie einen Pistolenschuss.

Jetzt endlich schenkte Nicholas ihm ein Lächeln. Es sah allerdings nur im ersten Moment freundlich aus, dann wurde es zu einer Grimasse, die irgendwie trotzig aussah. »Ich weiß es«, sagte er ruhig, »weil ich es so geschrieben habe.« Seine linke Hand umklammerte seinen Unterarm dabei.

# 10

Der Keller war nicht besonders groß, aber er bestand aus mehreren Räumen, die allesamt mit Sperrmüll vollgestopft waren. Das Adrenalin rauschte noch immer durch Milas Adern und die Gedanken in ihrem Kopf waren ein einziges, wirres Knäuel. Das unverhoffte Wiedersehen mit Nicholas hatte sie ziemlich durcheinandergebracht, fast mehr, stellte sie gerade fest, als es die Erkenntnis tat, dass sie eine geheimnisvolle magische Fähigkeit besaß, und sogar mehr als die Tatsache, dass auf sie geschossen worden war. Alles drei zusammen allerdings war zu groß für ihren Verstand. Sobald sie versuchte, auch nur eines davon zu fassen zu bekommen und intensiver darüber nachzudenken, entglitt es ihr, weil sich etwas anderes in den Vordergrund drängte. Um ihre innere Unruhe zu bekämpfen, begann sie, in dem größten der Räume auf und ab zu tigern. Von der einen Wand bis zur gegenüberliegenden waren es nur wenige Schritte.

Sieben hin.

Sieben zurück.

Während sie lief, untersuchte Eric die Tür daraufhin, ob sie wirklich verschlossen war. Nicholas hingegen stand einfach da und wartete. Seine Miene wirkte völlig undurchdringlich.

Schließlich blieb Mila mit einem Ruck stehen. »Okay, du bist also auch ein Fabelmächtiger«, sagte sie ihm auf den Kopf zu.

Er schaute erstaunt und sie wusste nicht, was ihn so überraschte. Dass sie den Begriff kannte?

»Ja«, antwortete er. Mehr nicht.

»Und diese Typen sind hinter mir her, weil ...?«

Er zögerte. Schien zu überlegen. Dann zuckte er nur mit den Schultern.

Eric hatte mittlerweile das intakte Schloss akzeptiert und einen Blick durch das völlig verdreckte, kleine Fenster geworfen, das auf einen Lichtschacht hinauszuweisen schien.

»Dieser Serge«, mischte er sich ein. »Ist das derselbe Typ, der vorhin schon auf dem Bahnhof hinter Mila her war? Schwarzer Anzug? Groß, Muskeln wie aufgepumpt?«

»Das klingt nach ihm, ja.« Nicholas lehnte sich mit dem Rücken an die Wand und ließ sich langsam daran herunterrutschen. »Aber vermutlich war er nicht allein unterwegs.«

»Nein. So ein Typ in Jeans und Sakko war bei ihm.«

»Michel mit Sicherheit. Er war derjenige, der auf Mila geschossen hat.« Nicholas stellte ein Bein auf und legte seinen rechten Unterarm auf das Knie. Sehr sorgfältig zupfte er dabei den Ärmel seines Mantels über sein Handgelenk.

Mila wurde bewusst, dass sie seit einer geraumen Weile schon auf ein mit altem Kram vollgestopftes Kellerregal starrte. Mit Gewalt schüttelte sie die Benommenheit ab. »Wir dachten, wir hätten sie am Bahnhof abgehängt. Wie haben sie uns hier gefunden?«

»Sie müssen uns gefolgt sein«, vermutete Eric.

Nicholas wandte den Kopf und musterte ihn. »Nein. Sie wussten, dass ihr hier sein werdet.«

»Unmöglich!« Eric warf einen weiteren, völlig überflüssigen

Blick durch das Fenster. Mit einer Schulter lehnte er sich an die gegenüberliegende Wand.

Nicholas spielte mit dem Saum seines Ärmels. »Serge und seine Leute wissen leider sehr viel mehr, als ihr euch vorstellen könnt. Glaub mir: Sie könnten euch weitaus länger verfolgen, als du jemals wegrennen könntest.« Er überlegte und fügte hinzu: »Auch wenn du vermutlich ziemlich gut im Wegrennen bist bei deinem Job.«

Ein Schatten flog über Erics Gesicht. Kurz dachte Mila, er würde auf Nicholas' Beleidigung anspringen, aber dann tat er es doch nicht. Er stieß einfach nur Luft durch die Nase. »Wer ist also dieser ... Villard Caruel? Und warum will er Mila töten?«

»Villain«, korrigierte Nicholas. »Er heißt Villain. Klingt, als hätte ich ihm den Namen gegeben, oder? Ist aber nicht so.«

*Villain,* übersetzte Mila im Stillen für sich ins Deutsche, war das französische Wort für *Bösewicht.*

»Warum, Nicholas?«, hakte sie nach und dabei hatte sie das Gefühl, dass für einen Sekundenbruchteil seine Maske ins Rutschen kam.

»Ich fürchte, das ist meine Schuld«, murmelte er.

Eric schnaubte. Dann wandte er sich an Mila. »Also, wenn du mich fragst, dann ist das alles hier nur ein Trick. Vielleicht spielt er irgendein fieses Spiel mit dir.« Er funkelte Nicholas an. »Was beweist uns, dass wir dir trauen können?«

Nicholas zupfte seine Hemdmanschette unter dem Ärmel hervor. »Nichts. Abgesehen vielleicht von der kleinen Tatsache, dass ich Mila eben das Leben gerettet habe.«

Mila blieb die Luft weg bei der Erinnerung daran. »Danke dafür, übrigens«, sagte sie leise.

Nicholas grinste sie an. »Ich hab gehört, nichts macht einen schneller zum Helden, als sich in eine Schussbahn zu werfen. Vorausgesetzt, man bleibt dabei am Leben.«

Der Schmerz, den die Flammenschrift verursachte, war fies und Milas Gegenwart verwirrte ihn so unfassbar, dass er nicht anders konnte, als sich in Ironie und Sarkasmus zu flüchten. So fühlte es sich also an, wenn man jemanden über alles liebte?

Es kam ihm eher vor wie eine Krankheit, die ihn angeflogen hatte. Herzjagen und ein flaues Gefühl im Magen, dazu etwas, das genauso gut auch Fieber sein konnte.

*Zu Risiken und Nebenwirkungen ...*, dachte er spöttisch, nur um sich gleich zur Ordnung zu rufen. Albernheit half ihm nicht weiter.

Weil er sich für eine Weile besinnen musste, war er froh, als Eric und Mila sich in einen anderen Raum der weitläufigen Kelleranlage zurückgezogen hatten. Weniger froh war er allerdings, dass sie offenbar miteinander diskutierten, ob sie ihm vertrauen sollten oder nicht.

Eigentlich hätte Mila sich der Geschichte zufolge gerade genauso fühlen müssen wie er, aber ganz offenbar tat sie es nicht. Er dachte daran, wie sie ihn auf der Terrasse angegiftet hatte.

*Hast du keine Angst mehr, dass ich mich in dich schockverliebe,* hatte sie ihn gefragt.

Es war gewesen, als hätte sie ihm eine Ohrfeige gegeben. Dabei hätte er doch eigentlich froh darüber sein sollen. Immerhin bewies es, dass seine Geschichte nicht solche Macht über sie hatte wie befürchtet.

Er seufzte leise.

Mit schief gelegtem Kopf lauschte er dann dem leisen Gemurmel der beiden und als das Flammenmal erneut ein Stück wuchs, schob er den Mantelärmel zurück und sah zu, wie es sich millimeterweise in Richtung Ellenbogen brannte. Wie aus den wenigen Worten ein Satz wurde.

*Der Tod ging über seine Mitternachtsaugen hinweg,* stand dort jetzt.

Nicholas presste die Lippen aufeinander. Klar. Die Flammenschrift wuchs, wenn er etwas anderes tat, als die Geschichte vorsah. Er hätte in diesem Moment mit Mila in einem Baum im Parc des Buttes-Chaumont hocken und sich vor Serge und seinen Männer verstecken müssen. Die ihn dort aber natürlich gefunden hätten, wenn Villain dafür gesorgt hatte, dass sie die ganze Geschichte kannten. Und danach sah es aus, denn sonst wären sie nicht auf das Abbruchhaus gekommen.

Nicholas hatte daraufhin ausprobiert, ob er die Geschichte mit einem anderen Versteck verändern konnte – und tatsächlich war es ihm gelungen. Als dann der brennende Schmerz gekommen war und ihm Gewissheit verschafft hatte, dass die Geschichte sich wehrte, war seine Erleichterung ungeheuer gewesen.

Aber er wusste nicht, wie lange er das noch würde durchhalten können. Die Schmerzattacken hinderten ihn daran, klar zu denken – und das war ein Problem. Zu viel stand auf dem Spiel und zu wichtig war es, dass er die Übersicht behielt.

Er lächelte bei dem Gedanken, wie Serge und Michel die nächsten Stunden damit verbringen würden, jeden einzelnen Baum in dem Park abzusuchen.

Die Flammenschrift wuchs ein weiteres Stück seinen Arm hinauf und um sich wenigstens für einen Augenblick von den Schmerzen abzulenken, nahm er sein Notizbuch aus der Manteltasche und zog ein Foto zwischen den Seiten hervor.

Behutsam faltete er es auseinander.

Es zeigte eine Frau und einen kleinen Jungen, die Hand in Hand einen Hügel hinabliefen und dabei aus vollem Hals lachten. Das Foto war bei Nacht aufgenommen worden und aus so einem ungewöhnlichen Winkel, dass der Vollmond hinter den beiden riesig wirkte. Auf den ersten Blick sah es aus, als würden die beiden quer über das Gesicht des Mondes laufen.

Der Junge auf dem Bild war Nicholas. Die Frau seine Mutter.

Nicholas ließ es in den Schoß sinken, lehnte den Kopf gegen die Wand und schloss die Augen.

Er sah friedlich aus. Zum ersten Mal, seit sie ihn auf dem Bahnhof getroffen hatte, hatte sich über seine Gesichtszüge ein halbwegs entspannter Ausdruck gelegt und wieder wurde Mila klar, wie gut er aussah. Seine schmalen, ebenmäßigen Züge, die gerade Nase und die hohen Wangenknochen hatte sie mehr als einmal beschrieben. Mit einem engen Gefühl in der Kehle stand sie nun in der Kellertür, blickte auf ihn hinunter und dachte daran, wie oft er sie in ihren Geschichten in den Arm genommen hatte. Wie oft er sie sanft auf die Stirn – und auch auf den Mund – geküsst hatte. Und wie intensiv sie stets dabei gefühlt hatte. Mit den Fingerspitzen fasste sie an ihre Lippen, weil sie seine Berührung auch jetzt dort zu spüren glaubte.

Sie kannte ihn so gut.

Sie räusperte sich leise und da zuckte er zusammen, schob hastig etwas in sein Notizbuch.

»Ist das hohe Gericht zu einem Urteil gekommen?«

Und schon schob sich wieder die Maske über sein Gesicht. Wieso nur abermals der sarkastische Unterton? Ihr Nicholas war lustig, manchmal auch spöttisch, aber nie so bitter und sarkastisch. Auch wenn er dem Jungen aus ihren Geschichten äußerlich so unglaublich stark glich: Das hier war nicht ihr Nicholas. Natürlich nicht!

»Für den Moment macht Eric mit«, sagte sie, um seine Frage

zu beantworten. Sie raffte ihre Haare im Nacken zu einem losen Pferdeschwanz. »Ich hab ihn gebeten, dass ich kurz allein mit dir sprechen kann.«

Eric war natürlich dagegen gewesen, aber sie hatte das Gefühl gehabt, dass sie mehr von Nicholas erfahren würde, wenn er nicht dabei war. Abgesehen davon brauchte sie keinen der beiden als Beschützer.

Jedenfalls nicht, solange keine Pistole auf sie gerichtet war.

Nicholas blickte zur Tür, als erwarte er, Eric hinter ihr auftauchen zu sehen. Der allerdings hielt sich an sein Versprechen, nebenan zu bleiben, damit Mila in Ruhe mit Nicholas sprechen konnte.

Weil sie plötzlich nicht mehr wusste, was sie sagen sollte, wies sie auf das Notizbuch. Als Einstieg zu einem Gespräch war das ebenso gut wie alles andere. »Du schreibst?« Es fühlte sich komisch an, ihn so weit zu überragen, und so ging sie neben ihm in die Hocke.

»Nein«, sagte er.

Es bedeutete: *Ich will nicht mit dir darüber reden.*

Unangenehme, tiefe Stille machte sich zwischen ihnen breit. Etwas wollte Mila dazu bringen, Nicholas zu berühren, wieder diesen Ausdruck von Wärme zum Vorschein zu bringen, mit dem er sie jetzt schon ein paarmal angesehen hatte, wenn er glaubte, sie bemerke es nicht. Sie kämpfte dagegen an.

»Ich wusste bis heute nichts davon, dass ich ...« Sie zögerte. »... so schreiben kann.«

Er wandte ihr den Kopf zu. Zwischen seinen Brauen stand eine tiefe Falte. Mila konnte sich in seinen dunkelblauen Augen spiegeln. »Du hast behauptet, dass du all das hier geschrieben hast. Dass wir hier sind. Dass sie uns in diesem Keller nicht finden werden.« Sie dachte daran, wie er auf der Dachterrasse ganz plötzlich gewusst zu haben schien, was passieren würde. Wie er sie genau im richtigen Moment zur Seite gestoßen hatte. Ein Frösteln überlief sie. »Dir war klar, dass dieser Schuss fallen würde, nicht wahr? Darum hast du mich davor bewahren können.«

Er deutete ein Nicken an, ganz schwach nur, sodass sie nicht sicher war, ob sie es wirklich gesehen hatte. Seine Schweigsamkeit machte sie ganz kribbelig. Am liebsten hätte sie ihn gepackt und geschüttelt.

Mit den Fingerspitzen tippte sie sich gegen die Schläfe. »Ich möchte all das verstehen. Hilf mir dabei!«

»Dass wir hier in diesem Keller sind, habe ich nicht geschrieben«, sagte er. Die Falte zwischen seinen Brauen vertiefte sich kurz. Sie sah, wie er an seinen rechten Unterarm fasste, dorthin, wo sie das blaue Leuchten gesehen hatte. Ohne recht zu wissen, was sie tat, schob sie seinen Ärmel ein Stück hoch. Nicholas zog die Luft durch die Zähne bei ihrer Berührung, aber er hielt still, sodass sie die Schrift erkennen konnte, die auf seiner Haut flammte.

*Der Tod ging über ...*

Mehr konnte sie nicht erkennen, denn er hielt sie davon ab, den Ärmel höherzustreifen.

»Was ist das?«, murmelte sie.

Seine Lippen teilten sich. Er wollte ihr eine Antwort geben, das sah sie ihm an. Aber dann überlegte er es sich doch anders.

»Nichts, was dir Sorgen machen müsste«, sagte er, und weil das ein Spruch war, wie er ihn in ihren Geschichten so häufig sagte, entfuhr ihr ein wütender Ausruf.

»In echt bist du genauso ein Macho wie ...« Hastig brach sie ab. Die Vorstellung, ihm zu sagen, dass sie auch über ihn geschrieben hatte, war gerade zu viel für sie.

Sein Blick war ganz ruhig und geradeaus in ihr Gesicht gerichtet. »In echt«, wiederholte er.

Weil sie sich vorkam, als könne er sie gerade bis in die tiefsten Winkel ihrer Seele durchschauen, deutete sie auf die kleine Platzwunde, die er an der Lippe hatte. »Was ist passiert?«

Er grinste. »Ich bin auf dem Friedhof mit einer Furie zusammengestoßen, die mir den Ellenbogen ins Gesicht gerammt hat.«

Mila spürte, wie ihr das Blut ins Gesicht schoss. »Ehrlich gesagt fühlte es sich mehr an, als hätte ich deine Nase getroffen.«

»Hast du. Du hast sie gebrochen.«

»Nie im Leben! Deine Nase würde anders aussehen, wenn sie gebrochen wäre.«

»Das liegt daran, dass sie jetzt nicht mehr gebrochen ist.«

»Du ... du hast dir den Bruch wegerzählt, stimmt es?«

Diesmal lächelte er.

Sie wusste, dass es so war. Sie tippte sich gegen die Stelle ihrer Lippe, an der er den Cut hatte. »Warum hast du das nicht auch wegerzählt?«

»Ich hatte meine Gründe.« Er nahm sein Notizbuch und wollte es in die Tasche stecken, doch dabei fiel etwas heraus. Als er hastig danach griff, entdeckte Mila, dass es ein Foto war. Ein Kind war darauf abgebildet, es war eindeutig Nicholas im Alter von vielleicht vier oder fünf Jahren. Und eine dunkelhaarige Frau mit den gleichen ebenmäßigen Gesichtszügen, die er auch hatte.

»Das ist deine Mutter, oder?«, fragte Mila.

Er knirschte mit den Zähnen.

Sie fing seinen Blick ein, wartete.

»Sie war es«, sagte er irgendwann. »Sie ist tot.«

»Das tut mir sehr leid.« Ihre Stimme zitterte jetzt.

»Sie starb schon vor Jahren.« Er schloss die Augen. »Sie hat das Schreiben immer mit dem Einfangen von Mondlicht verglichen«, flüsterte er.

Mila wurde das Herz schwer, als sie den Schmerz in seiner Stimme hörte. Vielleicht, dachte sie, gab es Wunden, die weder die Zeit noch die Fabelmacht heilen konnten.

Nach einer Weile erhob sich Nicholas. Er steckte sein Notizbuch in die Manteltasche, trat in die Mitte des Raumes und hielt inne, als könne er hören, ob ihre Verfolger noch draußen herumschlichen.

Eric, der es in dem anderen Raum offenbar nicht mehr ausgehalten hatte, gesellte sich zu ihnen. Forschend schaute er Mila an, stellte aber keine Fragen.

»Sie sind weg!«, sagte Nicholas.

Eric schaute grimmig. »Woher willst du das wissen? Kannst du etwa auch durch Wände gucken, oder was?«

»Ich brauche nicht durch Wände zu gucken.« Der Blick, den Nicholas Eric zuwarf, ähnelte dem eines Vaters, der mit einem begriffsstutzigen Kind sprach.

*Er weiß auch das,* dachte Mila dumpf, *weil er es geschrieben hat.*

»Was denn?«, regte sich Eric über Nicholas' Blick auf. »Ich bin eben kein ... Fabelmächtiger! Ich finde das alles hier mehr als strange.«

*Ich auch!,* dachte Mila. *Ich auch.*

Nicholas zuckte mit den Schultern. »Zwingt dich ja keiner, bei uns zu bleiben!«

Eric schnaufte. »Schon klar. Als ob ich dich mit Mila allein lassen würde.«

Nicholas lachte trocken. »Wartet, bis ich gecheckt habe, ob sie wirklich weg sind.« Er entriegelte die Tür, öffnete sie und trat nach draußen.

Eric hielt Mila zurück. »Und? Bist du jetzt schlauer, was ihn betrifft?« Er hatte seine Stimme gesenkt.

Sie sah ihn resigniert an. Wenn sie das wüsste! Genau genommen waren ihre Fragen eher noch zahlreicher geworden.

»Du musst zur Polizei gehen, Mila! Sag ihnen, dass diese Typen hinter dir her sind und dass sie auf dich geschossen haben.« Mit dem Kopf deutete er in Nicholas' Richtung. »Und dass er sie kennt.«

»Und dann?«, gab Mila zurück.

»Sie werden die Kugeln auf der Terrasse finden, was beweist, dass du die Wahrheit sagst. Sie können dich beschützen und diesen Serge und diesen Michel einbuchten.«

*Ja,* dachte Mila. *Und die beiden Typen vom Friedhof gleich mit.*

Sie überlegte, ob sie Eric davon erzählen sollte, dass ihre Verfolger mindestens zu viert waren. Was, wenn es noch mehr von ihnen gab? Auf einmal kam sie sich vor wie ein Tier auf der Flucht. So musste sich ein Fuchs fühlen, wenn die Meute hinter ihm her war und er nicht mehr wusste, wo er hinsollte ...

Bevor sie Erics Vorschlag auch nur in Ansätzen durchdacht hatte, streckte Nicholas den Kopf zur Tür herein. »Gegen Caruels Leute kann die Polizei nichts ausrichten«, sagte er so gelassen, als hätte Eric das Wort an ihn gerichtet.

Eric verdrehte die Augen. »Und wieso nicht?«

Nicholas strich sich über die aufgeplatzte Lippe. »Weil Caruel auch fabelmächtig ist. Du glaubst doch nicht, dass es oben auf der Terrasse auch nur eine Spur von den Schüssen gibt.«

»Er hat die Kugeln *wegerzählt?*« Mila schwirrte schon wieder der Schädel. Noch immer hatte sie das Gefühl, gleich würde jemand kommen und diesen ganzen Fabelmachtkram als einen magischen Zaubertrick enthüllen.

Nicholas setzte zu einem Nicken an. »Ich würde drauf wetten. Und die Löcher im Putz, wo die Kugeln abgeprallt sind, gleich mit. Es gibt da oben keinen einzigen Hinweis mehr auf die Schüsse.«

Eric schüttelte sich. »Sag ich ja. Mehr als strange!«

Nicholas war jetzt nur noch auf Mila fokussiert. »So leid es mir tut, aber ich fürchte, wenn dich einer vor Caruels Leuten beschützen kann, dann bin ich es. – Wartet!« Erneut verschwand er.

Mila machte einen Schritt in Richtung Tür.

»Mila!« Eric berührte sie am Arm. »Du willst doch nicht ernsthaft mit ihm ...«

»Was soll ich sonst tun?«, fiel sie ihm ins Wort. »Er besitzt diese Gabe, die ich auch habe. Er könnte mir Erklärungen liefern. Vielleicht brauchen wir Odette gar nicht.«

Maréchal fiel ihr ein, der allein auf dem Friedhof zurückgeblieben war. Er würde auch Antworten haben.

Eric zog sie von der Tür weg, lehnte sich hinaus und warf einen Blick nach rechts und links. »Mila, wenn Nicholas deine bevorzugte Option ist, dann ist er eine verdammt schlechte. Da, wo ich aufgewachsen bin, kennen wir Leute wie ihn. Da ist etwas in seinen Augen.«

»Ach ja?«, sagte sie hitzig.

»Ja. So sieht jemand aus, der Menschen auf dem Gewissen hat und es verdammt noch mal auch weiß.«

Sie lachte auf und trat rückwärts einen Schritt auf die Gasse hinaus. »Das meinst du doch jetzt nicht im Ernst, oder?«

Eric hatte schon den Mund zu einer Erwiderung geöffnet, aber plötzlich war Nicholas wieder da. »Ich hatte doch gesagt, ihr sollt drinnen auf mich warten!«

Mila zuckte zusammen. Sie hatte ihn nicht kommen hören, er bewegte sich fast völlig lautlos.

Er musterte sie von Kopf bis Fuß. Dann wandte er sich Eric zu. »Menschen auf dem Gewissen?«, wiederholte er. »Im Ernst, Mann?« Seine Stimme war schon wieder spöttisch, aber in seinen Augen flackerte ein Ausdruck, der Mila zeigte, dass Erics Worte ihn aus irgendeinem Grund tief getroffen hatten.

»Mila, warte!«

Nicholas' Stimme hallte durch die Gasse bei dem alten Abbruchhaus, aber Mila hörte nicht auf ihn. Sie schritt so weit aus, dass sie beinahe rannte. Der erschrockene und zutiefst schuldbewusste Blick in Nicholas' Augen eben hatte ihr klargemacht, dass Eric recht hatte.

*Nicholas ... Menschen auf dem Gewissen ...*

Der Ausdruck der Schuld auf seinem Gesicht war eindeutig gewesen: Er hatte offenbar tatsächlich Menschen auf dem Gewissen.

Und damit war er eben nicht ihre beste Option. Sondern Odette. Oder auch Maréchal, wenn sie ihn fand.

Mila hatte sich kurzerhand an den Jungs vorbeigedrängt und dann war sie losgelaufen. Es war ihr egal gewesen, ob einer von ihnen ihr hinterherkam. Sie hatte jetzt genug davon, dass andere Entscheidungen für sie trafen. Sie bog um eine Hausecke und rannte in die nächste Gasse, die nur unwesentlich breiter war. Jemand hatte hier ein paar Möbel auf die Straße gestellt, vielleicht damit die Müllabfuhr sie abholen konnte. Die Gasse allerdings war viel zu schmal für ein Müllauto und das alte Sofa und die Tische und Stühle schienen schon seit Monaten vor sich hin zu rotten.

Der Verkehrslärm, der zu ihr hinüberdrang, schien abgenommen zu haben. Sie hatte jedes Zeitgefühl verloren, aber in Anbetracht der Stunden, die sie im Keller zugebracht hatten, war es gut möglich, dass es auf Mitternacht zuging.

»Was hast du vor?« Nicholas hatte sie eingeholt und passte seine Geschwindigkeit der ihren an. Er hielt mühelos mit ihr mit, obwohl sie sich alle Mühe gab, ihn abzuhängen. Seine Mantelschöße flatterten beim Gehen, genau so wie sie es immer geschrieben hatte.

Sie ächzte.

Eric war ebenfalls irgendwo hinter ihr.

Zornig schüttelte sie den Kopf. »Ich suche Odette!«

»Ha! Meine Rede!« Eric beschleunigte, sodass er nun auf der anderen Seite neben ihr herlief.

Mila sah ihn wütend an. Mittlerweile geriet sie außer Atem. Sie wollte ihre Schritte trotzdem noch einmal beschleunigen. Nicholas jedoch packte sie am Arm und zwang sie, stehen zu bleiben. »Mila! Du darfst nicht zu Odette!« Er sah blass aus, extrem beunruhigt, genau so wie vorhin auf der Dachterrasse, kurz bevor der Schuss gefallen war.

»Lass sie!«, schnauzte Eric ihn an.

Im selben Moment entriss Mila Nicholas ihren Arm.

»Du darfst auf keinen Fall zu Odette!« Nicholas' Stimme war fest, aber in seinen Augen flackerte es unheilvoll.

Mila versuchte, schlau aus ihm zu werden. Wenn er sie daran hindern wollte, zu der Obdachlosen zu gehen, konnte das eigentlich nur bedeuten, dass Odette etwas wusste, das sie seiner Meinung nach nicht erfahren sollte. Andererseits: Er wirkte wirklich besorgt. Was sie allerdings nicht erkennen konnte, war, ob ihretwegen oder weil er Caruels Plan in Gefahr sah.

»Und warum nicht?«, fauchte sie.

»Du weißt nicht genug über ...«

»Genau!«, zischte sie ihn an. »Ich weiß nicht genug. Und warum? Weil du dir jedes einzelne Wort aus der Nase ziehen lässt! Rede mit mir, verdammt! Erklär mir, was eigentlich los ist, dann kann ich vielleicht Entscheidungen treffen, die in deinen Augen auch klug sind!«

Er wirkte überrascht von ihrem Ausbruch. Sie sah, wie er eine Hüfte vorschob, als müsse er sich gegen einen scharfen Wind stemmen.

Direkt vor ihnen befand sich eine Querstraße, die die verschiedensten arabischen und nordafrikanischen Geschäfte beherbergte. Mila sah dunkelhäutige Männer in Flipflops und eine Menge Frauen mit Kopftüchern auf den Bürgersteigen. Aus einem Laden dudelte arabische Musik. Sie wurde überlagert von dem Geräusch eines vorbeifahrenden Zuges. Der Gare de l'Est war ganz in der Nähe.

Mila wollte weiterlaufen, in Richtung Bahnhof, wo sie Odette beim letzten Mal getroffen hatte. Aber erneut fasste Nicholas nach ihrem Arm und hielt sie fest.

»Mila, bitte! Du wirst Odette sowieso nicht am Bahnhof finden.«

»Warum nicht?«, Sie schrie ihn jetzt fast an.

Seine Haare hingen ihm in die Augen. »Es ist alles sehr kompliziert.«

Eric drängte sich zwischen sie. »Das ist doch megascheiße! Mila will zu Odette! Und wenn du sie nicht auf der Stelle loslässt ...«

Mit einem zornigen Ruck fuhr sie zu ihm herum und befreite gleichzeitig ihren Arm zum zweiten Mal aus Nicholas' Griff. Ärger wallte in ihr hoch. Plötzlich fühlte sie sich nicht mehr wie ein Fuchs auf der Flucht, sondern wie einer, an dem schon von allen Seiten gezerrt wurde. Darum schrie sie nun auch Eric an: »Und wer erlaubt dir, mich genauso zu behandeln wie er?« Sie sah, wie er ein Stück zurückwich, darum wandte sie sich an Nicholas. »Also?«

Er fasste sich an den Arm, schloss kurz die Augen. »Wenn du zu Odette gehst, Mila«, presste er durch zusammengebissene Zähne, »dann kommt es zu einer Katastrophe.«

»Was für eine Katastrophe?«

Er schüttelte den Kopf. »Ich kann es dir nicht sagen. Nicht ...«

»Bullshit!«, brummte Eric. Er zupfte an Milas Ärmel. »Komm. Wir gehen zum Bahnhof und nehmen von dort die Metro.«

Etwas ruhiger sah Mila ihn an. »Warum das?«

Er grinste. »Ich weiß, wo wir Odette finden. Oder zumindest jemanden, der uns sagen kann, wo sie ist. Aber dazu müssen wir nach Saint-Germain.«

Nicholas zuckte heftig zusammen. »Woher ...?« Ihm schien bewusst zu werden, dass er sich eine Blöße gegeben hatte, und eilig biss er sich auf die Lippe.

Eric ließ sein Grinsen in einen triumphierenden Ausdruck münden. »Ich bin ihr mal gefolgt, weil ich wissen wollte, wo sie lebt. Das hab ich zwar nicht rausgefunden, aber sie ist zu einem Wohnhaus in der Rue Visconti gegangen. Der Portier hat sie, ohne zu zögern, hineingelassen. Vermutlich bekommt sie Unterstützung von einem der Bewohner dort.« Er sah Mila an. »Ich schlage also vor, dass wir dort hingehen und nach ihr fragen, wenn unser Freund hier uns schon nicht helfen will.«

Nicholas' Nasenflügel bebten. »Mila, ich bitte dich!« Flehentlich sprach er jetzt. »Lass Odette aus dem Spiel!«

»Trau ihm nicht, Mila!«, warnte Eric. »Er ist nicht ehrlich zu dir.«

Mila hätte am liebsten geschrien. Sie brauchte eine Pause, brauchte Ruhe und Zeit, um zu überlegen, was sie als Nächstes tun wollte. Sie selbst, nicht Nicholas oder Eric.

Plötzlich musste sie an Helena denken. Die hatte auch ständig versucht, sie zu bemuttern.

»Gut«, sagte sie schließlich. »Fahren wir nach Saint-Germain.«

Exakt in diesem Moment entspannte sich Nicholas ein wenig. Seine linke Hand wanderte zu seinem Arm und auf einmal sah er aus, als habe er eine Schlacht verloren. Er senkte den Kopf und seufzte. »Also gut. Ich fahre mit euch hin. – Aber bitte, Mila!«, fügte er hinzu. »Versprich mir, dass du auf das hörst, was ich sage, wenn wir dort sind!«

»Wirst du mir dann erklären, was das alles soll?«

Nicholas presste die Fingernägel in das Fleisch seines Daumens. »Ich weiß nicht mal, ob ich es selbst verstehe«, gab er zurück.

Eric verdrehte nur die Augen.

# 11

»Ah!« Der Portier in der Eingangshalle des mondänen Mehrfamilienhauses in der Rue Visconti stand mit einem warmen Lächeln auf und kam halb um den Tresen herum, hinter dem er gesessen hatte. »Wie schön, Sie wieder einmal bei uns zu haben, Monsieur …!«

Nicholas schnitt dem Mann mit der Hand das Wort ab. »Danke, Aristide. Aber wie oft soll ich Ihnen noch sagen, dass Sie mich Nicholas nennen sollen?«

Aristide lächelte einfach weiter. Noch immer freundlich, aber auch irgendwie nichtssagend, fand Mila. »Natürlich, Monsieur … Nicholas.«

Nicholas winkte ab. »Ich geb's auf! Ist meine Tante da?«

Seine Tante? Mila starrte ihn verwundert an. Nicht nur, dass der Portier in diesem Haus, in dem sie eigentlich mit ihrer Suche nach Odette beginnen wollten, Nicholas kannte. Er behandelte ihn auch ausgesucht höflich. Was natürlich kein Wunder war, wenn seine Tante hier wohnte.

Allerdings erklärte das nicht im Mindesten, warum Nicholas ihnen einfach hierher gefolgt war, ohne zu verraten, dass Verwandtschaft von ihm hier wohnte. Er hatte auf dem Weg hierher extrem in sich gekehrt gewirkt und erst jetzt wich er Milas fordernd-fragendem Blick aus.

Der Portier kehrte auf seinen Platz zurück und schaute in ein ledergebundenes Buch auf seinem Tresen. »Ja, Monsieur Nicholas. Soll ich Sie anmelden?

»Nicht nötig. Wir gehen einfach hoch.«

Mila umklammerte ihre Umhängetasche fester, die Eric ihr aus dem alten Abbruchhaus geholt hatte, nachdem die Entscheidung gefallen war hierherzukommen. Die Umgebung schüchterte sie ein, genau wie die Tatsache, dass Nicholas ihr ein völliges Rätsel war. Ganz offensichtlich war nicht nur Odette hier ein gern gesehener Gast, sondern auch er.

Was steckte da nun wieder dahinter?

»Natürlich, Monsieur«, sagte der Portier ausdrucklos. »Wen darf ich noch eintragen?«

Nicholas wies auf Mila. »Das ist eine Freundin von mir. Mademoiselle Émilie Corbeil.«

Aristide schrieb den Namen in sein Buch, dann sah er Eric an.

»Das ist …« Nicholas überlegte. »… ein Bekannter von Mademoiselle Corbeil.«

Eric funkelte ihn finster an, schwieg jedoch. Die teure und steife Atmosphäre der Lobby hatte einen Teil seiner Selbstsicherheit in etwas verwandelt, das aussah wie Trotz. *Kein Wunder,* dachte Mila. Sie fühlte sich hier schon fehl am Platz. Um wie viel mehr musste es da erst ihm so gehen mit seinen zerschlissenen Jeans und dem alten Hoody?

Aristide lächelte unverbindlich. »Wie Sie meinen, Monsieur. Ihre Tante hat mir versichert, dass es in Ordnung ist, wenn ich Sie unangemeldet hochlasse.« Er konnte sich eine winzige Spitze nicht verkneifen. »Auch wenn es mitten in der Nacht ist.«

Nicholas überhörte das. Er verabschiedete sich von Aristide und führte Mila und Eric mit der allergrößten Selbstverständlichkeit zu den Fahrstühlen. Mit seinem Mantel, dem teuren

Hemd und der Designerjeans, die er trug, wirkte er im Gegensatz zu ihnen beiden, als gehöre er hierher.

»Deine Tante«, sagte Mila, während sie nach oben fuhren.

Nicholas nickte, ohne sie dabei anzusehen, aber als er aus dem Augenwinkel bemerkte, dass sie genervt die Augen verdrehte, murmelte er: »Sie ist nicht meine leibliche Tante. Aber sie hat sich ein bisschen um mich gekümmert, nachdem meine Mutter gestorben war.«

Mila musste an das Foto in seinem Notizbuch denken. »Ich verstehe«, sagte sie leise und in diesem Moment hielt der Fahrstuhl im obersten Stockwerk.

»Echt?«, grummelte Eric. »Ich verstehe nämlich nicht das Geringste.«

Die Türen öffneten sich mit einem melodiösen Glockenton und gleich darauf fand Mila sich in einem mit dunkelrotem Teppich ausgelegten Gang wieder. Außer der Fahrstuhltür und der zum Treppenhaus gab es hier nur noch eine andere Tür. Sie war glänzend schwarz lackiert und besaß in ihrer Mitte einen Klopfer, der mit seiner lockigen Mähne und den vorstehenden Glupschaugen aussah wie eine Mischung aus Löwe und Chihuahua. Nicholas ignorierte ihn und betätigte stattdessen die Klingel.

Im Inneren der Wohnung erklangen die zwei Takte einer Melodie, die Mila vage bekannt vorkam. »Schwanensee«, fiel ihr ein. Ihre Mutter liebte dieses Ballett und hatte mehrere Aufnahmen davon, die sie immer wieder hörte. Was Helena wohl inzwischen machte? Am Nachmittag, als sie auf dem Friedhof telefoniert hatten, hatte ihre Mutter den Verdacht geäußert, Mila könne in Paris sein. Ob sie mittlerweile im Zug saß und auf dem Weg hierher war? Ähnlich sehen würde es ihr. Einmal hatte sie eine Fahrt von über dreihundert Kilometern auf sich genommen, weil Mila auf einer Klassenfahrt von einem Mitschüler gemobbt worden war. Wie eine Furie war sie ins Landschulheim geschossen gekommen und hatte sich den Jungen und auch Milas Lehrerin vorgenommen.

Damals war Mila elf gewesen. Im Grunde, das wurde ihr in diesem Augenblick klar, hatten die Probleme zwischen ihr und Helena da schon angefangen.

Mila seufzte und war froh, als ein zierliches Hausmädchen in klassischer Uniform die Tür öffnete und sie von weiteren unangenehmen Erinnerungen ablenkte.

»Jeannine!« Nicholas lächelte sie an. »Wir müssen zu meiner Tante.«

Jeannine begrüßte ihn ähnlich höflich wie der Portier unten. Sie machte sogar einen kleinen Knicks, als sie ihm die Tür aufhielt und er an ihr vorbeimarschierte.

Mila hatte den Eindruck, dass die Anspannung, die ihn ergriffen hatte, seit sie sich auf den Weg hierher gemacht hatten, mit jeder Sekunde größer wurde. Mittlerweile wirkte Nicholas, als sei eine Waffe auf seinen Hinterkopf gerichtet.

*Wenn du zu Odette gehst,* hatte er gewarnt, *dann kommt es zu einer Katastrophe.*

Sie war drauf und dran, ihm zu sagen, dass sie es sich anders überlegt hatte. Dass sie die Katastrophe nun doch lieber umgehen würde. Aber dazu war es bereits zu spät, denn nun betraten sie die Wohnung und bei dem Anblick, der sich ihr bot, vergaß Mila vorerst ihre Beunruhigung. Sie stand in der Eingangshalle einer riesigen Maisonettewohnung. Der Haustür direkt gegenüber führte eine Treppe in ein zweites Stockwerk nach oben. Alles in der weitläufigen Eingangshalle sah extrem teuer aus. Der Boden bestand aus hellem Marmor, auf dem Orientteppiche lagen, die vermutlich mehr gekostet hatten als die gesamte Wohnung, in der Mila in Deutschland mit ihrer Mutter wohnte. Die Möbel der kleinen Sitzgruppe, die in der Eingangshalle standen, waren antik. Mila hatte keine Ahnung von Stilepochen. Wahrscheinlich irgendein Louis, dachte sie. Quatorze oder Seize.

»Louis, der Fünfundneunzigste«, flüsterte Eric ihr ins Ohr. »Schick.«

Mila lächelte ihm angespannt zu.

»Nicholas!« Eine Frau weit über siebzig kam die Treppe hinunter. Sie trug ein elegantes altrosafarbenes Kostüm, eine Perlenkette und sorgsam glatt geföhnte weiße Haare. Sie lächelte Nicholas herzlich an, aber als sie Mila entdeckte, zersplitterte ihr Gesichtsausdruck. Plötzlich wirkte sie erschrocken. Nein, nicht erschrocken. Vielmehr völlig geschockt.

»Tante Odette.« Nicholas war stehen geblieben. Sein Mantelärmel war ein wenig hochgerutscht, Mila konnte sehen, dass das blaue Leuchten stark nachgelassen hatte.

»Odette?«, rutschte es Eric heraus. »Aber ...« Und dann erkannte er die Frau. Ihm fielen fast die Augen aus dem Kopf. »Odette ist deine Tante!«, keuchte er.

Diese elegante Frau im Kostüm war die Obdachlose, die Mila neulich auf dem Gare de l'Est angesprochen hatte.

Odette überwand nun die letzten Stufen der Treppe. Die unterste Geländerstrebe endete in einer blank polierten Kugel und sie musste sich daran festhalten. Sie war auffallend blass geworden, ihre Stimme jedoch klang fest und beherrscht. »Ich kann verstehen, dass du verblüfft bist, Eric.«

Sie ließ sich von Nicholas Küsschen rechts und links auf die Wange geben. »Dann ist jetzt also wirklich der Zeitpunkt gekommen?«, sagte sie so leise zu ihm, dass Mila sie gerade noch verstehen konnte. »Irgendwie hatte ich gehofft, dass wir alle uns irren.«

Nicholas stand ganz und gar aufrecht da. Sein Brustkorb hob und senkte sich heftig. »Ich … es tut mir so leid, Tante Odette. Aber sie wäre auch ohne mich hierhergekommen. Und ich muss sie …« Er warf Mila einen kurzen Seitenblick zu. »… vor Caruel schützen. Ich verspreche dir, ich …«

Sie brachte ihn zum Schweigen, indem sie ihm eine Hand an die Wange legte. »Es ist gut! Wir reden später darüber.« Sie straffte sich, legte ein Lächeln auf ihre schmalen Züge. Dann drehte sie sich zu Eric um. »Du kannst den Mund wieder zumachen, Eric! Ich bin es wirklich!«

Eric war noch immer verblüfft über Odettes unerwartete Verwandlung. Er machte einen Schritt auf sie zu und stolperte fast über die Kante eines der Teppiche. »Du bist … ich meine, Sie sind …«

Nicholas rieb sich die Schläfe. »Odette vertreibt sich ihre viele Zeit mit den ungewöhnlichsten Aktivitäten. Eines ihrer Lieblingsspiele ist die Rolle der *Clochard femme,* die Baudelaire zitierend durch die Straßen von Paris schlurft.«

»Ich schlurfe nicht, Nicholas«, sagte Odette vorwurfsvoll.

»Natürlich nicht. Entschuldige.« Er zog seinen Mantel aus und reichte ihn dem Dienstmädchen, das wartend bereitstand.

Odette senkte den Kopf. »Nun. Vielleicht hast du ja recht und ich schlurfe tatsächlich. Ich werde das überdenken müssen.« Sie wandte sich an Eric. »Du darfst mich ruhig weiterhin Odette nennen. Oder von mir aus auch *die verrückte Alte.«* Sie lachte leise. »Ich weiß, was ihr über mich redet. Aber keine Sorge: Ich bin deswegen nicht verärgert. Ganz im Gegenteil. Um Erfahrungen wie diese geht es mir bei meinen kleinen Scharaden.«

Erics Ohren wurden rot. »Ich hab gar nicht über dich geredet, ich …«

»Du redest ebenso wenig, wie ich schlurfe, oder?« Sie lächelte fein. Dann, mit einer Haltung, als könne sie eine unangenehme Wahrheit nun nicht mehr länger ignorieren, fasste sie Mila ins Auge. »Das ist sie also?«, sagte sie an Nicholas gerichtet.

Er nickte. »Das ist sie.«

Odette betrachtete Mila von Kopf bis Fuß. »Ja.« Plötzlich schien ihr schwindelig zu sein, sie griff nach der Lehne eines antiken Sessels.

Nicholas stützte sie. »Es ... sie ...« Er schien nicht recht weiterzuwissen.

Erneut legte sie ihm eine Hand an die Wange. Sie war sehr viel kleiner als er und so musste sie zu ihm aufsehen. »Darf ich kurz unter vier Augen mit dir sprechen?«, fragte sie.

Er nickte.

»Jeannine, kümmern Sie sich um meine Gäste«, befahl Odette und an Mila und Eric gewandt sagte sie: »Wir sind gleich wieder bei euch.« Sie nahm Nicholas am Arm und ging mit ihm zu einer doppelflügligen Tür, hinter der sich eine Art Salon oder kleine Bibliothek befand.

Mila konnte noch erkennen, wie Nicholas seine Tante zu einem altmodischen Sitzmöbel begleitete, das aussah wie ein Sofa ohne Rückenlehne und das vor einem Kamin stand, in dem trotz des warmen Frühsommerwetters ein Feuer brannte. Er half ihr, sich darauf niederzulassen und kam zur Tür zurück.

Für einen Moment wechselte er einen stummen Blick mit Mila.

Dann schlossen sich die beiden Flügel vor ihren Augen.

Jeannine hatte Eric und Mila Saft und einen Teller mit Gebäck und Sandwiches zu der antiken Sitzecke in der Eingangshalle gebracht. Sie hatte sie auch gebeten, es sich bequem zu machen, bis Nicholas und seine Tante wieder zurück waren.

Mila knabberte nervös an einem Keks. Seit einem Baguette, das sie sich heute Mittag bei ihrem gedankenverlorenen Spaziergang an der Seine gekauft, aber vor Nervosität nur halb geschafft hatte, hatte sie nichts mehr gegessen. Und sie tat es auch jetzt nur, um ihre Nervosität zu zügeln. Ungeduldig starrte sie auf die Tür, hinter der Odette und Nicholas verschwunden waren. Wie lange waren die beiden jetzt schon dadrin? Und was beredeten sie? Mila wurde immer unruhiger. War es die richtige Entscheidung gewesen hierherzukommen? Hatte Nicholas einen Grund, ihr so viele Informationen vorzuenthalten? *Ich weiß nicht mal, ob ich selbst alles verstehe,* hatte er gesagt, bevor sie hierher aufgebrochen waren. Stimmte das? Oder war das hier doch alles eine Falle?

Was, wenn Odette mit diesem Caruel zusammenarbeitete?

Mila versuchte, Erics Blick zu erhaschen. Er sah aus, als könne er sich nur mühsam beherrschen, diesen Ort nicht auf der Stelle zu verlassen. Er hatte kaum ein paar Minuten still gesessen und seitdem tigerte er in der Eingangshalle auf und ab.

Endlich schwang die Tür auf und Odette und Nicholas kehrten zurück. Sie sahen mitgenommen aus, so, als hätten sie eine Schlacht überlebt.

Eric blieb stehen.

Odette setzte sich auf die vordere Kante eines Sessels und legte die Hände auf die Knie. »Tut mir leid, dass wir euch haben warten lassen«, sagte sie zu ihnen beiden, dann wandte sie sich ausschließlich an Mila. »Das alles muss dich fürchterlich ängstigen.«

Mila nickte. Dann schüttelte sie den Kopf. »Man kann nicht so richtig Angst haben, wenn man gar nicht kapiert, was eigentlich los ist.«

Odette beugte sich vor. Sie sah plötzlich ungläubig aus. »Du weißt gar nicht, worum es hier geht?« Sie fuhr zu Nicholas herum. »Du hast ihr nichts von der Geschichte erzählt?«

Er schwieg. Hoch aufgerichtet stand er da und wirkte zu gleichen Teilen betroffen und trotzig.

»Nicholas!« Odette ließ ihre Knie los, lehnte sich ein wenig zurück und gleich darauf wieder vor.

Mila hatte den Eindruck, dass sie Nicholas am liebsten geohrfeigt hätte. *Willkommen im Club,* dachte sie.

In Odettes Augen erschien ein Glitzern, das sowohl Unverständnis als auch Wut sein mochte. »Sie weiß weder etwas von der Geschichte noch von Ca...«

»Nein!« Nicholas fiel ihr scharf ins Wort. »Und das soll auch so bleiben!«

Odette jedoch ließ sich nicht beirren. »Nicholas. Wenn du es ihr nicht erzählst, übernehme ich das für dich.«

Milas eigene Nervosität war mittlerweile so groß, dass sie schon fast schmerzte.

Nicholas wandte sich ab. Mit einer unschlüssigen Geste rieb er sich den Nacken, dann drehte er sich wieder um. Sein Gesicht war verschlossen, düster.

»Nun, du willst es so.« Odette schenkte Mila ein Lächeln, das beunruhigend traurig aussah. »Es ist schon einige Jahre her, da hat er eine Riesendummheit gemacht.«

»Tante Odette!« Nicholas starrte sie an, aber als sie ihm in die Augen schaute, wich er aus.

»Sein Vater und er haben sich oft gestritten«, fuhr sie fort, ohne den Blick von ihm abzuwenden. »Oder nein, das ist das falsche Wort dafür, wie ihr Verhältnis wirklich war. Es gab eine Zeit, da haben sie sich gehasst. Als sie ...«

Erneut unterbrach er sie ziemlich rüde. Es war jetzt schon das zweite Mal. »Mein Vater wollte mir verbieten zu schreiben«, stieß er hervor. »Ich war damals dreizehn und ich schrieb ständig. Geschichten, Gedanken, Tagebuch, einfach alles. Schreiben war für mich wie zu atmen. Und als mein Vater es mir verbot, konnte ich nicht verstehen, warum, immerhin wusste ich von der Fabelmacht. Ich wusste, dass er sie besaß und meine Mutter auch. Mir war klar, wozu sie fähig war, und ich wünschte mir nichts mehr, als sie auch zu besitzen.«

Seine Worte berührten Mila. Sie verstand, wovon er sprach, wenn er sagte, dass Schreiben für ihn wie Atmen war, schließlich kannte sie dieses Gefühl nur zu gut. Sie selbst hatte es, seit sie ihre ersten krakeligen Buchstaben auf ein Stück Papier gemalt hatte. Und genau wie Nicholas' Vater war auch ihre Mutter nicht begeistert davon gewesen, dass sie schrieb.

Nicholas sprach schon weiter. Schnell jetzt, fast atemlos stieß er die Informationen hervor, als wolle er verhindern, dass Odette wieder das Wort ergriff. »Einmal habe ich auf meinem Bett gesessen und geschrieben, als mein Vater ins Zimmer gestürmt kam. ›Ich verlange, dass du meine Verbote respektierst!‹, hat er mich angebrüllt. ›Ich verlange, dass du *mich* respektierst!‹ Unfassbar wütend hat er dabei ausgesehen – wie ein tollwütiger Hund. Viel hat nicht gefehlt und er hätte die Hand gegen mich erhoben. Nicht mal meine Mutter, die hinter ihm hergekommen war, konnte ihn zur Vernunft bringen.«

Eric stand noch immer an der Stelle, an der er stehen geblieben war, als Odette und Nicholas aus der Bibliothek gekommen waren. Jetzt fiel ihm offenbar auf, dass er sich genauso gut auch setzen konnte. Vorsichtig ließ er sich auf dem Sessel direkt neben Mila nieder.

»Es machte mich rasend, wie er mich behandelte«, fuhr Nicholas fort. »Grob. Und unhöflich. Darum sagte ich zu ihm, dass man sich Respekt verdienen müsse. Er ist ausgerastet. Ein Wort ergab das andere und schließlich hat er mir doch noch eine geknallt. Ich wollte mich wehren, aber meine Mutter hat es verhindert.« Er fuhr sich mit der flachen Hand durch die Haare. »Vielleicht wäre es besser gewesen, wenn sie mich gelassen hätte. Wenn ich ihm auch eine reingehauen hätte, hätte ich vielleicht nie ...« Er verstummte. »Verdammt!«, stieß er hervor. Er verschränkte die Arme, sein Gesicht verschloss sich wieder und seine Lippen pressten sich fest zusammen.

Eine Weile lang war nur das Knacken des Kaminfeuers im angrenzenden Raum zu hören. Einmal kam Jeannine und schaute nach, ob sie noch etwas brauchten, aber Odette winkte sie wortlos fort und sie zog sich lautlos wieder zurück.

»Weiter, Nicholas!«, verlangte Odette nach einer gefühlten Ewigkeit. »Bisher ist das noch nicht besonders aufschlussreich für Mila.«

Er schüttelte trotzig den Kopf, aber er gehorchte. »Wenn ich meinen Frust anders hätte abreagieren können, dann hätte ich nie ... diese ... Geschichte geschrieben.«

Milas Kopf wanderte zu Odette herum. Plötzlich erinnerte sie sich wieder an die Warnung der alten Frau.

*Diese Geschichte hier ist längst zu Ende erzählt.*

Und hatte nicht auch Maréchal auf dem Friedhof gesagt, sie sei Teil einer Geschichte?

»Diese Geschichte.« Sie stand auf, als sie das sagte. Ihr Brustkorb schien plötzlich in einer zu engen Zwangsjacke zu stecken.

Nicholas, der ihr die meiste Zeit über ausgewichen war, sah ihr nun tief in den Augen. Mehrere Sekunden vergingen, in denen sie beide um Atem rangen. Dann wandte Nicholas sich als Erster ab.

Und flüchtete zur Wohnungstür.

»Klar«, sagte Eric. »Wenn's brenzlig wird ...«

Mila beachtete ihn nicht, sondern lief hinter Nicholas her. Plötzlich wusste sie, worum es hier ging. Er war schon fast draußen am Aufzug, als sie ihn eingeholt hatte. »Warte!«

Er reagierte nicht, hämmerte stattdessen auf den Rufknopf. Als sie hinter ihn trat, drehte er ihr den Rücken zu. Seine Bewegungen waren eckig, voller Zorn. *Oder voller Verzweiflung,* dachte sie.

»Du hast von mir geschrieben«, sagte sie ruhig. »Oder? Diese Geschichte, von der deine Tante spricht, handelt von uns beiden, hab ich recht?«

Seine Reaktion war ihr Antwort genug. Er machte Anstalten, erneut auf den Rufknopf des Aufzugs zu schlagen. Aber stattdessen ballte er die Hand zur Faust, lehnte den Unterarm gegen die Fahrstuhltür und stützte die Stirn dagegen. Sein Atem schlug sich als Nebelwolke auf dem glatten Metall nieder.

Mila überlegte, ob sie ihn berühren sollte. Nur wenige Zentimeter von seiner Schulter entfernt hielt sie inne. »Was hast du geschrieben, Nicholas?«

Als sie ihn tatsächlich berührte, ganz sachte nur, gab er seinen Widerstand auf. Er drehte sich zu ihr um. Der Zorn in seinem Blick war fort. Alles, was geblieben war, war offene Schuld. Und Sorge. »Lauter melodramatisches, pubertäres Zeug, fürchte ich.«

Odette, die ihnen auf den Flur hinaus gefolgt war, murmelte irgendetwas, von dem Mila nur *Rabenfittiche* verstand. Nicholas wich ihrem auffordernden Blick aus, sah Mila ins Gesicht. »Es war lauter melodramatisches, pubertäres Zeug«, wiederholte er fast trotzig. »Davon, wie wir uns kennenlernen. Am Gare de l'Est.«

Es dauerte fast eine Minute lang, bis die Erkenntnis, was das zu bedeuten hatte, in ihren Verstand einsickerte. Die Fahrstuhltür öffnete sich mit einem leisen Glockenton. »Das heißt, alles, was passiert ist, seit ich in Paris bin, ist …«

»... passiert, weil ich darüber geschrieben habe, ja. Das meiste davon, zumindest.« Er trat von der offenen Fahrstuhltür weg.

»Unser erstes Treffen am Bahnhof?«

Nicholas nickte.

»Unser Wiedersehen in diesem Club?« Erneut dachte sie an das, was er dort zu ihr gesagt hatte.

*»Du wirst dich in mich verlieben, wenn du dich nicht von mir fernhältst«*, murmelte sie.

In einer hilflosen Geste griff er sich an die Stirn. »Darum geht es in meiner Geschichte. Sie manipuliert dich. Du hast keine Chance, dich zu wehren.«

Stille legte sich über sie. Sekunden verstrichen, schließlich eine ganze Minute. Die Fahrstuhltür schloss sich wieder.

Mila dachte an die Dinge, die in ihrem eigenen Notizbuch über ihn standen. Dinge, die sie geschrieben hatte, lange bevor sie überhaupt gewusst hatte, dass er in Wirklichkeit existierte. Wie alt war sie gewesen, als sich die Geschichten, die sie über ihn schrieb, in Liebesgeschichten verwandelt hatten? Dreizehn? Vierzehn Jahre?

Als sie wieder sprach, wollte sie nur eins: ihm dieses schreckliche Schuldgefühl nehmen. Sie konnte nur flüstern. »Ich werde mich nicht in dich verlieben, Nicholas.«

Ein ungläubiger Ausruf ertönte hinter ihr. Mila bemerkte nur am Rande, dass Eric zu Odette getreten war.

Auf Nicholas' Gesicht war ein Anflug von Hoffnung erschienen, verschwand aber gleich wieder und wurde von Widerspruch überlagert. Heftig schüttelte er den Kopf. »Du kannst nichts dagegen tun.«

»Nicholas!«, unterbrach sie ihn mit fester Stimme. »Ich *werde* mich nicht in dich verlieben!« Sie wollte etwas hinzufügen, aber sie konnte es nicht. Sie war viel zu verwirrt dafür. Also verschwieg sie, was ihr auf der Zunge lag. Dass sie sich tatsächlich nicht in ihn verlieben konnte.

Weil sie ihn längst liebte.

Seit Jahren schon.

Odette nötigte sie, wieder zurück in die Wohnung zu kommen. Nicholas warf sich in einen der Sessel, Mila jedoch blieb stehen. Verunsichert, wie es nun weitergehen würde, steckte sie die Hände in die hinteren Taschen ihrer Jeans, zog sie wieder heraus. Und dann wurde ihr klar, dass sie dringend einen Augenblick für sich allein brauchte. »Entschuldigt«, murmelte sie. »Wo ist denn hier die Toilette?«

Odette wies auf einen schmalen Flur, der von der Eingangshalle abging. »Die erste Tür rechts.«

Mila dankte ihr und verschwand in dem kleinen Bad, das sich hinter der Tür befand. Vor dem Waschbecken mit dem bronzefarbenen Spiegel darüber blieb sie stehen und konnte sich plötzlich nicht mehr bewegen. All die Dinge, die sie heute erfahren hatte, waren zu viel für sie. Sie fühlte sich gleichzeitig völlig hohl und vollgestopft mit wirren Gedanken. Da war das Bedürfnis in ihr, etwas zu zertrümmern. Und gleichzeitig der Wunsch, sich in eine Ecke zu verkriechen, die Knie vor die Brust zu ziehen und sich so klein wie möglich zusammenzurollen.

Sie tat beides nicht. Stattdessen setzte sie sich auf den geschlossenen Toilettendeckel und zog ihr Handy aus der Hosentasche. Sie musste jetzt einfach mit jemandem sprechen, der normal war.

Sie rief ihr Adressbuch auf und suchte Isabelles Nummer heraus.

Ihre Freundin war bereits nach dem ersten Klingeln dran.

»Gott sei Dank! Ich hab schon hundertmal versucht, dich zu erreichen! Wo steckst du denn?«

Erst in diesem Moment ging es Mila auf, dass Isabelle umkommen musste vor Sorge. Es war schon mitten in der Nacht und sie hatte auf keine von Isabelles Nachrichten reagiert. »Entschuldige«, sagte sie kleinlaut. »Ich habe überhaupt nicht auf die Zeit geachtet.«

Aber Isabelle lachte nur hell auf. »Scheint ja eine gute Party zu sein!«

Mila heftete den Blick auf die Toilettentür. Ein hellblaues Handtuch hing an einem Haken daneben. Es hatte eine Borte aus Satin und sah dick und flauschig aus.

»Ziemlich coole Wohnung hier«, sagte sie, weil sie plötzlich nicht mehr die geringste Ahnung hatte, was sie Isabelle erzählen sollte.

*Hey, ich habe heute erfahren, dass ich zaubern kann. Ach, und ganz nebenbei: Der Typ, den ich kennengelernt habe, kann das auch, und er hat offenbar eine Geschichte von uns beiden geschrieben, die jeder zu kennen scheint, selbst seine alte Tante, und alle scheinen im Voraus zu wissen, was passieren wird, nur ich nicht ...*

Ein Lachen drängte sich in ihrer Kehle hoch, das sich irgendwie hysterisch anfühlte. Sie unterdrückte es.

»Süße, bist du okay?«, fragte Isabelle.

»Ja. Natürlich.«

»Du hast nicht irgendwas eingeworfen, von dem du nicht weißt, was es ist?«

»Nein«, sagte Mila. »Natürlich nicht.«

*Doch. Eine Überdosis Irrsinn.*

»Kommst du heute noch nach Hause?«

Mila stieß die Toilettenpapierrolle an. Auch sie war hellblau.

Kleine weiße Schäfchen waren darauf gedruckt. »Ich weiß es nicht genau. Kann sein.«

»Dann amüsier dich weiter«, riet Isabelle ihr. »Aber pass auf dich auf, in Ordnung?« Sie hielt inne. »Ach, und noch eins.«

Mila wartete. »Ja?«, fragte sie, als Isabelle zögerte.

»Besteh darauf, ein Kondom zu benutzen!«, sagte Isabelle.

»Mila?«

Nicholas' Stimme drang durch die geschlossene Toilettentür. Er klang besorgt.

Wie lange war sie jetzt eigentlich schon hier drin? Sie wusste es nicht. Nachdem sie aufgelegt hatte, hatte eine so tiefe Verzweiflung sie überfallen, dass sie vom Toilettendeckel zu Boden gerutscht war und dort saß sie jetzt. Gegen die kalten Fliesen gelehnt, die Beine vor die Brust gezogen, die Arme darumgeschlungen und die Stirn auf den Knien. Und sie zitterte.

Seit einer halben Ewigkeit zitterte sie.

»Mila!« Nicholas klopfte an die Tür, zaghaft zuerst, aber gleich darauf heftiger. »Mila, geht es dir gut?«

Sie hob den Kopf, wollte etwas sagen, aber ihre Kehle fühlte sich an wie zugestopft. Also ließ sie den Kopf wieder sinken und hörte zu, wie draußen auf dem Flur diskutiert wurde.

»Sie ist da jetzt schon mindestens zwanzig Minuten drin«, hörte sie Nicholas sagen.

Und Eric fragte: »Gibt es dadrin irgendwas, mit dem sie sich was antun kann?«

Niemand antwortete. Stattdessen krachte eine Faust gegen die Tür, sodass Mila zusammenzuckte. Sie fuhr sich in die Haare, umklammerte ihren Kopf mit den Unterarmen. Warum nur konnte sie nicht aufhören zu zittern?

»Nicholas!« Das war jetzt Odettes drängende Stimme. »Wir

müssen sie da rausholen. Sie hat möglicherweise einen Schock erlitten.«

Mila versuchte, sich vorzustellen, was er gerade tat. In ihrer Fantasie stand er direkt vor der Tür, hatte nach dem Fausthieb eben nun die flache Hand an das Holz gelegt, um zu spüren, wie es ihr ging. Sie hatte das Bedürfnis aufzustehen, zur Tür zu gehen und ihre Hand ebenfalls gegen das Holz zu legen.

Sie machte einen Versuch, sich zu bewegen, doch es ging immer noch nicht. »Es ... es geht mir gut«, rief sie, aber ihre Stimme klang so flach und rau, dass es auf dem Flur ganz still wurde.

»Wo ist der Werkzeugkasten, Tante Odette?«, fragte Nicholas fest. »Ich brauche irgendwas, mit dem ich die Tür aufkriege.«

Mila richtete den Blick auf die Klinke. Das Schloss darunter war mit einem dieser Drehriegel versehen. Gewöhnlich konnte man solche Riegel von außen ganz einfach mit einem kräftigen Schraubenzieher öffnen.

Ein oder zwei Minuten vergingen, dann kratzte etwas an der Tür. Gleich darauf drehte sich der Riegel, die Tür schwang auf und Nicholas war bei ihr.

»Mila!« Er kniete sich neben sie, legte den Schraubenzieher auf die Fliesen. Er wollte sie berühren, ihr aufhelfen, aber in dieser Sekunde brach alles über ihr zusammen, was in den letzten Tagen geschehen war.

»Lass mich!«, schrie sie ihn an und schlug seine Hand so heftig weg, dass er sie sich an der Toilette stieß.

Er ließ sich nicht beirren, blieb ganz ruhig. »Du bist in Panik. Das ist verständlich. Ich bin hier. Ich ...«

Sie versuchte, ein Stück von ihm fortzurücken, aber die Wände hinderten sie daran. Immerhin erreichte sie, dass Nicholas auf Abstand ging.

»Ich tue dir nichts. Ich will dir nur helfen.« Als er sie ein weiteres Mal berührte, ließ er sich nicht mehr davon beeindrucken, dass sie erneut nach ihm schlug.

Er zog sie in seine Arme. Sie wehrte sich, wollte, dass er sie in Ruhe ließ, wollte weg von hier, einfach weg. Aber er hielt sie fest. Seine Arme umschlangen ihre Schultern, eine Hand lag in ihrem Nacken, zwang ihre Wange an seine Brust. Sie spürte seine Finger in ihren Haaren. Seine Hand war ganz warm.

»Scht«, machte er. »Scht. Es wird alles gut.«

Noch immer versuchte sie, gegen ihn anzukommen, und sie spürte, wie sich seine Muskeln in Armen, Schultern und Bauch anspannten.

Irgendwann erlahmte ihr Widerstand, sie sank gegen ihn, ließ es nun zu, dass er sie hielt und ihr wieder und wieder versicherte, alles würde gut werden.

Am Rande nur bekam sie mit, wie Eric und Odette draußen auf dem Flur miteinander tuschelten. Eric schien nicht einverstanden damit, dass Nicholas bei Mila war, aber Odette sagte etwas zu ihm und kurz darauf waren beide verschwunden.

Mila atmete Nicholas' Geruch ein. Er roch genau so, wie sie ihn immer beschrieben hatte. So wie sie sich Vergänglichkeit vorstellte. Wie Nebel im Winter. Sein Atem ging ruhig, und das vertrieb endlich die Panik in ihr.

Ohne den Kopf von seiner Brust zu heben, murmelte sie: »Hast du keine Angst, dass ich mich doch noch in dich verliebe, wenn du jetzt so nett zu mir bist?«

Er ließ einen Atemzug aus. Dann schob er sie ein Stück von sich fort, schaute ihr ins Gesicht. Ein schwaches, einseitiges Lächeln hob seinen Mundwinkel. »Vielleicht hast du mir vorhin einfach glaubwürdig genug versichert, dass das nicht passieren wird.«

Sie sah ihm in die dunkelblauen Augen und war kurz davor, ihm zu erklären, wie sie das gemeint hatte. Aber da war so ein verzweifelter Ausdruck von Hoffnung in seiner Miene, dass sie lieber schwieg. Warum nur wünschte er sich so heftig, dass sie sich nicht in ihn verlieben würde? Sie dachte an Eric und wie mies sie sich vorgekommen war, weil sie etwas über ihn geschrieben hatte, das für ihn Wirklichkeit geworden war. Sie hätte sich vor Nicholas gruseln sollen, dass er möglicherweise genau das mit ihr getan hatte. Aber irgendwie ließ es sie sich Nicholas nur noch umso verbundener fühlen.

Mit dem Handrücken wischte sie sich über Nase und Wange. Hatte sie geweint? Ihr ganzes Gesicht war nass.

Nicholas lehnte sich zur Seite und zog ein gefaltetes Stofftaschentuch aus der Hosentasche. Im ersten Moment sah er aus, als wollte er ihr damit selbst das Gesicht abwischen, aber dann reichte er es ihr einfach.

Sie trocknete ihre Wangen und Augen, dann putzte sie sich die Nase und steckte das Tuch ein.

»Besser jetzt?«, fragte er eine Weile später.

»Ja.«

Da griff er ihr unter die Ellenbogen und half ihr auf. Die Stelle in ihrem Genick, wo er sie so lange berührt hatte, war noch warm von seiner Haut.

»Tut mir leid«, murmelte sie. »Ich glaube, ich bin einfach ein bisschen erschöpft.«

Er bückte sich nach dem Schraubenzieher. »Was für ein Wunder. Komm. Wir gehen zu Eric und Odette. Sie haben sich ziemliche Sorgen gemacht.«

*Und du?*, hätte Mila ihn fast gefragt. Gerade noch rechtzeitig biss sie sich auf die Lippe.

Odette und Eric warteten nicht in der Eingangshalle auf sie, sondern waren in die Bibliothek gegangen.

Als Mila den kleinen Raum betrat, an dessen Wänden Bücherregale bis unter die Decke reichten, sprang Eric von einem Ledersofa auf.

»Geht es dir gut?« Er legte den Arm um sie.

Bevor sie etwas dagegen tun konnte, übernahm Nicholas das Antworten. »Ja, es geht ihr gut.« Er klang nicht annähernd so herablassend wie vorhin auf der Dachterrasse und trotzdem reagierte Eric sofort.

»Was zum Henker ist dein Problem mit mir?«

Ein schwaches Lächeln hob Nicholas' Mundwinkel. »Nichts. Keine Sorge. Hier hat niemand auch nur das geringste Problem mit dir.« Er sagte es in einem Tonfall, der keinen Zweifel daran ließ, dass er genau das Gegenteil dachte.

Eric blinzelte, als versuche er, schlau aus ihm zu werden. Dann machte er Anstalten, Mila zu dem Sofa zu bringen.

Sie wehrte ihn ab. »Ich bin okay, Eric«, sagte sie müde. »Ich kann allein gehen. Aber danke. Danke, dass du dageblieben bist.« Und in diesem Moment meinte sie es auch so. Sie brauchte Eric, das wurde ihr jetzt klar. Brauchte ihn, damit er ihr half, nicht verrückt zu werden.

Eric warf einen finsteren Blick zu Nicholas. »Findest du nicht, dass wir besser von hier verschwinden sollten?«, wandte er sich dann an Mila.

Sie schüttelte den Kopf. »Du warst es doch, der hierherkommen wollte«, sagte sie müde.

»Du wolltest Antworten«, verteidigte er sich.

Nicholas betrachtete sie, bevor er sich einmischte. »Wir werden hier verschwinden, aber noch nicht jetzt«, sagte er schließlich.

Eric fuhr auf dem Absatz herum. »Was natürlich wieder du entscheidest!«

»Siehst du nicht, dass Mila sich ausruhen muss?«

Die beiden Jungen starrten sich an wie zwei Kampfhunde, die kurz davor waren, aufeinander loszugehen.

Mila rieb sich erschöpft die Stirn. Eric war eindeutig eifersüchtig auf Nicholas. Das war nicht so schwer zu erraten. Aber konnte es sein, dass Nicholas ebenfalls Eifersucht empfand?

Warum?

Er wollte nicht, dass sie ihn liebte. Da konnte es ihm doch egal sein, was sie für Eric empfand.

Ihr fiel wieder auf, dass die beiden sich auf den ersten Blick ähnelten. Beide waren groß und schlank und beide hatten dunkle Haare, die ihnen wirr in die Stirn fielen. Aber dann endete die Ähnlichkeit auch schon. Während Eric schmal gebaut war, mit langen Armen und Beinen, die vom Roofing eher sehnig als muskulös wirkten, und einer Gestalt, die irgendwie noch etwas Jugendliches an sich hatte, hatte Nicholas bereits die breiten Schultern eines Mannes. Unter seinem weißen Hemd waren seine Muskeln nicht so genau zu erkennen, aber als er sie eben im Bad festgehalten hatte, hatte sie sie spüren können. Erics Augen waren hellbraun und, wenn sie nicht gerade scherzhaft funkelten, von einer Sanftmut, die Mila niemals erwartet hätte bei einem Jungen, der seinen Lebensunterhalt mit Stehlen verdiente. Allerdings lag auch ein Abgrund in ihnen, den er sorgsam verbergen konnte.

Nicholas' Augen hingegen, die dieses intensive Mitternachtsblau hatten, spiegelten jede seiner Emotionen wider. Auch wenn er sich alle Mühe gab, seine Gefühle unter einer Maske zu verstecken, verrieten ihn diese Augen. In ihnen konnte Mila sehen, dass er Angst hatte und verwirrt war. Und da war auch noch dieses schreckliche Schuldgefühl, das er mit sich herumtrug. Sie fragte sich, ob seine Augen wohl leuchten würden, wenn er glücklich war, und in diesem Augenblick wollte sie nichts mehr, als das zu sehen.

Sie ließ den Kopf hängen. Sie hatte jetzt definitiv keine Kraft mehr, weiter über all das nachzudenken. Ihr war schwindelig vor Erschöpfung, so sehr, dass sie schwankte.

»Sie ist völlig am Ende, Tante Odette«, sagte Nicholas. »Kann sie sich in einem der Gästezimmer ausruhen, bevor wir wieder verschwinden?«

Odette öffnete den Mund, um etwas zu sagen.

»Nur eine Stunde«, kam Nicholas ihr zuvor. »Wir sind weg, bevor die Sonne aufgeht, das habe ich dir versprochen.«

Odette wirkte nicht überzeugt, aber schließlich willigte sie ein.

Und diesmal akzeptierte Mila, dass über ihren Kopf hinweg entschieden wurde, was mit ihr geschah. Sie war sogar dankbar dafür.

Sie bekam nur noch halb mit, wie das Dienstmädchen sie die Treppe hinaufführte und ihr ein geräumiges Zimmer mit einem breiten Doppelbett und angrenzendem Bad zeigte. Nicholas, Eric und Odette waren unten geblieben. Jeannine zeigte ihr noch das angrenzende Bad, dann zog sie sich zurück und Mila ließ sich völlig erschöpft auf das breite Doppelbett mit der rosafarbenen Tagesdecke fallen. Ihre Augen schlossen sich ganz von selbst. Die Gedanken wirbelten nur so in ihrem Kopf herum. Aber ein Satz kehrte immer wieder zurück.

*Es wird alles gut.*

Sie wünschte es sich sehr.

Während Eric sich im Salon hingelegt hatte, hatte Nicholas sich in das zweite Gästezimmer im oberen Stockwerk zurückgezogen, das sich mit Milas Zimmer ein Bad teilte. Doch er konnte nicht schlafen. Jeannine hatte ihm ein Tablett mit Käse und Brot hingestellt, aber bis auf ein paar Bissen hatte er nichts gegessen. Er stand am offenen Fenster seines Zimmers und trommelte mit den Fingerspitzen gegen den Rahmen, als es leise an seiner Tür klopfte.

»Komm rein, Tante Odette«, sagte er.

Durch einen schmalen Spalt schob seine Ziehmutter sich in den Raum, dann drückte sie die Tür hinter sich zu.

Nicholas blieb, wo er war. Die Straße wirkte um diese späte Stunde völlig verlassen. Eine Laterne warf einen schimmernden Schatten an die Fassade gegenüber und die Geräusche, die Paris auch in der Nacht machte – das ferne Verkehrsrauschen, die Stimmen von Menschen und das Läuten von Kirchenglocken – drangen ins Zimmer.

»Ich dachte mir, dass du grübelst, statt zu schlafen«, sagte sie. »Wo ist eigentlich Luc? Warum ist er nicht bei dir wie sonst immer?«

Über die Schulter hinweg warf Nicholas ihr einen Blick zu.

Sie lächelte.

Da wandte er sich zu ihr um. »Er wollte in der Nähe von Caruel bleiben, damit er mich warnen kann, wenn etwas Unvorhergesehenes passiert.«

Unvorhergesehen! Tja, das war ja genau der Witz.

Odette nickte. »Gut. Aber du solltest nicht *Caruel* zu ihm sagen. Er ist immerhin dein Vater.«

Nicholas verschränkte die Arme vor der Brust, entflocht sie wieder. Da waren so unendlich viele Gefühle in ihm, dass er keines davon zu fassen bekam. »Serge ist eigentlich kein Mörder, Odette. Mein Vater hat ihn umgeschrieben, damit er sie tötet. Ich glaube, dass das Flammenmal ihn dazu zwingt. Bei ihm ist es sehr viel stärker als bei mir.«

Odette trat vor Nicholas hin. Sie nahm seine beiden Hände.

Er konnte den Pulsschlag unter ihrer dünnen, kalten Haut spüren und sah die Narben, die quer über ihre Fingerspitzen liefen. Er hatte nie aus ihr herausbekommen, woher sie stammten. Er wartete darauf, dass sie etwas sagte. Früher hatte sie oft behauptet, er schaue sie mit einem Ausdruck an, als habe seine Seele Rabenfittiche.

Jetzt jedoch schwieg sie.

Er lauschte in sich hinein, konzentrierte sich auf das Entsetzen darüber, wie die Geschichte es wieder und wieder schaffte, die Realität in ihre Richtung zu treiben. Nein. Sein Vater war kein Bösewicht. Er war kein Mann, der einen Mord in Auftrag gab.

Bis Nicholas diese unselige Geschichte geschrieben und ihn dazu gemacht hatte.

Tief atmete er durch. »Warum bist du wirklich hier?«, fragte er. »Du kommst doch nicht und hältst mich vom Schlafen ab, weil du mich trösten willst.«

Sie lächelte auf diese verlegene Weise, wie sie es immer tat, wenn er sie durchschaute. »Stimmt. Eigentlich wollte ich dich fragen, ob du es für richtig hältst, Mila nicht die Wahrheit über deinen Vater zu sagen.« Ganz sanft war ihre Stimme.

Seine Schultern verkrampften sich. Er hatte gehofft, sie habe es nicht mitbekommen, dass er Mila über seine Beziehung zu Caruel im Unklaren gelassen hatte. Aber natürlich hatte seine Tante bemerkt, dass er sie unterbrochen hatte, bevor sie Caruels Namen ausgesprochen hatte. Er konnte ihr nichts vormachen. Das hatte er noch nie gekonnt. Er wollte ihr die Hände entziehen, aber sie ließ es nicht zu. Fordernd blickte sie ihm direkt in die Augen.

»Scheiß drauf!«, murmelte er.

»Unhöflich sein ändert nichts an den Tatsachen! Mila weiß nicht, dass Caruel dein Vater ist. Und ich halte das für einen

Fehler. Sie ist nicht dumm. Du solltest ihr gegenüber mit offenen Karten spielen.«

Sie wartete, bis Nicholas schließlich nickte. »Vermutlich hast du recht.«

»Du musst es ihr sagen!«

»Ich weiß nicht, ob sie es schon ertragen kann. Sie hat heute so vieles erfahren und ich ...« Er biss die Zähne zusammen. Der Mond kletterte über den First des gegenüberliegenden Hauses und übergoss die Dächer mit einem silbrigen Schimmer. »Du weißt so gut wie ich, was passieren wird«, sagte er.

»Natürlich weiß ich das.« Sie klang sehr beherrscht, auch wenn jetzt in ihren Augen Tränen schimmerten. »Du wirst sterben. Das hast du so entschieden, als du diese Geschichte geschrieben hast.«

Er nickte. Was sollte er sonst tun?

»Dir war nicht klar, dass deine Worte wahr werden!«, setzte Odette hinzu und er liebte sie dafür, dass sie so verzweifelt versuchte, ihm wenigstens seine Schuldgefühle zu nehmen, wenn sie ihm schon nicht die Angst nehmen konnte. »Du warst überzeugt davon, die Fabelmacht nicht zu besitzen. Du hättest das alles hier niemals so geschrieben, wenn du gewusst hättest, dass diese unselige Gabe genau in diesem Augenblick in dir erwachen würde. Dein Vater hätte dich warnen müssen. Er hätte dir erklären müssen, was die Fabelmacht anrichten kann. Aber stattdessen hat er es vorgezogen, dich einfach nur von ihr fernzuhalten.«

»Mein Vater hatte nicht die geringste Ahnung, wie stark die Fabelmacht in mir erwachen würde! Er konnte das alles hier ebenso wenig vorhersehen wie jeder andere. Niemand hat es vorhergesehen. Aber trotzdem entbindet mich das nicht von der Schuld. *Ich* habe diese Geschichte geschrieben und damit all dieses Leid verursacht.« Nicholas' Stimme kippte weg.

Einige Sekunden verstrichen. Sekunden, in denen er es zuließ, dass sie seine Hände streichelte, wie sie es früher getan hatte, wenn er vor irgendetwas Angst gehabt hatte.

*Niemand hat es vorhergesehen,* dachte er und daran klammerte er sich.

Es half ihm, sich zusammenzureißen.

Er würde dafür sorgen, dass wenigstens Mila einigermaßen unbeschadet aus dieser Sache rauskommen würde. Er zog Odette seine Hände weg. Dafür nahm er die kleine, schmächtige Frau in die Arme und wie er Mila festgehalten hatte, hielt er auch sie fest, bis sie aufhörte zu zittern.

Im Traum befand sich Mila nicht in Paris, sondern auf einer weiten Ebene, die sich rings um sie herum bis zum Horizont erstreckte. Der Boden unter ihr war aus schwarzem Glas, hart, kalt und spiegelglatt. Sie rannte darüber hinweg und ihre Füße schmerzten, als hätte sie sich an Scherben verletzt. Im Laufen wandte sie sich um, ihre Spur zog sich deutlich sichtbar blutrot bis in die Ferne. Sie biss sich auf die Lippe. Jemand war hinter ihr her. Jemand, der sie tot sehen wollte. Und er würde sie ganz einfach finden können.

Sie rannte weiter. Sie wusste, dass irgendwo vor ihr, weit hinter dem fernen Horizont, Eric wartete. Doch sosehr sie sich auch Mühe gab, sie kam ihm so gut wie nicht näher. Dann prallte sie gegen jemanden, der direkt aus dem Boden gewachsen zu sein schien. Ihre Zähne schlugen aufeinander. Vor Schreck schrie sie auf, wollte sich herumwerfen, wollte fliehen. Aber starke Arme hielten sie und sie konnte nicht entkommen. Sie wehrte sich, schlug um sich, biss, trat, kratzte.

Vergeblich.

Kräftige Finger gruben sich in ihre Oberarme, dass es schmerzte. Und dann sah sie auf und blickte in mitternachtsblaue Augen …

Das war der Moment, in dem sie mit einem panischen Keuchen aus dem Schlaf fuhr.

Ihr Herz jagte und kurz fühlte es sich an, als würden ihre Füße noch immer bluten. Hastig schlug sie die Decke weg, sicher, dass ihr Laken rotgetränkt sein würde. Aber natürlich war es das nicht. Es war zerwühlt, aber da war kein Tropfen Blut.

Als sie sich einigermaßen beruhigt hatte, stand sie auf und ging so, wie sie war, ins Bad, weil sie Durst hatte.

Sie tastete einige Sekunden lang nach dem Lichtschalter, bevor ihr auffiel, dass das Bad mit einem schwachen blauen Lichtschimmer erfüllt war. Sie versuchte, die Quelle ausfindig zu machen, und bemerkte eine zweite Tür, die aus dem Bad herausführte. Sie war von innen verriegelt.

Mila fand den Schalter, knipste ihn an und trank ein paar Schlucke direkt aus dem Hahn. Als sie das Bad verlassen wollte und dafür das Licht wieder ausschaltete, war das blaue Schimmern immer noch da.

Mila zögerte. War Nicholas hinter dieser Tür? Schrieb er etwa?

Zwar wollte sie unbedingt wissen, was es mit diesem blauen Leuchten auf sich hatte, aber der Traum hatte sie nachdenklich gemacht. Was wollte ihr Unterbewusstsein ihr damit sagen, dass sie auf dieser schwarzen Ebene zu Eric lief und es offenbar Nicholas war, der sie daran hinderte?

Noch immer begriff sie nicht, was für eine Rolle er in diesem Spiel hier spielte. Sie dachte an Eric und daran, wie er sich in dem Abbruchhaus um sie gekümmert hatte. Sogar dass sie ihn wütend angeschrien hatte, hatte ihn nicht sauer gemacht. Im Gegenteil: Er hatte ihr Verständnis entgegengebracht dafür, dass ihre Nerven blank lagen.

Und Nicholas?

Aus seiner wankelmütigen Art konnte sie einfach nicht schlau werden. Er war wie diese Figur aus der griechischen Mythologie, Janus. Oder war es die römische Mythologie gewesen? Egal. Nicholas benahm sich, als hätte er zwei völlig verschiedene Gesichter. Erst hatte er Eric das Handgelenk gebrochen und in diesem Club hatte er sie brutal und gegen ihren Willen geküsst. Aber auf der anderen Seite hatte er sie vorhin in der Toilette festgehalten, so lange, bis sie sich wieder beruhigt hatte. Und er war in die Schussbahn der Kugel gesprungen, um sie zu retten.

Sie lauschte in sich hinein. Da war immer noch dieses Band, das von ihrem Herzen direkt zu seinem zu führen schien. Ihr Blick wanderte zu dem Spalt unter der verriegelten Badezimmertür.

Das blaue Leuchten hatte nicht nachgelassen, vielmehr war es noch intensiver geworden. Es brachte sie dazu, die Hand nach dem Türriegel auszustrecken. Ihr Pulsschlag war ein Flattern unter ihrer kalten Haut.

Behutsam schob sie den Riegel zur Seite. Als sie die Tür öffnete, stand er nur in Jeans am Fenster, hielt sein Hemd in den Händen und starrte in die Nacht hinaus. Es war dämmerig im Zimmer, allein das Licht einer Straßenlaterne malte einen langen Balken an die Decke. Blaue Schriftzeichen bedeckten Nicholas' rechten Unterarm und seinen Ellenbogen und tauchten alles in den fahlen Schimmer, den Mila unter der Tür gesehen hatte.

»Ich hab Jeannine nicht umsonst gebeten, die Tür von deiner Seite aus zu verriegeln.« Er klang gepresst.

*Schon klar. Weil du willst, dass ich mich von dir fernhalte?*, schoss es ihr durch den Kopf, laut sagte sie: »Ich dachte, du brauchst vielleicht Hilfe.«

Er hatte ihr noch immer den Rücken zugewandt, aber in der Spiegelung der Fensterscheibe konnte sie sehen, dass sein Gesicht angespannt aussah. Seine Haut wirkte in dem blauen Schimmer der Schrift wächsern. Er streifte das Hemd wieder über und verdeckte dadurch nicht nur das Leuchten, sondern auch die angespannten Muskeln seiner Schultern.

»Hast du ein bisschen geschlafen?«, fragte er.

»Ja. Und du?«

»Nicht wirklich.«

Sie trat näher an ihn heran. Täuschte sie sich oder veränderte das Leuchten seine Stärke? Sie hatte es durch den Stoff seines Hemdes hindurchschimmern sehen, aber als sie jetzt die Hand nach Nicholas' Rücken ausstreckte, wurde es eindeutig schwächer. Trotzdem schien davon Hitze auszugehen.

Sie biss sich auf die Unterlippe. »Das tut weh, nicht wahr?«

Er schüttelte den Kopf, doch sie glaubte ihm nicht. Sehr behutsam näherte sie ihre Fingerspitzen seinem Ellenbogen und dann berührte sie ihn ganz sachte.

Das Leuchten verblasste augenblicklich, wurde so schwach, dass es durch das Hemd nicht mehr zu erkennen war. Nicholas keuchte und wäre beinahe in die Knie gegangen.

Hastig zog Mila ihre Hand zurück. Hatte sie seine Schmerzen jetzt noch vergrößert? Zögernd näherte sie sich seinem Arm wieder. Nicholas verkrampfte sich, aber er wehrte sich nicht dagegen, dass sie ihn zum zweiten Mal berührte. »Was ist es?«

Zu ihrer grenzenlosen Verblüffung erzählte er es ihr. »Eine Auswirkung meiner Geschichte. Es hält mich davon ab, aus Paris zu verschwinden, und es ermahnt mich, wenn ich etwas tue, was die Geschichte nicht vorsieht.«

»Dann sieht sie jetzt vor, dass ich bei dir bin und dich berühre?«

Er schwieg.

»Bitte dreh dich um«, flüsterte Mila, aber er tat es nicht.

Sie biss sich auf Lippe. »Ich würde gern wissen, wie es mit uns beiden weitergeht. In der Geschichte, meine ich.« Im Kopf ging sie ein paar der Szenen durch, die schon passiert waren – das Treffen am Bahnhof, der Zusammenstoß im Club –, und sie überlegte, wie sie selbst es weitergeschrieben hätte. Wie er offenbar auch neigte sie dazu, die Dramatik ihrer Geschichten immer bis zum Anschlag hochzudrehen. Sie war nicht dumm. Inzwischen konnte sie sich denken, dass sein Verhalten im Club oder seine Schroffheit ihr gegenüber einen Grund hatte. Es musste mit seiner Geschichte zu tun haben.

Ihr Traum fiel ihr wieder ein und die Warnung, die er beinhaltete.

Die Warnung vor Nicholas.

»Du wirst mich aber nicht umbringen, oder?« Die Frage rutschte ihr einfach so heraus.

Abrupt fuhr er zu ihr herum. »Nein!« So erschrocken sah er aus, dass sie ihm augenblicklich glaubte. Ihre Knie wurden ganz weich.

»Das darfst du niemals denken!«, hörte sie ihn sagen, aber da war ein Summen in ihrem Kopf. Ihr Körper kribbelte, als er ihre Hände nahm und eindringlich wiederholte: »Niemals, Mila, hörst du mich! Ich werde dir niemals etwas tun. Weder in der Geschichte noch in dieser Realität!«

Und sie glaubte ihm auch das.

Verschwunden waren alle Zweifel an ihm. Sie wollte, dass er sie in den Arm nahm und festhielt, aber sie konnte sich nicht bewegen. Wenn sie noch einen Schritt auf ihn zu gemacht hätte, hätten ihre Beine unter ihr nachgegeben.

Weil sie sich schon wieder unbeholfen vorkam und die Stille

zwischen ihnen nur schwer auszuhalten war, deutete sie auf seine Nase. »Habe ich sie dir wirklich gebrochen?«

Er grinste. »Ja. Hat scheiß wehgetan. Du hast einen ziemlichen Punch, glaub mir.«

Sie schauderte bei der Vorstellung, dass es möglich war, Verletzungen einfach so wegzuschreiben. »Gebrochene Knochen wegerzählen«, murmelte sie. »Klingt irgendwie extrem strange. Ein echter Held würde sich einfach das Blut vom Kinn wischen und weitermachen.«

Seine Reaktion auf diese Worte verblüffte sie. Er lachte. »Ein echter Held hat auch selten eine gebrochene Nase.«

»Stimmt. Weil es scheiße aussieht.« Sie lächelte und er sagte nichts. »Dann bist du also eitel?«, fragte sie.

»Ein bisschen.«

»Aber du hast keine Angst davor zu sterben.« Sie streckte die Hand nach der Wunde an seiner Lippe aus und berührte sie sachte. »Du hast dich in die Schussbahn geworfen, als die mich töten wollten. Einfach so.«

Er stand ganz still da. »Jederzeit wieder.«

Was sollte sie jetzt sagen?

Er schien es auch nicht zu wissen. Er hob die Hand, näherte sie Milas Gesicht.

»Erklär mir, wie es funktioniert. Die Fabelmacht, meine ich. Wenn du mich wirklich schützen willst, warum schreibst du diesen Serge nicht einfach um und sorgst so dafür, dass er uns in Ruhe lässt?« Sie wusste nicht genau, ob sie Eric von einem betrügerischen Taschendieb zu einem fürsorglichen, liebenswerten Menschen umgeschrieben hatte. Aber Nicholas würde so etwas doch mit Sicherheit können.

Ein Lächeln erschien, in seinen Augen nur. Es vertiefte sich kurz, verschwand dann wieder. »Du denkst schon fast wie eine

Fabelmächtige. Die Wahrheit ist, ich habe es überlegt. Aber es würde nichts ändern. Villain Caruel war der Erste, der Serge umgeschrieben hat, damit er sich an deine Fersen heftet. Und selbst wenn ich darauf jetzt wieder reagiere, würde er jemand anderen schicken. Und danach wieder jemand anderen und so weiter.«

»Weil es in der Geschichte so passiert?« Ihr Gehirn war irgendwie gerade dabei, sich einen Knoten zu verwandeln.

Er nickte. »Ist dir schon mal in den Sinn gekommen, dass das, was wir schreiben, oft viel realer wirkt als die Wirklichkeit?« Er legte ihr die Hand an die Wange, während er das sagte. Ganz zart nur berührte er sie, als habe er Angst, sie würde sich zurückziehen. Sie hielt jedoch still, sah ihn an und sie musste nicht lange überlegen, was sie ihm antworten sollte. Dieses Gefühl, von dem er sprach, hatte sie oft. Die Wirklichkeit, ihr echtes Leben, kam ihr neben den Dingen, die sie schrieb, fast immer blass und seltsam flach vor. Manchmal fragte sie sich sogar, ob es nicht vielleicht die Geschichten waren, die die wahre Wirklichkeit darstellten. Ob sie in Wahrheit schlief, wenn sie *nicht* schrieb.

Langsam, um ihn nicht zurückschrecken zu lassen, nickte sie. »Wir wechseln von einem Universum ins nächste, wenn wir die Fabelmacht benutzen, oder?«

Er legte ihr die zweite Hand an die andere Wange. Auch diese Berührung war nur ganz leicht. »So glauben es die meisten, ja. Mir gefällt dieses Bild recht gut.«

Ihr Herz flatterte. »Wenn ich das Ganze richtig verstanden habe, dann können wir fast alles, was ist, verändern.« Sie musste lächeln. »Ich könnte zum Beispiel dafür sorgen, dass du statt der Jeans ein Tutu anhast.«

In seinen Augen erschien ein amüsiertes Funkeln. »Ich hoffe, ich werde dich nie so sehr verärgern, dass du das ausprobierst.«

»Dann gib dir mal Mühe.«

Sein Griff verstärkte sich, er hielt ihr Gesicht jetzt richtig fest und das Kribbeln in ihrem Leib war kaum noch auszuhalten. Ihr armes Herz hatte erschöpft aufgehört zu flattern. Schlug es überhaupt noch?

»Wenn du nicht leiden willst, darfst du mich nicht lieben«, flüsterte Nicholas. Mila spürte die Wärme, die von seinen Händen ausging. Und als hätte er das eben nie gesagt, beugte er sich vor, um sie zu küssen. Diesmal war es kein Überfall wie im Club. Diesmal hielt er wenige Millimeter vor ihrem Gesicht inne, wartete darauf, wie sie reagierte. Und dann ... nur eine Sekunde, bevor sich ihre Lippen berührten, wurde die Zimmertür mit einem zaghaften Klopfen geöffnet. »Monsieur Caruel, haben Sie ...« Jeannine erstarrte mitten in der Bewegung. »Oh. Ich wusste nicht ...«

In Mila zerriss etwas. Sie taumelte rückwärts.

»Caruel?« Sie konnte den Namen kaum über die Lippen bringen. »Du bist ein ...« Ihre Stimme erstarb.

Und in diesem Augenblick geschah alles gleichzeitig.

Mila warf sich herum und wollte aus dem Zimmer stürmen. Jeannine jedoch stand ihr im Weg. Zeitgleich ertönte unten in der Wohnung ein ohrenbetäubendes Krachen. Eine Explosion. Jemand fluchte lautstark. Eric. Jeannine schrie auf. Mila stieß sie aus dem Weg, rannte auf den Flur hinaus. Rauch hüllte sie ein. Sekundenlang wurde es völlig schwarz vor ihren Augen. Sie musste sich an der Wand abstützen, um nicht zusammenzuklappen. Unscharf nur bekam sie mit, dass jemand bei ihr war und sie packte.

»Nein!«, kreischte sie. Schlug um sich, trat zu. Vergeblich. Die Hände verschwanden nicht von ihren Schultern.

»Ruhig!«, ertönte eine dunkle Stimme dicht an ihrem Ohr. »Ich tue dir nichts!«

Nicholas.

In Milas Kopf summte es. *Caruel. Er ist ein Caruel. Einer von ihnen …*

»Ich tue dir nichts!«, wiederholte er mit völlig geschockt klingender Stimme.

Mila gewann die Gewalt über ihren Körper zurück und machte sich von ihm los. Wild starrte sie ihn an. Seine Miene war ernst und gleichzeitig tödlich entschlossen. Er vergewisserte sich, dass sie okay war, dann bedeutete er Jeannine, sich in Sicherheit zu bringen. Das Dienstmädchen gehorchte. Er lauschte auf den Lärm, der aus dem unteren Bereich der Wohnung heraufdrang.

»Was erlaubt ihr eu…« Odettes empörte Worte wurden abgeschnitten, gleich darauf hörte Mila die alte Frau aufschreien. Ein Schuss fiel und es gab ein Geräusch, als würde irgendetwas Großes, Gläsernes in tausend Scherben zerbersten.

Nicholas wurde totenbleich. »Odette«, flüsterte er.

Unten brüllte Eric Milas Namen. Dann schrie auch er auf, aber nicht schmerzvoll, eher zornig. Eine unbekannte Stimme rief: »Sie muss oben sein!« Stiefeltritte ertönten. Sie kamen die Treppe herauf.

Nicholas reagierte blitzschnell. Er rannte ins Zimmer zurück und als er wieder bei Mila war, hatte er ein Messer in der Hand. Ganz offensichtlich stammte es von dem Tablett mit dem Essen, das auf seinem Bett gestanden hatte.

Mila starrte darauf.

»Ja«, stieß er hervor. »Ein bisschen wenig.«

»Du hast gewusst, dass sie uns hier finden!« Mila war ganz sicher, dass das der Fall war. »Warum sind wir dann noch hier? Warum hast du keine Pistole …?«

Er sah sie an. »Weil ich ein Schreiber bin, kein Killer. Und weil ich dachte, wir hätten noch Zeit.«

Unten ertönte erneut Erics Stimme. »Mila!«, schrie er und dann: »Lass mich los, sonst ...«

Ein Mann kam die Treppe heraufgestürmt. Es war einer der Typen, die sie und Eric auf dem Bahnhof gejagt hatten. Der mit dem Sakko. Und im Gegensatz zu Nicholas hatte er eine Schusswaffe in der Hand.

»Michel!«, fauchte ihm Nicholas entgegen.

Mila wurde schlecht, als der Mann die Waffe auf sie richtete.

»Ich habe sie gefunden!«, schrie er über die Schulter nach unten.

Völlig paralysiert starrte sie in die Mündung. Ein winziges schwarzes Loch, das sie im nächsten Augenblick verschlucken würde.

Nicholas jedoch wurde plötzlich ganz ruhig. »Du weißt so gut wie ich, dass nicht sie stirbt!« Er schob sich vor sie und aus irgendeinem Grund verringerte das Milas Panik nicht. Ganz im Gegenteil.

Michel grinste. »Wollen wir wetten?«

Nicholas schüttelte den Kopf.

»Weg von ihr oder ich jage dir eine Kugel in den Schädel!«, befahl Michel.

Nicholas rührte sich nicht. »Nur zu«, forderte er den Mann auf.

Michel hob die Waffe ein Stück höher.

Die Mündung wies jetzt direkt in Nicholas' Gesicht.

Milas Herz vergaß zu schlagen.

Nicholas jedoch blieb noch immer völlig ruhig. Sie glaubte, ihren Augen nicht zu trauen, als er sogar einen Schritt auf seinen Angreifer zumachte. Sie sah Michels Finger am Abzug zucken. Sah, wie er den Druckpunkt suchte, der den Schuss auslösen würde. Ein tonloses Wimmern drängte sich in ihrer Kehle nach oben.

»Nicht!«, flüsterte sie und konnte doch nichts dagegen tun, dass der Zeigefinger am Abzug sich weiter krümmte.

Und dann durchzog.

Es gab ein leises, klickendes Geräusch. Nichts weiter. Und Nicholas reagierte. Wie ein Blitz war er bei Michel, schlug die Waffe zur Seite. Ein Schuss löste sich, krachte in die Wand zu Milas Rechten. Das Geräusch war so ohrenbetäubend laut, dass ihre Ohren davon gellten. Der Pulvergeruch biss in ihrer Nase, in ihren Augen.

»Mila!«, brüllte Eric unten in der Wohnung.

Und Odettes Stimme kreischte: »Nicholas!«

Mila verspürte Erleichterung. Sie hatte gedacht, dass der erste Schuss die alte Frau getroffen haben musste. Aber Odette war am Leben! Gott sei Dank, sie lebte.

Nicholas rammte Michel den Ellenbogen ins Gesicht. Michel brüllte, krümmte sich und Nicholas nutzte die Gelegenheit und brachte die Pistole an sich. Mila riss erschrocken die Augen auf, als er die Waffe drehte und sie seinem Angreifer von unten gegen das Kinn presste.

Michel wurde stocksteif.

»Wette gewonnen«, sagte Nicholas und um seine Mundwinkel spielte ein Lächeln, das triumphierend wirkte.

Blut schoss Michel aus beiden Nasenlöchern. Das meiste landete auf dem Boden, aber ein paar Tropfen trafen Nicholas' Hemdsärmel und hinterließen dort große dunkelrote Flecken.

Nicholas wendete sich Mila zu. »Wie gesagt: Mit gebrochener Nase sieht man einfach scheiße aus.« Mit einem groben Schubser drehte er Michel um. »Los! Die Treppe runter!«

Michel wollte sich weigern, aber Nicholas stieß ihm den Lauf der Waffe ins Genick, und das ließ ihn eilig vorwärtsstolpern.

»Bleib dicht hinter mir!«, befahl Nicholas Mila und sie gehorchte automatisch. Sie musste sich am Geländer festhalten, um nicht zu stolpern. Ihr Gesicht war eiskalt. *Ein Anzeichen von Schock,* dachte sie. Und: *Auf keinen Fall darf ich ohnmächtig werden.* Mit zitternden Händen griff sie nach Nicholas' Gürtel und klammerte sich daran fest.

Nicholas stieß Michel die obersten Stufen der Treppe hinunter, bis sie in die Eingangshalle blicken konnten.

Zwei weitere Angreifer standen dort. Es waren die Männer vom Friedhof. Beide hatten sie Waffen im Anschlag, die sie auf Nicholas gerichtet hatten. Jeannine kam hinter Nicholas und Mila her, offenbar hatte sie Angst, allein oben zu bleiben. Sie blieb aber mitten auf der Treppe stehen und presste den Rücken gegen eine Wand. Sie sah panisch aus, ihre vormals ordentliche Frisur wirkte zerzaust.

Die Eingangstür hatte sich in unzähligen Splittern im gesamten Raum verteilt und die Luft war von Rauch und Staub geschwängert, sodass die Szenerie gespenstisch wirkte.

Ein Stück der explodierten Tür hatte ein Fenster zertrümmert.

»Odette?«, rief Nicholas, erhielt aber keine Antwort.

Er ließ die beiden Waffen nicht aus den Augen, die auf ihn gerichtet waren. Von schräg hinten konnte Mila sehen, dass sein Kiefer extrem verkrampft war. Er blieb jedoch ruhig, als er Michel die Mündung an den Hinterkopf presste. »Waffen runter!«

Mila spürte ein hysterisches Kichern in sich aufsteigen. Sämtliche Bewegungen, jedes Detail im Raum war plötzlich so klar konturiert wie bei einem Film in Zeitlupe.

»Wenn du mich erschießt«, sagte Michel zu Nicholas, »dann

hast du keine Deckung mehr.« Er hielt das Kinn hoch erhoben, während er das sagte. Fast sah er herausfordernd aus.

Und Mila wusste, dass er recht hatte.

Nicholas achtete nicht auf die Drohung, sondern stieß seinen Gefangenen eine weitere Stufe hinunter. Als Mila ihnen folgte, konnte sie endlich die gesamte Eingangshalle überblicken. Unwillkürlich verkrampfte sich ihre Hand an seinem Gürtel.

Eric!

Er lag hinter den beiden Typen mit den Waffen, halb auf der Seite, und im ersten Moment hielt Mila ihn für bewusstlos. Doch dann bemerkte sie, dass seine rechte Hand sich bewegte. Ganz langsam und unauffällig näherte sie sich einem meterlangen, am Ende geborstenen Bein irgendeines Möbels.

Mila zupfte an Nicholas' Gürtel, um ihn auf sich aufmerksam zu machen. Er wandte leicht den Kopf.

»Eric«, wisperte sie.

Erics Hand fand das Holzteil, umklammerte es. Dann schlug er die Augen auf, tauschte einen langen, stummen Blick mit Nicholas und sprang auf. Das Bein krachte dem einen Bewaffneten von hinten in die Kniekehlen. Der Mann verriss die Waffe, aber er schoss nicht. Noch während er in die Knie ging, stieß Nicholas Michel mit solcher Macht von sich, dass der die Treppe hinunterstürzte, auf dem Absatz gegen die Wand prallte und benommen liegen blieb. Gleichzeitig riss Nicholas seine Waffe herum und schoss.

Der zweite Bewaffnete schrie auf, als sich die Kugel in seinen Arm bohrte. Eric warf sich auf den anderen Angreifer und während Nicholas einfach über das Treppengeländer hechtete und sich auf den Angeschossenen stürzte, sah Mila, dass sich Michel regte.

Sie überlegte nicht lange. Sie sprang die paar Stufen zu ihm hinab und schickte ihn mit einem nicht besonders gezielten, dafür aber umso wuchtigeren Tritt ins Land der Träume. Völlig außer Atem blieb sie stehen. Ihr Gesicht war jetzt nicht mehr kalt, sondern glühend heiß. Adrenalin rauschte durch ihre Adern, machte sie schwindelig und euphorisch.

Eric hatte seinen Gegner direkt neben dem geborstenen Fenster an der Wand festgenagelt. Nicholas stand vor dem Mann, den er angeschossen hatte, und hielt ihn mit der Waffe in Schach. Und dann erschien Odette in der Verbindungstür zwischen Eingangshalle und Bibliothek.

Sie trug einen eleganten Morgenmantel, den sie vor dem Bauch zusammenhielt. Sie sah mitgenommen aus und sehr bleich, aber sie stand aufrecht.

»Madame!«, wisperte das Dienstmädchen, rührte sich aber nicht von der Treppe weg.

Nicholas stöhnte auf, als er seine Tante sah. »Du lebst!«, stieß er hervor. »Gott sei Dank!« In seinen dunkelblauen Augen glitzerte unendliche Erleichterung. »Lass den Typen los, Eric«, befahl er.

Eric zögerte. Der Kerl, den er festhielt, wollte sich wehren, aber er presste ihn einfach stärker gegen die Wand. »Sie sind hier reingestürmt und haben auf uns geschossen, Herrgott!«

Aber Nicholas schien das egal zu sein. Er senkte die Waffe. »Seht zu, dass ihr von hier verschwindet, bevor die Polizei da ist!«, sagte er zu dem Angeschossenen. Dann wies er auf den bewusstlosen Michel vor Milas Füßen. »Und nehmt ihn mit. Richtet Serge aus, dass ich euch beim nächsten Mal nicht so heil davonkommen lasse.«

Der angeschossene Typ zögerte, aber dann ging er zu Michel. Tätschelte sein Gesicht, bis er aufwachte. Während er Michel auf die Füße hievte, ließ nun auch Eric seinen Gefangenen los. »Bist du sicher, dass du weißt, was du tust?«

Nicholas sah zu, wie die drei in Richtung Ausgang wankten.

»Bin ich«, sagte Nicholas. »Denk daran, dass Caruel fabelmächtig ist. Die Polizei kann sie sowieso nicht lange festhalten.«

Eric sah nicht überzeugt aus.

Kurz bevor sie die Haustür erreichten, warf Michel Mila einen fast ein bisschen angsterfüllten Blick zu.

Nicholas lachte auf. »Netter Punch«, sagte er zu Mila. »Genau wie auf dem Friedhof. Erinnere mich daran, dass ich dich nie gegen mich aufbringe.«

»Hast du schon!« Mila ging die restlichen Stufen hinunter und auf Nicholas zu.

Er schaute verwundert. »Keine Ahnung, wovon du redest.«

»Mich gegen dich aufgebracht.« Sie verpasste ihm eine Ohrfeige, die ihn verblüfft die Augen aufreißen ließ. »Die war dafür, dass du mir verschwiegen hast, dass du ein Caruel bist! Und für alles andere, was du mir noch verschweigst.« Sie stand da, noch schwer atmend von dem eben erlebten Gewaltausbruch, und ihre Emotionen waren ein einziges wirres Knäuel, aus dem die Wut herausragte wie eine kleine, scharfe Metallspitze.

Er öffnete den Mund, aber genau in diesem Moment wankte Odette zu einem der mit Staub und kleinen Trümmerteilen übersäten Sessel und setzte sich ganz langsam und vorsichtig.

»Madame!«, rief das Dienstmädchen. Endlich löste sie sich aus ihrer Starre, aber sie kam nur zwei Stufen weit, dann begann sie so sehr zu zittern, dass sie sich auf die Treppe setzen musste.

Genau in diesem Moment klingelte Nicholas' Handy. Während er zu Odette hastete, ging er ran. »Luc. Warte.« Mit einem schnellen Druck auf das Display schaltete er den Lautsprecher an und warf das Handy auf den Boden. Dann kniete er sich vor seine Tante, um zu sehen, wie es ihr ging.

Lucs Stimme tönte aus dem Lautsprecher. »Serges Männer sind auf dem Weg zu Odette, genau wie du …«

»Ja«, sagte Nicholas, während er versuchte, Odettes Abwehr zu umgehen und sie zu untersuchen. »Haben wir gemerkt.«

»Sag nicht, ihr seid bei …«

»Doch.«

»Gott, Nicholas! Wie geht es dir?«

»Ich bin okay.« Nicholas hielt inne und betrachtete Odettes Gesicht mit zusammengekniffenen Augen.

Sie hielt ihm stand, und da war etwas zwischen ihnen, das Mila eine Gänsehaut bereitete.

»Ich fasse es einfach nicht!« Lucs Stimme überschlug sich beinahe. »Du hast Mila tatsächlich zu Odette gebracht, obwohl du weißt, dass dort …«

Nicholas biss die Zähne aufeinander. »Die Geschichte verläuft wirklich anders, als ich sie geschrieben habe. Wir mussten uns ausruhen und eigentlich wären wir vor Morgengrauen weggewesen, aber sie sind viel früher als gedacht aufgetaucht. Wir haben sie aber überwältigt, ohne dass jemand von uns verletzt wurde.«

Odette wurde von Sekunde zu Sekunde bleicher. Nicholas schloss die Augen. Etwas in Milas Magen fuhr scharfe Krallen aus.

»Madame?« Jeannine wimmerte jetzt. Selbst im Sitzen umklammerten ihre Hände noch immer das Geländer.

Odette schwankte auf ihrem Sessel und Mila warf einen Blick in den kleinen Salon. Der Glastisch, der dort gestanden hatte, war nur noch ein Haufen Scherben. Offenbar war Odette darauf gefallen. Das also war das splitternde Geräusch vorhin gewesen, dachte Mila, und als das gesamte Bild sich in ihr Bewusstsein brannte, wurde ihr schlecht. Da waren nicht nur Scherben. Da war Blut. So viel Blut ...

»Nicholas!« Wie durch einen Schleier hörte sie Erics Stimme und auch die Sirenen, die in der Ferne laut wurden. »Die Polizei kommt. Wir sollten sehen, dass wir von hier verschwinden, sonst wird es jede Menge unangenehme Fragen geben.«

»Nicholas.« Mila konnte nur flüstern. Langsam drehte sie sich um. Odette war so schrecklich blass. »Nicholas!« Jetzt schrie Mila, aber es war nicht mehr nötig, Nicholas auf sich aufmerksam zu machen.

Er hatte es längst erkannt. Mit einem tiefen Durchatmen öffnete er die Augen wieder.

Odette schwankte nun stärker. Und von ihrer Position halb hinter der alten Frau konnte Mila das Blut erkennen, das dicht neben ihrem rechten Schulterblatt aus ihrem mageren Körper quoll.

# 12

Sie fiel Nicholas direkt in die Arme.

Jeannine kreischte.

»Odette!«, schrie Nicholas. Völlig geschockt sah Mila zu, wie er sie auffing und mit ihr gemeinsam zu Boden sank.

»Bleib ganz ruhig. Ich kriege das wieder hin!«, versprach er ihr. In seinen Armen sah Odette noch zerbrechlicher aus.

Mila kniete sich neben die beiden. Odettes Morgenmantel wies genau zwischen den Schulterblättern ein kreisrundes Loch auf, um das herum sich der Stoff langsam rot färbte.

»Oh Gott!«, entfuhr es Mila.

Nicholas schaute nur kurz auf, seine Miene wirkte wie in tausend spitze Winkel zerfallen. Seine Hand tastete die Taschen seiner Jeans ab und sie wusste, wonach er suchte.

Eilig sprang sie auf die Füße, rannte in die Bibliothek und aus der Ablage eines Sekretärs griff sie sich einfach eine Handvoll Stifte und einen Block. Nur Sekunden später war sie wieder bei Nicholas, reichte ihm den Block und einen Kugelschreiber.

Er griff danach wie nach einem Rettungsanker, legte den Block auf seinen Oberschenkel und klickte die Mine aus dem Stift.

Odette jedoch schüttelte den Kopf. »Das dauert viel zu lange.

Eric hat recht. Serge und Michel ... und die Polizei. Ihr ... müsst euch in Sicherheit bringen.« Kraftlos wies sie auf Mila. »Nicholas, du musst *sie* in Sicherheit bringen!«

Nicholas schüttelte den Kopf.

In Mila wurde alles ganz kalt.

Eric hatte mittlerweile erkannt, dass das Dienstmädchen kurz vor einer Ohnmacht stand. Er war zu ihr geeilt und kümmerte sich um sie. Er wollte ihr helfen, die Treppe hinunter in die Halle zu kommen, aber ihre Beine sackten unter ihr weg, darum hob er sie kurzerhand auf seine Arme und trug sie in die Bibliothek. Mila starrte auf die restlichen Stifte, die sie noch immer in der Hand hatte. Sie legte alle fort bis auf einen Bleistift, den sie in die Hosentasche steckte.

Dann kniete sie wieder neben Nicholas nieder, ergriff Odettes Hand und zählte ihre Herzschläge. Noch waren sie zu spüren, aber wie lange noch?

Draußen vor dem Haus wurden die Sirenen lauter.

Die Hand um seinen Kugelschreiber gekrampft, beugte Nicholas sich vor. »Luc?«, rief er.

»Ich bin noch da, Kumpel.« Lucs Stimme drang blechern aus dem Handy auf dem Teppich. »Was ist los bei euch?«

»Ich muss Mila zur Bruderschaft bringen.«

Mila hatte keine Ahnung, was das bedeutete, aber Lucs Reaktion auf Nicholas' Worte klang wie ein scharfes, ungläubiges Luftholen. »Zur Bruderschaft? Du spinnst!«

Nicholas jedoch schien jetzt sehr entschlossen. Fest sah er Mila in die Augen. »Doch. Serges Leute haben sie hier aufgespürt und er wird sie überall finden. Bei den Brüdern kann ich sie besser beschützen.« Er sprach jetzt hastig. »Nach dem, was hier passiert ist, wird mein Vater nicht auf die Idee kommen, dass ich ausgerechnet dorthin gehe.«

*Mein Vater …*

Mila wollte es nicht, aber sie ließ Odettes Hand los und wich ein ganzes Stück rückwärts. Ganz hinten auf ihrer Zunge entstand der Geschmack von Bittermandel. Nicholas war nicht einfach nur irgendein Caruel. Sondern der Mann, der sie tot sehen wollte, war sein Vater? Plötzlich hatte sie das absurde Bedürfnis, sich selbst wehzutun. Sie klammerte die Hand um ihre eigene Kehle und drückte zu. Wie durch einen Schleier hindurch hörte sie Luc auf Nicholas einreden.

»Du kannst sie nicht zu den Brüdern bringen, Nicholas! Du musst versuchen, den nächsten Szenen deiner Geschichte auszuweichen!«

Nicholas zog einen Arm unter Odette hervor. Sie stöhnte gepeinigt. Er hob das Handy vom Boden auf, nahm es aber nicht ans Ohr. »Die Geschichte läuft nur halb so, wie ich sie geschrieben habe. Luc, Odette wurde angeschossen, obwohl das in meiner Geschichte nicht passiert. Es ist also durchaus möglich, dass die Drecksäcke auch Mila etwas antun. Ich kann sie bei den Brüdern besser beschütz…«

»Scheiß auf die Geschichte!«, brüllte Luc. »Du hast vollständig die Kontrolle verloren, das ist dir doch wohl klar! Du weißt nicht mehr, was geschehen wird, und kannst nicht reagieren. Aber …«

Bevor er zu Ende gesprochen hatte, kappte Nicholas kurzerhand die Verbindung. »Sorry, Kumpel«, murmelte er. Dann warf er das Telefon auf eines der Sofas

Odette wollte etwas sagen, aber alles, was sie hervorbrachte, war eine Art Gurgeln. Plötzlich waren ihre Zähne und ihre Lippen rot von Blut.

Draußen vor dem Fenster klangen die Sirenen jetzt ganz nah. Mit zusammengebissenen Zähnen begann Nicholas, die ersten

Sätze zu schreiben. Augenblicklich flammte die Spitze des Kugelschreibers blau auf.

Eric erschien in der Tür zur Bibliothek und erfasste die gesamte Situation mit einem Blick. »Die Zeit reicht nicht, oder?«, fragte er. »Sie werden hier sein, bevor du fertig bist.«

»Sie werden mich mit aufs Revier nehmen«, sagte Nicholas, ohne im Schreiben innezuhalten. »Aber das wird kein Problem sein.«

»Okay.« Eric trat vor. »Ich kann Mila zu diesen Brüdern bringen. Du musst mir nur sagen, wo ich sie finde.«

*Fällt jemandem auf, dass ich allein gehen kann?,* dachte Mila. Aber jetzt war nicht der Zeitpunkt für eine Diskussion. »Was ist mit Jeannine?«, fragte sie.

Wie zur Antwort erschien das Dienstmädchen hinter Eric in der Tür. Sie sah mitgenommen aus, aber sie schien sich zusammengerissen zu haben. »Es geht mir gut.«

In Nicholas' Blick war zum ersten Mal so etwas wie Anerkennung für Eric erschienen. »Kennst du den Friedhof Père-Lachaise?«, erkundigte er sich bei ihm.

»Natürlich.«

»Glaubst du, du kannst mit Mila dorthin gelangen, ohne dass euch jemand folgt?«

Eric überlegte. »Ja.«

Nicholas nickte. »Gut. Der Eingang zur Bruderschaft befindet sich auf dem Friedhof, den findet ihr nicht allein. Macht euch trotzdem auf den Weg. Ich treffe euch beim Grabmal von Abélard und Héloise, wenn ich hier fertig bin ...« Er wandte sich wieder dem Geschriebenen zu. »... und die Cops abgeschüttelt habe.«

Das Handy klingelte erneut. *Luc* konnte Mila auf dem Display lesen. »Geht!«, befahl Nicholas Eric und Mila. In seinen dunklen Augen brannte ein ungutes Feuer.

»Was ist, wenn noch weitere von Caruels Leuten kommen, bevor die Polizei da ist?«, fragte Eric.

Nicholas winkte ungeduldig ab. »Mir passiert nichts, versprochen! Hey, immerhin kenne ich die ganze Geschichte! Geht jetzt!« Er beugte sich tiefer über seinen Block und schrieb in fliegender Hast weiter, während das Fabelmachtleuchten seine Worte Stück für Stück erfasste.

Mila ahnte, dass er log. Er hatte die Kontrolle verloren, hatte Luc gesagt, und irgendwie hatte sie dieses Gefühl ebenfalls. Sie wollte nicht fortgehen, sie wollte, dass er mit ihr kam. Jetzt sofort. Aber dann huschte ihr Blick zu Odette, die bleich und nur noch halb bei Bewusstsein in seinem Arm lag.

»Komm!«, bat Eric sie leise.

Nicholas achtete jetzt nicht mehr auf sie.

Mit einem tiefen Gefühl von Verwirrung folgte Mila Eric aus der Wohnung, während unten auf der Straße mehrere Streifenwagen anhielten.

Nicholas hielt Odettes Hand, während er zu Ende schrieb.

Eine Haarsträhne hing ihm dabei in die Augen, aber er hatte keine Hand frei, um sie fortzustreichen, also ließ er sie, wo sie war.

Odette stöhnte leise. »Wenn die Polizei sieht, was du ...«

»Scht!«, machte er. Unten vor dem Haus wurden jetzt Autotüren aufgerissen, wieder zugeschlagen. Befehle wurden gebrüllt.

Nicholas schrieb den letzten Satz. Dann betrachtete er seine Worte. Das Fabelmachtleuchten war so grell, dass es ihn fast blendete. Er kniff die Augen zusammen, atmete einmal tief durch.

Odette setzte sich mit einem schwachen Seufzen auf. »Danke«, murmelte sie und lauschte auf das Auftauchen der Polizisten im

Treppenhaus. In der Luft lag noch immer Staub von der Explosion der Eingangstür.

Nicholas riss das beschriebene Blatt von dem Block ab, dann stand er auf, um zu dem Kamin in der Bibliothek zu gehen, in dem das Feuer fast ganz heruntergebrannt war. Aber auf dem Weg dorthin fiel sein Blick auf seine Tante. Schrecken durchfuhr ihn. Der Morgenmantel mit dem Einschussloch darin! Er hätte ihn mit wegerzählen sollen, aber dazu war jetzt keine Zeit mehr. Im Treppenhaus ertönten bereits schwere Schritte von Polizeistiefeln. »Jeannine, helfen Sie meiner Tante, den blutigen Morgenmantel loszuwerden«, stieß er hervor. »Machen Sie schnell!«

Das Dienstmädchen reagierte augenblicklich. Sie kniete sich neben Odette auf den Boden, half ihr, den Morgenmantel auszuziehen. Das Nachthemd darunter hatte zu Nicholas' Erleichterung einen weiten Rückenausschnitt, sodass darin kein Einschussloch zu sehen war. Jeannine packte den Morgenmantel, rollte ihn zu einem kleinen Paket zusammen und eilte in die Küche, um es in den Müllschlucker zu werfen. Gleichzeitig legte Nicholas das Blatt auf die glühenden Kohlen, wo es sich zu wellen begann und genau in der Sekunde in Flammen aufging, als die ersten Polizisten an der demolierten Haustür auftauchten.

Kurz darauf befand er sich in einem Verhörraum auf dem Commissariat de Police in der Rue Bonaparte und ihm gegenüber saß ein Capitaine, der ihm zum vierten oder fünften Mal dieselben Fragen stellte. »Und Sie haben tatsächlich ganz allein diese bewaffneten Angreifer überwältigt, die die Wohnung überfallen haben?«

Zum ebenfalls vierten oder fünften Mal schüttelte Nicholas den Kopf. »Ich hatte Hilfe.«

»Ja. Ihre Tante, eine Frau.« Der Kommissar warf einen Blick

in die dünne Akte, die er vor sich auf dem Tisch liegen hatte. »Im Alter von fast achtzig Jahren. Und ein Dienstmädchen, das kaum fünfzig Kilo wiegen dürfte.« Es war ihm anzusehen, dass er Nicholas kein Wort glaubte. Er war ein mittelalter Mann mit beginnender Halbglatze und leichtem Bauchansatz, dessen Augen an einen Raubvogel erinnerten. Er musterte Nicholas fast eine Minute lang schweigend. Nicholas schaute unterdessen auf die Fotos vom Tatort, die der Mann zu Beginn ihres Gespräches vor ihm ausgebreitet hatte. Sie zeigten die zerstörte Tür, das Chaos in der Eingangshalle, den zersplitterten Glastisch.

»Ich wüsste gern, wie es meiner Tante geht«, sagte er ruhig.

»Sie wird gerade behandelt«, antwortete der Kommissar. Odette war mit einem Notarztwagen ins Krankenhaus gebracht worden, um die zahllosen Schnittwunden zu behandeln, die ihr Sturz auf den Glastisch verursacht hatte. »Bleiben wir doch mal bei Ihrer Tante. Der erste Bericht der Tatortsicherung bestätigt deren Aussage, dass sie auf den Glastisch gefallen ist, aber da ist sehr viel mehr Blut, als die oberflächlichen Schnittwunden rechtfertigen. Haben Sie dafür eine Erklärung?«

Nicholas schüttelte den Kopf. Er durfte nicht vergessen, dafür zu sorgen, dass die Polizei Odettes blutigen Morgenrock mit dem Einschussloch nicht fand. Noch immer hatte er das Ding nicht wegerzählen können, denn seit die Polizisten in der zerstörten Wohnung aufgetaucht waren, hatten sie ihn nicht eine Sekunde aus den Augen gelassen.

Er schaute aus dem Fenster, das hoch unter der Decke angebracht war und durch das ein erster Schimmer der Morgendämmerung hereinfiel. Bald würde die Sonne aufgehen.

Eine unangenehme Anspannung ergriff ihn bei diesem Gedanken. Es wurde Zeit, dass er von hier wegkam.

»Unser Erkennungsdienst hat eine Etage höher ein paar sonderbare Wörter an der Treppenhauswand gefunden«, fuhr der Kommissar in seinem Verhör fort. Wieder warf er einen Blick in die Akte, dann nahm er ein Foto und legte es Nicholas vor. Es war von einer weiß getünchten Wand abfotografiert worden. Worte standen darauf, sie waren mit Bleistift und in Milas Handschrift geschrieben und offenbar sehr hastig hingekritzelt worden. Nicholas konnte nicht alles entziffern. Nur »Tür aus rötlichem Holz« und »da war kein Schloss«. Er musste sich zwingen, bei dem Anblick nicht zu lächeln.

»Und was wollen Sie jetzt von mir wissen?«, fragte er.

Dem Kommissar schien das selbst nicht ganz klar zu sein. Er zuckte mit den Schultern und legte das Foto wieder zwischen die Aktendeckel.

»Sie behandeln mich, als sei ich ein Verdächtiger«, beschwerte sich Nicholas und schaute dem Mann in die Augen. »Dabei haben diese Mistkerle meine Tante und mich angegriffen. Ich habe ...«

»Schon klar!« Der Kommissar klappte die Akte zu und machte Anstalten, sich zu erheben. »Ich gestehe, dass es mir schwerfällt, Ihre Geschichte zu glauben, auch weil die erste Spurenauswertung nahelegt, dass da mehr Leute im Spiel waren. Wären Sie so freundlich und würden hier einen Moment warten? Ich bin gleich wieder da.«

Nicholas senkte das Kinn zu einer knappen Geste des Einverständnisses. Er sah zu, wie der Kommissar die Akte einmal mit der Kante auf den Tisch stieß, sie dann unter den Arm klemmte und den Raum verließ. Die Tür fiel hinter ihm ins Schloss. Es hörte sich an, als falle ein Riegel zu.

Nicholas lächelte schwach.

Er beugte sich vor, zog den leeren Notizblock zu sich herüber, der auf dem Platz des Kommissars liegen geblieben war. Dann nahm er seinen Kugelschreiber aus der Tasche und begann zu schreiben. Während er schrieb und das Fabelmachtleuchten seine Worte erfasste, hörte in einem Müllschlucker in Saint-Germain ein blutiger Morgenmantel auf zu existieren.

Und dann entriegelte sich die Tür des Verhörzimmers.

Nicholas stand auf, nahm seinen Mantel von der Stuhllehne, riss auch diesmal das Blatt von dem Block ab und zur Sicherheit noch vier, fünf weitere. Während er sie zusammenfaltete, verließ er den Verhörraum und stand in einem Großraumbüro voller Menschen.

Eine nervöse, junge Polizistin sah zu ihm auf. Sie telefonierte mit einem extrem unfreundlichen Anrufer, das wusste Nicholas, weil er selbst kurz zuvor den Mann dazu gebracht hatte, die Nummer der Polizei zu wählen.

Er schenkte der Frau sein strahlendstes Lächeln.

»Einen Augenblick, Monsieur«, sagte sie zu ihrem Gesprächspartner. Dann hob sie fragend eine Augenbraue. Nicholas deutete auf das Schild mit dem WC-Zeichen und sie nickte freundlich. Sie hielt ihn nur für einen einfachen Zeugen, auch dafür hatte er gesorgt. Mit einem genervten Gesichtsausdruck wandte sie sich wieder ihrem Gesprächspartner zu, dessen zorniges Gebrüll aus der Sprechmuschel ihres Hörers klang.

Zwanzig Sekunden später stand Nicholas draußen auf dem Gehweg vor dem Revier. Der Verkehr auf der Straße war dicht, die Straßenlaternen gossen einen fahlen Schimmer auf den Bürgersteig. Er warf einen Blick nach rechts und links. Die Metrostation Saint-Sulpice befand sich nur gut hundert Meter von hier. Er schlüpfte in seinen Mantel, schlug den Kragen hoch. Kurz schob er den Ärmel ein Stück nach oben. Das Fabelmachtleuchten auf seinem Arm war grellblau, aber noch während er es betrachtete, ebbte es plötzlich ab.

Alarmiert hob Nicholas den Kopf.

Eine alte Frau mit einem zu dicken Hund ging auf der gegenüberliegenden Straßenseite in den kleinen Park. Dann begannen die Straßenlaternen zu flackern und erloschen, weil es mittlerweile hell genug war.

Nicholas' Augen weiteten sich erschrocken.

Und im nächsten Moment traf ihn ein heftiger Schlag in die Seite und ließ ihn gegen die Hauswand taumeln.

Erfüllt von Ungeduld wanderte Mila unter den alten Bäumen von Père-Lachaise auf und ab. Die Morgensonne schien durch die Blätter und übergoss alles mit einem Schauer aus goldenen Sprenkeln. Diesmal jedoch hatte Mila kein Gespür für die einzigartige Atmosphäre dieses Ortes.

In ihren Ohren rauschte es. Wenn sie in sich hineinlauschte, dann konnte sie ihr Herz spüren, das sich zusammenzog und entspannte, zusammenzog und entspannte. In Gedanken sah sie sich wieder in dem Moment, in dem sie Nicholas allein bei Odette zurückgelassen hatte. Sie war hinter Eric her auf den Hausflur hinausgerannt und dort gegen ihn geprallt, weil er abrupt stehen geblieben war.

»Die sind auch im Fahrstuhl!«, hatte er hervorgestoßen und im ersten Moment hatte Mila nicht kapiert, was er meinte. Sie begriff jedoch schnell. Die Polizisten kamen nicht nur die Treppe hochgestürmt, sondern einige von ihnen benutzten den Aufzug, der gerade auf dem Weg nach oben war.

»Los!«, rief Eric. »Die Treppe weiter hoch!« Und bevor Mila protestieren konnte, schob er sie die Stufen hinauf, bis sie vor einer Dachbodentür standen. Mila starrte auf das dicke Vorhängeschloss, das daran hing, und aus irgendeinem Grund musste sie plötzlich an Maréchal denken. Während sie sich bemühte, ihren schweren Atem zu beruhigen und ganz leise zu sein, lehnte Eric sich über das Treppengeländer und lauschte, was unten bei der Wohnung geschah. Er wirkte geschockt von dem, was eben passiert war, und Mila war froh, dass er trotzdem den Überblick behielt.

Unten ertönte der Glockenton der sich öffnenden Aufzugstür. Stimmen erklangen, kurz wurde diskutiert, was nun zu tun war.

»Polizei!«, hörte Mila einen der Beamten rufen. »Wir betreten jetzt die Wohnung.«

Eric beugte sich noch ein Stück weiter vor. »Sie sind jetzt drin.« Er flüsterte. Dann drehte er sich zu Mila um. Seine Miene war finster. »Aber sie haben eine Wache im Flur gelassen. Mist! Hätte ich mir denken können.«

Offenbar hatte er mehr Erfahrung mit Situationen wie dieser, als Mila gedacht hatte.

Sie umklammerte ihre Kehle. »Und nun?«, wisperte sie.

Er drehte sich einmal im Kreis, suchte nach einem Ausweg, aber der Treppenabsatz, auf dem sie sich befanden, war kaum zwei Quadratmeter groß. Außer der Treppe nach unten gab es nur einen einzigen Weg von hier fort: durch die verschlossene Dachbodentür.

Sie wies darauf. »Wenn du es schaffst, uns irgendwie vom Dach runterzubringen, bring ich uns da durch.«

Er sah ihr in die Augen, brauchte einen Moment, bis er kapierte. Ihre Hand tastete bereits nach dem Bleistift in ihrer Hosentasche. Sollte sie wirklich?

Was konnte es schaden?

Sie zog den Stift.

»Dann los«, flüsterte Eric und da begann sie, auf der weiß getünchten Wand neben der Tür zu schreiben. Ihre erste Idee war, das Schloss aufzuschreiben, aber das funktionierte nicht und sie ahnte, dass sie dafür das komplizierte Innenleben kennen und beschreiben müsste. Also machte sie einen zweiten Anlauf und beschrieb stattdessen einfach die Dachbodentür, den metallenen Riegel daran und die beiden Ösen, durch die der Bügel des Vorhängschlosses gezogen war. Und dann schrieb sie, dass diese beiden Ösen leer waren. Ihre Schrift flammte auf.

Erics Kopf ruckte herum, um zu ergründen, ob die Polizisten ein Stockwerk weiter unten etwas mitbekamen oder sich einfallen ließen, das Haus zu durchsuchen. So gut es ging, schirmte er Mila mit dem Körper dabei ab.

Mila schrieb noch einen weiteren Satz. Dann setzte sie den Stift ab.

Blinzelte.

Und das Schloss war fort.

»Super«, flüsterte Eric. Er schob sie zur Seite und äußerst behutsam öffnete er die Tür. Wie alles in diesem Haus waren ihre Angeln gut in Schuss. Sie quietschte nicht ein bisschen. Eric zog sie gerade so weit auf, dass sie hindurchschlüpfen konnten, und als er sie hinter sich wieder zuzog, wurde es stockfinster.

Mila blieb stehen. Sie konnte Eric neben sich atmen spüren, so dicht standen sie beieinander.

Auch er stand ganz still.

Es roch nach Staub und nach Weichspüler. Wohl eine Minute verstrich, dann schälten sich langsam Umrisse aus der Finsternis. Mila sah große, eckige Schemen und sie brauchte etwas, bis sie kapierte, dass es Bettlaken waren, die auf der Leine hingen. Von irgendwo jenseits davon kam der schwache Lichtschimmer, den sie nun wahrnehmen konnte.

»Gut. Komm mit.« Eric steuerte auf das Licht zu. Geschickt wich er den nassen Laken aus. Mila folgte ihm zu einer Luke in der Dachschräge. Bevor sie noch bei ihm war, hatte er sie geöffnet und war auf den Sims davor geklettert.

»Weißt du, wie ...« Mila verstummte, weil er sich zu ihr hereinbeugte und ihr die Hand reichte.

»Vertrau mir einfach«, sagte er.

Und das tat sie. Sie kletterte zu ihm hinaus und versuchte, den Wind zu ignorieren, der jetzt sehr viel stärker wehte als gestern Abend auf der Dachterrasse des Abbruchhauses. Die Luft hatte sich nur leicht abgekühlt. Paris lag unter den Sternen und sah genauso friedlich aus wie zuvor. All die Gewalt, die eben dort unten in Odettes Wohnung geschehen war, schien hier oben weit weg zu sein.

Mila atmete tief durch, dann lief sie mit Eric den Sims entlang, bis eine Brandschutzmauer ihnen den Weg versperrte und sie ihr nach links folgen mussten. Das Dach fiel flach ab und es dauerte nicht lange, da hatten sie seine Kante erreicht. Die Mauer ragte ein Stück darüber hinaus. Ungefähr zwei Meter weiter unten befand sich das Dach des Nachbarhauses, aber dazwischen lag ein Abgrund, der vier Stockwerke tief reichte.

»Okay«, sagte Eric. »Das wird jetzt ein bisschen kompliziert.« Er umfasste die Kante der Mauer, nahm Schwung, drehte sich in der Luft und landete sicher auf dem unteren Dach.

Mila schluckte. Nie im Leben würde sie das auch hinbekommen! Sie sah sich schon mit zerschmetterten Knochen unten auf der Straße liegen, aber Eric lächelte ihr aufmunternd zu. »Wir machen es so.« Er zeigte ihr, wo sie sich an der Kante festhalten sollte. Ihr Herz klopfte so heftig, dass ihr ganz schlecht davon wurde.

»Sehr gut. Ich zähle und bei drei schwingst du dich rüber.«

»Das klappt nie!«, protestierte sie schwach. »Ich rutsche ab und dann ...«

»Stimmt«, schnitt er ihr das Wort ab. Er klang ruhig und völlig sicher. »Du wirst abrutschen, aber nicht schnell genug, um abzustürzen. Nicht, wenn du genug Schwung nimmst.« Er lächelte sie erneut an. »Und ich fange dich auf, versprochen. Alles, was du tun musst, ist, dich kräftig von dort abzustoßen, wo du stehst.«

Mila schüttelte den Kopf. »Das kann ich nicht!«

»Doch, du kannst«, widersprach Eric. »Du willst doch wissen, was mit Nicholas ist, oder? Also, wenn du ihn auf diesem Friedhof treffen willst, dann machst du jetzt, was ich sage.«

Und da gehorchte sie. Mit klopfendem Herzen und zittrigen Knien lehnte sie sich ein Stück vor und versuchte, dabei zu vergessen, dass sie auf einem abfallenden Blechdach stand und der Abgrund vor ihr fast zwanzig Meter tief war. Ihre Finger tasteten über die Kante der Brandmauer.

»Noch ein Stück weiter!«, befahl Eric.

Sie tastete weiter. Ihr Oberkörper hing bereits gefährlich weit über die Dachkante.

»Gut so!«, lobte Eric. Dann begann er zu zählen. Bei drei stieß Mila sich ab und schwang durch die Luft. Einen unendlich langen, schrecklichen Sekundenbruchteil glaubte sie zu fallen, aber dann wurde sie an Bein und Hüfte gepackt. Eric zog sie zu sich heran, sie landete neben ihm auf dem tiefer liegenden Dach, stolperte, von ihrem eigenen Schwung getragen, ein Stück vorwärts. Und landete direkt in seinen Armen.

»Hoppla!« Er lachte sie an. »Siehst du? War doch gar nicht so schwer.«

Mila fühlte sich, als habe sie soeben einen Fallschirmsprung aus tausend Metern Höhe absolviert. Ein Glücksgefühl überflutete sie, noch viel stärker als das gestern Abend, als sie auf der Brüstung der Dachterrasse gestanden hatte. Sie musste gleichfalls lachen. »Ich kriege langsam eine Ahnung, warum du das machst«, sagte sie.

Er sah ihr in die Augen. Dann nickte er. »Lass uns von hier verschwinden.«

Die Erinnerung an den fast zärtlichen Ausdruck, den Erics Gesicht unter dem nächtlichen Sternenhimmel gehabt hatte, war Mila noch jetzt, hier auf dem Friedhof, seltsam unangenehm.

Kurz nachdem sie ihren Weg durch eine Luke vom zweiten Dach in ein fremdes Treppenhaus fortgesetzt hatten, waren sie in die Metro gestiegen und hierhergefahren. Eric hatte die Fahrt über geschwiegen und Mila hatte sich plötzlich befangen in seiner Gegenwart gefühlt. Da sie auch nicht wusste, was sie sagen sollte, hatte sie ihr Handy rausgekramt und Isabelle angerufen, die sich mit Sicherheit immer noch Sorgen machte. Aber als sie die vertraute Stimme ihrer Freundin hörte, ging irgendwo in ihr eine Schleuse auf. Einfach so brach sie in Tränen aus und darum nahm Eric ihr das Handy weg und sprach selbst mit Isabelle.

»Es ist alles in Ordnung«, versicherte er und hielt das Gerät dabei so, dass Mila mithören konnte, was Isabelle sagte.

»Wirklich? Warum weint sie dann?«

»Wir sind auf Père-Lachaise und haben das Grab ihres Vaters gefunden, das hat sie ein bisschen durcheinandergebracht.«

Isabelle schwieg einen Moment lang. »Was war mit der Party, von der sie mich vorhin angerufen hat? Und wer bist du eigentlich?«

Mila rieb sich die Lider, aber Eric war geistesgegenwärtig genug, auch dafür eine Ausrede zu haben. »Eric«, nannte er seinen Namen. »Wir haben uns auf der Party getroffen.«

Mila staunte über seine Geistesgegenwart. Sie selbst hätte

vermutlich irgendeinen Unsinn gestammelt, den Isabelle sofort durchschaut hätte. Aber Eric klang völlig überzeugend. *Der geborene Lügner,* dachte sie und musste schlucken dabei.

»Gib sie mir noch mal«, verlangte Isabelle.

Mit einem Zwinkern reichte Eric Mila das Handy zurück.

»Bist du sicher, Süße, dass es gut war, noch mal auf diesen Fried...«

»Ganz sicher«, fiel Mila Isabelle ins Wort. »Ich habe das Gefühl, dass ich nur hier mit allem abschließen kann.«

»Und der Kerl, der bei dir ist?«

Mila sah Eric an. »Er ist okay.«

»Wirklich? Du klingst noch immer ziemlich fertig.«

In diesem Augenblick war die Metro an der Station Père-Lachaise angekommen und Mila hatte sich von Isabelle verabschiedet.

Die Pforten des Friedhofs waren noch geschlossen gewesen, als sie den Friedhof erreichten, aber das war für Eric nur ein Katzensprung gewesen, im wahrsten Sinn des Wortes, und er hatte Mila von der Mauer aus hochgezogen.

Mila sah ihn jetzt an, wie er auf einer der steinernen Bänke saß, die hier überall herumstanden. Durch dichte Zweige hindurch beobachteten sie das Grabmal von Abélard und Héloise. Aus Sicherheitsgründen, das hatte Mila vorgeschlagen, warteten sie nicht direkt am Grab, sondern versteckt zwischen Büschen und Bäumen, sodass sie sehen konnten, wer sich dort herumtrieb.

Sie setzte ihre Wanderung fort und Eric seufzte.

»Er kommt nicht eher, wenn du dir hier die Sohlen durchläufst!«, sagte er.

Mila blieb stehen. Jemand hatte einen Strauß mit schwarz gefärbten Rosen auf eines der ältesten Gräber gelegt. Die Stängel waren von einer Schleife aus schwarzer Spitze umwunden. Sie starrte die Blumen an, dann setzte sie sich wieder in Bewegung, ohne etwas erwidert zu haben.

Er stieß eine leise Verwünschung aus, stand auf und trat ihr in den Weg. »Komm!« Er fasste sie an beiden Schultern und bugsierte sie zu der Bank. Sanft drückte er sie darauf nieder. »Entspann dich! Er kommt bestimmt gleich.«

Sie sah zu ihm auf und versuchte zu ergründen, was er dachte. Eine feine Falte hatte sich zwischen seinen Augenbrauen gebildet.

Sie war ihm unendlich dankbar für alles, was er für sie tat. Vor allem jedoch für seine ruhige, besonnene Gegenwart. Sie selbst fühlte sich, als hinge sie noch immer über dem Abgrund in schwindelnder Höhe. Was sollte sie denken? Was glauben?

Nicholas war ein Caruel.

Der Kerl, der sie tot sehen wollte, war sein Vater.

Warum hatte er ihr das verschwiegen? Und warum hatte sie es mit einer belanglosen Ohrfeige bewenden lassen? Sie spürte, wie die Wut und die Hilflosigkeit über seine Enthüllung wieder in ihr hochstiegen. War sein fürsorgliches Verhalten in Odettes Gästetoilette vielleicht nur Teil eines perfiden Plans gewesen, sie in falscher Sicherheit zu wiegen? Sie dachte daran, wie er sie beinahe geküsst hätte. Kurz bevor Michel und die anderen die Wohnung gestürmt hatten, war es gewesen. Und dann dachte sie daran, wie geschickt er Michel entwaffnet hatte. Wie selbstverständlich er mit der Waffe umgegangen war.

Irgendwo in den Bäumen flatterte ein Vogel auf. Es war ein verlorenes Geräusch.

»Na, jetzt wissen wir wenigstens, warum du ihn für einen Killer gehalten hast«, sagte sie bitter.

»Hey!« Da sie nicht zu Eric aufschaute, ging er vor ihr in die

Knie, sodass er ihr ins Gesicht sehen konnte. »Er hat dich vor den Kerlen beschützt, die dich töten wollten. Und das nicht nur einmal, Mila!«

*Ja,* dachte sie, und ihr Innerstes fühlte sich wattig an. *Ja.*

»Er ist ein Caruel«, murmelte sie.

»Na und? Du weißt nicht genug darüber, was das bedeutet.« Eric nahm ihre Hände und drückte sie fest.

Sie jedoch entzog sich ihm. »Warum verteidigst du ihn plötzlich?«

Er sah sie offen an. »Ich verteidige ihn nicht. Ich glaube ihm inzwischen tatsächlich, dass er dir helfen will. Sonst hätte er mich nie im Leben mit dir losgeschickt.«

»Aber was, wenn das eine Falle war?« Sie dachte daran, wie entsetzt Nicholas gewesen war, als sie ihn gefragt hatte, ob er sie töten würde. In diesem Augenblick hatte sie ihm blind vertraut. War das dumm gewesen? Der Nicholas in ihren Geschichten hätte ihr niemals im Leben etwas angetan, aber was wusste sie schon über den echten? Sie kannte ihn kaum. Sie glaubte nur zu wissen, was er dachte, was er empfand, weil sie so oft darüber geschrieben hatte. Erneut dachte sie daran, wie er sie beinahe geküsst hätte. Und daran, was er in diesem Club zu ihr gesagt hatte.

*Halt dich von mir fern.* Fast glaubte sie, seine Stimme in ihrem Hinterkopf wispern zu hören.

Janus hatte immer zwei Gesichter.

»Er braucht ihnen doch nur zu verraten, wo er mich hingeschickt hat«, murmelte Mila. »Wenn er doch ein falsches Spiel spielt ...«

Eric stand wieder auf und schob die Hände in die hinteren Taschen seiner Jeans. »Dann sehen wir das, wenn nicht er, sondern Caruels Leute hier auftauchen. Aber Mila – er hat gegen diese

Kerle gekämpft! Wenn er dich tot sehen wollte, hätte er es doch viel einfacher haben können.«

Wieder dachte sie an den Beinahekuss. Das Tablett mit dem Messer hatte dabei ganz in der Nähe gestanden, Nicholas hätte nur ...

Ihr war schlecht. Wenigstens überlagerte das die Wut ein bisschen.

»Hey!«, machte Eric. Er verzog das Gesicht zu einem schiefen Grinsen, das ihn sehr attraktiv wirken ließ.

Mila dachte daran, was Maréchal zu ihr gesagt hatte.

*Du kannst Eric vertrauen.*

Von Nicholas hatte er nichts gesagt.

Nicholas.

Ein Caruel. Der Mann, der sie jagte ...

... sein Vater ...

*Vertrau Eric.*

Sie ächzte leise.

»Duck dich.«

Eric sah die Gestalt als Erster. Eine langbeinige Person näherte sich hastig dem Grabmal von Abélard und Héloise. Sie kam aus derselben Richtung, aus der auch Mila und Eric vor Stunden hier angekommen waren, und sie eilte suchend zwischen den Bäumen dahin, doch man konnte von hier aus nur ihre dunkle Silhouette erkennen. »Mila?«, rief sie. Die Stimme hallte zwischen den steinernen Gräbern, aber Mila erkannte sie trotzdem.

Und auch Eric entspannte sich. »Ist das Isabelle?«

Es war Isabelle.

Mila blickte sich um. Außer ihrer Freundin war niemand zu sehen, darum trat sie ein wenig vor, damit Isabelle sie zwischen den Büschen entdecken konnte. »Hier bin ich!«, rief sie gedämpft.

Isabelles Blick irrte suchend umher. Dann entdeckte sie Mila, eilte herbei, riss sie förmlich an sich und drückte sie fest. »Gott sei Dank, dass ich dich gefunden habe! Ich bin so schnell gekommen, wie ich konnte. Schneller ging nicht, weil die Pforte zu war.« Über Milas Schulter hinweg fiel ihr Blick auf Eric. »Du bist der Typ, der sie gestern Abend abgeschleppt hat. Eric, oder?« Sie schob Mila auf Armeslänge von sich. »Hat er dir was getan? Du siehst furchtbar aus. Hat er dich ... Aber nee, dann wäre er wohl kaum noch hier.« Mit sichtbarer Mühe riss sie sich zusammen. »Wie kann ich dir helfen?«

Die schnell abgefeuerten Fragen machten Mila eines bewusst. Was auch immer in den letzten Tagen passiert war: Dort draußen gab es eine Welt, die von alldem völlig unberührt blieb. Die sich einfach wie immer weiterdrehte, als wäre nicht das Geringste geschehen.

Mila löste sich aus Isabelles Griff. »Was machst du hier?«

»Na, du hast gesagt, dass du hierher willst. Am frühen Morgen! Ich dachte, du könntest vielleicht meine Hilfe gebrauchen, so, wie du geklungen hast.«

Mila spürte, wie sich ein warmes Gefühl in ihrem Magen ausbreitete. »Du hättest nicht kommen müssen«, sagte sie. Aber sie meinte es nicht so. In Wirklichkeit war sie ungeheuer froh, ihre Freundin zu sehen. »Ich bin ein bisschen durcheinander, weil ...«

Wie um alles in der Welt sollte sie Isabelle erklären, was los war? Alles, was ihr einfiel, hörte sich irre an, völlig widersinnig.

»Es sieht so aus«, erklärte sie schließlich, »als wäre jemand hinter mir her.«

Isabelle schnaufte ungläubig. »Was meinst du damit, jemand

ist hinter dir her? Ist das der Grund, warum du dich hier im Gebüsch versteckst?«

»Auf mich wurde geschossen, Isabelle. Und Eric hier hat mir geholfen zu entkommen. Er und ... Nicholas.«

»Geschossen?« Isabelle sah sie an, als zweifele sie an Milas Verstand.

Mila nickte nur.

»Und mit Nicholas meinst du den Jungen von gestern aus dem Club?«

»Ja. Er ...«

*... ist ein Fabelmächtiger, genau wie ich auch. Und er ist nicht hier, weil er seiner Tante eine Pistolenkugel wegerzählen muss, damit sie nicht stirbt. Und wir sind irgendwie alle zusammen auf dem Weg zu einer Bruderschaft, von der wir keine Ahnung haben, wo sie sein soll ...*

Mila lachte schrill auf. Sie umfasste ihren Schädel mit beiden Händen, drückte ihn so fest, dass es wehtat.

Irgendwo hinter ihr raschelte es. Eine Maus. Mila wünschte sich, an ihrer Stelle zu sein. Sich in einem Loch verkriechen zu können, bis die Gefahr vorüber war ...

Der Rest der Welt schien unendlich weit entfernt, ein gedämpftes Brausen, nur die Geräusche, die der morgendliche Berufsverkehr machte.

»Ich weiß einfach nicht, wie ich es dir erklären soll«, flüsterte sie. »Es fühlt sich alles so unfassbar surreal an.«

»Ich fürchte, das ist kein Wunder.« Es war Nicholas' dunkle Stimme, die aus den Schatten zwischen den Gräbern kam.

Er hatte seinen langen schwarzen Mantel bis zum Hals zugeknöpft und auch den Kragen hatte er hochgeschlagen, als sei ihm kalt. Seine Miene wirkte steinern, aber als sein Blick auf

Mila fiel, änderte sich das. Plötzlich erschien ein zärtlicher Ausdruck in seinen Augen, so als habe er Angst um sie gehabt und sei nun unendlich erleichtert, dass es ihr gut ging. Es war dieser Blick, der die meisten Zweifel in Mila wieder vertrieb. Eigentlich hatte sie vorgehabt, ihn zur Rede zu stellen, aber im Moment fehlte ihr einfach die Kraft dazu.

Sie stand da und sah ihm zu, wie er näher kam. »Ihr habt euch hier versteckt«, sagte er und es war ihm nicht anzusehen, ob er es gut fand oder ob es ihn traf. Seine Schultern waren zurückgenommen, sein Kinn angehoben. Sehr aufrecht, fast ein bisschen steif wirkte er.

»Wow, was für ein Auftritt«, kommentierte Isabelle trocken und sie wandte sich direkt an Nicholas. »Du bist doch der Typ aus dem Club, oder? Dieser Du-wirst-dich-in-mich-verlieben-wenn-du-dich-nicht-von-mir-fernhältst-Typ.«

Nicholas achtete nur am Rande auf sie, weil er den Blick nicht von Mila ließ. Auf seiner Stirn glänzten Schweißtropfen.

»Was ist mit dir?«, stieß Mila hervor.

»Nichts. Wieso?«, fragte er, merkte aber von selbst, was sie meinte. Mit dem Daumenballen wischte er sich über die Stirn. »Das. Das kommt von Odettes Heilung. Es hat ... Kraft gekostet.«

Mila sank zurück auf die Bank. »Dann konntest du sie retten?«

»Retten? Wovon redet ihr?«, erkundigte sich Isabelle.

»Lange Geschichte«, brummte Eric.

Nicholas trat einen Schritt auf Mila zu. »Ja«, beantwortete er ihre Frage.

»Wo ist sie?«

»Sie wurde in ein Krankenhaus gebracht. Sie hat sehr viel Blut verloren und ich hatte nicht genug Zeit, das auch zu ändern, weil ich die Cops davon überzeugen musste, dass ich nichts mit dem Überfall zu tun hatte.« Mit dem Kinn deutete er zwischen die Grabsteine. »Wir sollten jetzt von hier verschwinden.« Aber statt voranzugehen, blieb er stehen. Etwas lag ihm auf der Seele, das war deutlich zu sehen. »Hör mal, Mila. Das mit meinem Vater ...«

Sie hob das Kinn.

»Es war dumm von mir, es dir nicht gleich zu sagen, aber ...«

»Hey!« Eric schob sich in den Vordergrund. »Vorhin warst du noch ganz begierig darauf, dass Mila so schnell wie möglich bei dieser Bruderschaft in Sicherheit gebracht wird.«

Da blinzelte Nicholas. »Du hast recht.« Er sah Mila an. »Ich erkläre dir alles später, okay?«

Mila nickte.

»Bruderschaft? Cops? Überfall?« Isabelle kratzte sich an der Stirn. »Wovon zur Hölle redet ihr, Leute? Oder anders gefragt: Was habt ihr geraucht, dass ihr so drauf seid?«

Nicholas schien sie jetzt zum ersten Mal wirklich wahrzunehmen. »Was macht sie hier?«, fragte er Mila.

Mila zögerte. Es war ihre Schuld, sie hatte Isabelle angerufen, obwohl sie hätte wissen müssen, dass ihre Freundin hier auftauchen würde. Isabelle wäre schließlich nicht Isabelle, wenn sie sich nicht mit fliegenden Fahnen hierher auf den Weg gemacht hätte.

»Sie ist meine Freundin«, erklärte sie Nicholas also.

Er überlegte. Stieß Luft durch die Nase. Rieb sich über die Augen. »Das heißt, du möchtest, dass sie mit uns kommt.«

»Absolut!«, rief Isabelle aus, bevor Mila den Mund auch nur aufmachen konnte. »Das möchte sie!«

Nicholas wartete, was Mila sagen würde.

Sie nickte. Auf der einen Seite hatte sie ein schlechtes Gewissen, ihre Freundin mit in die Sache hineinzuziehen, aber auf der anderen Seite konnte sie sie jetzt nicht einfach wegschicken.

»Gut«, sagte er. »Dann soll sie mitkommen. Ich erkläre euch alles unterwegs. Aber wir müssen jetzt hier weg! Mila ist nur bei der Bruderschaft wirklich sicher.« Er führte sie auf einen der schmaleren Friedhofwege in Richtung Osten und als er so vor ihr herging, hoch aufgerichtet und irgendwie angespannt, da keimte in Mila der Wunsch, ihn an sich zu ziehen und ihn festzuhalten. Sie betrachtete seinen Rücken. Ab und an wirkten seine Bewegungen eckig. Offenbar quälte ihn wieder diese Flammenschrift. Er hatte vorhin erklärt, dass es schlimmer wurde, wenn er versuchte, in die Geschichte einzugreifen. Vermutlich war das jetzt der Fall.

»Wieso kennst du dich hier so gut aus?«, fragte Isabelle.

»Ich bin hier in der Nähe aufgewachsen«, erwiderte Nicholas. »Der Friedhof war mein Spielplatz, als ich noch ein Kind war.« Er deutete auf eine der Mauern, über die die Giebel einiger vornehmer Stadthäuser ragten.

»Mich interessiert vielmehr, was es mit dieser Bruderschaft auf sich hat«, erkundigte Eric sich. »Und warum hat dein Freund am Telefon dich davor gewarnt, Mila dort hinzubringen?«

Nicholas blies sich ins Gesicht. Seine Haare klebten ihm in der Stirn. »Später«, sagte er.

Isabelle verdrehte die Augen zum Himmel. *Alle irre!*, sagte ihr Gesichtsausdruck, aber sie hielt den Mund.

Mittlerweile waren sie bei einem der Mausoleen stehen geblieben. Nicholas öffnete das geschwärzte Eisengitter, das den Zutritt zu dem kleinen, tempelartigen Gebäude versperrte. Milas Blick wanderte an dem hellen Marmor nach oben.

Der Name auf dem Giebel war so verwittert, dass er nicht mehr zu lesen war. Sie war sich nicht ganz sicher, aber sie glaubte, dass es dasselbe Grabmal war, bei dem sie auf ihrer Flucht vor Serges Leuten mit Nicholas zusammengestoßen war.

Er sah die Frage in ihren Augen. »Ja«, sagte er ausdrucklos. »Hier hast du mir die Nase gebrochen.« Dann deutete er auf das Innere des Grabmals. »Bitte.«

Im Inneren des Mausoleums war es finster. Zwar brannte ein einsames Grablicht auf dem kleinen Altar, aber das rötliche Flackern der winzigen Kerzenflamme betonte die Dunkelheit dieses Ortes eher noch, statt sie zu mildern. Laub war durch das Gitter hereingeweht, lag überall herum und verrottete. Der Geruch von Schimmel hing in der Luft. Das Gemälde über dem Altar war ähnlich verblasst wie der Schriftzug auf dem Giebel, Mila konnte nicht viel mehr erkennen als ein halbes Gesicht und eine Hand, die einen Hirtenstab hielt. Die gemalten Augen schienen sie aus der Finsternis heraus anzustarren.

Eric war der Erste, der sich in Bewegung setzte. »Schon mal was davon gehört, dass ein Gentleman in unbekannten Räumen vorausgehen sollte?«, sagte er, als er sich an Nicholas vorbeidrängte.

Nicholas starrte ihn finster an. »Nein. Aber ich bin ja auch nicht aus der High Society wie du.«

Isabelle stieß ein Lachen aus, das halb belustigt, halb fassungslos klang, schwieg aber weiterhin. Erst als sie Eric ins Innere des Grabmals folgte, murmelte sie: »Ihr seid sicher, dass ihr wisst, was ihr tut?«

*Nein,* dachte Mila und setzte sich in Bewegung.

Der Geruch nach Schimmel war so heftig, dass sie nur flach durch den Mund atmen konnte. »Und nun?«, fragte sie.

Die gemalten Augen auf der Wand schienen sie anzustarren. Eine rostrote Wasserspur war über eines davon gelaufen und zerteilte Iris und Pupille wie mit einer schartigen Klinge.

Nicholas zog das schmiedeeiserne Tor von innen zu und bückte sich neben dem Altar nach einem schweren Eisenring. Mit einem leisen Keuchen hob er eine steinerne Bodenluke an, konnte sie aber nicht ganz öffnen, obwohl sie gar nicht so schwer aussah. Eric kam ihm wortlos zur Hilfe und zu zweit klappten sie die Luke ganz auf. Darunter befand sich eine schmale, steile Steintreppe, die in undurchdringliche Finsternis hinabführte.

»Nett!«, kommentierte Eric und Isabelle schob nach: »Ihr, die ihr hier eintretet: Lasst alle Hoffnung fahren! Ihr wollt doch nicht allen Ernstes da runter?«

Mila wich ihrem und dem Blick der gemalten Augen aus. »Wohin geht es da?«, erkundigte sie sich bei Nicholas.

»In Sicherheit.« Er zückte sein Handy und schaltete die Taschenlampe an. Er stellte einen Fuß auf die oberste Stufe. »Du kommst direkt hinter mir her«, befahl er Mila. »Dann …« Er sah Isabelle an.

»Isabelle«, nannte sie ihm ihren Namen.

»Okay. Dann du, Isabelle. Und Eric, du machst den Abschluss. Lass die Luke hinter dir wieder runter.«

Eric nickte nur. Mila fiel auf, dass er immer dann seine herausfordernden Kommentare beiseiteließ, wenn Nicholas' Worte für ihn Sinn ergaben. Ein erneuter Beweis dafür, dass die beiden sich ähnlicher waren, als sie oft dachte.

Sie holte tief Luft und sah zu, wie Nicholas die Treppe betrat und den Abstieg begann. Als er zehn oder zwölf Stufen unter ihr war und sich zu ihr umschaute, folgte sie ihm. Kurz darauf ließ Eric die Luke über ihren Köpfen herunter und nur noch das fahle Licht von Nicholas' Handy erhellte die Finsternis. Es kam Mila vor, als verdichte sich die Luft um sie.

Plötzlich hatte sie Mühe zu atmen.

»Krass!«, hörte sie Isabelle flüstern.

Dann begannen sie einer nach dem anderen ihren Abstieg in die endlose Tiefe.

# 13

Also«, sagte Nicholas, während er mit seinem Handy Stufe für Stufe der Wendeltreppe ausleuchtete. Seine Stimme wurde von dem eng gewundenen Schacht zurückgeworfen und wirkte eigenartig gedämpft. »Die Bruderschaft. Es ist eine Art Orden. Ein Zusammenschluss von Fabelmächtigen, die die Gabe nicht benutzen, weil sie sie für zu gefährlich halten. Einige von ihnen haben sich unter die Stadt zurückgezogen in ein System von Gängen, in dem sie leben.«

Mila nickte, obwohl er das nicht sehen konnte. Täuschte sie sich oder wurden seine Bewegungen immer eckiger? Als er weiterreden wollte, rutschte sein Fuß auf der Kante einer Stufe ab und er kam ins Straucheln. Er fing sich, aber dabei kam ein scharfes Zischen über seine Lippen. Er brauchte einen Moment, bevor er weiterreden konnte.

»Dort bieten sie jenen Schutz und Zuflucht, die schlimme Erfahrungen mit der Gabe gemacht haben.«

»Gehört Maréchal zu ihnen?«, fragte Mila.

*Und dein Vater vielleicht auch?,* dachte sie im Stillen.

Nicholas' Schritt stockte kurz. »Ja«, sagte er. Seine Stimme klang jetzt flach. »Zumindest war er mal einer von ihnen. Er hat den Orden aber wieder verlassen.« Er wandte den Blick über die

Schulter und versuchte sich an einem Lächeln, das allerdings gründlich misslang.

»Warum das?«

»Ich weiß es nicht genau. Man munkelt, dass er einen schweren Fehler gemacht hat und angeblich zwei Menschen durch seine Schuld gestorben sind. Darum trat er in die Bruderschaft ein. Warum er sie wieder verlassen hat, weiß kein Mensch.«

Mittlerweile waren sie bestimmt mehr als hundert Meter tief gekommen. Die Treppe war so schmal, dass sie nur hintereinandergehen konnten. Die Wände rückten eng an Mila heran. Es fühlte sich an, als würden sich Felsen und Erde wie ein Tonnengewicht auf sie senken und ihr den Atem abschnüren. Eine Weile lang waren die Wände von einer dünnen grünen Moosschicht überzogen gewesen, aber hier unten gab es nichts Lebendiges mehr. Nur Schatten, fest gefügte Steinquader und ab und an metallisch riechendes Wasser, das von oben auf sie herabtropfte.

»Der Untergrund von Paris ist durchzogen von Tunneln«, fuhr Nicholas etwas unzusammenhängend fort. »Erst kommt die Metro. Darunter die mittelalterlichen Gänge, in denen sich unter anderem die berühmten Katakomben befinden. Der Ort ... zu dem wir unterwegs sind, liegt noch ein ganzes Stück tiefer.«

Mila entging sein Stocken nicht, bei dem er angestrengt Luft einsog. Besorgt sah sie zurück. Isabelle, die direkt hinter ihr ging, war nicht viel mehr als ein Schatten. In diesem Augenblick rutschte Nicholas' Fuß zum zweiten Mal auf einer Stufenkante ab. Diesmal stieß er mit der Schulter gegen die Wand. Ein Schmerzenslaut kam über seine Lippen, dann gaben seine Beine nach.

Mila hechtete vorwärts und packte ihn an der Schulter.

Er schrie auf.

»Was ist mit dir?« Die Windungen der Treppe warfen Milas Stimme als Echo zurück.

Nicholas machte sich los. »Nichts. Es geht schon!«

Aber sie glaubte ihm nicht. »Schwachsinn!« Sie schob sich an ihm vorbei, sodass sie ihn nun von vorn ansehen konnte. Vor Schreck schlug sie eine Hand auf den Mund.

Sein Mantel klaffte ein wenig auf, sodass sein linkes Bein und seine Hüfte zu sehen waren. Auf seiner Jeans prangten große rote Flecken.

»Gott!«, entfuhr es ihr und obwohl er abwehren wollte, knöpfte sie seinen Mantel auf. Nicht nur seine Jeans waren blutverschmiert, sondern auch sein weißes Hemd. Ungefähr auf Höhe der unteren Rippen klebte es blutig an seiner Haut.

»Nicholas!« Dieses Mal flüsterte Mila. »Ist das eine Schusswunde?«

Angestrengt holte Nicholas Luft und es war klar, dass es von Mal zu Mal schwerer ging.

»Du bist angeschossen worden!« Eric hatte sich an Isabelle vorbeigedrängt und stand nun so dicht hinter Mila, dass er ihr über die Schulter schauen konnte.

»Nicht direkt.« Nicholas löste Milas Finger von seinem Mantelaufschlag. »Wir müssen weiter.« Er wollte seinen Weg fortsetzen, aber sie packte sein Handgelenk.

»Was heißt, nicht direkt?«

Er schüttelte den Kopf, aber weil Mila energisch genug war, ließ er es immerhin zu, dass sie sein Hemd aus der Hose zog und es hochschob, um sich die Wunde zu besehen.

»Hey«, murmelte er und klang müde dabei. »Wenn du mir an die Wäsche willst, warum hast du das nicht schon bei Odette ...«

»Halt den Mund!«, fuhr sie ihn an.

»Ja«, murmelte Nicholas. »Ja. Du hast recht.« Er versuchte, Atem zu holen. Es klang wie ein Röcheln.

Isabelle schob Mila ein Stück zur Seite. »Lass mich mal sehen.« Bevor sie Nicholas jedoch berührte, schaute sie ihm warnend ins Gesicht. »Ich will dir nicht an die Wäsche, klar?«, sagte sie streng.

Er verzog den Mundwinkel zu einem schwachen Lächeln. »Klar.«

Dann ließ er sich von ihr untersuchen.

»Das ist ein Pneumothorax«, erklärte Isabelle. »Die Wunde hat den Brustkorb geöffnet, sodass Luft hinein, aber nicht wieder rausströmen kann. Ich war mal mit einem Rettungssanitäter zusammen und habe ihm geholfen, für eine Prüfung zu lernen, darum weiß ich das. Mit jedem Atemzug, den Nicholas tut, fällt sein einer Lungenflügel ein bisschen mehr zusammen. Irgendwann wird der Druck so groß, dass sein Herz geschädigt wird, und zwar irreparabel. Wenn er also nicht schnell Hilfe bekommt, geht das hier ganz übel aus.«

»Wie übel genau?« Es war Eric, der das fragte.

Isabelle richtete sich wieder auf, sah Nicholas an. »Dein Herz wird abgequetscht werden. Du wirst ohnmächtig. Danach Herzstillstand. Exitus.«

Mila sah ihn schlucken. »Sehr anschaulich«, sagte er scherzhaft.

Ihre Augen begannen zu brennen. »Warum hast du dir das nicht selbst wegerzählt?«

Nicholas schwankte jetzt. »Wir müssen weiter«, drängte er. »Du bist noch lange nicht ... in Sicherheit.«

»Scheiß auf mich!«, fuhr sie ihn an. »Du bist derjenige, der stirbt!« Sie besann sich. Vielleicht hatte ihn Odettes Rettung einfach zu sehr geschwächt, um seine Gabe noch einmal zu benutzen. Aber sie war auch fabelmächtig. Sie konnte ihn gesunderzählen ...

»Nein!« So heftig stieß Nicholas das Wort hervor, dass sie zusammenzuckte. Geradezu erschrocken sah er sie an und es war klar, dass er wusste, was sie dachte. »Nein, Mila! Du darfst auf keinen Fall versuchen, das wegzuerzählen! Hast du ... mich verstanden?«

Sie wollte ihm widersprechen, wollte ihm klarmachen, dass das hier nicht nur ein Kratzer war, der von allein wieder heilen würde. Er würde sterben, wenn er nicht schnell Hilfe bekam! Sterben! Der Gedanke war so scharfkantig, dass sie sich beherrschen musste, Nicholas nicht ins Gesicht zu schreien. Ihr war schlecht vor Angst.

»Warum nicht?«

»Weil du ...«, er krümmte sich, »... dazu noch nicht mächtig genug bist«, schob er nach und es klang irgendwie wie eine Lüge. Die Schmerzwelle ebbte ab. Er richtete sich wieder auf und sah Mila direkt in die Augen.

»Leute, ich habe keine Ahnung, wovon ihr da faselt«, warf Isabelle ein. »Aber Nicholas muss so schnell wie möglich in ein Krankenhaus. Wir müssen ihn wieder hochschaffen! Sofort!«

Eric schüttelte den Kopf. »Viel zu spät!«, widersprach er. »Wir kriegen ihn niemals im Leben mehr die ganzen Stufen hoch.«

»Du bist so ein Idiot!«, fuhr Isabelle Nicholas an. »Warum hast du uns nicht viel früher gesagt, dass du so schwer verletzt bist?«

Mila wusste, warum. Wenn sie die Macht nicht besaß, Nicholas gesundzuerzählen, dann musste es jemand anderes tun. »Die Brüder«, sagte sie. »Sie besitzen die Fabelmacht auch.«

Er nickte.

»Sie können dir helfen, nicht wahr?«

Im ersten Moment wollte er den Kopf schütteln, das konnte

sie ihm ansehen. Aber dann besann er sich und nickte. Irgendetwas verschwieg er ihr, aber sie würde sich später Gedanken darüber machen. Jetzt galt es, sich zu beeilen.

»Okay«, sagte sie. Ohne auf seinen Protest zu achten, packte sie Nicholas, legte sich seinen Arm über die Schulter. Dann wartete sie, bis Eric das auf der anderen Seite ebenso tat.

Nicholas stützte sich schwer auf sie beide. »Bist du sicher … dass du mir wirklich helfen willst?«, fragte er Eric.

»Was ist das für eine Frage?«

Da deutete Nicholas auf Mila. »Solange ich lebe, hast du nie eine Chance bei ihr.«

Isabelle schnaufte ungläubig.

Milas Kehle wurde eng.

Eric forschte in ihrer Miene, als wolle er sich vergewissern, ob Nicholas recht hatte. »Kann es sein, dass du dich ein klein wenig überschätzt?«, erkundigte er sich.

Nicholas lachte, keuchte einmal so tief auf, dass es klang wie diese Geräusche, die Taucher beim Atmen machten. »Du hast nicht die geringste Ahnung …«

»Ich weiß, dass du kurz davor bist zu krepieren«, gab Eric knapp zurück. »Für den Augenblick reicht mir das.«

Gemeinsam setzten sie ihren Weg fort und erreichten nur wenig später das Ende der Treppe. Mila wollte schon erleichtert aufseufzen, als Nicholas den Gang entlangdeutete. Keine fünfzig Meter weiter begann eine zweite Treppe.

»Na, toll!«, kommentierte Eric. »Wie weit müssen wir noch runter?«

»Noch mal ungefähr dieselbe … Strecke.«

Diesmal verzichtete Eric auf einen bissigen Kommentar. Mit finsterer Miene lud er sich Nicholas bequemer auf. Er wankte ein wenig unter dessen Gewicht.

»Was für eine Scheiße!«, ächzte Isabelle.

Nicholas lächelte schwach. »Machst du dir etwa Sorgen um mich?«

Isabelle und Mila wechselten sich damit ab, Nicholas zu stützen, während Eric die Hauptarbeit leistete. Mit vereinten Kräften schafften sie ihn die zweite, schier endlose Treppe hinunter und als sie alle völlig außer Atem und nass geschwitzt unten ankamen, fanden sie sich in einem weiten, höhlenartigen Gewölbe wieder, das voller Knochen war. Tausende Totenschädel lagen aufeinandergestapelt in mannshohen Haufen. Mila sah Oberschenkelknochen. Armknochen. Rippen. Es mussten Millionen sein. Die Luft roch dumpf, irgendwie klamm und sie hätte nicht sagen können, ob das eine reale Empfindung war oder ob ihr ihre Emotionen einen Streich spielten.

»Die Katakomben«, hörte sie Eric flüstern.

Nicholas, der mittlerweile schwer wie Blei zwischen ihnen hing und Mühe hatte, die Füße zu heben, blickte auf. »Wir müssen da lang.« Mit dem Kinn zeigte er die Richtung an.

Sie schleppten ihn weiter, vorbei an Schädeln, die große Löcher in der Stirn hatten, und makabren Gebilden, bei denen die Knochen in kreuzförmigen Mustern angeordnet waren. Ab und an waren Schilder aufgestellt, die mit mahnenden Worten daran erinnerten, dass jeder Mensch sterblich war.

»Der Tod lächelt uns alle an, das Einzige ... was man machen kann, ist zurücklächeln«, zitierte Nicholas.

Mila schnaubte.

»Was? Das stammt von Marc Aurel.«

Sie wollte ihn schütteln. »Pass auf, dass ich dich nicht einfach zu denen dazulege!«

Er versuchte zu lachen und plötzlich verstand sie, warum er

ständig spottete. Es half irgendwie. Es half, die Angst zu ertragen. Ertragen? Nein, es half, sie nicht zu dicht an sich ranzulassen. Wenn die Verzweiflung groß genug wurde, war das vielleicht alles, was man tun konnte.

Sie durchquerten die Katakomben und an ihrem Ende lotste Nicholas sie zu einem schmalen Durchgang zwischen zwei aus Hüftknochen errichteten Pfeilern. Dort, von einem Schutthaufen vor neugierigen Blicken verborgen, führte eine weitere Treppe noch tiefer hinab in den Untergrund unter der Stadt. Im Vergleich zu den anderen beiden war diese jedoch kurz. Sie führte in ein niedriges Gewölbe mit Wänden aus Backsteinen. Hier roch es nach Salz und Moder. Milchige Wasserpfützen bedeckten den Boden. Es war eisig kalt.

Nach rechts und links führten niedrige Gänge in die Tiefen des Gesteins, aber direkt vor ihnen befand sich eine zweiflüglige Tür aus massivem Holz. Sie hatte einen riesigen, geschwungenen Türklopfer genau in der Mitte.

Eric deutete fragend darauf. »Hier?«

Nicholas nickte. Milas Schultern hatten sich unter seinem Gewicht mittlerweile so sehr verkrampft, dass sie sich anfühlten, als seien sie aus Beton. Er sah sie an und sie konnte in seinen Augen lesen, dass er sich bei ihr entschuldigen wollte.

»Vergiss es«, kam sie ihm zuvor.

Isabelle trat vor, ergriff den Türklopfer, hob ihn an und ließ ihn gegen die Tür krachen. Das Geräusch hallte in dem Gewölbe wider und verstärkte Milas Eindruck, dass sie unrechtmäßig hier eingedrungen waren.

Nicholas richtete sich auf, soweit er konnte. »Keine Sorge. Du bist nirgends auf der Welt so sicher wie … hier unten.«

Sie verzichtete darauf, ihm noch mal an den Kopf zu werfen, dass er verletzt war, nicht sie.

Isabelle klopfte ein zweites Mal. Dann warteten sie gemeinsam.

Auf der anderen Seite der Tür ertönten Stiefeltritte. Es hörte sich an, als würden mehrere Riegel zur Seite geschoben. Nicholas machte sich von Eric und Mila los und stand zwischen ihnen. Schwankend, aber aus eigener Kraft. Einer der Türflügel schwang ein Stück auf und heraus trat ein vielleicht zwanzigjähriger Mann, der eine schlichte schwarze Hose und ein komplett zugeknöpftes schwarzes Hemd trug.

»Wer ...?«, setzte er zu einer Frage an, brachte sie aber nicht zu Ende, weil sein Blick auf Nicholas fiel. Seine Augen weiteten sich. »Du?«

Nicholas versuchte einzuatmen, aber es gelang ihm nicht richtig. Er hustete. Es war ein kurzes, bellendes Geräusch und zu Milas Entsetzen wurde es von blutigem Schaum begleitet, der jetzt auf seine Lippen trat.

»Ach, du Scheiße!«, rutschte es dem jungen Mann heraus.

»Wir sind hier, weil er Hilfe braucht«, wandte Eric sich an ihn. »Er wurde angeschossen und ihr müsst ihn ...«

»Das geht nicht!« Der junge Mann schob die Tür hinter sich ein Stück zu, als wolle er seine Worte damit unterstreichen. »Du kennst den Grund, Nicholas, dir ist doch klar, dass ...« Er brach ab, kehrte die Handflächen nach oben.

Mila wusste nicht, ob die Geste bedauernd oder herausfordernd gemeint war.

Mit dem Handrücken wischte Nicholas sich das Blut aus dem Mundwinkel. Als er die Hand sinken ließ, hatte sein Gesicht die Farbe von Wachs angenommen. »Du weißt, was ich getan habe, Claude?« Er sprach von der Geschichte, das begriff nicht nur Mila. Er wartete, bis Claude unsicher nickte, dann fasste er ihre Hand. »Das hier ist Mila. Sie ist Teil der Geschichte und ich bin schuld, dass sie in großer Gefahr ist. Also lass wenigstens sie rein. Mehr will ich gar nicht.«

Der junge Mann mit Namen Claude wirkte verunsichert. Es war ganz deutlich zu erkennen, dass er sehr wohl begriffen hatte, wie es um Nicholas stand. Er rang mit sich.

Mila wollte etwas sagen, wollte ihn anflehen, Nicholas zu helfen, aber Eric kam ihr zuvor. »Wenn du noch ein bisschen länger wartest, musst du dir nicht mehr die Mühe machen, eine Entscheidung zu treffen«, sagte er zu Claude. Und um zu zeigen, wovon er sprach, schob er Nicholas' Mantel zur Seite, sodass seine blutverschmierte Brust zu sehen war. »Er hat uns das Leben gerettet, dabei wurde er verletzt.«

Claude trat von einem Bein auf das andere. »Trotzdem.«

»Er stirbt, wenn ihr ihm nicht helft!«, rief Mila aus.

Nicholas lehnte sich gegen die Wand. »Geh rein!«, verlangte er von Mila. »Sie werden dich vor Caruels Männern schützen.« Er rang um Atem. »Kümmere dich nicht um mich, ich sterbe heute n...«

»Auf keinen Fall!« Mila schüttelte wild den Kopf. »Wenn du nicht mit durch diese Tür darfst, bleibe ich auch hier!«

Sein Blick flackerte jetzt so stark, dass klar war, er würde jede Sekunde ohnmächtig werden. »Lass mich ausreden, Mila. Ich sterbe heute nicht. Das wollte ich sagen. Geh!«

Und in diesem Moment begriff Mila, warum er so ruhig war. Er kannte die Zukunft.

Er wusste genau, was geschehen würde.

*Ich sterbe heute nicht,* hatte er gesagt. Die Worte brachten etwas in ihr zum Erzittern. Bevor sie sie jedoch in ihrer ganzen Tragweite begreifen konnte, ertönte hinter Claude eine vertraute Stimme. »Lass sie rein, Bruder Claude. Alle beide.«

»Maréchal!«, ächzte Mila. »Gott sei Dank!«

Tatsächlich war es der Buchhändler, der nun aus der Tür trat. Er sah Mila an, dann Nicholas, über dessen Verletzung er nicht im Mindesten überrascht zu sein schien. Dann jedoch fiel sein Blick auf Eric und Isabelle und seine Augen weiteten sich. Ganz offensichtlich hatte er die beiden hier nicht erwartet.

»Ja«, murmelte Nicholas. »Sie gehören nicht in diesen Teil der Geschichte.« Er drehte sich, lehnte Schulter und Stirn gegen die Wand. Seine Hand umklammerte einen kleinen Mauervorsprung in dem verzweifelten Bemühen, nicht ohnmächtig zu werden.

»Und genau das ist der Beweis dafür, dass du nicht die geringste Ahnung hast, ob du heute sterben wirst oder nicht«, sagte Maréchal und wandte sich an Claude. »Dieser Ort hier ist Zuflucht für die, die der Fabelmacht abschwören wollen. Wer, wenn nicht Nicholas, gehört zu ihnen? Lass ihn rein!«

Claude zögerte noch immer. Sein linkes Auge zuckte. »Also gut«, murmelte er.

Und in diesem Moment brach Nicholas endgültig zusammen.

Innerhalb von Augenblicken waren Mila und die anderen von einem halben Dutzend Männern umringt, die wie Bruder Claude eine schwarze Hose und ein ebenso schwarzes Hemd trugen. Zwei von ihnen packten Nicholas und brachten ihn davon. Mila eilte ihnen nach.

Nachdem sie einen kurzen Gang entlanggegangen waren, der mit seinem steinernen Boden, den Pfeilern und Bogengängen aussah wie aus dem Mittelalter, kamen sie an eine moderne Glastür. Dahinter befand sich eine kleine Krankenstation. Der Übergang zwischen alt und neu war so krass, dass Mila kurz schwindelig wurde. Plötzlich stand sie auf grauem Linoleum, die Wände waren verputzt und hell gestrichen, die Türen, die von dem Gang abgingen, aus hellem Stahl. Hinter einer von ihnen verschwanden die beiden Brüder mit Nicholas.

»Was jetzt?«, fragte Mila atemlos und völlig erschöpft. »Sie werden ihn gesunderzählen, oder?«

Voller Schrecken sah sie, wie Maréchal abwiegelnd den Kopf hin- und herbewegte.

»Ich fürchte, das ist unmöglich«, sagte er und bevor Mila ihn fragen konnte, was das zu bedeuten hatte, kam ein älteres Mitglied der Bruderschaft auf sie zu. Der Mann war sehr groß und so dünn, dass er asketisch wirkte. Und obwohl er genauso gekleidet war wie alle anderen hier unten, hatte er eine Autorität an sich, die Mila sofort klarmachte, dass es sich hier um den Vorsitzenden dieses Ordens handelte.

»Maréchal! Man hat mich informiert, was passiert ist«, rief er schon aus einiger Entfernung.

Er hatte ein schmales Gesicht und so helle Augen, dass Mila bei ihrem Anblick an einen Husky und an weite, schneebedeckte Landschaften denken musste.

Als er bei ihnen war, fiel sie ihm förmlich in die Arme. »Sie erzählen ihn gesund, oder?«

Der Mann sah ihr direkt in die Augen und er hielt sie mit seinem Blick so lange gefangen, als würde er ihr gesamtes Inneres lesen wie ein offenes Buch. »Du bist Mila, nicht wahr?«

Sie nickte. »Sie müssen ...«

»Mila, das ist Bruder Theodor«, mischte sich Maréchal ein. »Er ist der Vorsteher dieses Ordens.«

Und wenn er der Papst persönlich gewesen wäre! »Werden Sie Nicholas gesunderzählen?«, fragte sie erneut.

Da erst unterbrach Bruder Theodor den Blickkontakt zu ihr. »Dieser Orden versteht sich als Gemeinschaft jener, die der Fabelmacht abgeschworen haben.« Er wollte Mila und die anderen von der Tür weglotsen, durch die Nicholas verschwunden war, aber Mila blieb einfach stehen. Ihr Herz jagte. Ihr Verstand weigerte sich zu akzeptieren, was der Ordensobere ihr zu sagen versuchte.

Es war Isabelle, die es schließlich direkt aussprach. »Das heißt, ihr lasst ihn krepieren, weil ihr irgendeinen bekloppten Eid geschworen habt?«

Bruder Theodors Miene verfinsterte sich. »Reden Sie nicht von Dingen, von denen Sie nicht die geringste Ahnung haben!«, gab er kühl zurück. »Jeder, der hier unten lebt, hat diesen Eid aus guten Gründen geschworen. Und es gibt ebenfalls gute Gründe, Nicholas' Verletzung nicht gesundzuerzählen. Aber um Ihre Frage zu beantworten: Wir lassen den jungen Caruel natürlich nicht einfach sterben. Wir haben eine recht gute Krankenstation hier unten. Und Bruder Philippe ist ein exzellenter Chirurg. Er ist mit Sicherheit schon dabei, ihn zu operieren. Wenn es in seiner Macht liegt, wird er ihm natürlich das Leben retten.«

Nicholas schwebte.

Mit dem Gesicht nach unten glitt er über eine endlose Wasserfläche und irgendein Instinkt sagte ihm, dass er sterben würde, sobald sein Gesicht die ölschillernde Oberfläche durchstieß. Trotzdem war er erleichtert, als er tiefer sank.

Der Schmerz war jetzt nur noch ferne Empfindung. Etwas, das zwar noch in seinem Leib wühlte, ihn aber nicht mehr erreichen konnte. Wie eine Erinnerung.

Erinnerungen konnten ihm nichts tun.

Daran wollte er glauben mit aller Kraft, zu der er fähig war.

Bilder erschienen unter der Wasseroberfläche. Szenen aus einer längst versunkenen Zeit. Der Füllfederhalter, der aus seinen Fingern rutschte und wie in Zeitlupe zu Boden trudelte, nachdem er die Geschichte geschrieben hatte. Das blaue Leuchten, das noch nie vorher aufgetreten war. Das entsetzte Gesicht seines Vaters, der begriff, was das bedeutete. Die Tränen seiner Mutter, die auf die Fliesen tropften.

Er sah sich selbst. Da war Blut an seiner Brust, auf seinen Lippen. Dunkle Schatten wallten heran, er bekam keine Luft mehr.

Dann Erinnerungen.

An seine Kindheit. Und an das, was er geschrieben hatte.

Er sah den Sternenhimmel über sich. Mila, die seinen sterbenden Körper im Arm hielt. Seine dunkelblauen Augen, über die der Tod hinwegging. Wieder Mila. Da waren keine Tränen auf ihrem Gesicht. Keine Regung. Nur die pure Verzweiflung.

Irgendwann stand sie auf.

Einen Moment lang schaute sie noch auf seine Leiche herab, dann wandte sie sich um. Und ging barfuß über eine Ebene aus schwarzem Glas davon, während über ihr die Sterne aussahen wie kleine Nadelstiche, die jemand in den schwarzen Samt der Finsternis gestanzt hatte.

»Wo ist er?« Eine klare Stimme durchbrach die Stille des Ganges vor dem OP-Saal.

Mila sah hoch. Odette kam den Flur entlanggeeilt. Die alte Frau trug jetzt ein schlichtes Kostüm, ihre Haare hatte sie im Nacken zu einem Knoten geschlungen. An ihren Händen und seitlich am Hals waren ein paar der Pflaster zu sehen, mit denen man ihre Schnittwunden verarztet hatte, und sie wirkte blass vom Blutverlust. Der breitschultrige Junge, der am Gare de l'Est bei Nicholas gewesen war, kam hinter ihr her. Er sah ein wenig mitgenommen aus.

»Wo ist Nicholas?«, fragte auch er. Er wirkte, als wäre er nicht zum ersten Mal hier unten, genau wie Odette.

Mila rappelte sich auf. »Er ist schwer verletzt«, brachte sie hervor. »Sie operieren ihn gerade.«

Sie, Eric und Isabelle saßen seit einer Stunde auf den unbequemen Stühlen im Wartebereich und hofften, dass der Arzt aus dem kleinen OP-Saal kam und ihnen sagte, dass die Operation gut verlaufen sei.

»Luc ist zu mir ins Krankenhaus gekommen und hat mir berichtet, was passiert ist«, sagte Odette.

»Sie hat sich selbst entlassen, um so schnell wie möglich hier zu sein«, ergänzte der breitschultrige Junge. An seiner Stimme erkannte Mila ihn. Er war derjenige, mit dem Nicholas telefoniert hatte, kurz bevor er Odette die Schusswunde wegerzählt hatte. Luc.

Sie sah ihn an.

Er nickte ihr leicht zu. »Mich hat Nicholas angerufen, als er aus dem Polizeirevier raus war und ihm ... diese Sache passiert ist.«

»Diese Sache!« Odette sah ihn strafend an, sodass er unwillkürlich einen Schritt zurücktrat. »Du meinst die Kugel, die ihn beinahe getötet hätte.«

»Dann haben Serges Leute *ihn* erwischt, als wir weg waren?« Eric war ebenfalls aufgestanden. Nun setzte er sich wieder, rutschte bis vorn an die Kante des Stuhles. »Sind sie jetzt auch hinter ihm her?«

Luc jedoch schüttelte den Kopf. »Nein.«

»Wer dann?« Eric beugte sich vor. »Wenn er doch angeschossen wurde?«

»Er wurde nicht angeschossen«, unterbrach Luc ihn.

Mila bekam eine Gänsehaut. »Sondern?«, flüsterte sie.

»Seine Geschichte.« Odettes aristokratische Stimme füllte mühelos den Gang. »In seiner Geschichte tauchen Serge und seine

Leute erst im Morgengrauen bei mir auf. Serges Mann schießt auf mich und Nicholas wirft sich in die Schussbahn. *Er* wird getroffen. Genau in dem Moment, in dem über der Stadt die Sonne aufgeht.«

Ihre Worte sickerten nur langsam in Milas Verstand. *Die Realität,* dachte sie. Sie war anders verlaufen, als Nicholas sie erzählt hatte. Im wahren Leben waren ihre Verfolger sehr viel früher in der Wohnung aufgetaucht. Weit vor Sonnenaufgang. Und der Schuss hatte Odette tatsächlich getroffen.

Und dann begriff Mila. Ihr Mund wurde schlagartig trocken. »Er hat dir die Kugel wegerzählt, aber ungeschehen konnte er sie nicht machen.«

Luc nickte. »Als die Sonne aufging, genau wie er es in seiner Geschichte geschrieben hat, stellte die Geschichte den richtigen Zustand her. Die Schusswunde tauchte bei ihm auf, wie es vorgesehen war.«

Mila starrte auf ihr schwarzes Shirt und dachte dabei daran, wie sie das Vorhängeschloss auf Odettes Dachboden wegerzählt hatte. Was für eine gruselige Vorstellung, dass man einmal blinzelte und im nächsten Moment eine Kugel in der Lunge stecken hatte ... Sie schauderte. »Die Geschichte ...«, murmelte sie.

Odette beendete den Satz: »Sie wehrt sich.«

»Das heißt?«, fragte Isabelle. Sie war vollends verwirrt und das war kein Wunder. Sie kannte immerhin nur einen winzigen Bruchteil der ganzen irren Details.

»Die Geschichte sorgt dafür, dass die Dinge sich so zutragen, wie Nicholas sie erzählt hat«, sagte Luc.

»Darum hat er sich die Kugel nicht selbst wegerzählt«, murmelte Mila. »Weil es nicht geht?« Das Letzte sprach sie als Frage aus, aber sie ahnte es irgendwie.

Luc nickte. »Es geht nicht.«

»Niemand ist in der Lage dazu? Weder er selbst noch ich oder du ...«

Er wirkte unglücklich. »Ich bin nicht fabelmächtig.«

Das hatte sie nicht gewusst. »Warum geht es nicht?«, fragte sie.

»Es liegt in der Gesetzmäßigkeit der Fabelmacht. Wenn die Realität einmal verändert wurde, kann nur jemand, der sehr viel mächtiger ist, das rückgängig machen. Und das Schlimme ist, dass offenbar niemand existiert, der mächtiger ist als Nicholas. Glaub mir, es ist von einigen versucht worden.«

Odette ließ sich mit einem tiefen, gequält klingenden Laut auf den Stuhl neben Eric sinken. »Uns bleibt also nichts, als abzuwarten.« Sie, die bislang so viel Haltung gezeigt hatte, schienen plötzlich die Kräfte zu verlassen. Sie wirkte kleiner als zuvor. Kleiner und durchsichtiger. Als hätte der Kummer sie schrumpfen lassen. Mila wollte sie trösten, aber alles, was ihr in den Sinn kam, hätte schal geklungen. Darum stand sie einfach auf, ging vor Odette in die Hocke und nahm ihre Hände.

Odette schenkte ihr ein Lächeln. »Du bist ein gutes Mädchen«, flüsterte sie und zog sie neben sich auf den Sitz.

Für eine Weile war nichts zu hören als die Geräusche, die ihre Kleidung machte, wenn sie sich bewegten. Irgendwo jenseits der gläsernen Krankenhaustür schlug eine Standuhr die Viertelstunden. Als sie zum zweiten Mal erklang, hielt Mila es nicht mehr aus, ruhig zu sitzen. Sie sprang auf die Beine, begann, wie in einem Käfig auf und ab zu laufen.

Eric sah Isabelle an. Die zuckte mit den Schultern.

Odette jedoch erhob sich. Von ihrer Schwäche war nichts mehr zu sehen. »Komm«, sagte sie zu Mila. »Komm, ich will dir etwas zeigen.«

Mila zögerte. Sie hatte Angst, nicht da zu sein, wenn der Arzt kam, um ihnen zu sagen, wie die OP verlaufen war.

Eric jedoch schien zu wissen, was in ihr vorging. Er lehnte sich auf die Seite, zog sein Handy aus der Hosentasche, mit dem er eben schon herumgespielt hatte, um sich die Wartezeit zu verkürzen. »Keine Ahnung, wie die das machen, aber unsere lieben Brüder sind moderner, als sie aussehen«, sagte er und wedelte mit dem Telefon herum. »Hier unten gibt es WLAN. Geh ruhig mit Odette, Mila. Gib mir deine Nummer und ich schicke dir eine Nachricht, sobald sich was tut.«

»Ja«, grummelte Isabelle. »Und in der Zwischenzeit kannst du mir endlich mal erklären, was hier eigentlich genau abgeht. Bisher habe ich die Klappe gehalten, weil ihr alle so mit euch selbst beschäftigt seid, aber wenn ich nicht endlich mal eingeweiht werde, platze ich demnächst!«

Odette schien sich hier unten gut auszukennen, jedenfalls führte sie Mila zielstrebig mehrere Gänge entlang, die allesamt aussahen, als stammten sie aus einem Country Club des 19. Jahrhunderts. An den Wänden hingen Bilder von missmutig blickenden Männern mit steifen Kragen. Ab und an stand ein Tischchen zwischen zwei Türen mit altmodisch aussehenden Lampen darauf. Sämtliche Türen hatten geschwungene Klinken aus blank poliertem Messing und reich verzierte Schnitzereien.

Odette öffnete eine dieser Türen ganz am Ende eines Ganges und machte Platz, um Mila den Vortritt zu lassen. Mila ging hindurch und vor Staunen fiel ihr der Unterkiefer herunter. »Wow!«, entfuhr es ihr.

Sie standen auf einer Galerie und rechts und links von ihr zogen sich Bücherregale an den Wänden entlang. Als Mila an die Balustrade trat, fiel ihr Blick auf einen riesigen Saal, der mehrere Stockwerke tief unter ihr lag. Sowohl nach rechts als auch nach links erstreckte er sich so weit, dass sie in dem angenehmen Dämmerlicht nicht bis zu seinem Ende sehen konnte. Die Luft war erfüllt von dem Geruch nach Papier und Leder und Staub. Die Bücherregale, die dort unten ein wahres Labyrinth von Gängen bildeten, waren mehr als doppelt mannshoch. Leitern lehnten daran, damit auch die höher stehenden Bände erreicht werden konnten.

Erfüllt von Ehrfurcht drehte Mila sich einmal um die eigene Achse. Die Regale hier auf der Galerie zogen sich mindestens fünfzig, sechzig Meter in beide Richtungen dahin. Als sie sich über die Balustrade beugte und nach oben sah, erkannte sie, dass sich über ihr noch zwei weitere, ganz ähnliche Galerien befanden. Und unter ihr ebenfalls. Eine riesige Kuppel überspannte das alles. Sie war ausgemalt mit blauer Farbe und so beleuchtet, dass das Blau schimmerte wie die Flammen auf Nicholas' Haut. Sterne waren in dieses Blau gemalt, aber nicht stilisiert, wie oft in solchen Gewölben, sondern realistisch wie der Himmel über Paris. Mila entdeckte den Großen Wagen und den Nordstern. Und das auffällige W der Kassiopeia. »Das ist wunderbar«, flüsterte sie. Ihre Stimme schien sich in der Weite der Bibliothek zu verlieren und die Ehrfurcht, die sie empfand, überlagerte für einen Moment die Angst um Nicholas.

Es war Odette anzusehen, dass sie genau das beabsichtigt hatte. Ihre Augen schimmerten. »Ja. Es ist überwältigend, nicht wahr?«

Erneut drehte Mila sich um die eigene Achse. »Wie kann sich so tief unter der Stadt eine solch riesige Bibliothek befinden?« Sie trat an das erste Regal an ihrer rechten Seite. Die Bücher darin hatten einen festen Einband. Mit dem Zeigefinger fuhr Mila die einzelnen Rücken ab. Von den meisten Titeln hatte sie noch nie etwas gehört, aber ab und an kam ihr ein Name bekannt vor. *Daphne du Maurier,* las sie. *J.R.R. Tolkien. C.S. Lewis.* An einem der Regalbretter klemmte ein kleines Messingschild. *Großbritannien 1930 bis 1950*, stand darauf. Die Bücher waren allesamt auf Englisch.

Mila ging ein paar Schritte weiter zu einem Regal mit der Aufschrift *1960 bis 1970,* dann weiter bis zu den 80er- und 90er-Jahren des 20. Jahrhunderts. Bei einem Buch, das ihr vertraut vorkam, blieb sie stehen, zog es halb heraus. Es war eine Ausgabe des ersten Harry-Potter-Bandes.

Sie schob es zurück an seinen Platz, drehte sich zu Odette um, die ihr gefolgt war. »Was ist das hier? Die Europäische Nationalbibliothek, oder was?«

Odette schüttelte den Kopf. »Die Brüder nennen es die ›Bibliothek der gelesenen Bücher‹ oder einfach die ›Große Bibliothek‹.« Sie strich über die Seitenwand eines der Regale. Ein Baum war dort hineingeschnitzt, seine Äste und Zweige waren überaus fein gearbeitet und mit goldener Farbe ausgemalt.

»Das ist ein Symbol für die Welt, wie die Brüder sie verstehen«, erklärte sie und legte den Finger auf einen der dicken Äste, die direkt aus dem Stamm des Baumes wuchsen. »Jedes Buch, das jemand schreibt, erschafft nach ihrer Vorstellung ein neues Universum.« Sie fuhr den Ast entlang bis zu seiner ersten Verzweigung. »Und jeder Leser, der das Buch liest, erschafft mit seiner Vorstellungskraft ein weiteres.« Sie ließ die Hand sinken, sah Mila an. Ihre Augen waren trocken, aber Kummer lag in ihnen. »Die Fabelmächtigen glauben daran, dass all diese Universen existieren. Hier direkt neben uns. Im Grunde ist ihre Gabe nichts anderes als die Fähigkeit, die Grenze zwischen den verschiedenen Universen zu durchqueren und in ein benachbartes hinüberzuwechseln.«

So ähnlich hatte Maréchal Mila das auch schon erklärt. Und Nicholas ebenfalls. Sie musste schlucken bei dem Gedanken, weil die Sorge um ihn wieder aufflackerte.

Auf der untersten Ebene ging einer der Ordensbrüder vorbei. Er bemerkte sie, nickte ihr schweigend zu, dann verschwand er in einem der Gänge zwischen den Regalen. Als seine Schritte verklungen waren, fühlte sich die Stille schwer an, fast lebendig.

»Komm«, sagte Odette. »Ich zeige dir noch etwas.«

Sie führte Mila die Galerie entlang zu einer Wendeltreppe, über die sie nach unten auf die unterste Ebene gelangten. Während sie in einen der endlos wirkenden Gänge zwischen den Regalen einbogen, fragte Mila: »Du hast eben gesagt, *die Fabelmächtigen* glauben daran, dass all diese Universen existieren. Dann bist du selbst keine von ihnen, oder?«

Odette schüttelte den Kopf. Aus dem Knoten in ihrem Nacken hatten sich ein paar graue Strähnen gelöst. »Ich besitze diese Gabe nicht, nein.« Sie runzelte die Stirn, als sie das Wort *Gabe* aussprach. Mila ahnte, dass sie lieber ein anderes Wort benutzt hätte.

*Fluch* zum Beispiel.

Odette hatte sich um Nicholas gekümmert, nachdem seine Mutter gestorben war. Mila hätte jetzt gern mehr über das Verhältnis der beiden gewusst. Es schien überaus innig zu sein, das war deutlich zu spüren gewesen.

»Er hat mir erzählt, dass seine Mutter tot ist. Wie ist sie gestorben?« Eher beiläufig glitt Milas Blick über französischsprachige Werke aus dem 18. Jahrhundert. Im Gegensatz zu den Büchern oben auf der Galerie war in diesem Regalgang hier alles in dickes Leder oder edles Leinen eingebunden.

Über Odettes Gesicht huschte ein Ausdruck von tiefer Trauer.

»Ich denke, es ist besser, wenn Nicholas dir das selbst erzählt.« Sie erreichten das Ende des Ganges, an dem sich eine zweiflüglige Tür aus dunklem Holz befand. Wie in jedes Regal war auch in diese Tür ein Baum geschnitzt, allerdings hatte man diesen nicht vollständig golden ausgemalt, sondern nur einen einzigen Ast und einen einzigen Zweig.

Odette sah sie an. »Bereit für den nächsten Schritt?«, fragte sie.

Und als Mila nickte, stieß sie die Tür weit auf.

Halb erwartete Mila, erneut auf einer Galerie zu stehen und eine weitere riesige Halle voller Bücher vor sich zu haben. Das war jedoch nicht der Fall. Diesmal stand sie auf der unteren Ebene eines zweiten Saales, der ebenfalls von einer Kuppel überspannt war. Anders als die eben war diese jedoch nicht ausgemalt. Dafür gab es auch hier lange Reihen von Regalen, aber hier waren sie nicht mit Büchern gefüllt.

Sondern mit Manuskripten.

Hunderte, Tausende Stapel von Papier, gerollte Pergamente, unzählige Notizbücher standen in einer undurchschaubaren Ordnung in den einzelnen Regalfächern. Der Geruch kam Mila staubiger vor als in der anderen Abteilung.

»Willkommen in der Bibliothek der ungelesenen Bücher«, sagte Odette.

»Die Bibliothek der ungelesenen Bücher.« Mila konnte nur flüstern. Odette bedeutete ihr, eines der Manuskripte in die Hand zu nehmen und anzusehen, und sie brauchte einen Moment, um sich zu entscheiden. Aber dann nahm sie sich einen eher dünnen Stapel aus Papier, der alt aussah. Das Manuskript war mit der Hand geschrieben. *E. T. A. Hoffmann,* stand auf der ersten Seite. *Der Geheimnisvolle.*

»Ein deutscher Schriftsteller der Romantik«, erklärte Odette. »Das Manuskript ist nie veröffentlicht worden. Kein Leser dort oben hat es jemals zu Gesicht bekommen.«

Mila schaute auf die vollgepackten Regale. Lauter unveröffentlichte Manuskripte? Ihr Kopf schwirrte.

Odette, die sie die ganze Zeit beobachtet hatte, lachte leise auf. »Ja. Das hier ist wirklich fantastisch. Oder sagen wir lieber magisch?«

»Die Bibliothek der ungelesenen Bücher.« Mila schlug das Manuskript wieder zu und legte es an seinen Platz zurück. Sorgsam rückte sie es genauso hin, wie es gelegen hatte. Das Baumsymbol an der Stirnseite des Regals sah so aus wie das auf der Tür. Auch hier war nur ein Ast golden ausgemalt.

»All diese Geschichten kennen nur ihre Autoren«, sagte Odette. »Sie existieren also nur in einem einzigen Universum.«

»Es sei denn ...« Mila strich über die Kante von Hoffmanns Manuskript. »... ich lese es.«

Ein Leuchten war in Odettes Augen erschienen, das den Kummer beinahe überstrahlte. Sie wollte etwas sagen, aber in diesem Moment summte Milas Handy in ihrer Hosentasche. Sie zog es hervor und las die Nachricht, die eingetroffen war.

»Sie sind fertig«, hatte Eric geschrieben.

# 14

Das Zimmer, in dem Nicholas lag, befand sich genau gegenüber vom OP-Saal und sah aus wie ein Zimmer auf der Intensivstation eines normalen Krankenhauses. Ein Bett aus Metall, dessen Seitenteile hochgeklappt waren. Eine Menge Apparate dahinter. Eine Infusion mit einer farblosen Flüssigkeit, die langsam in einen Schlauch in Nicholas' Armvene tropfte. Ein weiterer Schlauch lag unter seiner Nase und versorgte ihn mit Sauerstoff. Man hatte ihn zugedeckt. Auf den Überwachungsmonitoren hinter ihm liefen mehrere Linien über kleine Bildschirme. Das Piepsen der Geräte war zu Milas Erleichterung abgestellt.

Es war totenstill in dem Zimmer.

Außer ihr und Odette stand nur noch einer der Ordensbrüder neben dem Bett, offenbar der Arzt. Jedenfalls trug er einen weißen Kittel über etwas, das aussah wie grüne OP-Kleidung. Als Mila und Odette hereingekommen waren, war er dabei gewesen, die Werte auf dem Monitor abzulesen und in ein Formular auf einem Klemmbrett einzutragen. Jetzt legte er das Brett auf den Nachttisch.

»Bruder Philippe«, grüßte Odette ihn. »Wie geht es ihm?« Mila beneidete sie für ihre Haltung. Sie selbst hätte den Arzt am liebsten gepackt und ihm die Frage ins Gesicht geschrien.

Bedauern schlich sich in Bruder Philippes Miene. Er war vielleicht Mitte vierzig. Der weiße Kittel machte ihn blass. Er hüstelte, bevor er eine Antwort gab. »Aufgrund der Schussverletzung hatte sich ein Spannungspneumothorax entwickelt. Sein linker Lungenflügel war zusammengesunken. Ich konnte ihn stabilisieren und die Wunde vernähen, aber ich fürchte, mehr kann ich nicht für ihn tun. Der Junge hat gefährlich lange unter diesem Phänomen gelitten und dass er den langen, anstrengenden Abstieg bis hierher gemacht hat, hat seine Situation nicht eben verbessert. Wir müssen abwarten, ob sein Herz geschädigt wurde. Wenn das der Fall ist ...«

Mila kam es vor, als würde Nicholas' Infusion an ihrem Arm hängen und sie mit irgendeiner Droge vollpumpen. Warum konnte sie kaum etwas empfinden? Sie fühlte sich taub. Kalt. »Können wir ihn nicht in ein richtiges Krankenhaus bringen?«, mischte sie sich ein.

»Dort könnte man auch nicht mehr tun, tut mir sehr leid.« Der Arzt berührte Odette sanft an der Schulter. Als er gerade gehen wollte, kam Luc herein. Er sah mitgenommen aus, aber das nahm Mila nur am Rande wahr, denn ihr Blick fiel durch die Tür auf Eric und Isabelle. Beide saßen nach wie vor auf den Stühlen direkt neben dem OP-Saal, der Raum war zu klein für so viele Menschen.

Bruder Philippe nickte Luc mitfühlend zu, dann zog er die Tür leise hinter sich ins Schloss.

Der Anblick von Nicholas' starrem und bleichem Gesicht, auf dem die Wimpern aussahen wie mit einem feinen Haarpinsel gemalt, tat so furchtbar weh, dass Mila die Fingernägel in ihre Handflächen grub.

Luc trat an das Fußende des Bettes. Die Stille schrillte in Milas Ohren und als Odette ihre Hand nahm, schossen ihr Tränen in die Augen, aber sie versuchte, sie zu unterdrücken. Wie mochte es erst der alten Frau gehen, die Nicholas offenbar liebte wie einen Sohn?

Sie spürte, wie die Tür hinter ihrem Rücken abermals geöffnet wurde. Sie musste nicht hinsehen, um zu wissen, dass Eric hereingekommen war.

»Hey«, sagte er leise. »Brauchst du Beistand?«

Sie rührte sich nicht. Plötzlich verschwamm alles vor ihren Augen und die Vorstellung, dass Nicholas sterben würde, grub sich mit eisigen Klauen tief in ihr Herz. Sie musste sich am Bettgestell festhalten, weil der Boden unter ihr angefangen hatte zu schwanken.

Odette ließ ihre Hand los und machte Eric Platz.

»Hey«, wiederholte er. Ohne Umschweife legte er ihr den Arm um die Schultern und zog sie an sich. Es tat gut, sich an ihn lehnen zu können. Sie schloss die Augen.

»Er war sich sicher, dass er heute nicht sterben wird«, flüsterte sie.

»Vielleicht liegt er ja richtig damit.« Erics Mund war ganz dicht an ihrer Schläfe. Sie konnte seinen Atem durch die feinen Härchen streichen spüren.

Mila starrte auf den Überwachungsmonitor. Sie hatte keine Ahnung von Medizin, aber der angezeigte Herzschlag kam ihr schwach vor. *Wir müssen abwarten, ob sein Herz geschädigt wurde,* hatte Bruder Philippe gesagt. Wenn ihre Augen doch nur nicht so furchtbar gebrannt hätten! »Falls er stirbt … dann meinetwegen. Ich glaube, ich könnte das nicht ertragen.«

Sie sah einen feinen Schmerz hinten in Erics Augen aufscheinen.

»Du kennst ihn kaum«, sagte er vorsichtig.

»Er …«

Ein leises Stöhnen aus Nicholas' Mund ließ sie innehalten.

»Mila«, flüsterte er.

»Nicholas!« Mila fuhr zu ihm herum. »Du bist wach!«

Er öffnete den Mund, um etwas zu sagen, aber seine Stimme war nur ein Hauch, also beugte Mila sich zu ihm hinab. Aus der Nähe sah sie, wie trocken und spröde seine Lippen vom Blutverlust waren.

»Du ... darfst auf keinen Fall versuchen ...«, wisperte er, aber er schaffte es nicht, zu Ende zu sprechen, denn plötzlich vollführten die Linien auf dem Überwachungsmonitor einen wilden Tanz.

Die Tür wurde aufgestoßen, Bruder Philippe kam mit schnellen Schritten herein. »Raus!«, befahl er. »Alle!«

Im nächsten Moment fand sich Mila zusammen mit den anderen vor der Zimmertür wieder. Hier war ein durchdringendes Piepsen zu hören, das aus einem Nebenraum hinaus auf den Flur drang. Die Monitore waren offenbar mit einer Überwachungseinheit im Ärztezimmer verbunden und ihr Alarm hatte Bruder Philippe auf den Plan gerufen.

Das schrille Geräusch gellte in Milas Ohren, vermischte sich mit ihrer Angst zu einem betäubenden Druck in ihrer Brust. Isabelle trat vor sie, nahm sie bei den Schultern und schob sie zu einem der Stühle. Dann bückte sie sich nach ein paar kleinen Wasserflaschen, die neben dem Stuhl auf der Erde standen. »Bruder Claude hat die gebracht. Komm, trink was.« Sie öffnete eine der Flaschen und reichte sie Mila.

Sie griff mechanisch danach und ebenso mechanisch nahm sie einen Schluck. Das Piepsen machte sie irre, aber gerade als sie glaubte, es nicht mehr auszuhalten, beruhigte es sich endlich. Es wurde regelmäßiger und langsamer. Kurze Zeit darauf kam Bruder Philippe aus dem Krankenzimmer. »Ich habe ihn stabilisiert, er schläft jetzt. Wir sollten ihm ein bisschen Ruhe gönnen.« Er warf einen Blick in die Runde. »Versuchen Sie, sich auch etwas auszuruhen«, empfahl er. »Wenn Sie wollen, zeige ich ihnen, wo Sie sich ein bisschen hinlegen können.«

Odette wehrte ab und Mila wollte das auch tun, aber Isabelle übernahm jetzt das Kommando. »Doch.« Sie schob der alten Frau einen Arm unter. »Kommen Sie, ich begleite Sie. Wir müssen aufpassen, dass Sie uns nicht auch noch zusammenklappen.« Sie schaute Mila fragend an. »Was ist mit dir?«

Mila schüttelte den Kopf. »Ich bleibe lieber hier«, murmelte sie.

»Dann bleibe ich auch.« Eric sprang auf und straffte die Schultern.

Odette schien unschlüssig. Obwohl sie vor Erschöpfung jetzt fast durchscheinend wirkte, wollte sie Mila offenbar nicht allein lassen.

»Geh ruhig«, bat Mila sie. »Ich komme allein klar, ich ...«

»Das ist es nicht«, fiel Odette ihr ins Wort. »Ich sorge mich nicht nur um Nicholas, sondern auch um dich.«

»Mir geht es gut.«

*Was für eine durchsichtige Lüge,* dachte Mila, kaum dass sie ausgesprochen hatte.

Und auch Odette schien so zu denken. Jedenfalls wurde ihre Miene vorwurfsvoll. Aber statt Mila zurechtzuweisen, sagte sie: »Ich sorge mich darum, dass du versuchen könntest, Nicholas gesundzuschreiben.«

»Ihr habt gesagt, es geht nicht.«

Odette lächelte matt. »Du bist jung. Seit wann schert ihr euch darum, wenn Erwachsene euch sagen, was geht und was nicht?«

Da hatte sie natürlich recht. Seit Mila ungefähr elf war, hatte sie all die Dinge ausprobiert, von denen besonders Helena behauptete, sie seien verboten, zu schwierig oder eben unmöglich.

Odette lächelte traurig. »Siehst du. Du musst mir versprechen, Mila, dass du auf keinen Fall versuchst, Nicholas gesundzuschreiben.«

Ein dicker Knoten entstand in Milas Kehle. »Wirst du mir verraten, warum?«

Da fasste Odette nach Isabelles Arm und klammerte sich daran fest. »Weil es Nicholas' Mutter das Leben gekostet hat.«

Mila spürte, dass sie selbst ebenso schwankte wie die alte Frau. »Wie ist sie umgekommen?«, fragte sie leise und diesmal erzählte Odette es ihr.

»Niemand weiß ganz genau, wie es geschah. Sie hatte sich in ihr Zimmer eingeschlossen, um ungestört zu sein. Und sie schrieb. Das weiß man, weil Caruel es von unten im Garten durch das Fenster sehen konnte. Er ahnte, was sie vorhatte, sie hatten zuvor viel darüber diskutiert, dass es möglich sein musste, die Geschichte umzuschreiben. Er rannte hoch zu ihr, aber es war zu spät. Als er oben angekommen war, schrie sie in solcher Todesqual, dass er die Tür aufbrach.« Odettes Knöchel waren schneeweiß und Isabelle stützte sie mit einem schmerzverzerrten Gesicht, das deutlich zeigte, wie tief sich die Fingernägel der alten Frau in ihren Arm gruben. Mit papierdünner Stimme fuhr Odette fort: »Er kam zu spät. Zoë stand am Kamin. Sie hatte das, was sie geschrieben hatte, in die Flammen geworfen. Als Villain zu ihr ins Zimmer stürzte und Nicholas auch, weil er ihr Kreischen gehört hatte, war sie dabei, ihr Geschriebenes mit den bloßen Händen tief zwischen die Holzscheite zu stoßen. »Es darf nicht sein«, wisperte sie dabei in einem fort. »Es darf nicht sein.« In ihrem Gesicht stand unendliches Leid. Sie war zu diesem Zeitpunkt schon nicht mehr bei sich. Bevor Villain und Nicholas auch nur einen Finger rühren konnten, rannte sie zum Fenster. Sie sprang kopfüber durch die geschlossene Scheibe und starb kurz darauf an den schweren Kopfverletzungen, die sie erlitten hatte, als sie drei Stockwerke tiefer auf der Terrasse aufschlug.«

Die nächsten zwei Stunden waren die reine Hölle. Nach Odettes schockierender Erzählung über den Tod von Nicholas' Mutter hatten die anderen sich in einen Aufenthaltsraum zurückgezogen, den Bruder Philippe ihnen gezeigt hatte. Nur Mila blieb zusammen mit Eric auf dem Flur vor Nicholas' Zimmer sitzen. Im Laufe der Zeit wurde das beständige Piepsen der Überwachungsmonitore so nervenzerfetzend, dass sie am liebsten irgendetwas zertrümmert hätte.

Sie stand auf und lief herum. Dann setzte sie sich wieder, nur um kurz darauf erneut aufzuspringen. Eric versuchte eine Weile lang, sie abzulenken, indem er ihr von seinem Leben über den Dächern von Paris erzählte. Aber sie konnte sich immer nur für wenige Minuten auf ihn konzentrieren, bevor ihre Gedanken wieder abschweiften und sich um die Angst drehten, dass Nicholas sterben würde.

Ab und zu kam der Arzt vorbei und sah nach Nicholas. Als er zum dritten Mal aus dem Krankenzimmer auf den Flur trat, befand sich Mila gerade ganz am anderen Ende des Ganges. Sie machte kehrt und schoss auf ihn zu. »Darf ich zu ihm?« Sie hatte ihn das schon einmal gefragt und da hatte er ihre Bitte abgelehnt.

Jetzt zögerte er.

»Bitte! Ich möchte bei ihm sein.« Mila sah Eric an. »Wir sind auch leise«, versprach sie.

Da erlaubte er es. »Meinetwegen. Vielleicht hilft es ihm ja ein bisschen, wenn er eure Nähe spürt.«

Also betrat Mila das Krankenzimmer wieder. Nicholas' reglose, bleiche Gestalt zu betrachten, verursachte ihr genau das gleiche Gefühl wie vorhin schon: als stünde sie unter Drogen. Oder als habe sie in den letzten Tagen einfach zu viele Emotionen empfunden, sodass jetzt für nichts mehr Kraft da war außer für Erschöpfung.

Eric schob ihr den einzigen Stuhl hin, aber sie blieb stehen.

»Wenn ich nicht wenigstens versuche, ihn zu retten, dann werde ich mir später ewig Vorwürfe machen«, murmelte sie. »Ich werde mich immer wieder fragen, ob ich ihn nicht vielleicht doch hätte retten können.«

Sie wandte den Kopf, um zu sehen, was Eric dachte. Er stand da, die Lehne des Stuhles noch in den Händen, und sah unglücklich aus. »Du hast gehört, was Odette über seine Mutter gesagt hat.«

»Ja. Aber niemand weiß, was genau in diesem Zimmer vorgegangen ist, oder?«

Eric zuckte mit den Schultern. »Willst du von mir einen Rat? Ich bin echt der Letzte, der dir den ...«

»Keinen Rat.« Sie schüttelte den Kopf. Doch dann gestand sie: »Ich würde einfach gern wissen, was du an meiner Stelle tun würdest.«

»Das fragst du ausgerechnet jemanden, der seinen Lebenszweck darin sieht, über Hausdächer zu turnen und über sieben Meter breite Abgründe zu springen.« Er lächelte matt.

»Es ist ein Risiko«, sagte sie.

»Das ist es.«

Ihr fiel ein, was Luc am Telefon gebrüllt hatte, als Odette verletzt worden war.

*Du hast komplett die Kontrolle verloren ...*

Zoë Caruel war gestorben, weil sie aus großer Höhe gestürzt war.

Sie hatten alle schon lange die Kontrolle verloren.

Mila dachte an Nicholas, der mit jedem seiner Schritte versucht hatte, gegen die Geschichte anzukämpfen, seit sie in Paris angekommen war. Er hatte dafür so viel in Kauf genommen, hatte versucht, dem auszuweichen, was er festgeschrieben hatte, ohne an sich selbst und die Konsequenzen zu denken. War sie ihm nicht schuldig, genau das nun für ihn zu versuchen, wo er nicht mehr in der Lage dazu war?

Sie fühlte sich ihm so nah. Wenn er in ihrer Situation gewesen wäre, hätte er gezögert? Nein, das wusste sie mit absoluter Gewissheit, und zwar weil sie und Nicholas verbunden waren wie noch nie zwei Menschen zuvor. Weil sie über ihn genauso schrieb wie er über sie.

Egal, was seiner Mutter passiert war. Sie hatte es in der Hand. Und sie konnte etwas ändern.

Mila hatte ihre Entscheidung getroffen. Sie lehnte sich ein wenig zur Seite, zog den Bleistift aus ihrer Hosentasche und sah sich nach etwas zum Schreiben um. Die Rückseite von Nicholas' Krankenblatt musste reichen. Sie zog es von dem Klemmbrett, drehte es um und legte es auf den Nachttisch.

»Mila ...« Erics leise Stimme ließ sie innehalten. Sie konnte den Widerstreit in seinen Augen sehen. Halb wollte er sie abhalten, halb spürte er, dass sie das nicht zulassen würde.

»Er hat sein Leben für mich riskiert«, sagte sie leise.

Da nickte Eric.

*Parkourläufer sind Feiglinge,* hörte sie ihn in ihrer Erinnerung sagen. Er war alles andere als das.

Und da begann sie zu schreiben.

Maréchal ging unruhig in dem mit altmodischen Möbeln ausgestatteten Arbeitszimmer auf und ab, in dem Bruder Theodor, der Oberste der Bruderschaft, an einem wuchtigen Schreibtisch saß. Gewöhnlich war dieser Raum nur in das angenehm warme Licht der antiken Schreibtischlampe getaucht, aber heute hatte Bruder Theodor die Deckenlampen angeschaltet.

Maréchal wünschte sich, dass die Geschehnisse ähnlich klar und hell vor ihm liegen würden wie die Bücherregale, die Bilder an den Wänden, das dunkle Holz der Möbel.

Seitdem er sich entschlossen hatte, Mila in die Kathedrale von Notre-Dame nachzugehen, hatte er sich tiefer in diese Angelegenheit verstrickt, als er jemals zuvor in ihr gesteckt hatte. So kam es ihm jedenfalls vor. Nach dem Überfall auf Père-Lachaise war er hier heruntergekommen, um sich mit Bruder Theodor zu beraten, was zu tun sei. Er schätzte den Oberen und vor allem dessen großes Wissen über die Fabelmacht. Aber selbst Stunden der Diskussionen hatten sie keinen Schritt näher an eine Lösung gebracht, wie man die Kinder retten konnte. Maréchal unterdrückte einen leisen Fluch. Er hatte schon mehr als einmal mit dem Gedanken gespielt, Theodor von dem alten Mann in dem grauen Mantel zu erzählen, aber etwas hatte ihn jedes Mal davon abgehalten. Es hätte ihn nicht gewundert, wenn der Alte mit der Fabelmacht, die er ganz offensichtlich besaß, dafür gesorgt hätte.

Seufzend verbannte er den Gedanken an den geheimnisvollen Alten. Es gab auch so genügend Dinge, die er bedenken musste.

»Diese Abweichungen bereiten mir Kopfzerbrechen«, sagte er nun zum wohl hundertsten Mal. Die Haare standen ihm wirr vom Kopf ab, weil er sie eben zum wiederholten Male gerauft hatte. »Bruder Philippe sagt, dass Nicholas die Schusswunde wohl nicht überleben wird. Aber in seiner Geschichte ...« Er verstummte.

In der Geschichte verletzte die Kugel den Jungen nicht lebensbedrohlich. Er kam ins Krankenhaus, wo Mila an seinem Bett wachte, bis es ihm wieder gut ging. Er überlebte also.

»Warum stirbt er jetzt? Das kann doch nur daran liegen, dass Eric ...« Er seufzte tief. Sein Gehirn war ein einziger, wirrer Knoten.

Bruder Theodor schwieg schon seit geraumer Zeit. Als er nun sprach, klang seine Stimme wie das Knarren trockener Rinde. »Es ist die Natur der Sache. Seine eigene Geschichte zu Ende erzählen, heißt zu entscheiden, wie man sterben wird. Und wann. Es war nicht ohne Grund undenkbar, dass jemand jemals eine solche Macht besitzt.«

»Ja, aber Nicholas besitzt sie nun mal. Und er sollte nicht an dieser Schussverletzung sterben, sondern erst ...« Maréchal unterbrach sich, weil Bruder Theodor den Ausgang der Geschichte so gut kannte wie er. Seine Kopfhaut kribbelte vor Anspannung.

Als er vorhin zur Pforte gegangen war, weil ihn einer der Brüder über Nicholas' und Milas Kommen informiert hatte, hatte er ein tiefes Gefühl von Resignation verspürt. So sehr hatte er gehofft, dass die beiden nicht herkommen würden. Dass all die kleinen Abweichungen von der Geschichte, die bisher entstanden waren, dazu führten, dass die Realität sich immer weiter von ihrem vorgesehenen Ende entfernen würde.

Und jetzt in dieser Sekunde wurde ihm klar, dass vielleicht genau das gerade passierte.

Nicholas starb jetzt schon. Eine Abweichung. Und gleichzeitig auch nicht.

Herrgott noch mal!

Ein erschöpftes Ächzen kam aus seinem Mund. »Was können wir tun, Theodor?« Mit einem Ruck blieb er vor der Wand stehen und starrte einige Sekunden lang auf das Porträt, das dort hing. Es war ein Ölgemälde aus dem 17. Jahrhundert, das einen Mann und eine Frau zeigte, die einander herzlich zugetan schienen. Die Frau saß auf einem samtbezogenen Hocker und hatte den Kopf zu dem Mann gewandt, der hinter ihr stand und ihr die Hände auf die Schultern gelegt hatte. Beide lächelten sie sich warm und voller Zuneigung an.

Maréchal schüttelte den Kopf bei dem Anblick. Dann wandte er sich zu Bruder Theodor um, der die Hände auf der Schreibtischplatte verschränkt hatte und zu gleichen Teilen grimmig und nachdenklich aussah. Hinter ihm stand ein deckenhohes Regal vollgestopft mit uralten Büchern und Schriftrollen. Das ganze Zimmer roch nach Pergament und Leder, ein Geruch, den Maréchal gewöhnlich schätzte.

»Egal, wie auch immer wir es drehen und wenden: Eric scheint der Dreh- und Angelpunkt von allem zu sein. Wenn Zoë ihn wirklich in diese Geschichte geschrieben hat ...«

Maréchals Magen verkrampfte sich. Ihm war schlecht.

Und das glückliche Paar auf dem Gemälde widerte ihn an.

»Vielleicht sollte ich einfach noch mal versuchen, die Geschichte umzuschreiben.«

Theodor sah ihn an, als habe er den Verstand verloren. Und vielleicht hatte er das ja auch längst. »Du weißt genau, wie hoch der Preis dafür war, den Zoë zahlen musste«, brummte der Ordensobere.

Maréchal lachte verbittert auf. »Natürlich. Sie war immerhin meine Nichte.« *Und sie ist elend gestorben,* fügte er in Gedanken hinzu.

Vielleicht war es an der Zeit, jetzt dafür zu bezahlen, dass er es damals nicht verhindert hatte. Indem er selbst das Risiko einging und versuchte, diese verdammte Geschichte des Jungen umzuschreiben.

Theodors Blick ruhte auf ihm. Er wusste, was Maréchal dachte, das war ihm deutlich anzusehen. »Dir ist schon klar, um wie viel mächtiger die Fabelmacht bei Zoë war im Vergleich zu dir?«

Er wusste es. Er fühlte sich beschämt und minderwertig.

Theodor jedoch kümmerte das nicht. »Wenn sie es nicht konnte, Maréchal«, sagte er ungerührt, »wirst du dabei erst recht scheitern. Nein. Nicholas hat diese Geschichte geschrieben. Und er wird in Kürze so oder so sterben. Wir können es auf keinen Fall zulassen, dass noch einmal irgendjemand das Risiko eingeht, die Geschichte umzuschreiben. Ich fürchte, das gilt dann auch dafür, Nicholas zu retten.«

Es dauerte diesmal etwas länger, bevor die Spitze von Milas Stift hell aufleuchtete. Dann jedoch floss das mittlerweile fast vertraute blaue Licht heraus, erfasste das Geschriebene Buchstabe um Buchstabe.

Nicholas zuckte zusammen, blieb dann aber regungslos liegen. Mila beugte sich tiefer über den Block. Die Worte strömten aus ihr heraus, ohne dass sie sie steuern konnte.

Schließlich verblasste das Leuchten. Die Zeilen glühten noch einen Moment lang nach, dann sahen sie wieder völlig normal aus. Worte aus grauem Bleistift in ihrer etwas krakeligen Handschrift. Wie aus einer Trance erwachte Mila und stellte fest, dass sie das gesamte Blatt vollgeschrieben hatte – und ein Stück der Nachttischoberfläche gleich noch mit.

Es dauerte, bis sie den Mut fand, ihren Blick auf Nicholas zu richten. Sein Atem war tief und regelmäßig und auch die Kurven auf dem Monitor sahen besser aus, weniger zitterig.

Sollte das alles gewesen sein?

Es fiel ihr schwer, es zu glauben. Sie lauschte in sich hinein, versuchte herauszufinden, ob sich irgendetwas verändert hatte. Sie war darauf gefasst gewesen, für ihre Tat bezahlen zu müssen.

Irgendwie. Indem die Verletzungen, die sie Nicholas wegerzählt hatte, sie treffen würden zum Beispiel. Oder indem Wahnsinn sie packen würde, wie er offenbar seine Mutter gepackt hatte. Aber eine Minute verging, dann eine weitere. Nichts passierte und doch fühlte sie sich irgendwie so, als sei sie unvermittelt auf Treibsand geraten.

Nur ein dumpfer Druck hatte sich in ihrem Schädel gebildet, aber das kam oft vor, wenn sie intensiv an einem Text arbeitete.

Sie wartete noch eine Minute, lauschte dabei Nicholas' gleichmäßigem Atem und dem Geräusch, das ihr eigenes Blut in ihren Ohren machte.

»Verdammt!«, stieß Eric schließlich hervor. »Das ist total gruselig, weißt du das? Wehe, du machst so was irgendwann mal mit mir!«

Er schaffte es damit, Mila zurück auf festen Grund zu bringen. Mit einer erschöpften Geste legte sie den Stift weg. Sie wollte etwas sagen, aber bevor sie das konnte, wurde die Tür geöffnet.

Maréchal kam herein. Und mit ihm Odette.

Sein Blick fiel auf das vollgeschriebene Blatt auf dem Nachttisch, dann auf Nicholas, der friedlich schlief. Auf die Kurven auf den Monitoren, die jetzt kräftig ausschlugen. Er erstarrte. Wurde blass. »Du hast …« Er brach ab, schüttelte den Kopf. Trat näher. Schüttelte den Kopf erneut.

Odette trat an Nicholas' Bett, nahm seine Hand. Ihre Augen leuchteten hell.

»Bruder Theodor hatte den Verdacht, dass du es versuchen könntest, darum bin ich hier, aber du …« Maréchal streckte die Hand aus und berührte Nicholas an der Schulter.

»Sie hat ihn gesunderzählt.« Eric stand auf. »So viel zu euren ach so wichtigen Bedenken. Es ist nichts passiert. Außer dass er lebt.«

Maréchal wankte leicht, während Odette Nicholas' Hand umklammerte, als wolle sie ihn nie wieder loslassen.

Maréchal fing sich, kam auf Mila zu. Umfasste ihre beiden Oberarme und betrachtete sie so ausgiebig und lange, dass es ihr unangenehm wurde.

»Nicholas geht es gut«, erklärte sie. »Und mir auch.«

Da nickte Maréchal. »Ja.« Zum dritten Mal schüttelte er den Kopf, sehr erleichtert nun. »Ja, das scheint wirklich so zu sein. Du lebst! Wie ist das möglich?«

Sie lächelte ihm zu. »Ja. Im Gegensatz zu Zoë habe ich es überlebt.«

Seine Augen weiteten sich erschrocken und seine Hände rutschten von ihren Armen ab. »Du weißt, was Zoë passiert ist ... und du hast es trotzdem gewagt ...?« Sein Blick zuckte zu Nicholas und Odette, die ihm einen schuldbewussten Blick zuwarf. Eine Fülle verschiedener Gefühle zeichnete sich auf seinem Gesicht ab. Verwirrung. Freude. Angst. Wieder Verwirrung. Schließlich blieb einzig und allein Erleichterung. »Es geht dir gut!«, flüsterte er.

Bruder Philippe betrat den Raum und tauschte einen langen Blick mit Odette. Er hob die Bettdecke hoch, unter der Nicholas bis auf schwarze Boxershorts nackt war. Vorsichtig löste er den quadratischen Wundverband über der Schusswunde. Die Haut darunter war unversehrt. Nicht einmal eine Narbe war zu sehen. Die Flammenschrift allerdings war nun bis kurz vor seine Schulter hochgewandert.

»Seine Wunde ist fort«, erklärte Bruder Philippe. »Ich werde ein paar Untersuchungen machen, aber so wie es aussieht, hast du es geschafft, Mila.«

»Warum ist er dann noch so blass?« Sie hatte die Vorstellung gehabt, nur einmal blinzeln zu müssen und Nicholas würde wieder genauso fit und gesund sein wie vor seiner Verletzung. Aber das war offenbar zu viel verlangt.

»Wenn ich eine Vermutung äußern müsste, würde ich sagen, dass du zwar die Verletzungen weggeschrieben hast, aber der Blutverlust ihm immer noch zu schaffen macht.«

Sie warf einen Blick auf das, was sie geschrieben hatte. Tatsächlich stand dort, wie die Wunden in Nicholas' Brust verschwanden. Vielleicht hätte sie einfach schreiben sollen: *Er war wieder ganz gesund.*

Wenn sie doch nur mehr Erfahrung mit der Fabelmacht hätte. Allerdings ahnte sie schon, dass es keine banale Zauberei war, bei der man einfach mit dem Finger schnipsen musste und die Welt war eine andere. Je genauer sie etwas beschrieb, desto besser erschien es ihr.

»Er wird aufwachen«, sagte Bruder Philippe nach einem Blick auf die Monitore. »Aber das wird noch eine Weile dauern.« Er ließ die Bettdecke fallen.

Mila vergrub den Kopf in den Händen. Alles, was sie denken und empfinden konnte, schien durch ihre Hand in den Stift und von dort aus aufs Papier geflossen zu sein. Sie fühlte sich völlig hohl. Sie starrte ihre Finger an und fürchtete plötzlich, dort nun auch die blauen Schriftzeichen brennen zu sehen.

Aber da war nichts.

Maréchal hatte seinen Blick immer noch auf sie gerichtet, sie spürte seine Besorgnis fast körperlich. Und seine Ungläubigkeit über das, was sie getan hatte.

»Mir geht es gut«, wiederholte sie. Zum wievielten Mal eigentlich?

Während Bruder Philippe sich um Nicholas kümmerte und Odette bei ihm wachte, bestand Maréchal darauf, Mila zu Bruder Theodor zu bringen, der sie einer ausgiebigen Befragung unterzog. Als klar war, dass ihre Tat tatsächlich keine negativen Konsequenzen hatte, verlangte Maréchal, sie müsste sich ausruhen. Und diesmal wehrte sie sich nicht. Sie hatte hier unter der Erde jedes Gefühl für die Uhrzeit verloren, aber sicher war, dass ihr der Schlaf von gestern Nacht fehlte. Maréchal bot ihr eins der Gästezimmer an, die es hier unten offenbar gab, aber Mila hatte das Gefühl, sie würde endlos schlafen, wenn sie sich jetzt in ein echtes Bett legte. Und sie wollte den Moment nicht verpassen, in dem Nicholas aufwachte. Sie hatte so viele Fragen an ihn.

Deswegen legte sie sich nur für eine Weile auf das altmodische Sofa in einem der reich ausgestatteten Salons. Sie wurde aus diesem Ort hier nicht schlau. Warum waren nur Männer Mitglieder in dieser Bruderschaft, die doch eigentlich keiner Religion folgte? Und wieso gab es hier alles, von einer voll ausgestatteten Intensivstation bis hin zu Gästezimmern, einem Speisesaal, Büros und Apartments für die Brüder, mal abgesehen von den unfassbaren Weiten der Bibliotheken? Verließen die Mitglieder der Bruderschaft regelmäßig diesen Ort unter der Erde, wo es kein Tageslicht gab, oder lebten sie tatsächlich ausschließlich hier unten?

Sie würde sich all diese Fragen beantworten lassen, nur nicht jetzt. Dafür fühlte sie sich einfach zu erschöpft. Sie döste eine Weile vor sich hin und nahm dann im Speisesaal zusammen mit Eric und Isabelle ein ausgiebiges Essen ein. Es gab frische Salate, Coq au vin, verschiedene Beilagen, alles von hervorragender Qualität und köstlich. Noch so eine Frage: Woher hatten die Brüder so viel Geld? Immerhin hatten sie der Fabelmacht ja abgeschworen, herbeischreiben konnten sie es also nicht. Aber eigentlich war es ihr egal. Das erste Mal, seit die Männer sie auf dem Friedhof bedroht hatten, verspürte sie echten Appetit und aß sich richtig satt.

Auch Eric hatte geschlafen und er und Isabelle machten Scherze über ihr Luxusmahl unter der Erde. Mila versuchte halbherzig, beide dazu zu überreden, den Ort hier zu verlassen und zurück nach oben zu gehen. Dass sie hier waren und nichts weiter tun konnten, als herumzusitzen, bereitete ihr ein schlechtes Gewissen. Isabelle jedoch lachte nur und meinte, es müsse ja schließlich jemand darauf achten, dass sie bei Kräften blieb. Sie griff nach einer Schüssel Mousse und schob sie Mila hin.

Und Eric sah sie nur an mit einem Blick, in dem deutlich zu lesen stand, was er dachte.

*Willst du mich etwa loswerden?*

Maréchal hatte sie auf dem Friedhof gebeten, Eric zu vertrauen. Das fiel ihr jetzt wieder ein, und auch, dass sie den Buchhändler noch immer nicht gefragt hatte, woher er eigentlich von Eric gewusst hatte. Sie seufzte und speicherte das bei all den anderen Fragen ab, die sie irgendwann einmal stellen musste.

Als sie einige Stunden später Nicholas' Zimmer betrat, schlief er immer noch. Er war allein, Bruder Theodor hatte Mila ausrichten lassen, dass Odette in ihr Haus in die Rue Visconti zurückgekehrt war. Für die alte Dame war die Aufregung zu viel gewesen, sie musste sich dringend ausruhen.

Nicholas sah viel besser aus, auch wenn er nach wie vor blass wirkte und tiefe Schatten unter den Augen hatte. Sein Anblick machte Mila das Unfassliche klar, was sie getan hatte. Auf dem Weg hierher hatte sie den Arzt getroffen und der hatte ihr versichert, dass Nicholas' Verletzungen verschwunden waren. Nicht verheilt. Verschwunden. Als hätten sie nie existiert.

Sie hatte ein verletztes Herz geheilt.

Sie musste lächeln bei diesem Gedanken. Wenn Nicholas aufwachte, würde er wieder ganz der Alte sein, und das erfüllte sie mit Stolz und mit Hoffnung.

Gegen alle Vorhersagen hatte sie bewiesen, dass Nicholas' Geschichte nicht böse enden musste. Sie hatte verhindert, dass er starb.

Jetzt würde alles gut werden.

Behutsam setzte sie sich auf die Bettkante.

Und ein mulmiges Gefühl überfiel sie aus dem Nichts. So, als würde etwas an ihr nagen und sie darauf hinweisen, dass alles irgendwie viel zu einfach gewesen war.

Nicholas lag ganz still. Eine Weile darauf erwachte er und ohne die Augen zu öffnen, fragte er: »Geht es dir gut?«

Die Worte fuhren ihr tief ins Herz, weil er sich um sie mehr sorgte als um sich selbst.

»Ja. Du bist wach.«

»Immer mal wieder, ja.« Er schlug die Augen auf und musterte sie einige Sekunden lang schweigend. Die Schatten unter seinen Lidern hatten einen ähnlichen Ton wie seine Iris. Und seine Lippen waren auch immer noch spröde vom Blutverlust. Mila konnte den Blick nicht von ihm abwenden. Ihr kam es so vor, als seien sie die einzigen Menschen im gesamten Universum.

»Es geht dir gut.« Unendlich erleichtert klang er und sie ahnte, dass er an den Tod seiner Mutter dachte. Vorsichtig setzte er sich auf und dabei sah Mila die blaue Schrift auf seinem Arm. Sein gesamter Bizeps und auch die Schulter waren mit eleganten Schriftzeichen überzogen. Sie musste schlucken.

»Ja, sie ist noch da.« Nicholas schaute unter seine Bettdecke.

Etwas in Mila verkrampfte sich. Hieß das, es war noch nicht vorbei? Die Geschichte versuchte noch immer, zur Realität zu werden?

*Es ermahnt mich, wenn ich etwas tue, was die Geschichte nicht vorsieht.* Das hatte Nicholas über das Flammenmal gesagt.

Sie sah Nicholas in die Augen und glaubte, tief in ihnen Angst zu sehen. Was dachte er? Er wusste, wie seine Geschichte ausging. Sie hingegen konnte nur ahnen, dass das Ende kein gewaltfreies werden würde. Was genau würde geschehen?

Sie wollte ihn fragen, aber er kam ihr zuvor. »Bruder Philippe hat mir erzählt, was du getan hast«, sagte er. »Das war sehr mutig, Mila. Sehr mutig und sehr dumm.«

»Dumm?« Sie glaubte, ihren Ohren nicht zu trauen. Die Angst aus seinen Augen ergriff nun auch sie. Wieder fühlte sie sich wie gejagt. Unter Druck. »Dumm?«, wiederholte sie und hörte selbst, dass sie ärgerlich klang. »Du spinnst ja wohl!«

Sie sah dabei zu, wie Nicholas aufstand und zu einem Schrank in der Ecke ging. »Ja«, sagte er. »Dumm. Oder sollte ich besser sagen, idiotisch!« Auch er klang jetzt ärgerlich. Ärgerlich und tief besorgt. Als er sich mit seinen Klamotten in der Hand zu ihr umwandte, sah sie, dass diese Besorgnis sich auf sie richtete. Darum war er wütend. Weil er noch im Nachhinein Angst um sie hatte.

Wer von ihnen beiden war hier idiotisch?

Sie wandte den Blick von seiner Brust ab. »Ich fasse es ja wohl nicht! Du wärest gestorben, wenn ich es nicht getan hätte.«

Er antwortete nicht darauf. Stattdessen trug er seine Sachen zum Bett. Mit keiner Regung gab er zu erkennen, ob es ihm unangenehm war, dass Mila ihn halb nackt sah.

In ihr revoltierte jetzt etwas. Angst ballte sich in ihrem Magen und fühlte sich an wie Zorn. »Was wäre denn deiner Meinung nach klug gewesen?«

Während er in die Hose schlüpfte, warf er ihr einen Blick zu.

Eine Haarsträhne hing ihm in die Augen. »Klug? Klug wäre es gewesen, wenn du mich hättest sterben lassen.«

Ihr Gesicht fühlte sich ganz heiß an und sie wusste nicht, ob vor Wut oder vor Schock über seine Worte. »Was ist das denn für ein beschissen melodramatischer Spruch?«, rief sie.

Er zog die Hose hoch und knöpfte sie zu. »Wahr ist er trotzdem.« Er nahm sich das Hemd vor und betrachtete es ebenso wie gerade die Jeans. Der große Blutfleck auf dem weißen Stoff war mittlerweile getrocknet und hatte die Farbe von altem Rost angenommen, darum warf Nicholas das Hemd auf das Bett zurück. »Schade drum. Das war ziemlich teuer.« Er ging zum Schrank zurück und öffnete dessen zweite Tür, hinter der ein Stapel ganz unterschiedlicher Klamotten lag. Er durchsuchte ihn, fand darunter ein schwarzes Shirt mit langen Ärmeln.

Schwarz, dachte Mila und schaute an sich selbst herab. Sie trug noch immer das Shirt, das sie von Weiß zu Schwarz umgeschrieben hatte. Gestern war es gewesen. Es kam ihr vor wie eine Ewigkeit. In ihren Ohren sauste es.

»Na los«, sagte er, nachdem er das Hemd über den Kopf gezogen und zwei der vier Knöpfe vor seiner Brust geschlossen hatte. »Schrei mich an. Ich sehe doch, dass du das willst.«

Sie schrie nicht. Ganz ruhig sagte sie: »Ich fasse es nicht, dass du immer noch auf diesem bescheuerten Geh-mir-lieber-aus-dem-Weg-Trip bist. Das kotzt mich gerade so was von an, weißt du das? Du verschweigst mir, dass der Mann, der mich töten will, dein Vater ist. Du entscheidest einfach, mit mir hier runterzukommen, obwohl du weißt, dass dich das umbringen wird. Und jetzt, wo ich dir den Arsch gerettet habe, behandelst du mich immer noch, als würdest du ...« Die Stimme blieb ihr weg vor Empörung.

Die dunkle Farbe des Shirts dämpfte das Blau seiner Augen.

»Was willst du, dass ich tue, Mila? Soll ich vor dir auf die Knie sinken und dich um Verzeihung anbetteln?«

*Nein. Ich möchte, dass du mich in den Arm nimmst und festhältst, damit die Angst weggeht,* dachte sie dumpf. Sie wollte ihn fragen, wie das Ende seiner Geschichte lautete. Sie wollte ihm versichern, dass, egal, was darin geschehen würde, sie auch das umerzählen konnte. Und sie wollte ihm sagen, dass es unerträglich für sie war, ihn so zu erleben. Mit diesem tief erschrockenen Ausdruck in den Augen und dieser Schuld, die man ihm ansehen konnte, mit jedem Atemzug, den er machte. All das wollte sie ihm sagen und ihn festhalten dabei.

Aber es ging nicht. Ihr blieb nur der Sarkasmus. »Vielleicht fängst du einfach mal damit an, Danke zu sagen?«, schlug sie vor.

Es war kein Janusgesicht mehr, das er ihr zeigte. Diesmal kam es Mila so vor, als habe er eine Wand zwischen ihnen hochgezogen. Er bückte sich, schlüpfte in seine Schuhe und richtete sich wieder auf. »Wofür?«, fragte er.

Wofür? Sie traute ihren Ohren nicht. »Wofür? Dafür zum Beispiel, dass ich dir eben das Leben gerettet habe?« Sie vollführte eine schreibende Geste.

Eine Haarsträhne hing ihm über die Augen, berührte seinen Nasenflügel. »Wenn ich mich richtig erinnere, habe ich gerade schon gesagt, dass es besser für dich gewesen wäre, du hättest mich sterben lassen.«

Sie entschied sich für einen Frontalangriff. »Wie geht deine Geschichte aus, Nicholas? Stirbst du darin?«

Damit hatte sie ihn voll erwischt. Seine Augen weiteten sich erschrocken.

»Ja«, sagte sie mit fester Stimme. »Ich kenne dich gut genug, um mir zusammenzureimen, was passieren wird.«

Er schluckte schwer.

»Behandele mich nicht immer wie ein rohes Ei, Nicholas! Ich bin keine dumme, kleine Prinzessin.«

Er brauchte mehrere Sekunden. »Ja«, sagte er dann. »Ja, du hast recht. Das bist du nicht. Du bist stark. Und offenbar auch extrem fabelmächtig. Aber ich bin ein Idiot. Nenn mich einen Schwächling dafür, dass ich es nicht aushalte, dass du Angst haben musst. Ich möchte dich beschützen, Mila, und gleichzeitig ist mir klar, dass ich genau das nicht kann.« Er senkte den Blick. »In dieser Beziehung hier bin ich der Unterlegene, kannst du das nicht erkennen?«

Seine Worte trieben ihr die Tränen in die Augen. Was sollte sie nun sagen? Er hatte ihr ihre Frage nicht beantwortet, aber das war auch nicht wirklich nötig. An seinem erschrockenen Blick hatte sie gesehen, dass sie ins Schwarze getroffen hatte. Es kam ihr vor, als würde sie nie wieder im Leben auch nur eine einzige Silbe herausbringen.

Er bemerkte ihre tobenden Gefühle und zwang ein ganz kleines Lächeln auf seine Lippen. »Also«, meinte er betont leichthin. »Wenn dir daran liegt: Danke, dass du mir das Leben gerettet hast.« Er legte den Kopf auf die Seite. »Auch wenn es dumm und leichtsinnig von dir gewesen ist.«

Sie lachte unter Tränen. »Du bist wirklich ein Idiot!«

»Sag ich ja.« Er schaute nachdenklich. »Und ich habe nie das Gegenteil behauptet. Aber da wir schon mal dabei sind: Du hast dich auch noch nicht bedankt, dass ich dir das Leben gerettet habe.«

Sie beschloss, sich auf das Geplänkel einzulassen. Es tat so gut. »Doch habe ich! Im Keller!«

»Ich spreche nicht von den Schüssen auf der Terrasse. Was war mit der Sache in Odettes Wohnung?«

Sie runzelte die Stirn. »Wenn ich mich richtig erinnere, dann habe ich sehr wohl mitgeholfen, da rauszukommen. Immerhin habe ich diesen Michel fertiggemacht.«

Sein Lächeln vertiefte sich. »Stimmt. Dein eisenharter Punch. Ich erinnere mich.«

Und nun musste Mila erneut auflachen. Sie rieb sich die Tränen aus den Augen. »Wenn man in deiner Nähe ist, muss man ja ein bisschen mehr draufhaben als Kissenschlachten«, sagte sie.

»Hätte ich auch nur im Geringsten geahnt, dass das, was ich über uns schreibe, wahr werden wird, hätte ich eine Szenerie voller Schäfchenwolken und Blümchen und Häschen geschrieben, das kannst du mir glauben.«

»Nette Vorstellung. Aber irgendwie würde das nicht zu mir passen.«

Da lachte auch er befreit auf. Endlich. Sie liebte es, wie seine blauen Augen dabei funkelten. »Ja. Du hast recht«, sagte er, hob den Saum seines Shirts an dabei und blickte einen Augenblick lang gedankenverloren auf seine völlig unverletzte Seite.

Hatte er begriffen, dass sie ihm helfen konnte, das Ende seiner Geschichte zu verhindern? Er ließ das Shirt los. Automatisch schob er beide Ärmel bis zum Ellenbogen nach oben, sah die Flammenschrift und zog den rechten wieder herunter. Plötzlich wirkte er sehr nachdenklich. Dann ging er zur Tür. »Komm mit«, sagte er. »Ich will dir was zeigen.«

Er ging mit ihr in die Bibliothek. Gemeinsam traten sie auf die Galerie hinaus. Der Anblick der riesigen Halle mit den Abertausenden Büchern raubte Mila erneut den Atem. »Ich war mit Odette hier«, erzählte sie ihm.

Er lächelte. »Ich weiß.«

Plötzlich stand Kummer in seinem Blick und er versuchte vergeblich, ihn vor ihr zu verbergen. Sie ahnte, dass er noch nicht bereit dafür war, ihr das Ende seiner Geschichte zu verraten, aber trotzdem meinte sie: »Hey! Egal, was noch kommt: Ich habe dich gesundgeschrieben, ich kann auch den Rest deiner Geschichte ...«

»Scht!«, machte er. »Jetzt nicht.«

Doch sie wollte mit ihm sprechen. Sie wollte ihm wenigstens einen Teil seiner Angst nehmen und wenn sie das schon nicht konnte, dann wenigstens die Schuld, die er ihr gegenüber empfand. Sie öffnete den Mund und als er ihr die Fingerspitzen auf die Lippen legen wollte, nahm sie seine Hand und hielt sie fest.

»Lass mich ausreden, Nicholas. Es gibt etwas, das ich dir noch nicht erklärt habe. Erinnerst du dich daran, als ich dir bei Odette gesagt habe, dass ich mich nicht in dich verlieben werde? Das war kein Versprechen. Ich habe es gesagt, weil es so nicht eintreten konnte. Weil ich dich schon sehr lange liebe.«

»Lange«, wiederholte er.

»Ja! Ich muss mich nicht in dich verlieben, weil ich es längst tue. Weil ich dich schon seit vielen Jahren kenne.«

Er schien ihr nicht folgen zu können.

Sie holte tief Luft und blickte in die Kuppel mit den Sternen hinauf. Die friedliche Atmosphäre der Bibliothek übertrug sich auf sie. Hier gab es sämtliche Geschichten, die auf der Welt geschrieben worden waren. Alle Formen von Liebe, Hass und Leid, die sich Menschen nur ausdenken konnten. »Du bist nicht der Einzige von uns beiden, der über den anderen geschrieben hat«, sagte sie leise.

Jetzt drehte er sich so, dass er das Geländer im Rücken hatte. Sein Kopf war eingerahmt von einer Reihe heller Sterne, die einen unregelmäßigen Halbkreis bildeten.

»Ich schreibe auch über dich«, fuhr sie fort und trat vor ihn hin. »Seit vielen Jahren schon. Ich kannte dich schon, bevor wir uns zum ersten Mal getroffen haben, Nicholas.« Sie musste zu ihm aufsehen, so nah standen sie jetzt beieinander.

Seine Fingerknöchel wurden weiß, als er sich am Geländer festklammerte.

Sie legte die Hand auf die Stelle, an der sich noch vor Kurzem die Schusswunde befunden hatte. Er atmete hörbar ein.

»Ich glaube, dass das der Grund dafür ist, dass ich dich gesundschreiben konnte.« Sie hielt inne. Silbrige Sterne schwammen in dem dunklen Mitternachtsblau seiner Augen. »Und egal, was jetzt noch kommt: Ich kann es verhindern.«

Ein leises Ächzen drang zwischen seinen Lippen hervor. Zögernd ließ er das Geländer los. Hob die Hand und näherte sich damit ihrem Gesicht. Seine Augen glänzten hell.

»Ach, Mila«, sagte er leise.

Und dann küsste er sie.

# 15

Sie fühlte sich gleichzeitig so leicht, dass sie hätte davonschweben können, und so schwer, als würde ihr Körper im nächsten Moment wie flüssiges Wachs auseinanderfließen. Sie spürte, wie die Berührung seiner spröden Lippen als warmes Kribbeln durch ihren gesamten Körper rann. Ihr Herzschlag, der in Nicholas' Nähe sowieso schon viel zu schnell gewesen war, beschleunigte sich noch einmal, bis es sich anfühlte, als flattere ihr Herz hinter ihren Rippen wie ein nervöser, kleiner Vogel. Als ihre Lippen sich nach einer halben Ewigkeit voneinander lösten, legte sie den Kopf an Nicholas' Brust und lauschte auf seinen Herzschlag.

Alles rundherum hörte auf zu existieren – bis ein lauter Knall sie und Nicholas auseinanderfahren ließ, als hätten sie etwas Verbotenes getan.

Auf der untersten Ebene der Bibliothek war einer der Ordensbrüder aufgetaucht. Er hatte bei ihrem Anblick einen großen Bildband fallen gelassen, den er unter dem Arm getragen hatte. Bevor er sich danach bückte, schaute er missbilligend zu Mila und Nicholas nach oben.

Nicholas schloss die Augen und atmete tief durch.

»Die sind ein bisschen prüde hier, oder?«, murmelte Mila. Anstandshalber rückte sie von ihm ab, aber in einem Anflug von Trotz nahm sie demonstrativ seine Hand und hielt sie fest.

Der Ordensbruder zog die Augenbrauen noch weiter zusammen.

Nicholas grinste schief. »Kein Wunder. Sie sind so was wie Mönche.« Seine Stimme klang noch immer unbeschwert, aber da war jetzt wieder dieser Blick. Auf einmal wirkte er erneut getrieben.

»Du denkst schon wieder an deine Geschichte«, sagte Mila ihm auf den Kopf zu und als er schwach nickte, fragte sie behutsam: »Wie geht sie aus?«

Er stand ganz still und aufrecht da. Sie zählte seine Atemzüge. Acht. Neun. Zehn. »Komm weiter«, bat er endlich. »Das, was ich dir zeigen wollte, ist eine Etage tiefer.«

Auf dem Weg zu der Wendeltreppe blieb Mila an der Galeriebrüstung stehen, weil sie den Blick einfach nicht von der mit Blau und Gold und Weiß ausgemalten Kuppel lassen konnte. »Das ist so wunderschön«, sagte sie.

Nicholas musste sich zu ihr umwenden, weil er voranging. Auch er betrachtete den Sternenhimmel einige Augenblicke lang. »Mir hat immer die Vorstellung gefallen, dass jede Geschichte unzählige Universen erschafft, nicht nur in dem Moment, in dem sie geschrieben wird, sondern auch jedes Mal eins, wenn jemand sie liest.«

Mila nickte nur.

»Weißt du, was ich mich oft frage?«

Sie schüttelte den Kopf.

»Ich frage mich, ob unsere Welt in irgendeinem anderen Universum dort draußen vielleicht auch nur eine Geschichte in einem Buch ist.«

Sie versuchte, es sich vorzustellen. »Dann würde vielleicht jetzt gerade jemand lesen, wie wir hier entlanggehen.« Der Gedanke gefiel ihr. »Dieses Universum wäre dann für uns allerdings unerreichbar.« Sie strich mit den Fingerspitzen die Buchrücken zu ihrer Rechten entlang. Sie waren allesamt blau und mit goldener Schrift auf dem Rücken bedruckt. »All diese Welten können wir erreichen, indem wir ein Buch aufschlagen, aber diese eine, in der wir selbst nur eine Geschichte sind, nicht.«

»Ja«, sagte er leise. »Ja, vielleicht.« Über die Wendeltreppe erreichten sie die erste Galerie und betraten sie. Hier befanden sich Bücher aus dem Hochmittelalter, allesamt in französischer Sprache. »Ich bin früher oft mit meiner Mutter hier gewesen und wir haben uns den Sternenhimmel angesehen.« Er deutete hinauf zu der Kuppel. »›Wenn es stimmt, was wir glauben‹, hat meine Mutter einmal gesagt, ›dann ist der Himmel der Ort, an dem wir keine Fabelmacht brauchen, um eine andere Welt zu betreten.‹«

Trauer zeichnete sich auf seiner Miene ab. Kurz wirkte er, als sei er mit seinen Gedanken meilenweit entfernt, aber bevor Mila ihn berühren und zurückholen konnte, gab er sich einen Ruck. »Hier«, sagte er. »Das ist es, was ich dir zeigen wollte.« Er trat an eines der Regale, zog ein kleines, in dunkelbraunes Leder gebundenes Büchlein heraus und reichte es ihr.

Ehrfürchtig nahm sie es in die Hand.

Das Buch war verblüffend schwer dafür, dass es so klein war.

Respektvoll strich sie über den ledernen Einband, der sich unter ihren Fingerspitzen seidig anfühlte. Dann schlug sie das Buch auf.

Es war handgeschrieben. Die Seiten bestanden aus dickem Pergament. Mila las die ersten Sätze, die in altertümlichem Französisch geschrieben waren, sodass sie sie nur mühsam entziffern konnte. Weil sie immer wieder stockte, nahm Nicholas ihr das Buch wieder weg und begann, ihr daraus vorzulesen.

Es war die Geschichte von Abélard und Héloise, dem Liebespaar, das in dem Grabmal auf Père-Lachaise lag, an dem Mila Maréchal getroffen hatte.

Dieser Geschichte nach hatte Abélard die ersten Jahre seines Lebens allein verbracht und er hatte sich nach einer Gefährtin gesehnt, die ihm ebenbürtig war. Weil er keinen Ausweg sah, seiner Einsamkeit zu entkommen, entschied er sich für den Eintritt in ein Kloster. Und dann – er war bereits über vierzig Jahre alt – traf er Héloise. Sie kam als Schülerin zu ihm, hörte seine Vorlesungen über Theologie und Philosophie. Irgendwann merkte Abélard, dass Héloise jene Frau war, nach der er sich sehnte. Aber da er Mönch war, durften die beiden nicht heiraten. Sie schrieben sich tagtäglich sehnsuchtsvolle Briefe, in denen sie sich ihrer Liebe versicherten. Bis Héloise eines Tages schwer krank wurde und zu sterben drohte. Und Abélard, der sich angewöhnt hatte, seine unerfüllten Sehnsüchte in seinen Briefen an sie zu formulieren, schrieb darüber, wie sie auf wundersame Weise geheilt wurde.

An dieser Stelle hielt Nicholas inne. »Du ahnst, was geschah?«

Mila ahnte es.

»Héloise *wurde* auf wundersame Weise geheilt«, fuhr Nicholas fort. Er schlug das Buch zu, behielt jedoch einen Finger als Lesezeichen zwischen den Seiten. »Und mehr noch. Von diesem Moment an alterte sie auch nicht mehr. Abélard hatte sie unsterblich erzählt.«

»Wusste er denn, dass er die Fabelmacht besaß?«

»Darüber gehen die Meinungen unserer Gelehrten auseinander. Tatsache ist allerdings, dass es vor Abélard niemals einen Hinweis darauf gab, dass überhaupt irgendjemand die Fabelmacht besaß. Aus diesem Grund sehen viele von uns Abélard als unseren Stammvater an.«

»Der erste Fabelmächtige ...«, murmelte Mila.

»Vielleicht war er das, ja. Aber wie dem auch sei. Er hatte Héloise unsterblich erzählt und als er alt geworden war und es für ihn zu Ende ging, da kam sie an sein Sterbebett und trauerte um ihn.«

Seine Worte riefen eine Erinnerung in Mila wach. *Ein alter Mann, der im Sterben lag. Eine junge Frau, die bei ihm saß und ihn anflehte, sie nicht allein zu lassen.*

»Ich habe einmal genau solch eine Szene geschrieben«, sagte sie leise.

Nicholas sah sie an, schwieg.

Sie dachte daran, wie sie genau diese Szene dem Mann im Zug gezeigt hatte. Sie erinnere ihn an ein berühmtes Liebespaar, hatte er gesagt. Und dann fiel Mila plötzlich ein, dass sie von einer Frau geträumt hatte, die am Sterbebett eines alten Mannes gesessen hatte. In Isabelles Wohnung war es gewesen. Sie war gerade erst hier in Paris angekommen. Früher hätte sie noch an einen Zufall geglaubt, jetzt wusste sie, dass sie von Abélard und Héloise geträumt hatte. *Du darfst nicht um mich trauern,* hatte der alte Mann in ihrem Traum gesagt, und danach hatte er ihren Namen genannt. *Héloise.*

Und noch etwas hatte er hinzugefügt: »Verzeih mir!«

Nicholas stieß ein leises Ächzen aus und sie erkannte, dass sie das Letzte laut ausgesprochen hatte. Sie rieb sich über die Augen, weil ihr plötzlich ein wenig schwummerig wurde.

»Das hat Abélard zu Héloise gesagt. Auf dem Totenbett. In einer Geschichte, die ich über ihn geschrieben habe.« Warum erzählte sie Nicholas nicht auch von dem Traum? Sie wusste es nicht genau. Aber er sah so erschrocken aus, dass irgendein innerer Impuls sie davon abhielt. »Was hast du?«, fragte sie stattdessen.

Er winkte ab. »Nichts. Jedenfalls heißt es, dass Héloise seit Abélards Tod durch die Welt streift und in ihrer Trauer ganz und gar versunken ist.«

»Seit neunhundert Jahren?« Die Vorstellung schnürte Mila die Kehle zu. Konnte man jemanden so sehr lieben, dass man fast neunhundert Jahre um ihn trauern konnte?

Sie sah Nicholas in die Augen und wusste, dass das sehr wohl möglich war. Allein der Gedanke daran, sie könne ihn irgendwann einmal verlieren, war so übermächtig, dass ihr die Knie weich wurden. »Warum hast du mir dieses Buch zeigen wollen?«, fragte sie.

Er stellte es schweigend zurück an seinen Platz. Die Ansätze seines Schlüsselbeins schauten unter der halb offen stehenden Knopfleiste seines Shirts hervor. Als er schluckte, bildeten die Sehnen an seiner Kehle ein steiles V.

»Als Abélard Héloise unsterblich machte, tat er es aus Eigennutz«, murmelte er. »Ihre schwere Krankheit hatte ihm gezeigt, was es heißen würde, sie zu verlieren. Er konnte den Gedanken nicht ertragen, jemals ohne sie zu sein. Darum machte er sie unsterblich. Und verdammte sie dadurch zu einem endlosen Leben voller Leid.«

Mila nickte. »Die Fabelmacht bringt viele traurige Geschichten hervor, oder?«

Nicholas sah sie an, als würde sie einen seiner innersten Gedanken aussprechen. »Ja. Weil wir Gefühle, die wir in uns haben, in Tausenden von Worten wieder und wieder erzählen. Das führt dazu, dass wir anders lieben als normale Menschen. Stärker. Viel stärker. Und das führt auch noch zu etwas anderem.« Sein Atem hatte sich beschleunigt. »Wir lieben nicht nur selbst stärker, Mila. Die Fabelmacht verdammt uns auch dazu, die Menschen, die uns lieben, sehr viel tiefer zu verletzen.«

Sie wollte etwas erwidern, aber er ließ sie nicht zu Wort kommen.

Er straffte die Schultern. »Wir sollten zurückgehen«, sagte er.

Als Mila und Nicholas wieder in der Krankenstation waren, nahm er seinen schwarzen Mantel aus dem Schrank. Sehr nachdenklich sah er jetzt aus und obwohl er sich alle Mühe gab, undurchdringlich zu erscheinen, ahnte sie, dass er kurz davor war, ihr alles zu erzählen.

»Nicholas!« Sie berührte ihn am Arm. »Ich bin nicht dumm. Nach allem, was passiert ist, kann ich mir denken, dass deine Geschichte tragisch ausgeht.«

Sie hatte auf dem Weg hierher Zeit gehabt, darüber nachzudenken, und es war die einzig logische Erklärung für sein Verhalten. Kurz dachte sie daran, wie geschockt er ausgesehen hatte, als sie ihn bei Odette gefragt hatte, ob er sie umbringen würde.

*Nein*, hatte er gesagt. *Ich werde dir niemals etwas tun. Weder in der Geschichte noch in dieser Realität!*

Ihr Herz war schwer, denn sie begriff nun, dass er ihr das Buch von Abélard und Héloise aus einem ganz bestimmten Grund gezeigt hatte.

»Du stirbst am Ende deiner Geschichte.« Es fiel ihr unendlich schwer, es laut auszusprechen. Die Vorstellung war so schrecklich, dass sie die Hand an ihre Kehle legte. Ihr Pulsschlag war ein nervöses Flirren. »Darum hast du mir die Geschichte von Abélard und Héloise vorgelesen. Darum hast du auch solche Schuldgefühle! Du glaubst, dass du mich zu dem gleichen Schicksal verdammt hast, das Héloise erleiden musste: tiefe, endlose Trauer, nachdem du tot bist!«

Während sie gesprochen hatte, war er bis an die Wand zurückgewichen.

»Aber ich bin nicht Héloise«, rief sie. »Ich werde nicht bis in alle Ewigkeit trauernd über die Erde wandeln, weil ich nicht unsterblich bin.« Sie schüttelte sich. »Und vor allem werde ich nicht tatenlos zusehen, wie du stirbst.« Denn im Grunde war doch alles ganz einfach. Wieso sah er nicht, was sie sah? »Ich habe dich gesunderzählt, ich kann auch das Ende deiner Geschichte ...«

Sein Kopfschütteln ließ sie mitten im Satz abbrechen. In seinen Augen flackerte es. »Kannst du nicht«, widersprach er.

»Doch, ich habe dich gesunderzählt.«

»Das hast du, aber nicht *gegen* meine Geschichte.«

»Doch, ich ...«

»Überleg doch!« Seine Stimme war laut geworden. »Ich habe geschrieben, dass der Überfall auf Odettes Wohnung im Morgengrauen stattfindet und dass auf Odette geschossen wird, die Kugel aber mich trifft. Und passiert ist genau das Gegenteil. Die Kugel hat Odette getroffen und *das* konnte ich mit der Fabelmacht ändern. Weil es nicht Teil der Geschichte war. Als du dann meine Schussverletzung weggeschrieben hast ...« Ihm blieben die Worte weg und Mila verstand, worauf er hinauswollte.

»Als ich dich gesundgeschrieben habe, habe ich nichts weiter getan, als den Status quo der Geschichte wieder herzustellen?« Sie musste sich auf den Rand des Bettes setzen, um das zu verarbeiten. Die Monitore, die seinen Herzschlag aufgezeichnet hatten, waren ausgeschaltet. Als Mila den Blick darauf richtete, rückten sie in unendliche Ferne. Die ganze Welt rückte von ihr fort.

»Ja.« Ganz fest klang Nicholas jetzt. »Die Geschichte hat dich benutzt, um die falsche Realität an sich selbst anzupassen. Du warst ihr Werkzeug, Mila. Nur darum bist du auch noch am Leben und nicht dabei umgekommen, so wie meine Mutter. Wir können an dem, was ich geschrieben habe, nichts verändern. In den wesentlichen Punkten läuft es immer genau so ab, wie ich es damals mit dem Füllfederhalter in der Hand entschieden habe.« Er zog seinen Mantel über und ging zur Tür.

»Was hast du jetzt vor?«, fragte sie ihn.

Er blieb stehen, die Türklinke hatte er schon in der Hand. »Einen Weg aus dieser ganzen Scheiße hier finden.«

»Wie willst du das tun?«

Er drehte sich noch immer nicht um. »Kannst du es akzeptieren, wenn ich dir sage, dass es besser ist, wenn du das nicht weißt?«

»Du willst dich aber nicht selbst ...«

»Nein!« Mit einem Ruck fuhr er herum. »Natürlich nicht! Himmel, Mila, ich bin kein selbstmordgefährdeter, dummer Teenager wie aus einem Kitschroman. Ich will leben.«

»Erzähl mir, wie du sterben wirst!«

Doch er schüttelte den Kopf. »Du hast gewusst, wie meine Mutter gestorben ist, und du hast mich trotzdem gesundgeschrieben. Es tut mir leid. Du kannst mich deswegen hassen, aber ich werde dir das Ende meiner Geschichte nicht erzählen.«

*Er beschützt mich noch immer,* dachte sie und spürte, wie die Mauern wieder auf sie zurückten. Sie war eine Prinzessin in ihrem Turmverlies. »Wo gehst du hin?«, flüsterte sie.

»Es ist besser, wenn du auch das nicht weißt.« Er kam mit großen Schritten auf sie zu, nahm ihr Gesicht in beide Hände und küsste sie so heftig, wie er sie im Club geküsst hatte.

»Verzeih mir«, flüsterte er dann.

Und mit diesen Worten ging er.

Eric stieß die Fäuste in die Taschen seines Hoodys und senkte den Kopf. Isabelle redete auf ihn ein, während sie vom Speisesaal gemeinsam zur Krankenstation gingen. Er mochte Milas Freundin, sie war direkt, lustig und schonungslos offen. Normalerweise konnte er mit so einem Typ Frau viel besser umgehen als mit jemanden, der mit Wahrheiten hinter dem Berg hielt. Allerdings hätte er es im Moment lieber gehabt, wenn sie nicht so geradeheraus gewesen wäre.

Denn das, was sie von ihm verlangte, war so ziemlich das Letzte, was er wollte.

»Wir sollten auf sie hören und nach oben zurückkehren«, wiederholte Isabelle das, was sie schon einmal gesagt hatte, als sie zusammen im Speisesaal saßen und Mila hinterherblickten. »Sie ist hier unten in guten Händen, auch wenn ich es hasse, sie in dieser Gruft zurückzulassen.«

Erneut schüttelte Eric vehement den Kopf. »Vergiss es«, widersprach er, »ich lass sie nicht allein.«

Isabelle sah ihn an. Er hoffte, dass sie es nicht aussprechen würde, aber sie tat ihm den Gefallen nicht. »Eric, Mila hat jetzt Nicholas«, sagte sie leise.

Was sie meinte, war ganz klar: *Sie braucht dich nicht mehr.*

Verdammt, nahmen diese Gänge hier unten je ein Ende? Eric fühlte sich eingesperrt. Er war die Freiheit der Dächer gewohnt, das Gefühl, jederzeit seine eigenen Wege gehen zu können. Und das hätte er auch längst getan, wenn Mila nicht gewesen wäre.

Isabelle neben ihm war verstummt.

Ein Popsong aus den letzten Jahren fiel ihm ein. »I jump in front of a train for you ...«

Ach, Scheiße, wenn er nur wüsste, was er tun sollte!

Sie erreichten das Krankenzimmer genau in dem Moment, als die Tür aufging und Nicholas herauskam. Er trug seine Jeans und den schwarzen Mantel und darunter ein Shirt, das ebenfalls schwarz war. Eric biss die Zähne zusammen, weil er so verdammt gut darin aussah.

Isabelle blieb mit einem Ruck stehen. »Wow!« Sie betrachtete Nicholas von Kopf bis Fuß. »Du siehst fantastisch aus für einen Typen, der vor einer Stunde noch eine Kugel in der Lunge hatte.«

Er lächelte, aber in seinen ungewöhnlich blauen Augen stand ein sonderbares Flackern.

»Alles okay?«, fragte Eric ihn. »Wo willst du hin?«

»Alles okay.« Nicholas erwiderte seine Frage ernsthaft und nicht mit der Arroganz, mit der er sonst Eric begegnete. Etwas schien ihm große Sorgen zu bereiten. Man konnte es ihm förmlich ansehen. Mit dem Daumen wies er über die Schulter. »Wenn ihr Mila sucht, sie ist noch dadrin.«

Isabelle hatte sich bereits an ihm vorbeigeschlängelt und verschwand in dem Zimmer. Eric blieb einen Moment länger stehen.

»Geht es dir wirklich gut?«, fragte er. Er musste sich zu einem freundlichen Tonfall nicht einmal zwingen. Alles, was in den letzten Stunden passiert war, hatte seine Meinung über Nicholas gründlich geändert.

Wenn Nicholas nicht ebenfalls in Mila verliebt gewesen wäre, hätte Eric sich sogar vorstellen können, sein Freund zu werden.

*Ebenfalls?*, wisperte eine leise Stimme in seinem Hinterkopf. Sie klang ein bisschen hämisch. *Gestehst du dir also endlich ein, dass du dich schon längst in Mila verliebt hast?*

»Natürlich.« Nicholas wirkte ungeduldig, aber er ließ Eric nicht einfach stehen. Noch etwas, das sich verändert hatte. Wie sehr es einen doch verwandeln konnte, wenn man dem Tod gerade noch von der Schippe gehüpft war. Nicholas sah ihn an, als sei ihm in diesem Augenblick eine Idee gekommen, die er erst noch durchdenken musste. Dann schien er einen Entschluss zu fassen. »Ich muss mich um etwas kümmern. Könntest du mir einen Gefallen tun?«

*Noch einen?*, schoss es Eric durch den Kopf und er dachte daran, wie er auf Nicholas' Bitte hin mit Mila zu diesem Friedhof gegangen war. Aber er nickte. »Klar.«

»Könntest du an meiner Stelle auf Mila aufpassen?«

»An deiner Stelle?« Eric versuchte, schlau aus Nicholas' Miene zu werden, aber sie verschloss sich nun wieder. Übergangslos sah er genauso abweisend und kühl aus wie den Tag zuvor.

»Wie gesagt: Ich muss mich um etwas kümmern. Könntest du auf sie aufpassen, wenn ...« Er blinzelte. »Während ich weg bin«, korrigierte er sich.

Eric warf einen Blick auf Mila und Isabelle, die aus dem Krankenzimmer kamen. Isabelle hatte sich bei Mila untergehakt und redete ohne Punkt und Komma auf sie ein. Milas Blick jedoch glitt zu Nicholas. Der straffte sich. Ganz offensichtlich wollte er so schnell wie möglich weg von hier.

Eric dachte an das Gespräch mit Isabelle und seine eigene Unschlüssigkeit, die mit einem Mal wie weggeblasen war.

»Mach ich«, sagte er nur.

Nicholas drehte sich abrupt um und lief den Gang hinab. Und Eric wurde das Gefühl nicht los, dass er eigentlich seinen Satz ganz anders hatte beenden wollen.

*Könntest du auf sie aufpassen, wenn mir etwas passiert?*

Nicholas war gerade gegangen, und Mila fragte sich, was sie nun tun sollte, als Bruder Claude kam und erklärte, im Schlaftrakt für Gäste seien Zimmer für sie hergerichtet worden, da man ja noch nicht wisse, wie lange Mila hier unten bleiben müsse.

Schlagartig wurde Mila wieder bewusst, dass Nicholas' Vater

noch immer hinter ihr her war. Kurz fühlte ihre gesamte Situation sich noch einmal unwirklicher an.

Isabelle und Eric schienen ihr etwas sagen zu wollen, aber bevor sie das taten, folgten sie ihr und Bruder Claude zu mehreren Räumen, die in einem mit Teppich ausgelegten Gang nebeneinanderlagen und nummeriert waren wie in einem Hotel. Als Mila in eines davon ging, stellte es sich als Mischung zwischen Hotelzimmer und Klosterzelle heraus. Ein riesiges Himmelbett stand darin, jedoch ohne Vorhänge, dazu ein kleiner Schreibtisch, ein Stuhl und ein Schrank, in den gerade einmal zwei Jeans und ein bisschen Unterwäsche hineingepasst hätten. Dafür hatte das Zimmer allerdings ein eigenes Bad, was in einem Kloster vermutlich eher nicht der Fall gewesen wäre.

Auf einem Hocker neben der Dusche lag ein Stapel frischer Klamotten – eine saubere Jeans, T-Shirts in verschiedenen Farben, allesamt mit V-Ausschnitt, und einige Garnituren pastellfarbene Unterwäsche. Auf dem Waschbecken standen Duschgel, Shampoo, Bodylotion und ein kleines Körbchen mit verschiedenen Make-up-Artikeln.

»Odette hat dafür gesorgt«, erklärte Bruder Claude und lächelte schmal.

Isabelle lachte. »Logisch. Von euch Mönchen hätte vermutlich keiner Milas Größe gewusst.«

Da errötete Bruder Claude. Mit einer gemurmelten Entschuldigung zog er sich zurück und ließ sie allein.

Eric sah sich nachdenklich um. »Du bist hier gut versorgt«, sagte er.

Isabelle ließ sich auf die Bettkante fallen und hüpfte ein paarmal darauf herum. »Gemütlich. Hör mal, Süße«, wandte sie sich dann an Mila. »Eric und ich haben überlegt, dass wir vielleicht doch besser nach oben zurückkehren sollten.«

Mila nickte. »Ihr könnt hier unten nichts tun und ihr habt ein Leben dort oben.« *Und ich?,* schoss es ihr durch den Kopf. Was war mit ihrem Leben? Das hatte sich in den vergangenen Tagen so sehr verändert, dass sie sich plötzlich allein und sehr jung vorkam. Sie dachte an ihre Mutter und hatte das starke Bedürfnis, sie anzurufen und mit ihr zu reden.

»Ich bleibe hier.« Eric, der an der gegenüberliegenden Wand lehnte, schüttelte den Kopf und Isabelle drehte sich mit einem Ruck zu ihm um.

»Wir hatten doch ...« Sie runzelte die Stirn, dann hob sie mit einem leicht ärgerlich aussehenden Gesichtsausdruck das Kinn. »Hättest du was dagegen, wenn ich mal unter vier Augen mit Mila spreche?«

Als er nicht sofort reagierte, deutete sie ziemlich unmissverständlich auf die Tür.

Da erst verstand er. Mit einem Blick, der alles Mögliche bedeuten konnte, verließ er den Raum. Beim Rausgehen sagte er: »Ich bin nebenan für den unwahrscheinlichen Fall, dass mich jemand brauchen sollte.« Dann schloss er die Tür mit einem lauten Knall.

Mila biss sich auf die Lippe. Sie war nicht sicher, was nun folgen würde.

»Eric ist süß, oder?«, fragte Isabelle.

»Ja.« Damit hatte Mila nun gar nicht gerechnet. Sie ließ sich von ihrer Freundin auf das Bett ziehen. »Er kümmert sich um mich wie ein Bruder.«

»O ja, er kümmert sich um dich, Süße.« Vorwurfsvoll krauste Isabelle die Nase.

Der glatte dunkelbraune Stoff der Tagesdecke fühlte sich unter Milas Fingerspitzen kühl an. »Und was soll mir dieser strenge Tonfall sagen?«

»Wenn du das nicht selbst merkst, dann ...« Isabelle zuckte mit den Schultern.

Natürlich hatte Mila längst kapiert, worum es ging. »Du denkst, dass ich ihn nicht ausnutzen darf.«

Isabelle nickte. »Kluges Mädchen. Ich weiß, dass du zurzeit nur Augen für Nicholas hast, und das ist ja auch irgendwie verständlich bei dem, was ihr beide gemeinsam durchmacht. Ich will dir nur sagen, dass du über dem ganzen Kram eins nicht vergessen solltest: Es gibt rings um dich herum noch andere Menschen. Und die haben auch Gefühle.«

Mila grub die Fäuste in die Tagesdecke.

»Deine Mutter, zum Beispiel«, legte Isabelle nach und augenblicklich hatte Mila ein noch viel schlechteres Gewissen. Das Bedürfnis, mit Helena zu reden, wurde übermächtig.

»Ich rufe sie gleich an!«, versprach sie.

»Gut. Und was machst du mit Eric?«

»Ich weiß nicht, was du meinst.«

»Mila!« Isabelle erhob sich. Fast ein bisschen drohend stand sie jetzt vor ihr. Empört. »Du willst mir doch nicht allen Ernstes weismachen, dass du nicht merkst, wie sehr er in dich verliebt ist! Was denkst du, warum er sonst noch hier ist? Ich meine: Er trifft dich auf dem Bahnhof, klaut dir deine Sachen und nur einen Tag später ist er plötzlich der beste Freund, den man sich denken kann?« Sie wartete, bis Mila langsam den Kopf schüttelte. »Eben! Ich glaube zwar nicht an die Liebe auf den ersten Blick, aber irgendwas in der Art muss es bei ihm sein, dass er dir ständig hinterherläuft.«

Mit einem mulmigen Gefühl im Magen musste Mila an ihr Notizbuch denken, das noch immer in Odettes Gästezimmer lag, wo sie es zurückgelassen hatte, als Serge und seine Leute sie überfallen hatten. Sie hätte jetzt gern einen Blick darauf geworfen, was genau sie über Eric und die Frau mit den roten Haaren geschrieben hatte. Aber auch wenn sie es nicht nachlesen konnte: Sie war sich relativ sicher, dass in ihrer Geschichte kein einziges Wort davon gestanden hatte, wie Eric sich in sie verliebte. Nur sein Gewissen hatte sie ihn entdecken lassen. Und trotzdem hatte sie bis eben nie hinterfragt, warum er das eigentlich alles für sie tat.

Das schlechte Gewissen meldete sich jetzt mit voller Wucht. Sie hatte Eric als viel zu selbstverständlich angesehen, hatte ihn ausgenutzt wie einen treuen Hund, den man irgendwann nicht mehr wahrnahm.

Isabelles Gesichtsausdruck wurde weich. »Pass einfach auf, dass du ihm nicht das Herz brichst, Süße.«

Mila fühlte sich schrecklich. »Und wie?«

»Du musst ihm sagen, dass du nichts von ihm willst.«

Mila starrte gegen die Wand. Die Garderobenhaken dort hatten die Form von kleinen Fischen. Sie hasste Fisch. Und sie hasste es, Gespräche wie dieses zu führen. »Du hast recht«, meinte sie mit einem Seufzen. »Ich rede mit ihm.«

Das schien Isabelle zufriedenzustellen. »Gut. Ich habe schon organisiert, dass jemand mich nach oben bringt. Ich würde ja auch bleiben, aber ich fürchte, dass Victor sich zu große Sorgen macht. Ich war für heute Morgen zum Frühstück mit ihm verabredet und ich hab den Verdacht, wenn ich nicht auftauche, dann ortet der mich glatt über mein Handy und kommt ebenfalls hier runter. « Sie beugte sich über Mila und gab ihr Küsschen rechts und links auf die Wange.

»Wer bringt dich hoch?«

»Maréchal. Er hat gesagt, er muss auch mal nach seinen Büchern schauen.« Isabelle blickte Mila noch einmal an. »Ruf an und erzähl, wie es dir geht, okay?«

»Klar.« Als sie ging, schaute Mila ihr etwas mutlos hinterher.

Eigentlich hatte sie vorgehabt, zu Maréchal zu gehen und ihm ein paar Fragen zu stellen, vor allem nach dem Ende von Nicholas' Geschichte. Als Isabelles Schritte verklungen waren, stand sie auf und schloss die Tür. Dann holte sie ihr Handy heraus und wählte die Nummer ihrer Mutter.

Aber eine mechanische Stimme erklärte ihr, dass die Person, die sie anrief, im Moment nicht zu erreichen war.

Mila versuchte noch drei weitere Male, ihre Mutter ans Telefon zu bekommen, war aber jedes Mal erfolglos.

Seltsam. Helena hatte ihr Handy nie ausgeschaltet. Es sei denn, sie befand sich in einem Flugzeug oder so.

Da Mila ein bisschen Angst hatte vor dem Gespräch mit Eric, beschloss sie, es so schnell wie möglich hinter sich zu bringen. Sie verließ ihr Zimmer und klopfte nebenan.

»Komm rein!«, rief er durch die geschlossene Tür.

Sie streckte den Kopf ins Zimmer. »Woher wusstest du, dass ich es bin?«

Er lag auf dem Bett, voll angezogen bis auf die Schuhe. Die Arme hatte er hinter dem Kopf verschränkt und die Füße an den Knöcheln überkreuzt. Als er sich aufsetzte, grinste er. »Du klopfst wie ein Mädchen und soweit ich es mitgekriegt habe, gibt es außer dir hier unten gerade keine anderen.«

Mila schob sich durch den Türspalt. »Ich könnte ein bisschen Bewegung brauchen. Hast du Lust, mit mir das Terrain zu erkunden?« Sein Zimmer war genauso eingerichtet wie ihres, nur seitenverkehrt. Wenn sie beide im Bett lagen, würde nur die Wand zwischen ihnen sein. Ein großer Spiegel hing bei ihm genauso wie bei ihr dem Bett gegenüber und das Bild, das er zeigte – ein Stück des Bettes, den Schrank, den Stuhl –, wirkte wie ein Gemälde von Edward Hopper auf Mila.

»Ein Spaziergang? Klar.« Eric stand so schwungvoll auf, als habe er gehofft, dass sie kommen und ihn genau das fragen würde. Rasch zog er seine Schuhe an, dann machte er eine kleine Verbeugung. »Fertig, Mylady. Gehen wir.«

*Pass auf, dass du ihm nicht das Herz brichst,* hallten Isabelles Worte in Mila wider.

Vom Gästetrakt aus passierten sie Küche und Speisesaal. Doch statt sich in Richtung Krankenstation und Ausgang zu wenden, liefen sie den Gang in die entgegengesetzte Richtung. Nach einer Weile stießen sie auf eine Tür, die sich öffnen ließ. Dahinter verlief der Gang weiter, doch er änderte nun seinen Charakter. Die Tür hatte wohl das Ende des Wohntrakts der Bruderschaft markiert. Hinter ihr gab es keine Teppiche und Bilder mehr, und der Gang wurde deutlich schmaler und schien nur noch grob in den felsigen Untergrund gehauen. In regelmäßigen Abständen war ein Rundbogen gemauert worden, um ihn vor dem Einstürzen zu bewahren. Der Boden war mit matt schillernden Pfützen übersät. Die Luft roch alt und abgestanden und die Glühbirnen, die von einem uralten Kabel an der Decke hingen, flackerten und summten leise vor sich hin.

»Einladend«, kommentierte Eric trocken an einer Abzweigung. Dann sah er Mila an. »Rechts oder links?«

Sie entschied sich für rechts.

Eine ganze Weile lang marschierten sie schweigend nebeneinanderher. Mila suchte in Gedanken nach den passenden Worten. Warum nur kam ihr so was immer so verflixt schwer vor?

Himmel, immerhin hatte sie vorhin einem Jungen eine Schussverletzung weggeschrieben! Da würde sie einem anderen doch sagen können, dass sie ihn mochte. Dass er ein wirklich guter

Freund war und sie unendlich viel Dankbarkeit verspürte für alles, was er tat.

Sie würde Eric jetzt einfach bitten, stehen zu bleiben, und es dann hinter sich bringen.

Aber was, wenn er sie auslachte? Wenn er sich lustig über sie machte, weil sie glaubte, dass er in sie verliebt war? Vielleicht lag Isabelle ja falsch und Eric war überhaupt nicht in sie verliebt. Vielleicht war er einfach nur von Natur aus so fürsorglich und zugewandt.

Von Natur aus oder weil sie ihn so geschrieben hatte?

Warum war alles immer so kompliziert?

»Tz«, machte sie.

Eric warf ihr einen Seitenblick zu. »Ein Königreich für deine Gedanken.«

Seit einiger Zeit schon hatte sich ein ungewöhnlicher Geruch in die drückende Luft gemischt, etwas Frisches, das Mila nicht einordnen konnte. Jetzt jedoch bogen sie um eine Ecke und da wusste sie, was es war.

Der Geruch von Wasser.

»Wow!«, machte Eric.

Der Gang endete auf einer Art Galerie und unter ihnen erstreckte sich ein höhlenartiger Raum mit einem gemauerten Gewölbe, gestützt von Hunderten Pfeilern. Der gesamte Raum war gefüllt mit absolut klarem Wasser. Von irgendwoher drang Licht ein und tauchte das Wasser in ein überirdisch anmutendes, leuchtendes Türkis. So riesig war die Höhle, dass Mila das Gefühl hatte, am Rande eines unterirdischen Sees zu stehen. Die herrschende Stille legte sich wie Watte auf ihre Ohren. In unregelmäßigen Abständen tropfte es von der Decke, sonst war absolut nichts zu hören.

Mila trat bis an das rostige Eisengeländer heran. Sie umklammerte es mit beiden Händen und starrte auf den wundersamen Anblick und dann, sie wusste selbst nicht genau warum, schossen ihr Tränen in die Augen und rannen über beide Wangen.

»Hey. Was ist los?« Eric stellte sich neben sie. Sie spürte seine Wärme und es fühlte sich tröstlich an, dass er da war. Sie wischte sich das Gesicht ab.

Sie würde es ihm jetzt sagen!

Aber da kam er ihr plötzlich ganz nah. Sie spürte seinen Atem auf ihrem Nasenrücken. Seine Augen waren so dicht vor ihr, dass sie den fragenden Ausdruck in ihnen nur noch erahnen konnte. Und dann, als er noch einen Zentimeter näher kam, schaffte sie es endlich, den Bann zu zerreißen. Rasch drehte sie den Kopf weg.

»Entschuldige«, murmelte sie.

Er zog sich zurück. Sie konnte nicht sagen, ob er enttäuscht oder traurig war, denn seine Stimme klang extrem beherrscht. »Er? Oder?«

Er.

Nicholas.

Ein Tropfen löste sich von der Decke und landete mit einem leisen *Pling* im Wasser. Mila beobachtete den Kreis, den er zog, bis er nicht mehr zu sehen war. Weil sie sich auch danach immer noch nicht rührte, nahm Eric ihr Kinn und zwang sie, ihn anzusehen. Eine Weile wanderte sein Blick über ihr Gesicht. »Du liebst ihn«, murmelte er. »Ich habe keine Ahnung, warum, aber so ist es, nicht wahr?«

Sein Gesicht verschwamm vor ihren Augen. Ja, sie liebte Nicholas. Und es fühlte sich falsch an und gleichzeitig so unendlich richtig.

»Warum nur erzählen wir so gern Geschichten, in denen wir weinen?«, flüsterte sie.

Eric sah verwirrt aus. »Wovon redest du? Du machst mir ein bisschen Angst, ehrlich gesagt.«

Und da sagte sie es ihm. »Ja. Ich liebe Nicholas.«

Eine Weile lang schwiegen sie beide.

Eric hätte sich ohrfeigen können. Er war so ein Idiot! Warum nur hatte er eben versucht, Mila zu küssen? Er hätte sich doch denken können, dass sie zurückweichen würde. Was für ein beschissenes Timing – ausgerechnet wenige Stunden, nachdem sie Nicholas das Leben gerettet hatte.

Er musste an das denken, worum Nicholas ihn gebeten hatte. Und er verfluchte sich selbst dafür, dass er eingewilligt hatte. Ihm war völlig klar, dass er Mila lieber aus dem Weg gehen sollte. Aber da war auch ein Funke Hoffnung in ihm. Vielleicht entschied sie sich ja doch noch für ihn.

»Tut mir leid«, flüsterte sie und es zog ihm das Herz zusammen zu sehen, dass sie es tatsächlich so meinte. Sie war auf eine Weise zerrissen, die er sich nur ansatzweise vorstellen konnte, egal, wie tief er ihr in die Augen sah.

Schließlich wandte sie den Blick ab. »Es tut mir leid«, wiederholte sie und blinzelte die Tränen fort, die ihr schon wieder kamen.

Eric schluckte. »Schon okay«, zwang er sich zu sagen. »Ich verstehe dich.«

Als er sie eben beinahe geküsst hätte, da hatte sein Herz so schmerzhaft in seiner Brust gehämmert, dass er geglaubt hatte, sie würde es hören können.

Er biss die Zähne zusammen, weil ihm bewusst wurde, dass er mit dem, was Nicholas Mila zu bieten hatte, niemals mithalten konnte. Selbst wenn er von nun an nur noch an den Kanten der Pariser Dächer herumlaufen würde, jederzeit willens, einen

Absturz in Kauf zu nehmen, würde er trotzdem nicht mal ansatzweise so düster-romantisch wirken wie Nicholas mit seinen nachtblauen Augen, den tiefen Schuldgefühlen und dieser gefährlichen und machtvollen Gabe.

»Ich verstehe dich«, wiederholte er, weil Mila nichts sagte. Dann überlegte er. »Nein. Das war gelogen«, schob er nach. »In Wahrheit verstehe ich nicht, warum du ihn liebst. Aber das muss ich vermutlich auch nicht.« Er zwang ein Lächeln auf sein Gesicht. Es fühlte sich unecht an, aber das konnte er nicht ändern.

»Du bist viel zu nett zu mir«, seufzte sie.

Er kam sich vor, als würde er nur Millimeter vor einem tiefen Abgrund stehen. »Ich möchte einfach, dass du glücklich bist, Mila. Und wenn ich ehrlich bin, dann bin ich mir nicht sicher, ob du mit ihm glücklich werden würdest.« Der letzte Satz war ihm rausgerutscht. Er wollte etwas hinzufügen, fand aber die passenden Worte nicht.

»Was?«, murmelte Mila.

Er schüttelte den Kopf. »Nichts.« Auf keinen Fall würde er ihr jetzt sagen, dass er sich in sie verliebt hatte! Es gab schließlich im Moment echt schon genug Dinge, an denen sie zu knabbern hatte.

»Was, Eric?«

Da konnte er nicht mehr anders. Er zog sie in die Arme und er war froh, als sie sich nicht zur Wehr setzte. Tief sog sie die Luft ein. Ob sie daran dachte, wie Nicholas roch?

»Was wolltest du sagen?«, fragte sie zum dritten Mal und wieder schüttelte er den Kopf.

»Es wäre ziemlich unfair von mir, dir das ausgerechnet jetzt zu verraten«, sagte er. Dann gab er ihr einen Kuss auf die Haare und schob sie von sich fort. Er musste das Thema wechseln. Dringend.

»Sag mal«, meinte er und zog die Augenbrauen hoch. »Eins frage ich mich schon die ganze Zeit. Luc und die anderen haben dich doch gewarnt, dass es lebensgefährlich für dich ist ...« Er suchte nach einem Weg, Nicholas' Namen zu vermeiden. »... diese Geschichte umzuschreiben. Warum hat es dir trotzdem nicht das Geringste ausgemacht, es zu tun?«

Mila senkte den Kopf und berührte sich nachdenklich an der Stirn. Sie hatte bereits den Mund auf, da ertönte hinter Eric eine Frauenstimme. Sie klang leicht rauchig. »Weil Mila in der Lage ist, *jede* Geschichte umzuerzählen, die irgendjemand auf der Welt schreibt.«

Milas Kopf ruckte hoch.

Sie wurde ganz blass.

»Mama!«, hauchte sie.

# 16

Helena stand da und sie sah genauso gepflegt und beherrscht aus wie immer. Sie trug einen schlichten, schmalen Hosenanzug in Sandbeige und eine Seidenbluse, dazu Schuhe mit halbhohen Absätzen. Ihre blonden Locken hatte sie im Nacken zu einem losen Knoten geschlungen, der von einer silbernen Spange gehalten wurde.

»Mama!«, wiederholte Mila. Dann lief sie zu ihrer Mutter und fiel ihr in die Arme. »Was machst du hier?«

Helena umschlang sie, drückte sie an sich. »Mila. Gott sei Dank, Mila!« Ihr Mund war ganz dicht an Milas Ohr und die wenigen Worte reichten aus, um Mila klarzumachen, wie sehr Helena sich um sie gesorgt hatte.

Ihr schlechtes Gewissen schlug zu, so heftig, dass ihr schon wieder die Tränen kamen. »Es tut mir so leid«, stieß sie hervor. »Dass ich einfach abgehauen bin und dir nicht Bescheid gesagt habe. Ich ...«

»Sch! Sch! Sch!«, machte Helena. »Schon gut.« Sie schob Mila auf Armeslänge von sich und sah ihr ins Gesicht. »Ich bin froh, dass es dir gut geht. Als du mich gestern angerufen und nach der Fabelmacht gefragt hast, wusste ich, dass du in Paris bist. Ich wollte gleich gestern kommen, aber ich habe erst heute einen Flug bekommen.«

All die Erlebnisse der letzten Tage stürzten auf Mila ein. Ihre

Mutter war hier. Nicht nur hier in Paris, sondern hier unten bei der Bruderschaft. Bedeutete das, dass Helena auch fabelmächtig war? »Ich hätte nicht herkommen dürfen, ohne dich ...«

Wieder unterbrach Helena sie. »Dafür ist später Zeit. Jetzt sag erst mal: Wie geht es dir? Fühlst du dich gut?«

Mila nickte. Dann schüttelte sie den Kopf. Dann zuckte sie mit den Schultern und lächelte verlegen. »Weiß ich nicht so genau. Es ist so viel passiert. Diese Fabelmacht ... ich ... was ...« Sie wusste nicht mehr weiter. Sie fühlte sich noch immer klein und verloren, besonders als ihr aufging, dass sie selbst schuld an dem ganzen Chaos war. Wäre sie nicht Hals über Kopf abgehauen und hierhergekommen, ohne mit ihrer Mutter darüber zu reden, dann wäre alles vielleicht ganz anders gekommen.

Obwohl ...

Da war immer noch Nicholas' Geschichte. Hatte sie Mila gezwungen herzukommen?

»Es gibt so vieles, was ich dir erzählen muss«, stieß sie hervor.

Helena strich ihr über die Wange. »Dafür ist später Zeit.« Ihr Blick fiel auf Eric.

Er trat vor, streckte die Hand aus und nannte ihr seinen Namen.

Helena schüttelte seine Hand. »Freut mich, dich kennenzulernen.« An ihrem Gesichtsausdruck konnte Mila nicht erkennen, ob sie neugierig war, warum Eric hier war. Sie fragte jedenfalls nicht nach.

»Er ist ein ... Freund.« Mila wich ihm aus, als sie das letzte Wort sagte. Sie hatte jetzt keinen Kopf dafür, sich mit seinen Gefühlen zu befassen. Zu überrascht und überwältigt war sie davon, dass Helena plötzlich vor ihr stand. »Ich habe eine Million Fragen an dich«, sagte sie.

Helena lächelte matt. Kurz presste sie die Lippen aufeinander.

»Und ich werde versuchen, sie dir ehrlich zu beantworten«, versprach sie.

Helena bewegte sich in der unterirdischen Anlage mit einer solchen Selbstverständlichkeit, dass klar war, wie gut sie sich hier auskannte. Wenn Mila noch einen Hinweis gebraucht hätte, um Gewissheit zu haben, dass ihre Mutter ebenfalls fabelmächtig war, dann wäre es das gewesen: die Art, wie Helena die langen Gänge entlangging, an keiner einzigen Abzweigung zögerte, sondern mühelos den Weg zurück zu den Gästequartieren fand, in denen Milas und Erics Zimmer lagen.

Dort angekommen, meinte Eric: »Ihr habt viel zu besprechen. Ich glaube, ich lasse euch mal besser allein.« Und das tat er. Ohne ein weiteres Wort verschwand er in seinem Zimmer. Mila hatte das Gefühl, dass er vor ihnen floh. Sie verspürte den Impuls, ihm hinterherzugehen, aber Helena schob sie in ihr eigenes Zimmer und die Gelegenheit verstrich ungenutzt.

Während Mila sich erneut auf die Bettkante setzte, ging Helena bis zu dem Spiegel an der gegenüberliegenden Wand. Direkt davor blieb sie stehen, schaute hinein und Mila überkam das sonderbare Gefühl, dass es nicht ihre eigene Gestalt war, die sie sah, sondern etwas, das sich dahinter befand.

Irgendwo, dachte sie mit leichtem Gruseln, gab es ein Universum, in dem man durch Spiegel gehen konnte. Die Matratze schwankte ein wenig unter ihr und kurz fühlte sie sich wie auf einem Schiff.

Helena berührte den Spiegel mit den Fingerspitzen. »Weißt du, was einer der größten Streitpunkte unter den Gelehrten ist?« Sie sprach sehr leise, sodass Mila sie kaum verstehen konnte. Nach einer kurzen Pause fuhr sie fort: »Es ist die Frage, ob wirklich neue Universen entstehen dadurch, dass wir schreiben. Oder ob es nicht vielmehr umgekehrt ist. Schreiben wir nur auf, was sowieso irgendwo dort draußen geschieht?« Ein sehr trauriges Lächeln glitt über ihr Gesicht, Mila konnte es im Spiegel sehen. »Schreiben wir, was ist, oder ist, was wir schreiben?« Helena räusperte sich, vertrieb das traurige Lächeln und ersetzte es durch ein entschlossenes. »Du weißt inzwischen vermutlich, warum ich nie wollte, dass du hierher in diese Stadt kommst.« Sie drehte sich um.

Mila nickte. »Du wolltest mich vor der Fabelmacht schützen.«

»Sie existiert nur hier in Paris. Ich dachte damals, wenn ich mit dir weit fortgehe, dann bleiben dir all die Dinge erspart, die ich durchmachen musste.«

Mila krampfte die Hände um die Bettkante. Warum nur hatten Eltern immer das Gefühl, ihre Kinder von der rauen und gefährlichen Wahrheit fernhalten zu müssen? Warum kapierten sie nie, dass sie sie dadurch erst recht in Gefahr brachten? Villain und Zoë Caruel zum Beispiel hatten das auch bei Nicholas versucht und es hatte in einer riesigen Katastrophe geendet. »Du hättest mir das viel früher sagen können.«

»Vermutlich wäre es besser gewesen, ja. Aber glaub mir, ich wollte dich einfach nur schützen. Und ich habe nie verstanden, warum du das nicht akzeptieren konntest. Es hat mir sehr wehgetan, wie du ...« Sie wischte sich über den Mund, als könne sie so das Gesagte wieder fortnehmen. »Jetzt ist nicht die Zeit für ein solches Mutter-Tochter-Gespräch, denke ich.«

Nein. Das war es nicht.

»Papa und Antoine sind wegen der Fabelmacht gestorben, nicht wahr?« Mila sprach jetzt ganz leise.

Ein so trauriger Ausdruck huschte über Helenas Gesicht, dass ihr ganz schlecht davon wurde. Mehrere Sekunden verstrichen, dann erwiderte ihre Mutter: »Ja. Und wenn die Zeit gekommen ist, werde ich dir erzählen, was damals geschah.«

»Wenn die Zeit gekommen ist ...« Mila saß ganz still. All die Streitigkeiten, die zu Hause auf ihnen gelastet hatten, schienen plötzlich sehr weit weg zu sein. Helena hatte ihre Gründe gehabt, sie von Paris fernzuhalten, aber jetzt war sie hier. Und wann, wenn nicht jetzt, sollte diese Zeit sein?

Trotzdem hatte Mila in diesem Moment keine Kraft zu widersprechen. »Okay«, murmelte sie. Sie dachte wieder an Nicholas. Er erzählte ihr auch nicht alles. Ein düsterer Ausdruck musste über ihr Gesicht gehuscht sein, denn Helena sagte: »Gib mir ein bisschen Zeit, Mila. Für mich ist das alles hier auch nicht einfach.« Sie kam ans Bett und blieb dicht davor stehen. Dann setzte sie sich mit einem tiefen Seufzen neben Mila. »Also«, sagte sie betont munter. »Vielleicht ist es am besten, wenn du mir erst mal erzählst, was alles passiert ist, seit du in Paris angekommen bist.«

Mila begann mit dem sonderbaren alten Mann im TGV und der Tatsache, dass sie ihm ihre Geschichte über Abélard und Héloise gezeigt hatte. »Damals hatte ich noch nie von den beiden gehört«, schob sie ein. »Wie konnte ich dann über sie schreiben? Und über Nicholas?«

Ihre Mutter überraschte sie, indem sie einwarf: »Du und Nicholas. Ihr seid die zentralen Figuren in dieser Geschichte. Ich werde dir das noch erklären, aber bitte – sprich erst mal weiter.«

Also berichtete Mila ihr von ihrem Treffen mit Eric, dann von Odette und ihrer sonderbaren Warnung.

*Diese Geschichte hier ist längst zu Ende erzählt ...*

Sie sah, wie Helena sich bei diesen Worten sichtlich zusammenreißen musste.

So knapp wie möglich erzählte sie von Isabelle und dabei fiel ihr auf, dass sie etwas ausgelassen hatte. »Bevor Isabelle an dem ersten Tag nach Hause gekommen ist, habe ich über Eric ... geschrieben.« Warum hatte sie das instinktiv ausgespart? Lag es vielleicht an den Schuldgefühlen, die sie Eric gegenüber hatte und die immer schlimmer wurden? Sie erzählte Helena auch davon.

Ihre Mutter legte ihr eine Hand auf den Arm. »Das ist der Grund, warum nahezu jeder Fabelmächtige früher oder später in seinem Leben eine Weile hier unten bei den Brüdern verbringt, wo wir nur unter uns sind. Die Fabelmacht gibt uns eine sehr große Macht über andere Menschen und diese Macht nicht zu missbrauchen, ist vielleicht die schwerste Aufgabe, vor die wir gestellt sind.«

*Diese Macht nicht missbrauchen* ... Mila klammerte sich an einen Gedanken. »Ich habe Eric nicht ... ich habe ihn davon abgehalten zu klauen. Ich habe sein Leben in eine bessere Richtung gelenkt, das ist doch ...« Ihr wurde beinahe sofort bewusst, dass sie sich etwas vormachte. »Ich habe ihn umgeformt wie ein Knetmännchen, nicht wahr?«

Helena strich ihr über die Haut. Ihre Hände waren weich und kühl. Mila hätte sich am liebsten von ihr in den Arm nehmen lassen. »Du hattest keine Ahnung davon, was du bewirkst, indem du diese Geschichte über Eric schreibst.«

»Ja«, murmelte sie. »Keine Ahnung, zu was ich fähig bin. Genau wie Nicholas.« Dann erzählte sie weiter. Sie berichtete von dem Treffen mit Nicholas in dem Club, davon, dass er verzweifelt versuchte, seine Geschichte abzuwenden, und damit wieder und wieder scheiterte. Sie erzählte, wie sie zusammen mit Isabelle das Haus aufgesucht hatte, in dem Helena mit ihrem Vater und ihrem Bruder früher gelebt hatte, und was die alte Nachbarin über ihren Vater gesagt hatte.

Helena rümpfte ganz leicht die Nase. »Madame Fourier wohnt noch immer dort? Sie war schon damals eine üble Klatschtante. Noch dazu eine, die zu viele schlechte Liebesromane liest. Vermutlich hat sie mittlerweile jeden Mann und jede Frau im gesamten Viertel verdächtigt, einen geliebten Menschen in den Tod getrieben zu haben.«

Mila musste lächeln. Genau so hatte sie Madame Fourier auch eingeschätzt. Als sie jetzt in ihrer Erzählung fortfuhr und Maréchals Namen erwähnte, zuckte Helenas Hand auf ihrem Arm ganz leicht.

»Maréchal«, murmelte ihre Mutter.

»Er hat versucht, mir zu helfen. Er war derjenige, der mir klargemacht hat, dass ich die Fabelmacht besitze.« Mila berichtete davon, wie Maréchal ihr das Buch mit dem rätselhaften Eintrag auf der ersten Seite gegeben hatte. Sie erzählte von dem sonderbaren blauen Leuchten, das sie in Notre-Dame zu sehen geglaubt hatte, und von dem gruseligen Gefühl beim Anblick der kleinen, metallbeschlagenen Tür. »Am nächsten Tag dann bin ich auf den Friedhof Père-Lachaise«, fuhr sie fort. »Das war der Tag, an dem ich dich angerufen und nach der Fabelmacht gefragt habe.«

»Woher wusstest du, dass Papa und Antoine auf Père-Lachaise liegen?«

»Weil ich mich daran erinnert habe, dass dieser Friedhof immer wieder in deinen Büchern vorkommt.«

»Verstehe.« Helena nickte und bedeutete Mila weiterzureden.

»Auf dem Friedhof wurde ich von ein paar Männern angegriffen, die Villain Caruel auf mich gehetzt hat, keine Ahnung, wieso. Eric hat mir geholfen, aber in dem alten Abbruchhaus, in dem wir uns versteckt haben, haben sie uns auch gefunden.«

»Weil sie Nicholas' Geschichte kannten«, vermutete Helena.

Mila zuckte mit den Schultern. »Jedenfalls haben sie auf mich geschossen, Nicholas hat mir das Leben gerettet und dann dafür gesorgt, dass ich den Typen entkommen konnte. Danach sind er, Eric und ich zu Odette gegangen.« Dieser Teil der Geschichte verursachte ihr die meisten Beklemmungen, stellte sie fest. Die Tatsache, dass Nicholas gewusst haben musste, was bei Odette geschehen würde, und dass er trotzdem mit ihr dorthin gegangen war, schnürte ihr die Kehle so sehr zusammen, dass sie kaum Luft bekam.

»Er konnte nicht anders handeln«, sagte Helena. »Die Geschichte zwang ihn dazu. Selbst wenn er nicht alles für dich tun würde, um dich zu beschützen, hätte er nicht anders gekonnt, als irgendwann bei Odette aufzutauchen.«

»Er *musste* angeschossen werden«, flüsterte Mila. Allein die Vorstellung davon, wie viel Angst er gehabt haben musste, als er mit ihr in Odettes Gästezimmer gesprochen hatte, trieb ihr Tränen in die Augen.

»Das musste er.« Helena ließ sie los, stand auf und goss ihr aus einer Mineralwasserflasche, die auf dem kleinen Schreibtisch stand, ein Glas ein. Mila trank ein paar Schlucke, dann behielt sie das Glas in den Händen und vertrieb den unbändigen Wunsch, Helena zu fragen, wie diese Geschichte hier ausging. Alles der Reihe nach, mahnte sie sich selbst und überlegte kurz, warum Helena über Nicholas' Geschichte so gut Bescheid wusste.

Hatte sie mit Maréchal oder einem der anderen darüber gesprochen, bevor sie zu Mila gekommen war? Denn immerhin war sie ja seit Jahren nicht mehr in Paris gewesen. Oder hatte sie noch Kontakt zu jemandem in der Bruderschaft? Vielleicht waren die Fabelmächtigen auch so etwas wie eine eingeschworene Gemeinschaft.

Mila trank einen weiteren Schluck, dann fuhr sie fort. »Jedenfalls: Obwohl er so schwer verletzt war, brachte er Eric und mich hier runter. Dabei wäre er beinahe gestorben. Ich habe ihn dann gesunderzählt – und dadurch, ohne es zu wollen, eine weitere Szene von seiner Geschichte wahr werden lassen.« Sie fand, dass es jetzt an der Zeit für eine Frage war. »Die anderen haben mir erklärt, niemand könne Nicholas' Geschichte umschreiben. Stimmt das?«

Da seufzte Helena. »Ich hätte dir das alles wirklich zu gern erspart. Aber um deine Frage zu beantworten: Es gibt eine Hierarchie unter Fabelmächtigen. Eine Geschichte zurückschreiben kann nur jemand, der mächtiger ist als der ursprüngliche Erzähler.« Sie lächelte. »Aus diesem Grund zum Beispiel konnte ich dafür sorgen, dass Serge aufhört, dich zu jagen, sobald mein Flieger Paris erreicht hatte.«

»Du hast Caruels Erzählung rückgängig gemacht?

»Ja. Der arme Serge ist jetzt wieder ein ganz normaler Leibwächter und kein Auftragskiller mehr, allerdings ahnt Caruel noch nichts davon.« Der Gedanke schien Helena großes Vergnügen zu bereiten. »Das konnte ich, weil meine Macht größer ist als die von Caruel. Wir können also morgen früh, wenn wir wollen, diese Katakomben hier verlassen und uns oben in der Stadt ein Hotel suchen.«

Sie sprach nicht davon, so schnell wie möglich nach Hause zurückzufahren, dachte Mila. Warum nicht?

»Also«, fuhr Helena fort. »Ich kann Caruels Geschichten zurückschreiben. Du könntest das auch. Maréchal zum Beispiel ist nur relativ schwach begabt und Bruder Philippe, der Arzt hier unten, auch. Aber, und das ist etwas, das alle Gelehrten zum Staunen bringt und für das niemand auch nur den geringsten Grund weiß: Der Allermächtigste von uns allen scheint Nicholas zu sein.«

»Also kann das, was er schreibt … niemand rückgängig machen.« Mila schloss die Augen, weil die Konsequenz dessen sie niederdrückte. »Das heißt, niemand kann verhindern, dass seine Geschichte bis zum Ende abläuft. Nicht mal er selbst.«

Sie hätte sich am liebsten unter die Bettdecke verkrochen und wäre nie wieder darunter hervorgekommen.

*Diese Geschichte ist längst zu Ende erzählt,* hallte Odettes Stimme in ihr wider.

»Nicholas wird sterben«, flüsterte sie unter Tränen. »Und es gibt niemanden, der etwas dagegen tun kann?«

»Doch.«

Es dauerte einen Moment, bis der Sinn dieses einen Wortes Mila erreichte. »Doch?« Sofort fühlte sie sich wieder etwas weniger schwermütig. Es war so gut, dass ihre Mutter bei ihr war!

»Doch?«, wiederholte sie. »Wer?«

Helena lächelte. Sie nahm Mila das Glas aus der Hand.

»Du vermutlich«, sagte sie.

»Wie?« Die Frage kam beinahe als Schrei aus Milas Mund.

»Indem du ein neues Ende für die Geschichte schreibst.«

»Kann ich das denn?«

»Das ist es, was ich glaube, ja.«

Sie konnte das alles hier beenden? Der Gedanke war verlockend. »Aber das würde ja bedeuten, dass ich …«

»… dass du möglicherweise noch mächtiger bist als Nicholas.« Helenas Gesichtsausdruck wurde ganz weich, fast zärtlich.

Mila stand auf und ging zu dem Spiegel. Sie wirkte zerzaust, als sei sie in einen Wirbelsturm geraten, und genauso kam ihr auch ihr Inneres vor. Sie so mächtig wie Nicholas? Sie fühlte sich nicht mächtig. Ganz im Gegenteil. Was hatte sie denn bisher schon getan? Ihr Shirt von Weiß auf Schwarz umgeschrieben. Aus Eric einen verantwortungsvollen Menschen gemacht. Und eine tödliche Verletzung bei Nicholas wegerzählt. Eine Verletzung, die ihm seine eigene Geschichte beigebracht hatte.

Eine Geschichte, die bisher niemand umschreiben konnte und die seine Mutter das Leben gekostet hatte, als sie es versucht hatte.

»Nein.« Mila schüttelte den Kopf, dass ihre Locken flogen.

Helena sah sie fragend an und sie erklärte: »Ich habe Nicholas nicht gegen die Geschichte gesundgeschrieben, sondern damit den Status quo wiederhergestellt. Wenn ich ihn nicht gerettet hätte, könnte er nicht das Ende finden, das in der Geschichte erzählt wird. Nur darum konnte ich ...«

»Wir können uns dessen nicht sicher sein«, unterbrach Helena sie. »Woher willst du wissen, ob Nicholas sich nicht wundersamerweise doch noch erholt hätte, genau wie er es geschrieben hat?«

Der Gedanke war Mila überhaupt nicht gekommen. So sicher war Bruder Philippe gewesen, dass Nicholas sterben würde. Aber was, wenn er sich geirrt hatte?

»Wie auch immer«, fügte Helena hinzu. »So oder so hast du in die Geschichte eingegriffen. Und im Gegensatz zu Zoë Caruel hat es dir nicht im Geringsten geschadet. Ich würde sagen, das ist ein starkes Indiz, wie recht ich habe.«

Mila zweifelte noch immer, aber sie wollte mit aller Macht daran glauben, dass sie Nicholas würde retten können. Trotzdem fühlte der Gedanke sich falsch an. Als wäre er zu groß für ihren Kopf, zu groß für sie. Sie war doch nur eine ganz normale Siebzehnjährige!

Sie griff sich in ihre wirren Locken und wickelte sie um den Finger. »Du hast es die ganze Zeit gewusst, oder?« Im Spiegel suchte sie Helenas Blick. »Hast du deswegen versucht, mich von der Fabelmacht fernzuhalten?« Ein Gedanke kam ihr. Hatte Helena vielleicht schon bei ihrer Geburt gemerkt, welche Kräfte in ihr steckten?

»Nein. Ich habe Paris verlassen, weil ich darin die einzige Möglichkeit sah, der schrecklichen Verantwortung auszuweichen, die die Fabelmacht mit sich bringt. Aber als ich neulich in deinem Notizbuch gelesen habe, was du über Nicholas geschrieben hast, da ahnte ich, dass irgendetwas Großes in Gang gekommen war.«

»Du kanntest Nicholas schon vorher.« Es war keine Frage. Mila wandte sich um. Warum wusste ihre Mutter über alles, was geschehen war, so genau Bescheid? Und wieso kannte sie Nicholas' Geschichte? Sie wollte sie das fragen, aber Helena redete bereits weiter.

»Nicholas wurde mit einer Ausprägung der Fabelmacht geboren, die noch nie zuvor jemand besessen hat. Und ich bin mir ziemlich sicher, dass das bei dir auch der Fall ist. Die Art, wie sich eure Geschichten gegenseitig erzählen, zeigt es mir. In den letzten Stunden habe ich mit ein paar Brüdern gesprochen, die glauben, dass die Fabelmacht dabei ist, eine neue Stufe zu erreichen. Ihr seid die ersten einer neuen Generation, Mila. Bitte frag mich nicht, wieso. Ich habe keine Ahnung. Aber ich bin mir sehr sicher, dass du Nicholas' Geschichte umschreiben kannst.« Helena erhob sich und brachte das Glas zurück zum Schreibtisch. »Willst du das tun?«

Was für eine Frage! »Natürlich!«, rief sie.

Ein Lächeln glitt über Helenas Gesicht. »Doch damit du das tun kannst, muss ich dir etwas zeigen.« Sie war schon an der Tür, bevor Mila sich auch nur besinnen und aufrappeln konnte. Als sie zusammen auf den Flur hinaustraten, stand plötzlich Maréchal vor ihnen.

»Maréchal!« Mila umarmte den Buchhändler spontan. Sie kannte ihn gar nicht richtig, wurde ihr klar, aber irgendetwas hatte er an sich, das ihr Vertrauen einflößte.

Er sah übermüdet aus, erschöpft auf diese bestimmte Art, die einen überkam, wenn die eigenen Gedanken ins Leere liefen oder man zu lange und zu intensiv geschrieben hatte. Seine Haare standen ihm wirr vom Kopf ab und er hatte die Strickjacke zugeknöpft, als sei ihm kalt.

Milas Blick fiel auf einen Kugelschreiber, den er in der Jackentasche stecken hatte.

Maréchals Blick hingegen hing an Helena. Und in seiner Miene stand völlige Ungläubigkeit geschrieben.

»Du?« Er keuchte das eine Wort. So blass wurde er, dass Mila fürchtete, er würde mit einem Schock einfach umkippen. Stattdessen fiel sein Unterkiefer herunter, sekundenlang rang er um Fassung. »Ich hatte keine Ahnung, dass du wieder in Paris bist«, stammelte er schließlich.

Helena neigte nur leicht den Kopf zur Antwort.

»Es ist lange her«, murmelte Maréchal, nachdem er eine halbe Ewigkeit geschwiegen hatte.

Mila schaute von einem zum anderen.

Sie sah, wie Maréchals Blick zwischen ihr und ihrer Mutter hin- und herwanderte. »Gott, ihr seht euch so unfassbar ähnlich!« Dann fasste er Mila fest ins Auge. »Ich habe das schon bei unserer ersten Begegnung gesehen.«

»Darum bist du mir nach und hast mir das Buch gegeben?«

Er hatte seine Strickjacke vor dem Bauch gefasst und zerrte daran. »Auch, ja.«

»Woher kennt ihr euch?«, fragte Mila. Ihr ganzes Gesicht kribbelte vor Anspannung. Sie wollte Nicholas helfen und nicht hier rumstehen und Small Talk halten.

»Maréchal war der beste Freund deines Vaters.« Ganz leise hatte Helena das gesagt. Ihr Blick und der des alten Buchhändlers begegneten sich und es war überdeutlich zu spüren, dass da eine sehr alte Verbindung zwischen den beiden bestand. Sie schauten sich wie Menschen an, die eine gemeinsame und überaus schlimme Erinnerung teilten.

Mila schluckte. Hatte dieser Blick etwas mit dem Tod ihres Vaters zu tun? »Was ...«

Sie kam nicht dazu, eine entsprechende Frage zu formulieren, denn in diesem Augenblick öffnete sich Erics Zimmertür einen Spalt weit und er streckte den Kopf heraus.

»Oh. Stehparty?«, scherzte er, sah aber nicht im Geringsten gut gelaunt aus dabei.

Sowohl Helena als auch Maréchal wandten sich zu ihm um. »Wir sollten los«, sagte Helena zu Mila. »Wenn wir uns nicht beeilen ...«

»Was habt ihr vor?« Misstrauen flackerte in Maréchals Blick und als er nicht sofort eine Antwort erhielt, trat er einen Schritt auf Milas Mutter zu. »Helena?«

Sie straffte sich. »Wir werden dafür sorgen, dass Nicholas nicht sterben muss.«

Wenn es überhaupt möglich war, dann wurde Maréchal noch ein bisschen blasser.

»Wie?«, erkundigte sich Eric.

Helena lächelte ihn nur nichtssagend an.

»Helena!«, nannte Maréchal sie erneut beim Namen, diesmal klang er zornig. Da war etwas an ihm, das sie bisher nicht gesehen hatte, eine Stärke oder Härte, die jemand besaß, der schon das Schlimmste erlebt hatte. Automatisch wanderten ihre Gedanken wieder zu ihrem Vater. Maréchal und er waren gute Freunde gewesen ...

»Rede mit mir, Herrgott!«, herrschte er Helena jetzt an.

Sie lächelte weiter dieses unverbindliche Lächeln. »Komm mit, dann wirst du es ja sehen.« Und bevor Mila und er auch nur eine Silbe hervorbrachten, wandte sich Helena an Eric. »Du bist Teil dieser Geschichte«, meinte sie. »Du solltest ebenfalls erfahren, was ich Mila jetzt zeige.«

Als sei damit alles gesagt, wandte sie sich um und marschierte einfach davon.

In Mila spannte sich etwas an. Noch vor ein paar Tagen hatte sie es gehasst, wenn Helena einfach über ihren Kopf hinweg entschied, was zu tun war. Jetzt wusste sie nicht genau, ob sie froh darüber sein sollte. Sie fühlte sich noch immer wie auf einem schwankenden Schiff und es tat gut, zur Abwechslung einmal jemanden zu haben, der zu wissen schien, was zu tun war.

Und es gab Rettung für Nicholas!

Das war das Einzige, was sie in diesem Augenblick wirklich interessierte. Sie warf Maréchal einen Blick zu. Um seine Beziehung zu ihrer Mutter und vor allem zu ihrem Vater konnte sie sich später auch noch kümmern. So schnell sie konnte, eilte sie Helena hinterher.

Und Eric und Maréchal taten es ihr gleich.

»Was passiert hier gerade?« Eric stellte ihr diese Frage flüsternd, während sie gemeinsam eine lange Treppe hinunterliefen, die aus dem Felsen geschlagen worden und deren Stufen von den Füßen unzähliger Menschen ausgetreten waren.

»Sie weiß, wie wir Nicholas retten können.« Auch Mila flüsterte. Helena war ihnen ein paar Schritte voraus, sodass sie von dem Gespräch nichts mitbekam. Und Maréchal war zu sehr mit seinen eigenen Gedanken beschäftigt, um auf sie zu achten.

»Ja. Das habe ich schon mitbekommen. Aber wie zur Hölle will sie das anstellen?«

Mila forschte in Erics Miene nach einem Hinweis darüber, wie er dazu stand, dass Nicholas leben würde. Da war nichts als ehrliche Erleichterung. Am liebsten hätte sie Eric dafür umarmt. »Keine Ahnung, aber das werden wir vermutlich gleich erfahren.«

Im Gehen warf sie Maréchal einen Seitenblick zu.

»Frag mich nicht!«, brummte er. »Ich bin nur ein alter Buchhändler, der nicht besonders fabelmächtig ist.«

Sie war sich nicht sicher, ob sie ihm das glauben sollte, aber sie beließ es dabei.

Über ein paar Treppen führte Helena sie mehrere Stockwerke nach unten und kurz darauf betraten sie die Bibliothek im unteren Geschoss zwischen zwei Regalreihen, die große Uraltschinken mit Pergamenteinbänden beherbergten. Mila hatte diesmal keinen Blick für die Titel auf den Buchrücken. Sie folgte Helena den Gang entlang, dann um eine Ecke und um eine weitere. Und kurz darauf standen sie alle vier vor einer Tür, bei deren Anblick Milas Herz ins Stocken geriet.

»Das ist nicht dein Ernst, Helena!«, ächzte Maréchal.

Auch in diese Tür war das Baumsymbol geschnitzt, aber anders als im Rest der Anlage, wo die Bäume entweder ganz oder zum Teil golden ausgemalt waren, erschien dieser Baum hier komplett schwarz. Das, was Mila jedoch frösteln ließ, war nicht der Anblick dieses schwarzen Baumes. Die Tür strömte selbst irgendwas aus, das sich anfühlte wie Kälte, die aus einem geöffneten Kühlschrank drang und sich einem klamm und feucht auf die Haut legte. Mila bekam eine Gänsehaut. Sie bildete sich ein, ein Wispern zu hören, das sie warnte, auch nur einen einzigen Schritt weiterzugehen.

»Wohin führt die Tür?« Eric hatte die Stimme zu einem Flüstern gesenkt. Spürte er es auch?

Mila tauschte einen beklommenen Blick mit ihm, dann einen mit Maréchal.

Helena jedoch zögerte nicht. Sie stieß die Tür auf und ließ Mila den Vortritt. »Nur Mut. Ich bin ja bei euch.«

# 17

Hinter der Tür erstreckte sich ein weiterer Gang, der rechts und links von Regalen gesäumt war. Regale, die sich in einer unendlichen, tiefen Finsternis verloren und von denen nur die ersten paar Meter von dem Licht erhellt wurden, das durch die Tür fiel. Sämtliche Bücher hier waren einheitlich groß. Und alle waren nachtschwarz eingebunden und unbeschriftet.

Mila blieb auf der Schwelle stehen. Sie hatte sich zwar vorgenommen, ihrer Mutter zu vertrauen, aber da war noch immer dieses warnende Flüstern in ihrem Kopf, das sie vom Betreten dieser neuen Bibliothek abhalten wollte. Sie suchte Maréchals Blick, aber der wich ihr aus.

»Was du spürst, ist eine Auswirkung der Fabelmacht«, erklärte Helena. »Sie versucht, dich von hier fernzuhalten, aber wenn du Nicholas helfen willst, dann ist genau das das Einzige, was du nicht zulassen darfst.«

Maréchal schien mittlerweile akzeptiert zu haben, was hier geschah. Er nickte gedankenverloren.

*Du bist mir eine schöne Hilfe,* dachte Mila verdrossen.

»Okay«, sagte sie dann. Sie musste es wiederholen, um sich selbst Mut zu machen. »Okay.«

Sie trat über die Schwelle.

Ein Bewegungsmelder wurde ausgelöst. Eine Reihe Neonröhren an der Decke erwachte mit hörbarem Summen zum Leben. Grelles bläuliches Licht riss Regal um Regal aus der Finsternis, bis es so aussah, als würden die endlosen nachtschwarzen Buchreihen sich in weiter Ferne berühren.

Eric beugte sich über Milas Schulter und flüsterte ihr ins Ohr: »Wenn es jetzt noch gruseliger wird, bin ich raus!«

Sie sah ihn strafend an.

»Was?«, gab er zurück. »Sag bloß, du findest das hier nicht gruselig?«

»Doch. Natürlich.«

»Man gewöhnt sich an das Gefühl, wenn man eine Weile drin ist«, versprach Helena. »Geht einfach hinein.«

Und das taten sie. Mila als Erste, Eric folgte ihr auf dem Fuß, dann Helena. Maréchal jedoch schien sich nicht überwinden zu können. Als Mila einen Blick zurückwarf, stand er noch immer an der Schwelle. Gleich darauf drehte er sich um und verschwand.

Mit einem überaus mulmigen Gefühl im Magen lief Mila weiter.

Die Bücher mochten alle dieselbe Größe haben, aber sie waren unterschiedlich dick, stellte sie fest. Es gab dünne Bändchen, gerade einmal so schmal wie ein Schulheft. Es gab fette, backsteindicke Schwarten von mehreren Tausend Seiten. Und es gab jeden nur möglichen Umfang dazwischen.

Mila strich über ein paar der unbeschrifteten Buchrücken. »Wie soll man hier finden, was man sucht?«

»Mich interessiert viel mehr, was das für unheimliche Bücher sind«, murmelte Eric.

Helena lächelte. »Warte es ab«, sagte sie.

Nach ein paar Metern nahm Mila probehalber ein Buch aus dem Regal und schlug es auf. Zu ihrer Verblüffung waren die

Seiten leer. Sie blätterte erstaunt darin hin und her, aber sie fand keine einzige, auf der etwas stand.

»Hm?«, machte Eric.

Sie zeigte es ihm. Er griff sich ein anderes Buch. Auch bei dem waren die Seiten leer.

»Wenn du jetzt noch mal *gruselig* sagst«, murmelte Mila dumpf, »dann haben meine Beine unsere Meinungsverschiedenheit gewonnen.«

Eric hob fragend eine Augenbraue.

»Sie wollen schon seit ein paar Minuten von hier weglaufen.« Mila grinste gezwungen. Dann zuckte sie zusammen.

Bei zwei Büchern links von ihr bildete sich vor ihren Augen Schrift auf dem Rücken. Hell schimmernde silbrige Schrift. Sie sah geisterhaft aus.

Davon angezogen, ging Mila näher. Ihr Herz jagte.

*Helena Corbeil,* las sie auf dem einen Band. Ihr Blick huschte zu dem zweiten, der um einiges dünner war.

*Émilie Corbeil.*

Ihr Herz geriet aus dem Rhythmus. Auf einmal bekam sie keine Luft mehr.

Sie sah Eric an.

»Was ist?«, fragte er irritiert.

»Er kann die Schrift nicht sehen«, erklärte Helena. »Das können nur Fabelmächtige.«

»Dann siehst du sie?«

Helena nickte.

»Warum nur diese beiden? Was ist mit all den anderen Büchern?«

Da umfasste Helena die gesamte Bibliothek mit einer weiten Geste. »Die Bücher hier drinnen enthalten sämtliche Fabelmachtgeschichten, die jemals geschrieben wurden. Aber jeder von uns kann sie nur unter einer von zwei Voraussetzungen lesen. Entweder, weil er die Geschichte selbst geschrieben hat. Oder aber, weil er Teil von ihr ist.«

Mila hätte sich am liebsten an irgendetwas festgeklammert, bevorzugt an Erics Hand. Sie dachte an den Spiegel in ihrem Zimmer. War sie vielleicht doch hindurchspaziert und in einer völlig verrückten Welt gelandet? Und würde es noch fantastischer werden?

Ihre Hand zitterte ein bisschen, als sie nach dem Buch griff, auf dem ihr Name stand. Sie schlug es auf. Und keuchte. Diesmal waren die Seiten nicht leer, sondern mit Bleistift beschrieben. In ihrer eigenen Handschrift.

Fast wäre ihr das Buch aus der Hand gerutscht. Gerade noch fing sie es auf. Die erste Geschichte darin war die, die sie über Eric geschrieben hatte. *In der großen Halle des Gare de l'Est stand Eric an die Seitenwand einer Reihe Schließfächer gelehnt und hielt sich fluchend das Handgelenk,* las sie zuerst und dann von der rothaarigen Frau und von den Gewissensbissen, die Eric erfassten.

»Was hast du?« Eric beugte sich über die Seiten. Mila wollte das Geschriebene reflexartig vor ihm verstecken, aber zu spät. Sein Blick hatte sich schon darauf geheftet. Ein ratloser Ausdruck erschien in seiner Miene. »Die sind auch leer«, sagte er.

Helena nickte, als habe sie genau das erwartet. »Wie gesagt, man muss fabelmächtig sein ...«

»Ja, ja«, fiel Eric ihr grummelnd ins Wort. »Schon verstanden. Was mache ich dann eigentlich hier, kann mir das mal jemand sagen?«

*Du stärkst mir den Rücken,* dachte Mila mit einer Zärtlichkeit, die so stark war, dass sie schlucken musste. Und dann kam dieser Gedanke, den sie schon so oft gehabt hatte: *Du sorgst dafür, dass ich nicht völlig den Boden unter den Füßen verliere bei all dem Irrsinn hier.*

Laut sagte sie: »Ich bin froh, dass du hier bist.«

Er rümpfte ungläubig die Nase, dann nickte er. »Wenn du meinst.«

Mila wandte sich an ihre Mutter. »Hier drin sind nur Geschichten, die unter dem Einfluss der Fabelmacht geschrieben wurden?«

Helena nickte.

»Also alles, was ich früher geschrieben habe, als ich noch nicht in Paris war, ...«

»... taucht in diesen Büchern nicht auf, nein.«

Noch einmal betrachtete Mila ihre eigenen, mit Bleistift geschriebenen Worte und sie stellte sich vor, wie sie etwas schrieb, wie das Fabelmachtleuchten aufflammte und gleichzeitig der Text wie von Geisterhand geschrieben hier in diesem Buch erschien. Sie hatte eine Gänsehaut dabei. Rasch klappte sie das Buch zu und stellte es an seinen Platz zurück. Als sie gerade nach dem von ihrer Mutter greifen wollte, fiel ihr Blick zur Seite. Dort, in ein paar Metern Entfernung schimmerte auf einem weiteren Band silberne Schrift. Sie musste näher gehen, um sie lesen zu können, und als sie sie entziffern konnte, stockte ihr Herz.

*Nicholas Caruel,* stand da.

Nicholas stand grübelnd vor dem Schreibtisch im Arbeitszimmer seines Vaters. Er hatte die Hände rechts und links zwischen den unordentlichen Bücherstapeln aufgestützt, die er im Laufe der vergangenen Stunden errichtet hatte. In den Regalen ringsherum klafften etliche Lücken. Die Abenddämmerung fiel durch die hohen Fenster. Die kleinen Puttengesichter an der Stuckdecke, die aus einem Meer von Akanthusblättern auf Nicholas niederblickten, schienen ihn zu verspotten. Staub, den er aufgewirbelt hatte, tanzte in der Luft, stieg hoch und sank wieder nach unten in einem nie enden wollenden Kreislauf.

Mit einem frustrierten Aufschrei packte Nicholas einen der Bücherstapel und fegte ihn vom Tisch. Die alten Bände flogen durch die Luft, krachten zu Boden. Nicholas verschränkte verzweifelt die Hände im Nacken.

Sein Vater streckte den Kopf zur Tür herein und entdeckte das Chaos. Er kommentierte jedoch die misshandelten Bücher auf dem Fußboden nicht, sondern fragte besorgt: »Bist du in Ordnung?«

»Nichts ist in Ordnung!«, fauchte Nicholas. »Uns läuft die Zeit davon und in keinem dieser alten Schinken findet sich auch nur eine einzige vernünftige Spur!« Er schüttelte den Kopf über sich selbst, weil er so dumm gewesen war zu hoffen, dass er durch eine glückliche Fügung doch noch auf eine rettende Idee stoßen würde. Es hätte ihm klar sein müssen, dass er vergeblich hoffte. Sein Vater und er suchten seit Jahren in den Büchern nach einer Lösung.

Caruel betrat nun das Arbeitszimmer. Er hatte die Ärmel seines Hemdes bis zu den Ellenbogen hochgerollt, sodass die Flammenschrift auf seinem Unterarm zu sehen war. Genau wie bei Nicholas leuchtete sie hell. Der Geschichte zufolge hätte Nicholas in diesem Augenblick mit Mila zusammen sein sollen und Caruel hätte halb Paris durchstreifen müssen auf der Suche nach ihnen. Nicholas ahnte, wie sehr die Schmerzen seinen Vater quälen mussten. Er selbst hingegen hatte längst gelernt, damit zu leben. Sie waren die Strafe für seine Dummheit. Er hatte sie verdient und er würde sie aushalten bis zum Schluss.

Schweigend sah er zu, wie sein Vater sich nach den Büchern

bückte, eines nach dem anderen aufhob und es zurück auf den Schreibtisch legte.

Ein Polizeiauto mit eingeschalteter Sirene fuhr vorbei. Kurz darauf folgte ein zweites.

Draußen wurde es langsam dunkel.

Unten im Haus schlug die Türglocke an, kurz darauf kam Hector, der Butler, herein und kündigte »Monsieur Lefevre« an.

Nicholas, der begonnen hatte, rastlos umherzuwandern, blieb mit einem Ruck stehen. Sein Vater ließ bitten und gleich darauf betrat Serge den Raum.

»Guten Abend, Monsieur Caruel«, grüßte er. Für einen Leibwächter, der früher seinen Job ernst genommen hatte und seit Tagen durch die Fabelmacht dazu gezwungen wurde, ein junges Mädchen durch halb Paris zu jagen, wirkte er ziemlich gut gelaunt. »Ich wollte mich nur kurz erkundigen, ob Sie meine Dienste morgen benötigen oder ob es in Ordnung ist, wenn ich einen Tag freinehme.«

Nicholas starrte ihn an. »Brauchen Sie eine kurze Pause von der Jagd?«, fragte er höhnisch.

Serge wirkte verwundert. »Ich bin nicht sicher, ob ich weiß, wovon Sie reden.« Er sah Nicholas' Vater an.

Der stand mit einem Buch im Arm da. »Mila Corbeil?«, fragte er.

Serge stand ganz aufrecht wie ein Soldat, der Haltung angenommen hatte. Nicholas konnte die Muskeln an seinen Armen durch sein enges Shirt hindurch sehen. Der Mann stemmte vermutlich jeden Tag Gewichte.

»Ich fürchte, ich habe diesen Namen noch nie gehört«, sagte Serge.

Nicholas und Caruel tauschten einen langen Blick.

»Der Überfall am Gare de l'Est?«, hakte Nicholas nach. »Die

Schüsse im Abbruchhaus? Die vergebliche Suche im Parc des Buttes-Chaumont?«

Bei jeder Frage wuchs Serges Verwunderung noch. »Ist das hier eine Art Test?«, erkundigte er sich bei Caruel. »Falls ja, bin ich nicht sicher ...«

Doch Caruel schüttelte den Kopf. »Nein, Serge. Es ist gut. Wir müssen uns entschuldigen für die Verwirrung. Natürlich können Sie morgen freinehmen, ich brauche Ihre Dienste nicht.«

Serge deutete seinen Dank mit einem Kopfnicken an.

»Sie können dann gehen«, sagte Caruel.

Nachdem der Leibwächter sich verabschiedet hatte, schwiegen Nicholas und sein Vater einige Sekunden lang. Nicholas war der Erste, der das Wort ergriff. »Jemand hat ihn umgeschrieben.«

Caruel drehte das Buch in seinen Händen. Er legte es behutsam auf einen Stapel auf dem Schreibtisch, dann ließ er sich in seinen Drehstuhl fallen. Die Federn quietschten leise, als er sich zurücklehnte. »Er erinnert sich weder an die Jagd selbst noch daran, dass er Milas Namen überhaupt schon einmal gehört hat. Nur ein bedeutender Fabelmächtiger ist in der Lage, einen Menschen auf diese Art und Weise zu beeinflussen.«

*Ein sehr bedeutender Fabelmächtiger ...*

Nicholas richtete den Blick in die Dunkelheit vor dem Fenster. Obwohl er im Grunde seines Herzens froh darüber war, dass Mila jetzt von Serge und seinen Leuten keine Gefahr mehr drohte, überlief ihn ein kaltes Frösteln.

Nicholas hatte eine schöne, leicht altmodische Handschrift. Und er hatte dunkelblaue Tinte benutzt, als er seine Geschichte geschrieben hatte.

Langsam blätterte Mila durch die einzelnen Seiten. Obwohl sie spätestens seit seiner schweren Verwundung wissen wollte, wie seine Geschichte ausging, hatte sie gezögert, das Buch überhaupt in die Hand zu nehmen. Erst Helenas aufmunterndes Nicken und ihre Versicherung, dass es nötig war, die Geschichte zu lesen, bevor sie deren Ende umschreiben konnte, hatte ihr den Mut gegeben.

Jetzt las sie, wie Nicholas unter dem Eiffelturm stand und einen Ballonverkäufer beobachtete, während ein Keyboardspieler *Ballade pour Adeline* spielte. Sie las, wie sie kurz darauf im Gare de l'Est aus dem Zug stieg und Nicholas begegnete. Die Szene war schön geschrieben, fand sie, ein bisschen blumig vielleicht, aber das waren ihre Texte auch, die sie im Alter von dreizehn Jahren geschrieben hatte. Die Szene in dem Club, der in der Geschichte Luna hieß und nicht Le Cimetière, hatte eine unterschwellige Spannung. Allerdings kamen in ihr weder das Mädchen mit dem schwarzen Minikleid noch Isabelle vor und auch alle anderen Details waren ein bisschen anders. Ein zugedröhnter Typ bedrohte Nicholas mit dem Messer des Barkeepers und Nicholas musste sich dagegen zur Wehr setzen. Außerdem tauschten sie und er ihre Handynummern. Das Einzige, was wenigstens einigermaßen mit dem übereinstimmte, was in dem Club wirklich passiert war, war der Kuss.

An dieser Stelle ließ Mila das Buch sinken, biss sich nachdenklich auf die Unterlippe.

Eric stand neben ihr. Er sah inzwischen nicht mehr verwirrt aus, sondern nur noch resigniert. Etwas schimmerte in seinen Augen, das zu sagen schien: *Schon klar. Du bist hier der Freak. Und ich bin nur der Typ, der dazu da ist, dämlich aus der Wäsche zu gucken.*

Auch Eric kam in Nicholas' Geschichte nicht vor. Konnte es sein, dass er der Grund war, warum es diese ganzen Abweichungen gab?

Sie suchte Helenas Blick, weil sie ihr genau diese Frage stellen wollte. Aber ihre Mutter bedeutete ihr weiterzulesen.

Die Szene auf der Dachterrasse und auch die in Odettes Wohnung waren so realitätsgetreu geschildert, dass Mila glaubte, noch einmal die Querschläger zu hören und den Pulvergeruch riechen zu können. Die Art, wie sich ihre Erinnerung und das, was sie gerade las, überlagerten, machte sie schwindelig. Und als einer der Angreifer eine Waffe auf Odette richtete, die Kugel dann aber Nicholas traf, traten ihr Tränen in die Augen.

Warum nur hatte Nicholas eine solche Szene geschrieben? Selbst wenn er nicht gewusst hatte, dass sie wahr werden würde, war es noch immer ziemlich spooky, dachte sie.

Sie musste sich über die Augen wischen, um weiterlesen zu können. In der Geschichte wurde er bei Weitem nicht so schwer verletzt. Er wurde ins Krankenhaus gebracht und was nun folgte, war eine irgendwie romantische Szene, in der Mila an seinem Bett saß und ihn betrachtete, während er schlief.

Von den Worten eigenartig berührt, schaute sie auf. Die endlosen Reihen schwarzer Bücher verschwammen schon wieder vor ihren Augen. Jemand berührte sie am Ellenbogen und sie wusste nicht, ob es Eric oder Helena war.

Sie schaute zurück auf die Buchseiten, zögerte jedoch weiterzulesen. Sie brannte darauf, endlich zu erfahren, wie Nicholas' Geschichte ausging. Und gleichzeitig hatte sie noch nie im Leben vor einer Sache so viel Angst gehabt.

Ihre Fingerspitzen strichen an der Kante der Seiten entlang. Dann – es fühlte sich fast ein bisschen ferngesteuert an – schlug sie das Buch irgendwo in der Mitte auf. Dort gab es eine Szene, in der sie und Nicholas miteinander im Bett waren. Die Buchstaben flimmerten vor ihren Augen, so peinlich berührte es sie, das zu lesen, und sie blätterte eilig bis zum Ende.

Als sie dort weiterlas, war es, als würde ihr ein Messer genau zwischen die Schulterblätter bis ins Herz gerammt werden.

Caruel stand mit einer Waffe in der Hand auf einem der Türme der Kathedrale von Notre-Dame. Und er zielte auf sie. Dann fiel der Schuss, aber da war kein Schmerz. Nicholas hatte sich vor sie geworfen.

Milas Hände begannen zu zittern.

*Er fiel,* las sie. *Und sie konnte nichts dagegen tun.*

Ihr Blick huschte die Zeilen entlang, blieb an einzelnen Ausdrücken hängen. Bruchstücke nur. Bilder aus Worten, die grausam waren, unendlich grausam.

*Der Sternenhimmel über ihnen.*

*Blut an ihren Händen. An seiner Brust.*

*Kälte.*

Das Buch rutschte ihr durch die Finger. Eric wollte es auffangen, aber es entglitt auch ihm und es kam Mila so vor, als taumele es in Zeitlupe zu Boden. Nur am Rande nahm sie wahr, dass Helena zugriff und es vor dem Absturz bewahrte.

Ihr war schlecht. So schlecht.

»Die Geschichte ...«, krächzte sie. »Notre-Dame.« Sie dachte an das Unbehagen, das sie in dieser Kirche überfallen hatte, kurz bevor Maréchal ihr das Buch geschenkt hatte. Hatte sie es da schon gewusst? Vermutlich ja. Im Grunde hatte sie es die ganze Zeit gewusst.

Sie schaute auf. Helenas Blick ruhte auf ihr.

»Ja«, sagte ihre Mutter leise. »Sie endet damit, dass sein eigener Vater ihn erschießt.«

»Hey!« Lucs Stimme weckte Nicholas, und er fuhr erschrocken aus seiner unbequemen Position hoch. Gegen alle Vernunft hatte er die Nacht damit verbracht, ein Dutzend weitere Bücher zu durchforsten und dabei musste er irgendwann weggedämmert sein.

Jetzt schmerzte sein Nacken vom Schlafen am Schreibtisch und in seinem Mund war ein pelziger Geschmack. Die Putten an der Decke lachten noch immer über ihn.

Luc hatte zwei Becher Kaffee dabei und eine Tüte mit Croissants. Den Kaffee stellte er wortlos vor Nicholas auf eines der Bücher, die Croissants jedoch behielt er in der Hand, weil er in dem Chaos aus Papier und aufgeschlagenen Wälzern keine Stelle fand, wo er die fettige Tüte ablegen konnte. Er stellte auch seinen eigenen Kaffee ab, nahm eines der buttrigen Gebäckstücke aus der Tüte und reichte es Nicholas.

Der schüttelte den Kopf, also biss Luc selbst von dem Croissant ab. »Da ist Blut an deiner Lippe.«

Nicholas fasste an die Stelle. Das Blut war längst getrocknet, er konnte den frischen Schorf an der kleinen Wunde spüren, die Mila ihm auf dem Friedhof verpasst hatte. In der Nacht hatte er sie aufgebissen, als die Flammenschrift eine Schmerzwelle durch seinen Körper gejagt hatte.

»Du siehst aus, als hättest du mit King Kong getanzt«, kommentierte Luc.

Nicholas stieß Luft durch die Nase. »Die Nacht war ein bisschen kurz.«

Der Blick seines Freundes schweifte über die Bücher. »Und du hast sie mit Lesen verbracht?« Er schüttelte den Kopf. »Ich meine, du hast sie doch nicht mehr alle! Wenn ich wüsste, dass ich in den nächsten vierundzwanzig Stunden wahrscheinlich sterben werde, dann würde ich meine Zeit mit Besserem verbringen als damit, alte Schinken zu lesen.«

Nicholas konnte seinem Freund noch nicht einmal böse sein, dass er so offene Worte wählte. Er fühlte gar nichts mehr. In den vergangenen Stunden hatte er von Angst über Trotz und Wut bis hin zu kalter, dumpfer Resignation jede nur mögliche Gefühlsregung durchlaufen. Und das nicht nur einmal, sondern wieder und wieder. Besonders schlimm war es kurz vor dem Morgengrauen gewesen. Da hatte er kurz mit dem Gedanken gespielt, den Brieföffner zu nehmen und ihn sich in den Hals zu stoßen, nur damit es endlich ein Ende hatte.

Natürlich hatte er es nicht getan, denn eines war ihm völlig klar: Die Geschichte würde es nicht zulassen, dass er in dieser Nacht starb.

Denn sie erwartete ihn in der nächsten Nacht auf dem Dach von Notre-Dame.

»Also?«, hakte Luc nach. »Warum bist du nicht bei Mila? Und sag mir jetzt nicht, weil du immer noch Hoffnung hast, dass du in diesen Schwarten hier eine Lösung findest. Ihr sucht seit Jahren danach, du und dein Vater.«

Nicholas lehnte sich zurück. Wie konnte er seinem Freund erklären, warum er Mila zurückgelassen hatte? Die Vorstellung, bei ihr zu sein, sie atmen zu sehen, die Sommersprossen auf ihrer Nase und dieses besondere Funkeln in ihren Augen, während er gleichzeitig wusste, dass jeder einzelne Atemzug sie näher an den Moment ihrer tiefsten Verzweiflung brachte ...

Er wollte etwas zertrümmern, weil er sich so hilflos fühlte.

Stattdessen beugte er sich wieder vor, nahm einen Schluck von dem Kaffee. »Der ist fast kalt«, sagte er.

Luc zuckte mit den Schultern. »Wenn du ein vernünftiges Henkersmahl willst, dann krieg den Arsch hoch und komm mit mir ins Épicure. Ich zahle.«

Mit einem matten Lächeln senkte Nicholas den Blick. Luc drückte sich nur so drastisch aus, weil er nicht weniger Angst hatte als er selbst.

»Im Ernst, Nicholas.« Luc starrte auf das angebissene Croissant in seiner Hand, als habe es sich plötzlich in ein Stück Hundedreck verwandelt. Mit angewiderter Miene steckte er es zurück in die Tüte. »Ich kenne deine Geschichte fast so gut wie du. Und ihr zufolge müsstest du jetzt eigentlich unten bei der Bruderschaft zusammen mit Mila sein. Und mit ihr ...« Er wurde rot.

»Schon klar«, fiel Nicholas ihm ins Wort. »Ich weiß, was ich geschrieben habe.«

»Du hast immer noch nicht meine Frage beantwortet. Warum bist du hier? Und eben nicht bei ihr?«

Wie sollte er es erklären? »Als ich gestern im Sterben lag ...« Er brach ab, rieb sich den Arm, an dem die Flammenschrift ihm wie ein ehemals vertrauter und mittlerweile verhasster Freund vorkam. *Wenn sie nicht wäre,* dachte er, dann hätte er mit Mila Paris einfach verlassen können ... Er räusperte sich und rief sich in Erinnerung, was er gesehen hatte, als er im Sterben gelegen hatte. Das ölige Schimmern der Oberfläche, über die er geschwebt war, verursachte ihm noch jetzt Übelkeit. »Ich hatte einen Traum, eine Vision, was auch immer.«

Luc wartete. Unter seinem rechten Auge zuckte nervös ein Muskel.

»Ich habe mich selbst gesehen, Luc. Tot. Unter den Sternen, auf dem Dach von Notre-Dame.«

Luc atmete ein. »Klar. Das ist es, was du geschrieben hast. Das Ende deiner Geschichte. Ist doch nur natürlich, dass dein Unterbewusstsein dir das zeigt, wenn du gerade dabei bist, anderweitig ... abzukratzen.«

»Mag sein. Aber ich habe auch gesehen, wie Mila mich im Arm hält. Wie sie leidet.« Mit gespreizten Fingern fuhr Nicholas sich durch die Haare.

Luc wartete, bis er die Arme sinken ließ. Dann öffnete er den Mund, aber er schien nicht zu wissen, was er sagen sollte.

»Sie wird an meinem Tod ähnlich zugrunde gehen wie Héloise an dem von Abélard«, murmelte Nicholas.

»Niemand weiß, was mit Héloise passiert ist, nachdem Abélard starb.«

»Sie ist irgendwo dort draußen. Und sie ist allein. Seit neunhundert Jahren, Luc. Ich werde auf keinen Fall dafür verantwortlich sein, dass es Mila ebenso geht.«

»Du hast sie nicht unsterblich erzählt«, erinnerte Luc ihn.

*Na und?,* dachte Nicholas. Was machte das schon? »Wie alt ist sie, Luc? Siebzehn. Sie wird noch achtzig oder vielleicht neunzig Jahre leben. Reicht so viel Leiden nicht, um mich ein Riesenarschloch zu nennen?«

»Doch.« Luc sah unglücklich aus. »Aber was willst du dagegen tun?«

Genau das hatte sich Nicholas in den dunklen Stunden vor Sonnenaufgang ausgedacht. Er konnte nichts mehr tun, um seinen eigenen Tod zu umgehen. Aber eins konnte er vielleicht doch machen. Er konnte versuchen zu verhindern, dass Mila seinetwegen litt wie Héloise. Er kramte eine Weile lang zwischen den Büchern und Papieren auf dem Schreibtisch herum, bis er gefunden hatte, was er suchte. Sein Notizbuch und seinen silbernen Kugelschreiber.

Eine steile Falte erschien zwischen Lucs Augenbrauen. »Was hast du vor? Es ist doch längst klar, dass selbst du deine Geschichte nicht mehr umerzählen kannst.«

Nicholas schlug das Notizbuch auf und setzte den Stift auf das Papier. »Stimmt. Aber jede Geschichte hat Leerstellen: die Stunden oder Tage, in denen nichts passiert, was für die Handlung wichtig ist. Und was noch niemand versucht hat, Luc, ist, diese Leerstellen zu füllen.« Er begann, den ersten Satz zu schreiben.

Luc kam um den Schreibtisch herum und starrte auf das Blatt.

*Mila stand vor Erics Zimmertür,* las er.

Mila stand vor Erics Zimmertür, und sie fragte sich, was sie hierhergetrieben hatte.

In Gedanken kehrte sie zum gestrigen Abend zurück. Nachdem Helena ihr die Dunkle Bibliothek und Nicholas' Geschichte gezeigt hatte, waren sie zurück in ihre Zimmer gekehrt, nur um gleich darauf von einem der Brüder wieder abgeholt und zu Bruder Theodor gebracht zu werden. Dort hörte Mila eine Weile zu, wie der Ordensobere, Maréchal und ihre Mutter mit einer ganzen Reihe weiterer Brüder vehement darüber diskutierten, ob der Plan gelingen konnte.

Mila verstand von ihren hitzigen Debatten nur die Hälfte, abgesehen vielleicht von der Tatsache, dass man sich nicht einig darüber war, ob sie wirklich so mächtig war, wie ihre Mutter glaubte. Helena jedoch schien sich sehr sicher zu sein.

Irgendwann brach sie die Diskussion einfach ab und kehrte mit Mila in ihr Zimmer zurück. Dort brauchte sie eine Weile, um Mila zu versichern, dass es keinen Grund gab, Angst zu haben. Mila würde fähig sein, Nicholas' Geschichte ein anderes Ende zu schreiben, und schließlich würde alles gut werden.

Am Ende glaubte Mila ihr, weil es genau das war, was sie sich so verzweifelt wünschte. Sie wollte sich sofort ans Werk machen, aber Helena hielt sie davon ab. Es müssten einige Vorkehrungen getroffen werden, sagte sie, um ihre Macht zu bündeln. Mila müsse ausgeruht sein, wenn sie das hier in Angriff nahmen.

Darum hatte sie Mila dazu überredet, ein ausgiebiges, wenn

auch spätes Abendessen zu sich zu nehmen und dann schlafen zu gehen. Mila war so schnell eingeschlafen und sie schlief so lange und so tief, dass sie Helena im Verdacht hatte, mit der Fabelmacht dabei nachgeholfen zu haben. Aber wie auch immer: Heute Morgen war sie vollständig erholt aufgewacht. Allerdings hatte sie ziemlich wirres Zeug geträumt.

Von einer Ebene aus schwarzem Glas, über die sie laufen musste und die kein Ende nahm.

Von Nicholas und Eric, die sich gegenüberstanden, jeder mit einer Pistole in der Hand.

Von blauer Schrift auf weißer Haut, von der sie nicht genau wusste, ob sie Nicholas gehörte oder doch eher ihr selbst.

Gegen sieben dann hatte es sie nicht mehr im Bett ausgehalten. Sie war aufgestanden, hatte geduscht und während sie die Jeans und eines von den T-Shirts anzog, die Odette für sie besorgt hatte, hatte sie an die alte Frau gedacht. Sie hoffte, dass es ihr gut ging, und sie wünschte sich, ihr die Sorge um Nicholas nehmen zu können. Aber weil sie nicht wusste, ob ihr Plan gelang, verzichtete sie darauf, Odette anzurufen. Sie wollte ihr nicht vergeblich Hoffnung machen und ihren Schmerz damit am Ende vielleicht nur noch vergrößern. Also war sie kurzerhand in ihre eigenen Ballerinas geschlüpft, zu Erics Zimmertür gegangen und hier stand sie nun.

Unschlüssig, was sie tun sollte und warum sie überhaupt hergekommen war.

Mit einem Seufzen raffte sie ihre noch feuchten Haare zusammen, warf sie auf den Rücken und klopfte an.

Eric brauchte eine volle Minute, bevor er öffnen kam. Als er seinen Kopf zur Tür herausstreckte, hatte er vom Bettlaken einen Faltenabdruck auf der Wange und die Haare standen ihm wirr vom Kopf ab.

»Schicke Frisur«, sagte Mila mit einem Lächeln.

Er rümpfte die Nase. »Und dafür weckst du mich? Um mir das zu sagen?« Mit der flachen Hand versuchte er, den Wirbel an seiner Stirn platt zu drücken. Vergeblich.

»Es ist schon halb acht«, informierte sie ihn. »Ich dachte, du bist Frühaufsteher.« Er hatte das am Abend zuvor behauptet, als auch er ins Bett gegangen war. Sie hatte den Verdacht gehabt, dass er ihr ausweichen wollte. Die Dunkle Bibliothek hatte ihn weitaus tiefer beeindruckt, als es bei Mila der Fall gewesen war. Kein Wunder, hatte sie gedacht. Schließlich war er nicht fabelmächtig.

Jetzt gähnte er, aber dann schaute er auf seine Armbanduhr. »Stimmt. Man verliert völlig das Zeitgefühl hier unten.« Er schob die Tür auf. »Komm rein!«

Mila zögerte. Er hatte nur Boxershorts und ein T-Shirt an. Seine Beine waren lang und sehnig, man sah ihnen das regelmäßige Training an.

Als er erkannte, warum sie seiner Aufforderung nicht nachkam, blickte er an sich hinunter. »Oh. Warte.« Er verschwand im Zimmer. Gleich darauf kam er zurück an die Tür und knöpfte sich seine Jeans zu. »Jetzt besser?«

Sie nickte.

Und betrat das Zimmer.

»Alles in Ordnung?«, fragte er. »Du siehst beunruhigt aus.«

Sie sah sich in dem seitenverkehrten Zimmer um. Sie hatten wirklich die ganze Nacht Kopf an Kopf geschlafen, nur durch die Wand voneinander getrennt.

Sie wandte sich zu ihm um. »Nein. Alles okay. Ich dachte nur …«

Tja. Was? Warum war sie eigentlich hier? Irgendein innerer Impuls hatte sie dazu getrieben, den sie sich nicht so recht erklären konnte.

»Ich bin froh, dass du immer noch da bist«, gestand sie ihm. »Nach dem gestrigen Abend hätte ich mich an deiner Stelle so schnell wie möglich nach oben in die Realität abgesetzt.«

Er sah aus, als habe er es sich tatsächlich überlegt. Ihr wurde ganz warm ums Herz, weil er sich dagegen entschieden hatte. Sie beobachtete, wie er gleichgültig mit den Schultern zuckte. »Ich dachte mir, irgendjemand in deiner Nähe muss ja normal sein. Sonst drehst du noch komplett durch.«

Da verstärkte sich das warme Gefühl in ihrem Herzen noch einmal. Sie lächelte Eric an. »Eigentlich bin ich hergekommen, weil ich jemanden suche, der mit mir zum Frühstücken geht«, sagte sie und fühlte sich mit einem Mal sonderbar befangen.

»Was ist mit Helena und eurem Plan?«

»Sie hat gestern Abend gesagt, sie muss ein paar Vorbereitungen treffen. Sie kommt, sobald sie damit fertig ist, und dann geht es los.« Mila verscheuchte die Nervosität, die sie bei diesem Gedanken überkam.

Eric musterte sie eine Sekunde lang. Was dachte er? Dann trat er vor den Spiegel und betrachtete seine wirre Frisur. Noch einmal drückte er die Strähne platt, erneut sprang sie hoch. »Gib mir fünf Minuten zum Duschen«, sagte er. »Dann gehen wir gemeinsam, okay?«

Sie nickte und er verschwand im Bad. Gerade als sie glaubte, er würde die Tür hinter sich schließen, schaute er noch einmal zu ihr heraus.

Er zwinkerte ihr lächelnd zu.

Und zu ihrer eigenen Verblüffung machte ihr Herz dabei einen kleinen Satz.

*Eric zwinkerte ihr lächelnd zu. Und zu ihrer eigenen Verblüffung machte ihr Herz dabei einen kleinen Satz.*

Die Worte flossen aus Nicholas heraus. Er hatte schon immer schnell geschrieben, und es war ihm leichtgefallen, sich Szenen und Figuren auszudenken.

Genau so war es auch jetzt, und genau so wie er es gewohnt war, leuchteten seine Sätze blau auf.

Doch dann passierte es.

Er hielt kurz inne, überlegte und schrieb dann weiter, wie Eric duschte, wie er mit nassen, wirren Haaren wieder aus dem Bad kam und Mila immer noch in seinem Zimmer stand. Die beiden sahen sich an. Eric ging einen Schritt auf Mila zu.

Sie schluckte, aber sie konnte den Blick nicht von seinen hellbraunen Augen abwenden. Und dann, als er ganz dicht vor ihr stand, war sie es, die ihn an sich zog und küsste …

Nichts von alldem leuchtete blau.

Verblüfft hielt Nicholas inne. Er legte den Stift in den Falz seines Notizbuches. Sein Gesicht glühte unangenehm. »Es geht nicht«, murmelte er.

Luc griff sich das Notizbuch und las, was Nicholas geschrieben hatte. »Echt?« Kopfschüttelnd gab er das Buch zurück. »Warum willst du, dass sie sich in den Typen verknallt?«

Als einzige Antwort stieß Nicholas Luft durch die Nase aus.

Und da weiteten sich Lucs Augen, weil er begriff. »Wegen Héloise! Das ist der wahre Grund, warum du dich hier vergräbst, stimmt es? Nicht, weil du nicht ertragen kannst, dass Mila deinetwegen leiden wird. Sondern weil du hoffst, dass sie sich in Eric verliebt, wenn du ihr aus dem Weg gehst.« Mit der flachen Hand rieb er sich über seine kurzen Haare. »Junge, Junge, du bist ganz schön krass drauf.«

»Wenn ich in ihrer Nähe bin, hat er keine Chance«, murmelte Nicholas und Luc lachte trocken auf.

»Du weißt schon, wie arrogant und selbstverliebt das klingt?«

Nicholas zuckte mit den Schultern und Luc winkte ab.

»Muss Liebe schön sein!«, spottete er. »Himmel, die Flammenschrift quält dich bis aufs Blut, weil du nicht bei Mila bist. Und du setzt dich diesen Qualen mit Freuden aus, nur weil du die vage Hoffnung hast, Mila wird noch vor heute Abend mit Eric zusammenkommen?« Er deutete auf das Notizbuch. »Meinst du, du kriegst es hin?«

»Keine Ahnung.« Nicholas schloss die Augen. »Sieht grad nicht so aus.«

»Eben.« Luc holte tief Luft.

Die Tür schwang auf und eine hoch aufgerichtete weißhaarige Frau trat ein. Ihre Gesichtszüge waren aristokratischer denn je.

»Und du weißt auch, woran das liegt, Nicholas«, sagte Odette.

Er wusste es.

Er hatte Mila nicht nur dazu verdammt, ihn zu lieben, sondern seine Geschichte zwang sie außerdem, bis an den Rest ihrer Tage keinen anderen mehr zu lieben als ihn.

»Mila!«

Als Mila und Eric vom Speisesaal der Bruderschaft zu ihren Zimmern zurückkehrten, stand Helena auf dem Flur. Sie trug einen anderen Hosenanzug als gestern, diesmal in dunklem Blau, darüber einen Mantel, der teuer aussah, und einen großen Umhängebeutel aus grauem Leder. Ihre Haare waren heute zu einem Zopf geflochten, was sie verblüffend jung aussehen ließ.

»Können wir?«, fragte sie.

In Milas Magen verknotete sich etwas. Sie war begierig darauf, Nicholas' Geschichte umzuschreiben, aber bei allem, was sie bisher für Erfahrungen mit der Fabelmacht gemacht hatte, hatte sie auch Angst davor. Und dass die Bruderschaft sich darüber hinaus nicht einig war, ob es gelingen würde, machte es nicht einfacher. Mila war unendlich froh, dass ihre Mutter ihr sagen konnte, was sie tun musste, denn es sah ganz so aus, als sei diese von nun an ihre einzige Unterstützung.

Beim Frühstück hatte einer der Brüder ihr ausrichten lassen, dass Maréchal sich entschieden hatte, von nun an kein Teil dieser Geschichte mehr zu sein. Er war an die Oberfläche zurückgekehrt. Mila wusste nicht, ob sie froh oder enttäuscht darüber sein sollte. Sie hatte gedacht, dass Maréchal auf ihrer Seite war, und sie erinnerte sich gut an das warme Gefühl, das er ihr immer gab. Aber andererseits war da auch der Moment gestern Abend gewesen, als er an der Schwelle der Dunklen Bibliothek einfach umgekehrt war. Und das Letzte, was sie gerade gebrauchen konnte, war jemand, der Zweifel in ihr säte. Sie hatte sich entschieden, alles nur Erdenkliche zu tun, um Nicholas zu retten. Maréchal mit seinen Zweifeln würde es ihr vielleicht nur ein bisschen schwerer machen.

Eric war einen Schritt zurückgetreten, als sie Helena getroffen hatten, aber jetzt drängte er sich wieder in den Vordergrund. »Ich würde gern mitkommen«, sagte er. Er klang vorsichtig und Mila dachte erst, er sei eingeschüchtert von Helenas Präsenz. Aber dann begriff sie, dass er es ihretwegen so vorsichtig formuliert hatte. Er wusste mittlerweile, wie sehr sie es hasste, wenn über ihren Kopf hinweg Dinge entschieden wurden.

Mila hätte ihm am liebsten einen Kuss auf die Wange gegeben, aber da war auch schon wieder dieses schlechte Gewissen seinetwegen. Sobald sie Nicholas gerettet hatte, würde sie mit Eric reden, das schwor sie sich. »Ich wäre froh, wenn du dabei wärst«, murmelte sie. »Aber ich möchte dich wirklich nicht ausnutzen. Du hast schon so viel für mich getan und deine Eltern haben inzwischen bestimmt ein halbes Dutzend Vermisstenanzeigen für dich aufgegeben.«

Mit der Zunge fuhr Eric sich über die Oberlippe. »Meine Eltern? Denen ist es egal, ob ich zu Hause bin oder mir irgendwo einen goldenen Schuss setze.« Da war so viel kalter Zorn und gleichzeitig tiefe Enttäuschung in Erics Stimme, dass Milas schlechtes Gewissen sich verhundertfachte. Sie hatte sich noch nicht ein einziges Mal nach Erics Familie oder seinem Leben erkundigt. Stattdessen war sie die ganze Zeit immer nur um sich selbst gekreist.

Um sich und um Nicholas.

Wie konnte sie all das, was Eric für sie getan hatte, jemals wiedergutmachen?

Sie senkte den Blick auf den Boden zwischen ihnen. »Ich fühle mich furchtbar«, murmelte sie. »Ich kann nicht von dir verlangen, noch länger hier ...«

Da trat er vor. »Hey!« Er griff nach ihrem Kinn und zwang sie, ihn anzusehen. In seinen Augen stand ein leises Funkeln. »Du glaubst doch nicht im Ernst, ich überlasse diesem düsteren Knallkopf kampflos das Terrain!«

Sie wusste nicht, was sie darauf erwidern sollte, darum nickte sie einfach.

»Schön«, sagte er zufrieden. »Dann hätten wir das geklärt. Es wäre auch wirklich fies von dir gewesen, mir den letzten Akt zu verweigern.«

Helena hatte sich ihr Gespräch schweigend angehört. »Gut«, meinte sie nun. »Können wir dann?« Und als Mila einmal tief durchatmete und nickte, schlug sie einen Weg ein, den Mila zuvor noch nie gegangen war. Der Gang war breit und an einigen Stellen mit Teppichen ausgelegt, die hier schon den Boden geschmückt zu haben schienen, als Napoleon geboren worden war.

»Wohin gehen wir?«, fragte Mila.

»Nach Notre-Dame«, antwortete Helena.

Dorthin, wo das Ende von Nicholas' Geschichte spielte. Der Knoten in Milas Magen wurde größer. »Warum ausgerechnet dorthin?«

»Das, was du vorhast, wird dich einige Kraft kosten und ich versuche, eine Situation zu schaffen, die es dir so leicht wie möglich macht, dich zu konzentrieren. Wenn du vor Ort bist beim Schreiben, vereinfacht es die Sache.«

In Milas Augen ergab das Sinn. Sie schrieb oft über Dinge, die sie direkt vor Augen hatte.

»Okay«, sagte sie und sah Eric an. »Worauf warten wir?«

Oberirdisch lag Notre-Dame ungefähr drei Kilometer Luftlinie von Père-Lachaise entfernt. Durch die Tunnel brauchten sie ungefähr zwei Stunden bis dorthin, wovon der kleinere Teil für den Weg durch endlose Gänge führte, treppauf, treppab, immer grob in Richtung Südwesten. Jedenfalls hatte Helena gesagt, dass es Südwesten war. Mila hatte hier unten so gut wie keinen Orientierungssinn. Irgendwann erreichten sie eine eiserne Wendeltreppe, die der ziemlich ähnlich sah, über die sie Nicholas hier runtergeschafft hatten. Das Geländer bei dieser Treppe war allerdings sehr viel feiner verziert. Mila betrachtete die geschmiedeten Streben, die nach rechts und links in kleinen, blattförmigen Spitzen ausliefen. Dann legte sie den Kopf in den Nacken und schaute nach oben.

In der ersten Viertelstunde waren die Gänge, die sie genommen hatten, in mehr oder weniger regelmäßigen Abständen mit elektrischen Glühbirnen versehen gewesen. Danach hatte Helena zwei Taschenlampen aus dem Umhängebeutel genommen und eine davon Mila gegeben. »Eins der Dinge, die ich heute Morgen besorgen musste«, hatte sie lächelnd gesagt und Eric bedauernd angeschaut. »Tut mir leid. Ich habe nicht damit gerechnet, dass du mitkommst.«

Er hatte nur mit den Schultern gezuckt.

Jetzt leuchtete Mila nach oben in den Treppenschacht. Und dann begannen sie den Aufstieg.

Ihre Beinmuskeln protestierten nach einer Weile heftig gegen die gefühlt zehntausend Stufen. Und obwohl sie regelmäßig Pausen einlegten, fühlte Mila sich wie durch den Fleischwolf gedreht, als sie endlich oben ankamen und vor einer Eisentür stehen blieben.

Ein schwacher Duft lag in der Luft, der ihr bekannt vorkam, den sie aber nicht einzuordnen wusste. Doch als Helena die Tür aufstieß und sie sich unter dem niedrigen Sturz hindurchduckten, wusste sie, was es war.

Weihrauch.

Staunend schaute sie sich um. Sie standen in dem rechten Seitenschiff von Notre-Dame. Die Tür, durch die sie gekommen waren, war jene niedrige Metalltür, die Mila bei ihrem letzten Besuch hier aufgefallen war.

Obwohl sie von dem langen Aufstieg schwitzte, überlief sie ein Schauder.

»Was hast du?«, fragte Helena.

Sie schüttelte sich. »Nichts. Nur, dass ich neulich hier gestanden habe und irgendwie das Gefühl hatte, dass sich hinter dieser Tür eine endlos lange Treppe befindet.«

Helena lächelte schwach, als komme so etwas andauernd vor. Ein älterer Mann, der in einer der Kirchenbänke saß und gesehen hatte, wie sie aus der Tür traten, schaute ihnen misstrauisch entgegen.

»So«, zwitscherte Helena mit eigens für ihn erhobener Stimme. »Und da wären wir dann wieder im Hauptschiff angekommen.

Lassen Sie uns nun die Fundamente in der Sakristei anschauen, um unseren Bericht für das Bauamt abschließen zu können.«

Der alte Mann war mit diesem kleinen Theaterstück zufrieden, er senkte den Kopf wieder zum Gebet.

»Der glaubt uns tatsächlich, dass wir vom Bauamt sind!« Eric schüttelte den Kopf, aber er grinste dabei. Ihm schien die Sache langsam Spaß zu machen. Vielleicht erinnerte sie ihn an seine gefährliche Turnerei auf den Dächern.

»Gut«, kommentierte Helena, nachdem sie wieder unbeobachtet waren. Sie blickte hinauf in die Kuppel über ihren Köpfen, dann wies sie in die Richtung des Hauptportals, über dem die beiden wuchtigen Türme der Kirche emporragten. Ein Schild zeigte an, dass man dort hinaufsteigen und die Stadt von oben betrachten konnte. »Auf einem der Türme wird es passieren. Am besten, du setzt dich hier hin, Mila, wo du alles gut im Blick hast.«

Milas Blick schweifte umher. Etliche Touristen waren anwesend, aber kaum jemand achtete auf den anderen. Die meisten betrachteten die Architektur. Eine kleine Studentengruppe stand vor dem Altar und diskutierte leise über die Gottesmutter, die dort stand. Mit dem toten Christus auf dem Schoß und den in einer hilflosen und flehendlichen Geste ausgebreiteten Armen wirkte die Marienfigur auf Mila unendlich traurig.

Die Atmosphäre in der Kirche war heute friedlicher, stiller als neulich. Weder eine lärmende Schulklasse noch ein eiskleckernder Teenager mit seiner herumbrüllenden Mutter hatten den Weg hierher gefunden.

Mila setzte sich.

Helena zog ein neues, schmales Notizbuch und einen frischen Bleistift aus ihrem Umhängebeutel und gab ihr beides. Dann ließ sie sich neben Mila nieder.

»Was soll ich schreiben?«, fragte Mila.

»Fang genau hier an. Erinnere dich an die Szene, in der du und Nicholas auf dem Turm steht. Such dir irgendeinen Punkt, an dem du die Geschichte anders verlaufen lässt, und dann schreib einfach, was dir einfällt.«

Eine alte Frau schlurfte an ihnen vorbei und gesellte sich zu dem Mann, der sie vorhin aus der Metalltür kommen sehen hatte. Er beendete sein Gebet, gab ihr einen zärtlichen Kuss und gemeinsam verließen sie die Kirche. Mila sah ihnen nach und klopfte dabei mit dem Radiergummi des Bleistifts gegen ihre Lippen.

Was sollte sie schreiben? Ihr Herz klopfte angestrengt. Es hatte noch nie zuvor so viel davon abgehangen, dass sie keinen Fehler machte. Sie, die noch überhaupt keine Erfahrung mit der Fabelmacht hatte. Die völlig ungeübt war. Aber ihre Mutter vertraute ihr, das sah man Helena an. Obwohl sie früher immer so besorgt um Mila gewesen war, schien sie nun die unerschütterliche Gewissheit zu besitzen, dass ihre Tochter das Richtige tun würde. Mila schluckte. Hatte sie nicht ihr ganzes Leben genau darauf gewartet? Dass ihre Mutter ihr vertraute, sie machen ließ?

»Wenn ich du wäre, würde ich meine Version so weit wie möglich von hier entfernt spielen lassen«, wandte Eric ein.

Sie musste lächeln. Genau den gleichen Gedanken hatte sie auch gerade gehabt.

Sie hob den Stift.

Und dann begann sie zu schreiben.

Diesmal dauerte es sehr viel länger, bis das Fabelmachtleuchten einsetzte, aber das war wohl klar, wenn man bedachte, was sie hier gerade tat und wie nervös sie dabei war.

Eric und Helena schirmten sie ab, damit die anderen Kirchenbesucher nicht aufmerksam wurden. Mila fiel auf, dass die Wahl ihres Sitzplatzes ziemlich schlau gewählt war. Nicht nur, dass sie hier die ganze Kirche gut überblicken konnte. Das Licht, das durch das blaue Fenster über ihr fiel, überlagerte auch das Fabelmachtleuchten.

Sie wusste jetzt, was sie schreiben und von wo aus sie die Geschichte verändern würde. Sie schrieb, wie sie und Nicholas auf dem Turm standen und Caruel sie hier fand. Aber statt es zum endgültigen Gefecht kommen zu lassen, ließ Mila sie beide der Katastrophe noch einmal entgehen. Sie ließ sich selbst und Nicholas durch die Metalltür und die Wendeltreppe wieder nach unten flüchten.

Bis in die Dunkle Bibliothek.

Sie hielt inne. Überlegte.

Die Dunkle Bibliothek auftauchen zu lassen, war ihr ganz spontan eingefallen. Und dann hatte sie eine weitere Idee. Sie schrieb, wie Nicholas und sie Ausschau hielten nach dem schwarzen Buch mit seinem Namen darauf. Sie fanden es, Nicholas nahm ein Feuerzeug aus der Hosentasche und zündete das Buch an.

Eric, der mitlas, runzelte kritisch die Stirn.

»Das Buch *ist* die Geschichte«, warf er ein. »Wie kann es da *in* ihr vorkommen?«

Erst jetzt ging Mila auf, dass er recht hatte. Indem sie das schwarze Buch mit Nicholas' Namen darauf in die Geschichte integriert hatte, hatte sie ein Paradoxon erschaffen. Ein Möbiusband, das keinen Anfang und kein Ende hatte. Das konnte ja nicht funktionieren!

Sie wollte sich gerade daran machen, es abzuändern, als das Fabelmachtleuchten einsetzte.

»Sehr gut.« Helena hatte Mila das Notizbuch abgenommen und ihr alternatives Ende gelesen. Mila selbst saß völlig erschöpft auf der Kirchenbank. Sie fühlte sich, als hätte sie einen unendlich langen und quälenden Lauf hinter sich. Eric, der sich neben sie gesetzt hatte, sah sie besorgt an.

Helena dagegen war immer noch voller Tatendrang. Sie ließ das Notizbuch sinken. »Jetzt musst du nur noch eines tun: zu Nicholas gehen und mit ihm zusammen dort runter, um das Buch wirklich zu verbrennen.«

Mila streckte ihren Nacken. Ein dumpfer Druck entstand in ihrem Kopf, drohte sie zu überwältigen. Aber sie musste sich zusammenreißen. Sie holte tief Luft und nach paar Atemzügen ging es irgendwie.

War es das jetzt? Hatte sie Nicholas und sich gerettet?

Das Paradoxon, das sie in ihre Geschichte eingebaut hatte, bereitete ihr noch immer Kopfzerbrechen, aber Helena schien zufrieden zu sein, also beschloss sie, nicht länger darüber nachzudenken.

Allerdings gab es jetzt ein weiteres Problem. »Ich habe keine Ahnung, wo Nicholas ist«, gestand sie.

»Sag nicht, ihr habt noch keine Handynummern getauscht?« Eric konnte es nicht glauben.

Doch so war es.

»Bis er verletzt wurde, habe ich ihm nicht getraut«, erklärte Mila. »Und als er gestern aus den Katakomben verschwunden ist, habe ich einfach nicht dran gedacht.« Sie sah Helena an. »Wen können wir fragen, wo er sein könnte?«

Helena klappte das Notizbuch zu und gab es ihr zurück. »Mila«, sagte sie fast ein bisschen streng. »Du denkst noch kein bisschen wie eine Fabelmächtige.«

»Wer ist da wohl schuld dran?«, grummelte Mila. Halb erwartete sie, Helena würde wütend werden deswegen, aber sie schien noch immer so auf ihr Vorhaben konzentriert, dass sie einfach über den Vorwurf hinwegging.

»Wie lange schreibst du schon über Nicholas?«, fragte sie stattdessen.

Die Frage überraschte Mila, denn sie schien ihr momentan völlig nebensächlich. Trotzdem beantwortete sie sie: »Fast seit ich schreiben *kann.*« Ein Lächeln glitt über ihre Züge. »Die erste Geschichte über ihn habe ich, glaube ich, noch in der ersten Klasse geschrieben. Darüber, wie er mit einem Skateboard fährt und sich ein Knie aufschlägt. Aber damals hat natürlich nichts geleuchtet. Ich war ja schließlich nicht in Paris.«

»Und trotzdem hast du gewusst, was er tut, und es niedergeschrieben.« Helena wartete, ob sie von selbst auf die Lösung kam.

Mila jedoch begriff nicht. Ratlos starrte sie ihre Mutter an.

Eine Schulklasse enterte nun doch die Kirche. Augenblicklich war es ziemlich laut.

»Weißt du, wovon sie redet?«, fragte Mila Eric.

Er hob abwehrend beide Hände. »Lass mich aus dem Spiel. Ich bin nur hier, um euch ehrfurchtsvoll zuzusehen. Aber mir ist gerade aufgefallen, dass du schon früh dazu geneigt hast, Nicholas in deinen Geschichten zu quälen.«

Mila musste lachen. »Das aufgeschlagene Knie.«

»Genau.«

Sie sahen sich einen Augenblick lang an, bis Helena sich räusperte und Mila damit in die Realität zurückholte.

»Du hast über ihn geschrieben, da warst du sechs. Und er in deinen Geschichten auch. Obwohl du noch nie in Paris gewesen bist und die Fabelmacht nur hier funktioniert, habt ihr eine Verbindung miteinander, die vor euch noch niemand hatte.«

Mila erinnerte sich daran, was Helena gestern gesagt hatte. Dass die Fabelmacht mit ihr und Nicholas möglicherweise eine neue Stufe erreicht hatte.

*Fabelmachtevolution,* dachte sie dumpf. Kein guter Gedanke. Nicht mal im Scherz.

Helena legte ihr die Hand auf das Knie. »Neulich, als du mich beim Lesen deines Tagebuchs ertappt hast, Mila, da habe ich nicht nur die Geschichten über deinen Vater gelesen, sondern auch die über Nicholas. Und da wusste ich, dass du etwas Besonderes bist. Erinnerst du dich noch, was ich gestern Abend zu dir gesagt habe? *Schreiben wir, was ist, oder ist, was wir schreiben?* Ich glaube, bei euch ist es eins.«

Und jetzt endlich kapierte Mila. »Was du mir sagen willst, ist, dass ich rausfinden kann, wo Nicholas ist, indem ich über ihn schreibe?«

Statt eine Antwort darauf zu geben, nahm Helena die Hand fort und deutete auf Milas Notizbuch.

Zögernd schlug sie es wieder auf. Fast augenblicklich hatte sie eine Szene vor ihrem geistigen Auge. Nicholas, der etwas in sein eigenes Notizbuch schrieb.

Ein Kribbeln lief über ihren ganzen Körper bei dieser Vorstellung. Noch einmal zögerte sie, dann skizzierte sie in wenigen Sätzen, was sie im Kopf hatte. Einen Schreibtisch aus dunklem Holz. Putten an der Decke, die aus einem Meer von Gipsmuscheln und Schnörkeln auf Nicholas niederblickten. Als sie anfing, ihn zu beschreiben, wie er dasaß, auf der Kante des Stuhles, das Buch zwischen ganzen Stapeln dicker, antiker Wälzer, sah sie ihn ganz deutlich vor sich.

Sie hielt inne. Dann schrieb sie weiter. Ein Blick aus dem Fenster. Eine Straße und dahinter eine Mauer, die ihr bekannt vorkam.

Die Mauer von Père-Lachaise.

Und da wusste sie, wo sie Nicholas finden konnte.

»Er ist in einem Haus beim Friedhof«, stieß sie hervor.

»Das Haus seines Vaters.« Helena lächelte zufrieden.

Eric jedoch konnte es nicht fassen. »Ist er lebensmüde, oder was?«

Mila dachte an die vielen Bücher, über die Nicholas gebeugt saß.

»Er sucht noch immer nach einem Ausweg«, sagte sie.

Helena nickte. »Und die Fachbibliothek seines Vaters ist die größte zum Thema Fabelmacht. Los. Fahren wir zu ihnen.« Sie war bereits auf dem Weg aus der Kirche.

Mila und Eric folgten Helena und als sie über die Schulter zurückrief, sie würde ein Taxi organisieren, nahm Eric Mila zur Seite.

»Alles in Ordnung mit dir? Du siehst ganz schön blass aus.«

Mila rieb sich die Stirn. Der Druck in ihrem Kopf wollte nicht nachlassen. »Schon okay. Nur erschöpft.« Sie lächelte ihn an. »Wenn das hier alles vorbei ist, schlafe ich vermutlich drei Tage durch.«

Eric machte ein Gesicht, als habe sie ihm etwas gesagt, was er lieber nicht hören wollte. »Mila.« Vorsichtig nahm er ihre Hand und sie ahnte, was jetzt kommen würde. »Was passiert, wenn du das hier erledigt hast?«

Milas Herz zog sich zusammen. »Eric ...«

»Okay, okay. Ich habe das falsch ausgedrückt. Ich ...« Er wirkte schuldbewusst, aber auch irgendwie besorgt.

»Eric«, wiederholte sie. »Können wir wann anders über uns sprechen, bitte. Ich ...«

»Schon klar, Mila. Aber es geht mir doch gar nicht um mich. Es geht darum, dass ich mir Scheißsorgen mache.«

»Warum?« Mila schaute zu Helena, die noch immer am Straßenrand stand und die Autoschlangen nach einem Taxi absuchte.

Ein Junge auf einem Skateboard rollte an ihnen vorbei. Das Geräusch der Räder klang wie Donnergrollen.

Eric sah Mila direkt in die Augen. »Ich habe verdammte Angst, dass es am Ende ganz anders ausgeht, als ihr alle glaubt. Die Geschichten scheinen doch nie vollständig so zu laufen, wie sie geschrieben wurden. Und deine Mutter ist so sorglos. Was, wenn …«

»Du hast Angst um mich«, sagte sie langsam.

Und da sprach er es aus. »Was, wenn du es schaffst, Nicholas' Leben zu retten, und dafür selbst erschossen wirst, Mila?«

Sie hatte keine Ahnung, aber allein so etwas zu denken, machte sie schwindelig. Und sie wollte jetzt nicht schwanken. Das war einfach keine Option, dachte sie. Außerdem hatte sie ja auch nicht geschrieben, dass sie starb. In ihrer Version der Geschichte ging alles gut aus.

Endlich hatte es ihre Mutter geschafft, ein Taxi anzuhalten.

Mila wandte sich schon in ihre Richtung, aber Eric hielt noch immer ihre Hand fest. Er zog sie zu sich heran. »Gestern Abend bei dieser blauen Lagune gab es etwas, das ich dir nicht sagen wollte.«

Ihr wurde ganz elend, weil sie wusste, was jetzt kam. Sie sah es einfach in seinen hellbraunen Augen. »Du fandest es unfair, es mir zu sagen«, stieß sie schnell hervor.

»Stimmt.« Er atmete durch. »Aber da hatte ich auch noch nicht solche Angst, dass du vielleicht sterben könntest. Darum …« Er zögerte. »Was ich sagen wollte, Mila, ist, dass ich dich ebenfalls liebe. Nicht nur er. Nicht nur …« Er unterbrach sich, lachte bitter. »Gott, nicht mal aus meiner Liebeserklärung kann der Typ sich raushalten!«

Mila kämpfte gegen den Kloß an, der plötzlich in ihrer Kehle saß. »Helena wartet«, war das Einzige, was sie sagen konnte.

Er straffte sich. »Du hast recht. Entschuldige.«

Zusammen rannten sie quer über den Platz zu Milas Mutter, die bereits auf dem Beifahrersitz saß. Aber als Eric Anstalten machte, ins Taxi zu steigen, kam Mila ein Gedanke, darum hielt sie Eric auf. »Vielleicht ist es besser, wenn du hierbleibst.«

Er schaute sie verblüfft und tief getroffen zugleich an. »Hey. Es tut mir leid, wenn ich dir zu nahe getreten bin. Aber ich war die ganze Zeit dabei und jetzt, wo es zum Showdown ...«

»Es ist wirklich besser so«, warf Helena sanft ein und als er sie wütend anfunkelte, fügte sie hinzu: »Glaub mir. Ja, du warst an Milas Seite und sie ist auch dankbar dafür. Aber du warst eigentlich nicht Teil dieser Geschichte und doch bist du in ihr.«

Mila nahm nun seine Hand. Sie wollte ihm so vieles sagen und erklären, aber die Worte knäulten sich in ihrem Kopf. »Was, wenn die Sache für *dich* zu gefährlich wird?«

Eric begriff nicht.

Der Taxifahrer hatte begonnen, eine kleine Melodie zu pfeifen, die ihr unglaublich auf die Nerven ging. Das Taxameter lief bereits und zeigte schon etliche Euro an.

»Wir waren noch nie zuvor in einer solchen Situation«, erklärte Helena an Milas Stelle. »Es beunruhigt mich ein bisschen, dass du so gar kein Bedürfnis verspürst, Mila allein zu lassen. Es ist, als seist du an sie gekettet, und ich fürchte, der Grund liegt darin, dass du eine ganz bestimmte Rolle in dieser Geschichte hast.«

»Nämlich an Nicholas' Stelle zu sterben.« Das war genau das, was Mila eben auch gedacht hatte. War das der Grund, warum Eric so unverbrüchlich zu ihr hielt?

»Aber das hast du doch überhaupt nicht geschrieben!«, protestierte er.

»Nein. Aber, dass ich selbst sterbe, auch nicht. Und das macht dir auch Sorgen.«

Das konnte er nicht leugnen. Sie nahm das dünne Notizbuch, das sie noch immer in der Hand hielt, kritzelte ihre Handynummer auf eine Seite und riss sie heraus. Erst danach fiel ihr ein, dass sie sie ihm schon an Nicholas' Krankenbett gegeben hatte. »Ruf mich an, damit ich deine auch habe. Und dann melde ich mich, sobald das alles hier vorbei ist. Okay?«

Eric schaute auf das kleine Stück Papier in ihrer Hand. Zögernd nahm er es und nickte. »Wenn mir früher einer gesagt hätte, dass ich mich über die Nummer von einem Mädchen wie dir nicht so richtig freuen würde, dann hätte ich ihn für bescheuert erklärt.«

# 18

Nicholas sah auf die Uhr. Kurz vor Mittag.

Nicht mal mehr zwölf Stunden, die ihm blieben.

Er hob den Blick von dem Buch, dessen Zeilen in den letzten zwanzig Minuten vor lauter Müdigkeit immer wieder vor seinen Augen verschwommen waren.

Sein Vater stand am Fenster und starrte auf den Friedhof hinaus. »Vielleicht solltest du langsam zu Mila gehen und Abschied nehmen«, sagte er mit rauer Stimme. Er hatte die Arme auf dem Rücken verschränkt wie ein alter König, der über sein Reich blickte. Seine Hemdärmel waren runtergekrempelt, aber Nicholas wusste, dass das Flammenmal seinen Vater peinigte.

»Was, wenn wir uns einfach von Hector einsperren lassen, bis die Nacht vorbei ist?«, fragte er und verbannte den Gedanken an Mila aus seinem Kopf. Aus seinem Herzen ließ sie sich nicht vertreiben, also versuchte er das erst gar nicht.

Caruel lachte spöttisch. »Du meinst wie in einem dieser billigen Werwolffilme?«

Nicholas zuckte mit den Schultern. Seine eigene Flammenschrift hatte in den letzten zwei Stunden spürbar an Kraft gewonnen. Die Schmerzen ließen ihn mittlerweile immer häufiger mit den Zähnen knirschen und er war froh, dass Luc nicht da war. Er hätte ihm ziemlich deutlich gesagt, wie sinnlos er es fand, dass Nicholas nicht bei Mila war. In Lucs Augen quälte er sich völlig unnötig. Er musste schließlich nur zu ihr gehen und das Flammenmal würde schwächer werden.

Caruel drehte sich zu ihm um und hielt seinen Arm hoch. »Ich bin relativ sicher, dass diese verdammte Schrift dich notfalls selbst tötet, wenn ich nicht ...« Er ächzte leise.

Und Nicholas gab ihm recht.

Ihm war auch schon in den Sinn gekommen, dass er diese Nacht nicht überleben würde, egal, ob sein Vater letztendlich abdrückte oder nicht. Die Flammenschrift hielt ihn davon ab, Paris zu verlassen. Sie erinnerte ihn mittlerweile in jeder Sekunde daran, dass er der Geschichte nicht gehorchte. Und vielleicht hatte sie auch noch eine dritte Funktion. Die, ihn zu töten, wenn er diese Nacht nicht erschossen werden würde.

Vielleicht sollte er sich vorher doch noch einmal mit Mila treffen. Ihr Lebewohl sagen. Er schloss die Augen.

Als er sie wieder öffnete, hatte sich sein Vater vom Fenster entfernt und hantierte an einem kleinen Tresor herum, der in die Wand neben einem Regal eingelassen war. Nicholas verkrampfte sich unwillkürlich.

Er wusste, dass Caruel in diesem Safe eine Pistole und ein Magazin mit Kugeln aufbewahrte.

»Vater«, sagte er leise.

Caruel hielt inne. Dann drehte er sich um. Ein verschleierter Ausdruck lag in seinen Augen, so, als befinde er sich in einer Art Trance. Nicholas konnte sehen, wie sich das blaue Leuchten in seinen Pupillen spiegelte. Dann blinzelte Caruel.

Und sein Blick wurde wieder klar. Er sah sich verwirrt um, begriff, was geschehen war, und ein so grauenerfüllter Ausdruck erschien auf seinem Gesicht, dass es Nicholas kalt davon wurde.

»Ich weiß nicht, wie lange ich noch dagegen ankämpfen kann«, flüsterte Caruel. »Es ist auf meiner Haut, aber gleichzeitig auch in meinem Kopf. Es will mich zwingen ...«

Nicholas hätte ihn am liebsten aufgefordert, es jetzt zu tun. Warum noch bis zur Nacht warten, wenn es sowieso unvermeidlich war? Aber da war etwas in ihm, ein letzter, winziger Funke Hoffnung, der ihn schweigen ließ. Er und Mila hätten sich beim Grabmal seiner Familie eigentlich küssen müssen. Stattdessen hatte Mila ihm dort die Nase gebrochen. Nicht alle Details der Geschichte wurden wahr. Vielleicht war sein Tod ja eines davon.

Er atmete tief durch. »Hector!«, rief er dann nach dem Butler und als der Mann erschien, trug er ihm auf, den Safe zu öffnen und die Waffe samt Magazin aus dem Haus zu schaffen.

Hector wirkte gekränkt. »Ich kenne die Kombination nicht, Monsieur Nicholas.«

»Sag sie ihm, Vater!«, forderte Nicholas Caruel auf.

Und der gehorchte.

Wenige Sekunden später war die Waffe fort. Nicholas entspannte sich ein wenig, aber sein Vater schien dazu nicht in der Lage zu sein. Wie zu Stein erstarrt stand er da, tief in seine eigenen, quälenden Gedanken versunken. Schließlich jedoch kam Leben in ihn.

»Hector!«, rief er.

Der Butler kam erneut herein. »Ja, Monsieur Caruel?«

»Holen Sie mir meinen Mantel!«

»Was hast du vor?«, fragte Nicholas, nachdem der Butler abermals davongeeilt war.

Caruel sah jetzt sehr entschlossen aus, doch er schien nicht vorzuhaben, seine Gedankengänge mit Nicholas zu teilen. »Ich weiß nicht, ob es gelingen wird«, murmelte er nur. Dann war

Hector wieder da. Caruel nahm seinen Mantel, legte ihn sich über den Arm.

Und gleich darauf sah Nicholas ihn unten vor dem Haus auf die Straße treten.

Kopfschüttelnd wandte er sich wieder seinem Notizbuch zu und las, was er als Letztes geschrieben hatte:

*Mila sah an der Fassade des eleganten Stadthauses hinauf. Sie war unsicher, ob sie wirklich klingeln sollte …*

Er seufzte tief. Hatte er tatsächlich dafür gesorgt, dass sie hierherkam? Er senkte den Blick auf das Papier. Kein Fabelmachtleuchten war aufgeflammt. Seine Worte waren einfach nur Worte. Worte auf weißem Papier.

Und zugleich das, was er sich aus tiefstem Herzen wünschte.

Ganz im Gegensatz zu seiner Geschichte würden sie nicht Wirklichkeit werden.

In diesem Moment klingelte es unten an der Haustür.

Mila sah an der Fassade des eleganten Stadthauses hinauf, während sie wartete, dass geöffnet wurde. Sie war unsicher gewesen, ob sie wirklich klingeln sollte. Doch dann öffnete sich die Tür und ein Butler stand vor ihr, ein mittelalter Mann mit strengem Aussehen und hagerer Statur.

»Sie wünschen?«, fragte er mit einer Stimme, die sich anhörte, als sei er direkt aus einem Roman aus dem 19. Jahrhundert gestiegen.

Sie verscheuchte diesen irritierenden Gedanken, auch wenn er ihr in einer Stadt, in der die Fabelmacht herrschte, durchaus realistisch erschien. »Mein Name ist Mila. Émilie Corbeil. Ich möchte zu Nicholas.«

Der Butler schaute auf sie herab, und aus irgendeinem Grund hatte sie das Gefühl, dass er sie nicht leiden konnte. Plötzlich vermisste sie Eric. Er hätte an dieser Stelle einen passenden ironischen Spruch gemacht. Ihr jedoch wollte absolut nichts einfallen.

Helena, die im Hintergrund gewartet hatte, schob sich ein Stück nach vorn. Der Butler musterte auch sie und als er ihr elegantes Kostüm bemerkte, tat er das mit sehr viel mehr Wohlwollen als bei Mila.

»Ich werde sehen, ob man Sie empfangen möchte«, sagte er hochnäsig.

»Das wird man«, behauptete Helena. Ohne Umschweife schob sie den Butler zur Seite und betrat das Haus.

»Ich muss doch sehr bitten!« Der Mann wollte wenigstens Mila den Eintritt verwehren, aber sie war schneller als er. Sie schlüpfte unter seinem ausgestreckten Arm hindurch.

Und fand sich in einer Eingangshalle wieder, die nach Versailles gepasst hätte. Der Fliesenboden im schwarz-weißen Schachbrettmuster war blank gebohnert, sodass er glänzte. Die Wände waren vertäfelt und mit Gemälden der unterschiedlichsten Epochen versehen. In einer Ecke stand ein Flügel, in einer anderen allen Ernstes eine alte Ritterrüstung. Sie war ein wenig angelaufen und sah verbeult aus, so, als sei sie früher wirklich getragen worden. Eine Freitreppe führte hinauf auf eine Empore und von dort nach rechts und links ins nächste Stockwerk.

Helena steuerte direkt auf diese Treppe zu, aber der Butler eilte ihr in den Weg. »Sie können hier nicht einfach hereinstürmen!«, wies er sie zurecht.

»Doch.« Helena lächelte ihn warm an. »Kann ich, wie Sie sehen. Und da wir jetzt schon mal drinnen sind, können Sie genauso gut hoch zu Nicholas gehen und ihm unser Kommen ankündigen.«

»Ich werde ...«

»Schon gut, Hector.« Nicholas' dunkle Stimme erklang vom rechten oberen Treppenabsatz und jagte Mila einen Schauder den Rücken hinunter. »Lassen Sie sie ruhig vorbei.« Er stand so, dass Mila nur seine Beine und Hüften sehen konnte.

Hector blinzelte und wirkte dabei wie eine erboste Krähe. »Ich wollte sie aufhalten, Monsieur, aber sie ...«

»Schon gut«, sagte Nicholas zum zweiten Mal. »Ich werde mich darum kümmern.« Er kam ein paar Stufen nach unten und jetzt erschrak Mila.

Er war blass. Die Schmerzen, die ihm die blaue Flammenschrift verursachte, flackerten in seinem Blick wie Fieber. Und als er noch eine Stufe nach unten kam, musste er sich am Treppengeländer festhalten.

»Gott«, murmelte Mila. Sie eilte ihm entgegen. Halb erwartete sie, dass er sie zurückstoßen würde, aber das tat er nicht. Im Gegenteil. Er zog sie an sich. Er vergrub das Gesicht an ihrer Halsbeuge in den Haaren. Und er umschlang sie so fest, dass sie kaum Luft bekam.

Mit einem tiefen Ausatmen entspannte er sich etwas. Klar. Sie war jetzt bei ihm. Die Flammenschrift zog sich zurück. »Du hättest nicht kommen dürfen«, flüsterte er ihr trotzdem ins Ohr.

»Doch.« Sie machte sich von ihm los, schob ihn auf Armeslänge von sich. »Weil ich dich retten werde.«

»Es gibt keine Rettung, sonst hätten wir sie schon längst gefunden.« Er ließ den Kopf sinken. Als er wieder aufsah, lächelte er verloren. »Außerdem ist das mit dem Retten meine Aufgabe. Ich bin der Prinz, du die Prinzessin.«

»Tja, dein Denkfehler«, gab sie zurück. »In deiner Geschichte magst du der tragische Held sein. Aber in meiner Version davon bin ich die Heldin, und die rettet den Helden.«

»In deiner Version davon?« Er hob die Augenbrauen. In seiner

Iris schwammen silberne Sterne. Jetzt erst fiel sein Blick auf Helena, die schweigend dastand und zusah, was geschah.

»Wer ist das?«

»Meine Mutter. Sie weiß alles. Sie hat mir geholfen, das Ende unserer Geschichte neu zu schreiben.« Mila zog das Notizbuch aus der hinteren Hosentasche, wo sie es zusammengefaltet hineingeschoben hatte. Sie schlug es an der entsprechenden Stelle auf und gab es ihm zu lesen.

Er nahm es, aber er schüttelte den Kopf. »Es ist unmöglich, meine Geschichte kann nicht ...«

»Doch, sie kann!«, wandte Helena ein. »Deine Geschichte kann von jemandem umerzählt werden, der mächtiger ist als du. Von Mila.«

»Aber wie...«

»Lies doch endlich!«, rief Mila und wedelte mit dem Notizbuch vor seiner Nase herum.

Er sah Helena an.

Sie nickte ihm aufmunternd zu.

Und da konzentrierte er sich auf Milas Version der Geschichte. Zunehmend schneller flogen seine Blicke über die Zeilen. Zuerst wirkte er skeptisch, aber je weiter er las, umso mehr löste Hoffnung die Erschöpfung und den Schmerz in seiner Miene ab.

Mila wurde leichter ums Herz. Ihn so gequält und verzweifelt zu sehen, war ihr unerträglich gewesen. »Wir werden in dieser Nacht nicht in Notre-Dame sein«, murmelte er.

Sie schüttelte den Kopf. »Nein. Weil wir jetzt gleich in die Dunkle Bibliothek gehen werden. Da sind wir weit entfernt von allen Pistolen dieser Welt. Und wir werden ein gewisses schwarzes Buch mit deinem Namen darauf verbrennen. Und dann, wenn morgen früh die Sonne aufgeht, werden wir zusammen in den Zug steigen und Paris verlassen.«

Nicholas rührte sich mehrere Sekunden lang nicht. »Könnte das wirklich funktionieren?«, fragte er leise.

Helena, die noch immer unten in der Eingangshalle stand, kam ein paar Stufen zu ihnen hoch. »Das wird es«, versprach sie.

Nachdem Mila Eric einfach stehen gelassen hatte, starrte er eine Weile lang dem Skateboardfahrer hinterher, der auf dem Platz vor der Kirche immer noch seine Runden drehte. Das Rattern der Rollen hörte sich in seinen Ohren an wie Kanonendonner.

Er stieß eine leise Verwünschung aus und wusste nicht genau, wen er verwünschte. Nicholas oder Mila? Oder doch eher sich selbst? Er hatte sich bisher nie viel aus Mädchen gemacht. Weil das immer nur Ärger mit sich brachte.

Er lachte höhnisch.

*Willkommen zurück in der harten Realität,* sagte eine trockene Stimme in seinem Hinterkopf.

Wie lange war er jetzt eigentlich schon nicht bei seinen Eltern in dem Drecksloch von Wohnung in Saint-Denis gewesen? Ob sie sich Sorgen um ihn machten? Vermutlich nicht. Wie er seinen Vater kannte, hockte der in Unterhose und Hemd in seinem Sessel vor der Glotze und hatte schon einige Bier intus, obwohl es gerade mal früher Nachmittag war. Und seine Mutter saß am Küchentisch, rauchte ihre ekeligen Gauloises und hatte ihre Panikattacken mit der ein oder anderen kleinen Pille gezähmt. Vermutlich hatte sie noch nicht mal gemerkt, dass er seit Tagen weg war.

Er ließ seinen Blick an der Fassade von Notre-Dame emporwandern.

Auf einmal hatte er das dringende Bedürfnis, in einen Abgrund zu schauen. Er überlegte, ob er es sich leisten konnte, auf die Türme der Kathedrale zu steigen. Der Eintritt kostete zehn Euro. Die hatte er gerade noch.

Also kaufte er sich ein Ticket und nur um irgendwas zu haben, das seine Gedanken wenigstens für eine Weile ablenkte, zählte er die Stufen bis nach oben. Es waren vierhundertzweiundzwanzig.

Oben angekommen, musste er zu seiner Enttäuschung feststellen, dass es ziemlich voll war. Eine Gruppe Amerikaner, allesamt mindestens dreißig Kilo zu schwer, übertönten alle anderen Besucher mit ihrem lauten Geschnatter. Sie fotografierten sich selbst mit Kameras, die an armlangen Selfiesticks hingen.

Ein japanisches Ehepaar, das verträumt hinunter zur Pont Neuf schaute, wirkte gegen diese Leute regelrecht verschreckt. Sie baten Eric, ein gemeinsames Foto von ihnen zu machen, und das tat er gern.

Der Mann verbeugte sich mehrmals, als Eric ihm die Kamera zurückgab, und die Frau lächelte ihn freundlich, aber schüchtern an. Sie hatte einen winzigen, knallrot geschminkten Mund.

Eric wandte sich Paris zu. Die Stadt lag in einen sommerlichen Dunstschleier gehüllt unter ihm. Ihre metallbeschlagenen Dächer glänzten im Licht der Sonne. Der Eiffelturm verschwamm in der Ferne. Ein paar Wolken wurden vom Wind wie feine Gaze auseinandergeweht.

Eric schaute an dem Glockenturm in die Höhe. Die Spitzbögen waren mit kugelförmigen Ornamenten versehen, die sich perfekt zum Klettern eigneten. Zu gern hätte er sich daran in die Höhe gezogen, aber aus Sicherheitsgründen war die Aussichtsplattform von einem Metallgitter überspannt wie ein überdimensionaler Vogelkäfig.

Er schaute durch die Stäbe nach unten. Von hier bis zu der

großen Fensterrosette zu klettern, die sich etliche Meter weiter unten über dem mittleren Kirchenportal befand, wäre vermutlich spannend. Vielleicht sollte er einfach kommende Nacht wiederkommen, den dicken Draht durchschneiden und es tun.

Kommende Nacht waren Mila und Nicholas hier ...

Das brachte ihn auf einen Gedanken. Wer verlangte eigentlich von ihm, dass er sich an das hielt, was Mila und ihre Mutter entschieden? Er wollte noch einmal mit ihr reden. Wenigstens einmal wollte er noch versuchen, sie von dem Irrsinn abzuhalten, den sie vorhatte. Aber kommende Nacht konnte es vielleicht schon zu spät dafür sein. Er dachte daran, was Mila geschrieben hatte. Sie würde mit Nicholas in die Dunkle Bibliothek gehen, um dort dieses unheimliche Buch zu verbrennen. Und es gab eine Möglichkeit, wie er ebenfalls dorthin gelangen konnte. Die Metalltür, durch die er mit Mila und Helena in die Kirche gekommen war.

Tief sog er die warme Pariser Luft ein. Dann wandte er sich vom Anblick der Stadt ab und machte sich auf den Weg in Richtung Sakristei.

Die Dunkle Bibliothek warnte Mila erneut mit diesem bedrohlichen, kaum wahrnehmbaren Flüstern. Nicholas konnte es auch hören, das sah sie an der Art, wie er das Gesicht verzog.

Er war jetzt nicht mehr ganz so blass, was vermutlich daran lag, dass die Flammenschrift ihn nicht mehr so stark quälte. Vielleicht aber war es auch schlicht die Hoffnung, die ihn lächeln ließ, als er bemerkte, dass Mila ihn ansah.

Sie öffneten die Tür und warteten, bis der Bewegungsmelder die Lampen angeschaltet hatte.

Nicholas schluckte schwer, als das fahle Licht Regal um Regal mit den unheimlichen schwarzen Büchern aus der Finsternis schälte. »Ich habe davon gehört, dass das hier existiert«, murmelte er. »Aber bisher habe ich es nicht geglaubt.«

Mila griff nach seiner Hand und drückte sie ganz fest.

Helena war außerhalb der Dunklen Bibliothek stehen geblieben. »Passt auf, dass ihr wirklich nur das eine Buch verbrennt«, hatte sie gesagt. Mila hatte sich erneut gefragt, woher ihre Mutter diese Sicherheit nahm, dieses Wissen. Und Nicholas war es ähnlich gegangen. Er hatte Helena eine entsprechende Frage gestellt, aber sie hatte ihnen nur bedeutet loszugehen. Und das taten sie nun.

Meter um Meter tasteten sie sich tiefer in den endlos erscheinenden Gang hinein.

»Gibt es hier gar keine Abzweigungen?«, fragte Nicholas.

Darauf hatte Mila bisher noch keinen Gedanken verschwendet, aber er hatte recht. Der Gang zog sich offenbar kilometerweit schnurgerade dahin. Ihr wurde noch ein bisschen unbehaglicher. »Lass uns das einfach hinter uns bringen und dann wieder verschwinden«, flüsterte sie.

Die silberne Schrift auf dem Buchrücken schimmerte fahl und führte sie sicher an ihr Ziel.

Nicholas' Blick schweifte nur kurz über das Buch mit Milas Namen darauf und blieb dann an seinem eigenen hängen.

Er schluckte schwer. Dann zog er Streichhölzer und eine kleine Flasche mit Feuerzeugbenzin aus der Tasche seiner Jeans. Er hatte beides im Haus seines Vaters eingesteckt, bevor sie hierher aufgebrochen waren.

Mila warf einen Blick zurück zu Helena, die noch immer an der offenen Tür stand und jetzt sehr klein wirkte. Trotzdem spendete der Anblick ihr Trost.

Mit zitternden Händen zog Nicholas das Buch hervor. Er zögerte, aber dann schlug er es auf und las ein paar Sätze. »Die

Schrift sieht haargenau so aus wie das Original.« Seine Stimme war nun ganz flach.

»Was ist mit dem Original passiert?«, fragte Mila.

»Das habe ich ebenfalls verbrannt. Im Kamin. Nachdem meine Mutter gestorben war.« Seine Nasenflügel bebten und für einige Sekunden richtete er den Blick in die Ferne.

Bis Mila ihn am Arm berührte und er blinzelnd aus seinen Erinnerungen zurückkehrte. »Okay«, sagte er. »Dann mal los.« Er kniete sich auf den Fußboden aus glatt behauenem Stein, fächerte die Seiten des Buches auf und legte es aufgeschlagen hin. Dann spritzte er Feuerzeugbenzin darauf. Der Geruch biss Mila in der Nase.

Mit zu festen Fäusten geballten Händen sah sie zu, wie Nicholas ein Streichholz aus der Schachtel nahm. Das erste zerbrach bei dem Versuch, es anzuzünden. Das zweite ebenfalls. Der Geruch von Schwefel gesellte sich zu dem des Benzins. Dann jedoch entflammte das dritte Hölzchen.

Nicholas hielt die Flamme in die Höhe. »Was, wenn …«

»Mach einfach!«, fiel sie ihm ins Wort.

Und da hielt er das Streichholz an das Buch.

Es entzündete sich mit einem Geräusch, das in Milas Ohren klang wie von etwas Lebendigem. Das mahnende Wispern in ihrem Kopf verstärkte sich kurz zu einem Kreischen, dann verstummte es. Ihr Mund war ganz und gar trocken. Wieder schaute sie zu ihrer Mutter zurück. Helena hatte sich nicht vom Fleck gerührt.

Die Flammen erfassten die Seiten, dann den schwarzen Einband. Nicholas legte Mila den Arm um die Schultern und zog sie ein Stück mit sich zurück.

»Pass auf«, warnte er.

Fast kniehoch loderten die Flammen in die Höhe und als sie

ihre größte Ausdehnung erreicht hatten, leuchteten sie blau auf.

Mit klopfendem Herzen sah Mila zu, wie die Seiten des Buches zu Asche zerfielen. Der Geruch von verbranntem Papier war so intensiv, dass er ihr in der Nase biss, und kurz hatte sie eine Art Vision. Hinter dem Geruch von verbranntem Papier lag noch etwas anderes, sehr viel weniger Angenehmes. Eine eiskalte Hand griff ihr ins Genick. So roch verbranntes Fleisch, dachte sie.

Ihr Blick zuckte zu Nicholas. Sein Gesicht war vor Anspannung ganz kantig, aber als er sah, wie angstvoll sie ihn musterte, lächelte er. Und diesmal erreichte das Lächeln nicht nur seine Mundwinkel, sondern auch seine Augen.

Die Flammen spiegelten sich in seiner Iris. Mila sah zu, bis sie verloschen. Erst da wandte sie den Blick wieder dem Buch selbst zu.

Es war nur noch ein Haufen qualmender Asche.

*Was nun?,* dachte sie. Sollte das wirklich alles gewesen sein? So unspektakulär ging es zu Ende? Sie wollte Nicholas diese Frage gerade stellen, als er aufkeuchte.

Schlagartig standen Mila alle Haare im Nacken zu Berge, aber dann merkte sie, dass es kein entsetztes Keuchen gewesen war. Sie sah zu, wie er seinen Ärmel hochschob.

Und da wusste sie, dass sie es tatsächlich geschafft hatten.

Die Flammenschrift auf seiner Haut. Sie war fort.

Sie konnte es immer noch nicht glauben, als sie in die Große Bibliothek zurückkehrten und dort unter der Kuppel stehen blieben. Sie hatte in den letzten Tagen so viel Angst und Verzweiflung empfunden, da fühlte es sich jetzt fast komisch an, dass das alles vorbei sein sollte.

Helena blieb neben ihr stehen. »Ihr habt es geschafft«, sagte sie mit einem Lächeln, doch dabei lag etwas in ihrem Blick, das Mila nicht deuten konnte.

Ein leises Ziehen machte sich in ihrem Magen breit.

Aber Helena schien zufrieden. »Ich lasse euch eine Weile allein, damit ihr euren Triumph genießen könnt.«

Als sie fort war, schaute Mila nach oben in die Kuppel. Nicholas stand so dicht hinter ihr, dass ihr Hinterkopf seine Brust berührte.

»Das Bild der Andromeda habe ich immer am meisten geliebt«, sagte er.

Eine Gänsehaut bildete sich in ihrem Genick, weil sein Atem sie kitzelte. Sie lächelte. Das Ziehen in ihr wurde jedoch stärker. Was stimmte nicht? Warum konnte sie sich nicht entspannen?

Nicholas legte ihr von hinten die Arme um den Leib. Sein Atem strich ihr über den Scheitel und sie schob seinen Ärmel so weit hoch, wie sie konnte.

»Die Schrift ist wirklich weg«, murmelte sie. »Oder?«

»Ja.« Er blies ihr auf den Scheitel, wie um ihre düsteren Gedanken zu vertreiben. »Kennst du Andromedas Geschichte?«

Die Sterne verschwammen kurz vor ihren Augen, weil ihr vor lauter Erleichterung die Tränen kamen. Das hier war genau so, wie sie es geschrieben hatte. Genau diese Frage hatte er in ihrer Geschichte gestellt. Es war also wirklich alles gut.

»Perseus hat Andromeda vor dem Seeungeheuer gerettet, das sie fressen sollte«, erklärte Nicholas. »Sieht ganz so aus, als hätten wir beide in dieser Geschichte wirklich die Rollen getauscht. Du der Held. Ich die Prinzessin.« Auch das hatte sie ihn in ihrer Version der Geschichte sagen lassen.

Mila wollte ihm ins Gesicht sehen, aber er ließ es nicht zu. »Geht das gegen deine Heldenehre?«, fragte sie lächelnd.

»Schon ein bisschen, ja.«

»Macho.«

Er lachte leise. »Vermutlich bin ich das. Aber wie dem auch sei. Am Ende der Geschichte fliegen Perseus und Andromeda mit einem Paar Flügelschuhe auf eine Insel im Mittelmeer.«

Mila schloss die Augen. »Morgen früh fahren wir auch weg von hier. Irgendwohin, wo die Gabe nicht funktioniert.«

Seine Lippen waren überraschend warm, als er ihr einen Kuss auf den Scheitel gab.

Sie wollte sich in seinen Armen umwenden, wollte ihm ins Gesicht sehen. Aber er ließ es nicht zu. Er umschlang sie fester. Seine Hände waren jetzt kalt, stellte sie fest.

Und sie zitterten.

*Warum?*

Was wusste er, das sie nicht wusste?

Schritte erklangen. Nicholas erstarrte und kurz bevor eine Gestalt auf die freie Fläche unter der Kuppel trat, schloss er ergeben die Augen. »Nein«, wisperte er.

Villain Caruel tauchte zwischen zwei Regalreihen auf. Er sah Nicholas und erbleichte. Seine Hand tastete nach Halt. Das blaue Leuchten auf seinem Körper war so grell, dass es durch sein weißes Hemd hindurch zu erkennen war. Es bedeckte seinen gesamten Oberkörper. »Nicholas«, ächzte er.

»Ich ...« Nicholas versagte die Stimme. »Ich dachte, du bist ...«

»Ich hatte vor, Paris zu verlassen, egal, was das Flammenmal mit mir macht«, stieß Caruel hervor. »Aber die Geschichte, Nicholas. Sie lässt es nicht zu. Sie hat mich nach Notre-Dame getrieben, genau wie sie mich gezwungen hat, die Waffe zu holen.« Jetzt erst sah Mila die Pistole in seiner Hand.

Caruel sprach weiter, wie im Wahn. »Ich stand plötzlich dort oben auf diesem Turm und ich habe keine Ahnung, wie ich dort hingekommen bin. Da wusste ich, es gibt nur noch eine einzige Möglichkeit, dagegen anzugehen. Indem ich hier herunterkomme. Die Brüder sollten mir ...« Er schwankte so stark, dass er innehalten musste. »Ich habe gehofft, sie würden mir helfen. Ich habe versucht, gegen die Geschichte zu handeln, das musst du mir glauben!« Sein Gesicht zerfiel in tausend Splitter.

Milas Blick flog nach oben.

*Der Sternenhimmel über ihnen.*

Eisiges Entsetzen machte ihr Herz ganz kalt und ihre Gedanken kristallklar. Es geschah unter dem Sternenhimmel.

»Ich dachte, ich könnte dagegen angehen«, flüsterte Caruel. »Aber egal, was ich tue ... es führt dazu, dass ich ...« Er stieß einen lang gezogenen, qualvollen Schrei aus. Langsam hob er die Waffe. »Verzeih mir!«

Mila kam sich vor, als ob sich ihre Gedanken verlangsamen würden. Caruel war in Notre-Dame gewesen, wie Nicholas' Geschichte es vorsah. Und jetzt war er hier. Er musste den Weg über die Wendeltreppe genommen haben. Mila dachte daran, wie sie und Nicholas in ihrer Version der Geschichte über diese Treppe aus der Kathedrale vor ihm flüchteten.

Und dann begriff sie.

Nicholas' Vater war hier heruntergekommen, weil er geglaubt hatte, seinem Sohn dadurch aus dem Weg gehen zu können. Aber sie selbst hatte dafür gesorgt, dass auch Nicholas hier war.

Die beiden Geschichten. Sie überlagerten sich!

Der Sternenhimmel über ihnen. Und die tödliche Waffe in Caruels Hand.

Die Beine drohten unter Mila nachzugeben. Nicholas hielt sie mit eiserner Kraft umklammert.

*Was, wenn* du *stirbst?,* hatte Eric sie gefragt.

Nicholas schob sie hinter sich. »Nein!«, hörte sie im selben Moment jemanden am anderen Ende der Freifläche rufen und ihr Entsetzen steigerte sich ins Unermessliche.

Eric war da. Sie machte einen Schritt auf ihn zu.

*Was, wenn* du *stirbst?,* hatte sie ihn gefragt.

»Nein!« Sie kreischte jetzt. Ihr Blick irrlichterte in der Gegend umher, zuckte von Nicholas zu Eric und wieder zurück.

Caruel überwand seine Überraschung über Erics Auftauchen schneller als alle anderen. Er wandte sich wieder um, richtete die Waffe nun direkt auf Mila.

»Niemand stirbt hier heute Nacht!«, schrie sie.

»Doch«, sagte Caruel resigniert. In seinen Augen zerbrach etwas.

Und dann krümmte er den Finger.

»Nicht!«

Der Schuss fiel gleichzeitig mit Nicholas' Schrei. Etwas prallte gegen sie und es hatte die Macht eines Dampfhammers. Sie wurde zur Seite geschleudert. Fiel. Hart kam sie auf dem Fußboden auf, ihr wurde sämtliche Luft aus den Lungen gepresst und ihr Hinterkopf knallte auf die Steinfliesen. Der Schmerz war brutal, aber noch schlimmer war, dass jemand auf ihr landete. Schwer wie ein lebloser Sack. *Nicholas!,* kreischte es in ihrem Kopf.

Es war, als seien sie plötzlich in einem Universum, in dem alles in unendlich verlangsamter Geschwindigkeit ablief. Mit einem staunenden Gesichtsausdruck schaute Nicholas auf eine Wunde an seinem Oberarm. Nur an seinem Oberarm.

Nur an seinem Arm!

Er rappelte sich auf.

Der Schmerz war verblüffend grell und hochwillkommen. Er war am Leben. Und Mila auch.

Ihre Augen waren vor Schrecken weit aufgerissen, er glaubte, sich in ihnen spiegeln zu können.

Die blaue Schrift auf Caruels Leib flammte noch einmal grell auf, dann begann sie mit rasender Geschwindigkeit, sich zurückzuziehen.

Der Zeitpunkt war gekommen.

Seine Geschichte hatte gesiegt.

»Nein!«, hörte er Mila. Und noch einmal: »Nein!«

Sein Vater hatte den Kopf gesenkt und lauschte tief in seinen eigenen Körper hinein. Dann – langsam, als koste es ihn unendliche Kraft – schaute er auf. Seine Miene war jetzt tödlich entschlossen. »Was auch immer für Fabelkräfte du hast, Nicholas«, flüsterte er mit einer Stimme, die nicht seine eigene war. »Ich werde mich ihnen nicht mehr beugen.«

Eric machte einen Ausfallschritt, aber Caruel war schneller. Mit einer fließenden Bewegung riss er die Waffe herum und setzte sie sich an seine eigene Schläfe. Und die Flammenschrift erstrahlte in grellstem Blau.

»Vater!« Nicholas' Stimme überschlug sich.

Er stürzte vorwärts.

Gelähmt vor Entsetzen sah Mila, wie Caruel die Waffe gegen sich selbst richtete. Sie hörte Nicholas »Vater!« schreien, sah ihn voranfliegen. Die Flammenschrift leuchtete jetzt auch bei ihm wieder grell.

Mila wusste, was nun geschehen würde, und konnte doch nichts tun.

Nicholas schlug Caruels Hand zur Seite. Ein Schuss löste sich und schlug in ein Regal dicht neben Eric ein. Er duckte sich. Das Geräusch zerriss Mila das Trommelfell, das Herz.

»Lass mich!«, schrie Caruel. Er versuchte, die Waffe erneut an seinen Kopf zu setzen, aber Nicholas hinderte ihn daran. Es kam zu einem Handgemenge. Ganz kurz waren Caruel und er sich so nah, dass das Licht ihrer Flammenmale sich überlagerte.

Und dann fiel der dritte Schuss.

Beide zuckten zusammen. Standen regungslos. Eine Sekunde verging. Eine weitere. Milas Verstand drohte sich zu verabschieden. Dann weiteten sich Caruels Augen in Schmerz und Agonie.

*Er!*, schoss es Mila durch den Kopf. Der Schuss hatte ihn getroffen! Nicht Nicholas! Vielleicht hatte sie mit ihrem alternativen Ende ja doch etwas bewirkt …

Aber noch bevor sie den Gedanken beendet hatte, bevor sie vor Erleichterung aufatmen konnte, sackte Nicholas in sich zusammen. Er fiel und sie konnte nichts dagegen tun.

Das Kreischen in ihr wurde zu einem fassungslosen Wispern. Dann zu einem Hauch.

Nein!

Nein …

Caruel fing Nicholas auf und während er mit ihm gemeinsam zu Boden sank, warf er den Kopf in den Nacken und brüllte sein Entsetzen hinaus.

Mila flog vorwärts. Sie war bei Nicholas in der Sekunde, in der Caruel ihn sanft auf die harten Fliesen bettete.

»Nicholas!«, rief sie. Ihre Hände strichen über seinen Körper. Wo war er getroffen, wo? Sie zerrte sein Shirt hoch, Blut. Da war so viel Blut, aber wo war die Wunde?

Nicholas fasste nach ihren Fingern, aber sie suchte weiter. Wo war die Wunde?

Und dann sah sie sie.

Sie saß neben dem Herzen. Blut quoll hervor, so viel, so rot. Genau wie er es geschrieben hatte. Er. Er starb. Nicht sie. Mila wollte daraufdrücken, wollte die Blutung stoppen und das Leben festhalten, das aus ihm herauslief.

»Das wird wieder!«, stieß sie hervor. »Ich kann das wegerzählen. Ich kann …«

»Mila!« Seine Stimme ließ sie verstummen.

Mit tränenüberströmtem Gesicht hielt sie inne, nahm sein Gesicht in beide Hände. Da war so viel Schmerz in seinen Augen, aber hinter dem Schmerz lauerte etwas anderes. Erleichterung. Sie schluchzte auf.

Caruel war da, ein Schatten am Rande ihrer Wahrnehmung, und Eric auch. Dann waren da noch andere. Ihre Mutter. Und Maréchal. Der alte Buchhändler legte Helena eine Hand auf die Schulter, aber dann nahm Mila ihn nicht mehr wahr, genau wie die anderen. Die Welt schrumpfte, zog sich auf einen Punkt zusammen und in dessen Zentrum befanden sich nur noch sie und Nicholas.

»Es ist okay«, wisperte er.

»Nein, Nicholas! Nein!« Erneut wollte sie ihre bebenden Hände auf seine Wunde pressen, aber diesmal hinderte er sie daran. Ganz klamm war seine Haut. Seine Lippen färbten sich weiß, dann hustete er. Blut quoll aus seinem Mundwinkel.

»Es wird ... alles gut.« Seine Hand krampfte sich um ihre Finger. Er drehte sie so, dass sie beide auf sein Handgelenk schauen konnten. Die blaue Schrift zog sich jetzt zurück. *Nicholas und Mila,* das war alles, was dort noch stand. Sein Name verschwand zuerst. *Mila* blieb als Letztes übrig.

Dann verblasste auch das.

»Ich ...« Nicholas zog ihre Finger an seinen Mund, küsste sie. »... liebe d...« Er brachte den Satz nicht mehr zu Ende. Denn der Tod ging über seine Mitternachtsaugen hinweg und nahm ihn mit sich fort.

# 19

Isabelle redete für sie.

Mila lag in einem Hotelbett, starrte gegen die Decke und die üppig drapierten dunkelgrünen Samtvorhänge an den Fenstern. Die Troddeln daran sahen aus, als gehörten sie in ein Schloss und nicht in dieses kleine Hotel mitten in Saint-Germain. Die Sonne schien durchs Fenster und malte goldene Kringel auf Bettdecke und Wände. Das Fenster stand halb offen. Die Geräusche der Stadt drangen herein und klangen sonderbar fern.

Vierundzwanzig Stunden war Nicholas jetzt tot. Ein Arzt war bei ihr gewesen, daran erinnerte sie sich. Er hatte ihr etwas zur Beruhigung geben wollen, aber sie hatte es kopfschüttelnd abgelehnt. »Sie sollte versuchen zu schlafen«, hatte der Arzt gesagt und Helena hatte sie in dieses Hotel verfrachtet.

Seitdem war sie unfähig, sich zu bewegen, unfähig, etwas zu essen, und sogar unfähig, auch nur einen Ton zu sagen. Also redete Isabelle.

Sie erzählte ihr von Victor und dass er zwölf Stunden lang mit einem riesigen Blumenstrauß vor der Schwelle ihrer Wohnung auf sie gewartet hatte. Sie erzählte von ihrem Galeristen, den sie getroffen hatte, und davon, dass eine Touristin zwei ihrer Gemälde gekauft hatte, und zwar die richtigen

Gemälde, nicht die kitschig-bunten Bilder von Eiffelturm oder Notre-Dame. Lauter kleine Anekdoten sprudelten aus Isabelle hervor, lustige Geschichten, nett und harmlos, die doch nur eines zeigten: dass nichts in Milas Leben jemals wieder gut sein würde.

Während Isabelle redete und während gleichzeitig Helena sich ständig in der Nähe hielt, sah Mila Nicholas vor sich. Sein bleiches Gesicht. Das Blut an seiner Brust. Das Blau seiner Augen, das von Frost überzogen wurde, als er fortging von ihr ...

Sie wollte weinen, aber es ging nicht. Ihre Augen brannten, aber da waren keine Tränen.

Einmal überredete Isabelle Mila, ein paar Löffel von der Suppe zu essen, die Helena beim Zimmerservice bestellt hatte. Die warme Brühe schmeckte nach nichts und sie kam mit einem so heftigen Schwall wieder heraus, dass Isabelle es danach nicht mehr wagte, Mila zum Essen zu zwingen.

»Rede mit mir, Süße«, flüsterte sie das ein ums andere Mal und wechselte verzweifelte Blicke mit Helena und als auch Helena sie darum bat, zerbrach etwas in Mila.

»Du bist schuld!« Sie wollte es ihrer Mutter ins Gesicht schreien, aber sie konnte nur tonlos flüstern. »Du bist schuld, dass er tot ist. Du hättest mir sagen müssen, wie ich das Ende schreiben muss, damit er ...« Ihre Kehle war rau und schmerzte. »Du hättest mir ... helfen müssen.«

Helena saß sehr still und sehr aufrecht da und hörte sich ihre Vorwürfe an. Mila wollte, dass sie sich verteidigte, sie wollte, dass Helena ihr das sagte, was sie tief in ihrem verwundeten Herzen selbst wusste: dass keiner von ihnen eine Chance gegen Nicholas' Macht gehabt hatte. Er war der Mächtigste von ihnen allen gewesen.

Und jetzt war er tot.

Mila wollte weinen. Aber sie konnte es nicht.

Der Abgrund starrte sie an und sie starrte zurück. Ganz langsam schlug ihr Herz, so, als habe es akzeptiert, dass es weitermachen musste, aber alle Kraft dazu verloren hatte. Die Geräusche der Straße unter ihr waren so weit weg wie Andromeda. Sie sah eine Frau mit einem Kinderwagen vorbeigehen, vielleicht war es dieselbe wie beim letzten Mal.

Es kümmerte sie nicht.

Die Dachterrasse lag im Schein der untergehenden Sonne. Noch war der Eiffelturm nicht angestrahlt, aber in ein paar Häusern brannte schon Licht. Die Menschen saßen beim Abendessen. Tauben drehten ihre Kreise über Milas Kopf und landeten schließlich auf der Terrasse hinter ihr. Ihr Gurren klang ebenso gedämpft wie der Verkehrslärm.

Mila hatte sich aus dem Hotelzimmer geschlichen, als Isabelle endlich gegangen und Helena vor Erschöpfung und Sorge für eine Weile selbst eingeschlafen war. Ohne zu überlegen, war sie zu Erics Abbruchhaus gekommen. Es war ein wenig schwierig gewesen, sich Zutritt zu verschaffen, aber es war ihr gelungen. Und sie hatte auch den Weg über den Schornsteinfegersteg bis zur Dachterrasse gefunden.

Jetzt schlang sie die Arme um sich, weil sie nicht aufhören konnte zu zittern. Ob es da, wo Nicholas jetzt war, auch so kalt war?

Ihr Fuß tastete nach dem kleinen Vorsprung, der ihr schon beim letzten Mal geholfen hatte, auf die Brüstung zu klettern. Die Tauben flatterten auf.

»Hältst du das für eine gute Idee?« Eric stand hinter ihr.

Sie nahm den Fuß wieder von dem Vorsprung. Sie wollte weinen, aber ihre Augen waren immer noch trocken.

»Ich war in eurem Hotel«, hörte sie ihn sagen. »Aber Helena hat mich nicht zu dir gelassen.«

Sie nickte. Seit sie Helena ihre Vorwürfe an den Kopf geknallt hatte, hatte sie keinen Ton mehr geredet. Jedes Wort hätte sie zu viel Kraft gekostet. Sie stellte den Fuß wieder auf den Vorsprung. »Ich muss da hoch«, sagte sie nun. Ihre Stimme kam aus einer Gruft. Sie erkannte sie selbst nicht wieder.

Vorsichtig kam Eric näher. »Wenn du es darauf anlegst zu springen, dann kann ich dich nicht halten so wie neulich.« Er stellte sich neben sie.

Der Eiffelturm wurde angeschaltet. Er erstrahlte in Rot, Weiß, Blau.

Blau. Wie die Iris von Nicholas.

Mila schloss die Augen. Von irgendwo kam Musik, aber sie kannte die Melodie nicht.

»Ich will nicht springen«, sagte sie und glaubte sich selbst nicht. Sie wandte den Kopf, sah Eric an.

Er gab ein leises Ächzen von sich. Sekundenlang musterte er sie. Dann schien er einen Entschluss zu fassen. »Gib mir deine Hand!«

Sie reichte sie ihm.

»Gut. Und jetzt vorsichtig.« Er half ihr auf die Brüstung und hielt sie an den Hüften fest, genau wie er es neulich schon einmal getan hatte.

Mila starrte nach unten.

Und dann fing sie endlich an zu weinen.

Eric hatte ernsthaft überlegt, es ihr zu verbieten. Zu groß war seine Angst, dass sie wirklich springen wollte. Aber dann sah er in ihren Augen diese Verzweiflung, die er so gut nachfühlen konnte, und er wusste, dass er nicht immer bei ihr sein konnte. Wenn sie springen wollte, dann würde sie es irgendwann sowieso tun.

Aber vielleicht konnte er ihr helfen, zurück ins Leben zu finden. Sie hatte sich schon einmal lebendig gefühlt, als sie dort oben gestanden hatte, und wenn es eines gab, das sie jetzt brauchte, dann war es das Gefühl, trotz allem noch immer lebendig zu sein.

Darum stand er dicht hinter ihr, krampfte die Hände um ihre Hüften und lauerte auf jede ihrer Bewegungen, jedes kleine Vorbeugen, damit er rechtzeitig eingreifen und sie vom Abgrund zurückzerren konnte.

Aber sie machte keine Anstalten zu springen.

Stattdessen begann sie zu weinen.

Er legte den Arm um ihre Taille und zog sie zu sich herunter. Dann drehte er sie um und drückte sie an sich. Sie zitterte. Und sie weinte. Bis die Nacht eingebrochen und es völlig dunkel war. Sie weinte auch noch, als Eric sie mit sich auf den Boden zog, sich gegen die Brüstung lehnte und sie wiegte. Bis die Glocken einer nahen Kirche erst zehn, dann elf und schließlich halb zwölf schlugen.

Da endlich beruhigte sie sich.

»Wir waren genau gleich mächtig.« Ihre Stimme klang papierdünn und er war sich im ersten Moment nicht sicher, ob er sie richtig verstanden hatte. Sie hatte den Blick in den Himmel gerichtet und er fragte sich, was sie wohl zwischen den Sternen sah.

»Wir waren genau gleich mächtig«, wiederholte sie. Eric strich ihr sanft über die Schulter, während sie nun zu reden begann. »Nicholas und ich. Darum konnte ich seine Geschichte nicht umschreiben. Darum sind sie beide Realität geworden und haben sich überlagert. Helena hat es falsch eingeschätzt. Sie dachte, ich bin stärker als er, aber das war falsch. Sie hat sich so oft bei mir entschuldigt, sie ist am Boden zerstört, aber ...« Ihre Stimme brach.

Eric lauschte dem schläfrigen Gurren einer Taube, die ganz in der Nähe saß. Die Kirchturmuhr schlug zwölf und irgendwann eins. In ihm war der Wunsch, irgendetwas zu zertrümmern.

»Würdest du etwas für mich tun?«, fragte Mila.

»Natürlich.« Er musste sich davon abhalten, sie auf das Haar zu küssen.

»Verlass mit mir Paris«, bat sie.

Seit Tagen regnete es zum ersten Mal und Père-Lachaise war in dunstiges Grau getaucht. Der Regen fiel schnurgerade und stetig. Wasser rann von den alten Bäumen, tropfte in große Pfützen auf den Wegen, auf die marmornen Grabplatten und auf Milas roten Regenschirm. Sonst war kein einziges Geräusch zu hören.

Bis auf den stolpernden Rhythmus von Milas eigenem Herzen.

Seitdem sie Eric gebeten hatte, mit ihr aus Paris fortzugehen, waren zwei weitere Tage vergangen. Vier Tage war Nicholas nun schon tot. Es kam Mila vor, als hätte jede einzelne Sekunde davon sich bis in alle Ewigkeit gedehnt. Wenn sie die Augen schloss, sah sie ihn vor sich. Dann hörte sie seine Stimme, tief und ruhig, die einen Scherz machte oder einen spöttischen Spruch.

*In dieser Beziehung bin ich der Unterlegene,* hörte sie ihn immer wieder sagen. Und: *Ich würde dich wie eine Königin behandeln.*

Vier Tage, seit er gestorben war.

Gestern hatten sie ihn hier auf Père-Lachaise beerdigt. Mila hatte nicht hingehen können, sie war einfach nicht in der Lage gewesen aufzustehen und einen einzigen Schritt zu machen. Die Vorstellung, dass sie Nicholas in die kalte Erde legten und eine schwere Marmorplatte über ihn deckten, war so undenkbar gewesen, dass es sie dabei geschüttelt hatte. Also waren Helena, Odette und Maréchal allein gegangen, während Eric und Isabelle bei Mila geblieben waren. Danach war Odette zu Mila gekommen. Bleich und kummervoll hatte sie ausgesehen und als sie etwas gesagt hatte wie: »Du darfst dir nicht die Schuld daran geben«, da hatte Mila sie angeschrien und aus dem Zimmer geworfen.

Blicklos starrte sie nun vor sich hin. Wie lange stand sie schon hier? Die Grabplatte war hell und sauber, spiegelnd vom Regen. Sie konnte die Wolken darin sehen und kurz hatte sie das Gefühl, sie müsse nur hineinspringen, um wieder bei ihm zu sein.

*Wenn es stimmt, was wir glauben, dann ist der Himmel der Ort, an dem wir keine Fabelmacht brauchen, um eine andere Welt zu betreten.*

Seine Stimme war so klar und deutlich, als stünde er hinter ihr.

Sie starrte seinen Namen an. Zwei Worte nur, dazu ein Zitat von Anaïs Nin.

*Wir schreiben, um das Leben zweimal zu schmecken.*

Kein Todesdatum.

Vier Tage jetzt schon. Eine Ewigkeit.

Jemand hatte Nicholas' schwarzes Notizbuch auf die Grabplatte gelegt. Der stetige Regen hatte die Seiten aufgeweicht und wellig werden lassen, sodass der obere Deckel ein wenig hochstand. Die dunkelblaue Tinte war völlig verlaufen, nichts war geblieben von Nicholas' eleganter Handschrift.

Verschwunden alle Worte.

Mila krampfte die Hand um den Schulterriemen ihrer Umhängetasche.

»Das hätte ihm gefallen.«

Jemand stand plötzlich hinter ihr. Es war ihr egal, wer es war, aber als er neben sie trat, erkannte sie Lucs massige Gestalt. Und noch jemand stand in einiger Entfernung unter den nassen Bäumen.

Maréchal und Odette. Sie hatten sich gemeinsam unter einen schwarzen Schirm geflüchtet.

Mila wandte sich von ihnen ab.

Luc hatte keinen Schirm. Der Regen rann ihm durch die kurz geschorenen Haare und über das Gesicht. Es sah aus, als liefen Tränen über seine Wangen.

Mit dem Kinn deutete er auf das Notizbuch. »Dass das Buch vom Regen vernichtet wird, meine ich.«

Mila nickte.

»Er hat sich gehasst dafür, was er dir angetan hat«, sagte Luc.

Ja, das wusste sie. Sie dachte daran, wie er versucht hatte, mit den Schuldgefühlen klarzukommen. Dieses spöttische Sprücheklopfen, das nur dazu diente, die Fassung nicht zu verlieren.

Sie schloss die Augen und sofort war da wieder sein Gesicht. Dieses schiefe Lächeln. Die Haare, die ihm in die Stirn und über die Lider fielen. Und dann überlagerte ein anderes Bild die Erinnerung an sein Lächeln. Sie sah das Blut und die Leere in seinem Blick ...

Sie riss die Augen wieder auf. Ein dicker Wassertropfen fiel von einem der Bäume und landete mit einem dumpfen Geräusch auf ihrem Schirm. Sie zuckte zusammen.

Und sie zuckte noch heftiger zusammen, als nun auch Maréchal und Odette neben sie traten.

Odette legte ihr eine Hand auf die Schulter, die Berührung war leicht wie eine Vogelfeder.

Milas Hand krampfte sich um den Griff ihres Schirmes. Sollte sie Maréchal fragen, was mit ihrem Vater passiert war? Sie würde Paris heute noch verlassen, und das war es doch gewesen, weswegen sie eigentlich hierhergekommen war. Aber gleichzeitig wusste sie, dass es eine traurige Geschichte war. Die Fabelmacht zwang sie alle zu traurigen Geschichten. Und Mila ahnte, dass sie an Ort und Stelle zusammenbrechen und nie wieder aufstehen würde, wenn sie sich jetzt auch noch mit dieser Geschichte belasten musste.

»Es tut mir alles so unendlich leid!«

Sie blickte Maréchal an. Er war unter Odettes Schirm vorgetreten und auch ihm rann bereits Wasser aus den Haaren. Mila konnte den Blick nicht von den Tropfen lassen, die in seinem weißen Bart hängen blieben.

Er legte ihr den Arm um ihre Schulter und für einen winzigen Moment, so kurz wie das Aufblitzen eines Sterns, fühlte sie echten Trost. Vielleicht war genau das ja seine Rolle in dieser Geschichte, dachte sie.

So standen sie lange da, jeder für sich, jeder schweigend. Schließlich durchbrach Eric die Stille. Er hatte die ganze Zeit über respektvoll Abstand gehalten, aber nun begrüßte er erst Odette und Maréchal, dann Luc mit einem Nicken. »Was ist mit seinem Vater?«, fragte er Luc.

»Caruel ist in ärztlicher Betreuung.« Luc stopfte die Hände in die Taschen und zog seine Schultern bis zu den Ohren hoch. »Sie werden ihn anklagen, allerdings vermutlich nicht wegen Mordes. Aber er wird nicht ins Gefängnis müssen. Er hat über der ganzen Sache den Verstand verloren. Jedenfalls muss es für die Ärzte so aussehen. Er faselt in einer Tour von blauem Feuer und dass er schreiben muss, um es rückgängig zu machen. Sie betreuen ihn Tag und Nacht.«

Verstehend nickte Eric. »Ja. Das muss ihnen irre vorkommen.« Er schwieg eine Minute lang. Dann räusperte er sich. »Unser Zug fährt bald, Mila«, sagte er leise. »Wir müssen los.«

Sie konnte sich nicht vorstellen, sich jemals von hier fortzubegeben, und doch wusste sie, dass es die einzige Lösung war. Wenn sie irgendwie überleben wollte, musste sie weg von hier. Fort von der Fabelmacht. Fort von Nicholas.

Ihr Herz, das noch immer so langsam schlug, als sei es zu Tode erschöpft, wurde ganz schwer.

»Deine Mutter wartet auf uns.«

Langsam wandte sie den Kopf, sah Eric an. Lange. Dann wandte sie sich Maréchal zu. Und Odette. Schließlich nickte sie mechanisch. Sie griff in ihre Umhängetasche und holte ihr eigenes Notizbuch heraus. Das regenbogenbunte Haarband hatte im Laufe der letzten Tage noch mehr Fäden verloren. Nachdenklich strich Mila mit den Fingerspitzen darüber.

Dann gab sie sich einen Ruck.

Sie bückte sich und legte das Buch neben das von Nicholas. Augenblicklich sogen sich die Seiten mit Wasser voll. Als Mila sich wieder aufrichtete, war sie bereit.

»Lass uns gehen«, sagte sie zu Eric.

Ein TGV fuhr auf dem Nachbargleis ein und hielt mit quietschenden Bremsen. Helena schaute zu, wie die Fahrgäste ausstiegen, aber sie war mit ihren Gedanken weit in der Vergangenheit.

Erst als ein alter Mann in einem grauen Mantel ausstieg und auf sie zukam, kehrte sie in die Gegenwart zurück. Sie musste mehrmals blinzeln, weil ihre Emotionen sie übermannten.

»Mila ist am Boden zerstört«, sagte sie zu dem Mann. »Ich habe es gehasst, sie so lange hier allein lassen zu müssen.«

Er sah kummervoll aus. »Ja. Ich weiß. Es war jedoch nötig.« Er war auf diese besondere Art geschrumpft, wie es nur sehr alte Menschen manchmal waren. Sein Gesicht war faltig, die

Augen lagen tief in den Höhlen, die von hervorstehenden Wangen- und Stirnknochen gebildet wurden. Er hätte dringend eine Rasur gebraucht.

Sie musterte ihn lange und die verschiedensten Gefühle tauchten in ihr auf. Liebe. Nein, Zuneigung. Abscheu. Verachtung.

Am Ende jedoch blieb nur Erschöpfung.

»Und?«, sagte sie mit rauer Stimme. Sie wusste, er konnte ihr anhören, dass sie eigentlich am liebsten geweint hätte. »Bist du zufrieden damit, wie es bisher gelaufen ist?«

Der alte Mann rieb sich über die Wange, sodass seine Bartstoppeln ein kratzendes Geräusch machten. »Ja«, sagte er.

Helena verkrampfte sich bei dem Geräusch. »Und jetzt?«, fragte sie flüsternd.

Er blickte den Bahnsteig entlang. »Sie und Eric sind auf dem Weg hierher.«

»Dann ist es wirklich noch nicht zu Ende? Du willst tatsächlich weitermachen?«

Mitleidig sah er sie an. »Ich weiß, dass es schwer für dich ist, meine Liebe. Aber es ist nötig und darüber waren wir uns einig.«

Sie atmete zitternd ein. »Ja«, murmelte sie. »Ja, das waren wir.«

Die Sonne schien in schrägen Bahnen durch die Fenster des Gare de l'Est und malte Bahnen aus Licht in die lärmgeschwängerte Luft.

Mila starrte darauf, ohne wirklich etwas wahrzunehmen.

Zwei Männer standen auf einer Leiter und hängten die kitschigen Filmplakate eines nach dem anderen ab. Das Leben ging weiter. Neue Geschichten würden erzählt werden.

Ein Schmerz flammte irgendwo in Milas Körper auf, aber sie

stand zu sehr neben sich, um ihn zu lokalisieren, also ignorierte sie ihn einfach.

»Mila?« Sanft fasste sie jemand am Arm. Es war Eric. »Unser Zug ist angezeigt. Wir müssen zum Gleis acht«, sagte er.

Als sie den Kopf zu ihm wendete, kam die Welt nicht hinterher. Vielleicht würde sie nie wieder hinterherkommen.

Vom Rande ihres Gesichtsfeldes näherte sich eine Gestalt. Es war Isabelle, die Abschied nehmen wollte. Sie trat vor Mila hin, sah ihr ins Gesicht, zog sie dann an sich.

»Ach, Süße!«

Zu dritt gingen sie zum Bahnsteig, auf dem Helena schon stand und auf sie wartete.

Mila konnte ihrer Mutter nicht länger als eine Sekunde ins Gesicht sehen. Die Sorge, die sie dort sah, fühlte sich an, als würde man ihr ein eisernes Band um den Brustkorb legen.

»Der Zug kommt gleich«, hörte sie Helena sagen und da war es wieder. Dieses Gefühl, bemuttert zu werden, das sie in Helenas Gegenwart so oft hatte.

Eine Durchsage ertönte, irgendwo auf dem Nachbargleis spielte jemand Geige.

Mila war schwindelig.

Dann fuhr ihr Zug ein. Ein Kind weinte herzzerreißend.

Sie bekam Küsschen von Isabelle rechts und links auf die Wange. Eric half ihr, in den Zug zu steigen, indem er ihr die Hand unter den Ellenbogen legte. Und dann, als sie auf dem Weg zu ihren Plätzen an der Zugtoilette vorbeikam, wurde ihr urplötzlich schlecht.

Sie stürzte in die Toilette und wollte sich übergeben, aber da war nur ein saures Brennen hinten in ihrer Kehle. Dafür flammte ein heftiger Schmerz in ihrem Herzen auf. Ein Feuer, das so stark war, dass sie aufschrie. Sie sah sich selbst in dem kleinen

Spiegel über dem Waschbecken. Ihre Augen gleichzeitig wild und leer. Der Schmerz konzentrierte sich in ihrem Herzen und raste von dort aus durch ihre Brust, ihre Schulter und ihren Arm hinunter zur rechten Hand.

Angstvoll schob sie den Ärmel ihres Oberteils hoch.

Und keuchte, weil nacktes Entsetzen sie packte.

»Was hast du?«

Eric streckte den Kopf zur Tür herein. Sie schaute auf, begegnete seinem besorgten Blick im Spiegel und es war das erste Mal, dass sie das Gefühl hatte, sein Mitleid zu brauchen. Sie wollte sich in seine Arme flüchten, wollte weinen. »Halt mich fest«, flüsterte sie.

Er tat es. »Was hast du?«, fragte er wieder, nachdem er sie eine Weile umfangen und gestützt hatte.

Sie rückte ein Stück von ihm ab, starrte wieder auf ihren Arm, in dem sich jetzt aller Schmerz konzentrierte. Etwas fraß sich von innen heraus glühend heiß durch ihr Fleisch. Der Schmerz war atemberaubend. Sie zeigte Eric die Innenfläche ihres Handgelenks.

»Heilige Scheiße!«, hauchte er.

Durch Milas Haut fraßen sich brennend blaue Schriftzeichen.

Ein Wort nur.

*Nicholas.*

Der Roman enthält Zitate aus folgenden Quellen:

Kapitel 2:
Edmond Duranty, *Le Figaro,* 13.11.1856. Zitiert nach: Charles Baudelaire. Die Blumen des Bösen. Vollständige zweisprachige Ausgabe. Aus dem Französischen übertragen, herausgegeben und kommentiert von Friedhelm Kemp. München: dtv, 1975, S. 420.

Kapitel 3:
Charles Baudelaire, *Nebel und Schlossen.* Deutsche Übersetzung von Stefan George: *Baudelaire. Gesamt-Ausgabe der Werke, Band 13/14.* Berlin: Georg Bondi, 1930, S. 143–144.

Kapitel 6:
Charles Baudelaire, *Nebel und Schlossen.* Deutsche Übersetzung von Stefan George: *Baudelaire. Gesamt-Ausgabe der Werke, Band 13/14.* Berlin: Georg Bondi, 1930, S. 143–144.

Wir danken für die freundliche Genehmigung zum Abdruck der zitierten Texte. Sollten trotz intensiver Nachforschungen des Verlags Rechteinhaber nicht ermittelt worden sein, so bitten wir diese, sich mit dem Verlag in Verbindung zu setzen.

Kathrin Lange

## Herz aus Glas

Juli ist wenig begeistert, die Winterferien auf Martha's Vineyard verbringen zu müssen. Auf der Insel trifft sie den verschlossenen David, dessen Freundin bei einem Sturz von der Klippe ums Leben kam. Bald erfährt Juli, dass ein Fluch für den Tod weiterer Mädchen verantwortlich sein soll. Nachts hört sie flüsternde Stimmen. Als sie sich in David verliebt, merkt sie nicht, welche Gefahr dies bedeutet.

Arena

Auch als E-Book erhältlich

416 Seiten • Gebunden
ISBN 978-3-401-06978-4
www.arena-verlag.de

S. J. Kincaid

# Diabolic

## Vom Zorn geküsst

Eine Diabolic ist erbarmungslos, stark, kaltblütig und tötet für die, die sie beschützen muss. Eine andere Art zu leben kennen Diabolics nicht. Das ist ihr Platz im Universum. Als Nemesis, eine junge Diabolic, erfährt, dass ihre Schutzbefohlene als Geisel an den Imperialen Hof berufen wird, zögert sie keine Sekunde, sich an ihrer Stelle in die Hände der Feinde zu begeben. Getarnt als zarte Senatorentochter reist sie an den Hof – ein Ort der Intrigen, der Dekadenz und der Gefahr. Doch während Nemesis immer tiefer in tödliche Machtspiele verwickelt wird, regt sich in ihr etwas, das nicht sein darf: ein Funke von Menschlichkeit – und von Liebe ...

Arena

Auch als E-Book erhältlich

488 Seiten • Gebunden
ISBN 978-3-401-60259-2
www.arena-verlag.de

Kim Kestner

# Sakura
## Die Vollkommenen

Es ist die einzige Chance, die sie je haben wird: Als der Kaiser zur »Blüte« aufruft, weiß Juri, was sie zu tun hat. Aber das Auswahlverfahren, bei dem am Ende nur die Vollkommenen einen Platz an der Oberfläche erhalten, ist hart und unbarmherzig – und Juri nicht makellos genug, um daran teilzunehmen. Trotzdem kann sie nichts davon abhalten. Die dunkle Höhle, in der sie ihr ganzes Leben verbringen musste, will sie um jeden Preis verlassen. Verkleidet als Junge, schmuggelt sie sich unter die Probanden. Doch ausgerechnet der Sohn des Kaisers wird auf sie aufmerksam. Hat er Juris Tarnung durchschaut? Oder spielt auch der Prinz ein doppeltes Spiel?

Arena

Auch als E-Book erhältlich

408 Seiten • Gebunden
ISBN 978-3-401-60318-6
www.arena-verlag.de

S. J. Kincaid

## Diabolic

### Vom Zorn geküsst

Eine Diabolic ist erbarmungslos, stark, kaltblütig und tötet für die, die sie beschützen muss. Eine andere Art zu leben kennen Diabolics nicht. Das ist ihr Platz im Universum. Als Nemesis, eine junge Diabolic, erfährt, dass ihre Schutzbefohlene als Geisel an den Imperialen Hof berufen wird, zögert sie keine Sekunde, sich an ihrer Stelle in die Hände der Feinde zu begeben. Getarnt als zarte Senatorentochter reist sie an den Hof – ein Ort der Intrigen, der Dekadenz und der Gefahr. Doch während Nemesis immer tiefer in tödliche Machtspiele verwickelt wird, regt sich in ihr etwas, das nicht sein darf: ein Funke von Menschlichkeit – und von Liebe ...

Arena

Auch als E-Book erhältlich

488 Seiten • Gebunden
ISBN 978-3-401-60259-2
www.arena-verlag.de

Kim Kestner

## Sakura
### Die Vollkommenen

Es ist die einzige Chance, die sie je haben wird: Als der Kaiser zur »Blüte« aufruft, weiß Juri, was sie zu tun hat. Aber das Auswahlverfahren, bei dem am Ende nur die Vollkommenen einen Platz an der Oberfläche erhalten, ist hart und unbarmherzig – und Juri nicht makellos genug, um daran teilzunehmen. Trotzdem kann sie nichts davon abhalten. Die dunkle Höhle, in der sie ihr ganzes Leben verbringen musste, will sie um jeden Preis verlassen. Verkleidet als Junge, schmuggelt sie sich unter die Probanden. Doch ausgerechnet der Sohn des Kaisers wird auf sie aufmerksam. Hat er Juris Tarnung durchschaut? Oder spielt auch der Prinz ein doppeltes Spiel?

Alana Falk

# Sternensturm

## Das Herz der Quelle

Wie lange hat Liliana auf diesen Moment gewartet? Doch als sie endlich zur Magierin ernannt wird, stellt man ihr ausgerechnet Chris als Energiequelle zur Seite. Mit ihm muss sie sich verbinden, um ihre Macht entfesseln zu können. Aber in Chris' Augen tobt der Hass auf alle Magier und er widersetzt sich seiner Bestimmung. So schnell wie möglich muss Liliana sein Vertrauen gewinnen, denn in den Tiefen unter Neuseeland braut sich eine schreckliche Katastrophe zusammen und nur Liliana kann sie aufhalten.

Beatrix Gurian

## Sommernachtsfunkeln

Luke ist schon lange Katis bester Freund. Dass sie mehr für ihn empfindet, will sie ihm nach einer Party endlich sagen. Doch dann passiert ein tragischer Unfall, von dem Kati schwere Narben davonträgt. Niedergeschlagen reist sie als Au-Pair nach L.A., wo ihr Leben einen geradezu magischen Aufschwung nimmt. In einer Bar namens »LIVED« findet Kati in den attraktiven Geschwistern Jeff und Lucy neue Freunde. All ihre Träume scheinen plötzlich wahr zu werden. Doch die Glamour-Welt verbirgt etwas – und erst mit Lukes Hilfe erkennt Kati, dass sie längst in einem Albtraum gefangen ist.

Arena

Auch als E-Book erhältlich

368 Seiten • Gebunden
ISBN 978-3-401-60322-3
www.arena-verlag.de